沉默的羔羊系列

汉尼拔
HANNIBAL

[美国] 托马斯·哈里斯 ———— 著

孙法理 ———— 译

译林出版社

将恶行变成艺术

周黎明

《汉尼拔》是这个系列的第三部,更是《沉默的羔羊》的续集,莱克特和史达琳再度作为男女主角交锋。但是,喜欢《沉默的羔羊》的读者或观众,很多人对于《汉尼拔》的小说或电影均颇有不满,因为人物的搭档只是表面现象,作者的关注点有了较大的转移。

在《沉默的羔羊》中,莱克特和史达琳属于互补的"双簧","野牛比尔"更多像一个剧情的设置,为他俩的见面提供了借口。到了《汉尼拔》,莱克特和史达琳的惺惺相惜上升为一种缱绻之感,莱克特不忍心伤害史达琳,而史达琳也在千钧一发之际救莱克特于危难。其实,故事开场时,史达琳事业遭遇挫折,而远在意大利的莱克特居然来信"深表同情",可见他们的关系非同一般,可谓心有灵犀一点通。中文里面的"冤家"二字套用在他们身上最合适,他们是对手,但互相欣赏,甚至心心相印,按照剧情的暗示,差不多是在往男女情深的方向迈进。

然而,真正有趣的搭配是莱克特和梅森·韦尔热。他们属于"同色调"搭配,如同张艺谋在《英雄》和《十面埋伏》中玩的绿色背景配绿色戏服，从"合并同类项"中挖掘戏剧效果，其难度远高于反差型。莱克特曾经是韦尔热的心理医生，他用催眠术诱导后者把自己脸上的肉一块块割下来喂了狗，甚至吃掉了自己的鼻子。韦尔热醒来后，发誓要抓获莱克特，并拿他来喂野猪。这两个变态佬的斗智成了本书的出彩篇章。

如果说《沉默的羔羊》把莱克特从配角升到主角，那么，《汉尼拔》开始把他从反角向正角转移。在我们普通人看来，莱克特和韦尔热的变态凶残只是五十步笑百步的区别，但作者显然不这么看，他给了莱克特一个童年经历，使得他的行为有了外在的理由。说实在的，这借口很俗套，不仅在史达琳身上用过，在美国几乎到了滥用的地步，什么人犯罪都喜欢归咎到童年的不幸遭遇，老美将这类开脱之词统称为"心理瞎掰"（psychobabble）。

文艺作品有一套自己的价值体系，跟现存的法律或道德不完全对应。比如说，韦尔热诱奸儿童，他的父亲靠不光彩的手段发家，串通白道黑道……这些都是文艺道德观（即"诗的正义"）所不能容忍的，当然本身也是违背法律和道德的；相比之下，莱克特的罪行却处处体现着他的"品味"：他本身具有超级的文艺鉴赏力，不然怎么能够隐姓埋名在意大利佛罗伦萨的艺术博物馆当馆长；他不能容忍平庸，他吃掉巴尔的摩交响乐团的笛子演奏员，是因为那人的水平太臭……他令人联想到中国历史上的酷刑，其发明和使用者不是为了简单的惩罚，甚至不是为了杀一儆百，而是为了享受那种剥皮剐肉的变态心理刺激。心理健康的人实在无法想象那样的恐怖场景怎能产生快感，但显然，人的内心世界有这等需求和冲动，不然，杀人全都会像纳粹屠杀犹太人似的以效率作为最高境界。

把汉尼拔描写成温文儒雅的"艺术家"，很多人可能难以接受，但暴力可以表现为艺术，这是确信无疑的。在张彻的影片中，姜大卫等人扮演的男主角通常会死得很惨，但又很艺术，在电影画面中诡谲壮美，充满英雄气概。后来发展到吴宇森的子弹芭蕾舞，其实也是暴力美学的延续。暴力美学视暴力为一种可怕的现象，它包容了弗洛伊德学说中人的生存和死亡两种相反相成的本能。此类作品将人们稍纵即逝的极端念头加以铺陈、夸张，并配上了适当的"合理性"。这种手法跟《拯救大兵瑞恩》所开创的极端写实是背道而驰的，它能"美化"暴力，同样也能起到宣泄作用，将罪恶的念头"引爆"在安全的文艺替代品中。

雷德利·斯科特导演的《汉尼拔》电影版深得原著的灵魂，借助佛罗伦萨这个欧洲文艺复兴的圣地，将最阴暗卑鄙的思想和行为渲染成美妙的镜头，如同意大利歌剧一般。在这样的环境中，相对比较"写实"的史达琳反而较为逊色，难怪朱迪·福斯特不再续演这个角色。朱丽安·摩尔是一个称职的演员，但光彩夺目的依然是安东尼·霍普金斯的莱克特，他从声音到眼神都散发出一种难以言传的磁力，他有一种特殊的处理台词的方法，尤其把每句话的最后一个音节变得玩味无穷。

影片的结尾跟原著有很大的不同，也许是出于影像化的考虑，也许是编导跟原作者有不同的理念。但有一点是相同的：无论是字里行间，还是光影闪烁，虚构的恶魔都可以被塑造得富有魅力，让人流连忘返。这是生活和艺术的一大区别。

目 录

第一部
哥伦比亚特区华盛顿 —— 001

第二部
佛罗伦萨 —— 103

第三部
来到新世界 —— 209

第四部
恐怖的日程里值得注意的几个时刻 —— 325

第五部
一磅肉 —— 361

第六部
长勺 —— 409

第一部

哥伦比亚特区华盛顿

1

你会认为这样的一天
会是战栗着开始的……

克拉丽丝·史达琳的野马车轰轰地开到了马萨诸塞大道烟酒火器局门口的坡道上。这地方是为了节省开支向孙敏文牧师租来做指挥部用的。

突击组在三辆车里待命。指挥车是一辆伪装的厢式货车,形象破烂,后面是两辆黑色的特种武器和战术警察部队的厢式货车。人员都已到齐,在洞穴样的车库里闲待着。

史达琳从自己车里取出装备包,向指挥车跑去。那是一辆肮脏的白色长头厢式货车,两边贴着"马塞尔蟹店"的标志。

四个人从货车敞开的后门里望着史达琳到来。史达琳身材苗条,穿一身工作服,扛着包,步履矫健,头发在荧光灯阴森的光下闪闪发亮。

"女人,总是迟到。"一个哥伦比亚特区的警官说。

负责人是烟酒火器局的特工约翰·布里格姆。

"她没有迟到——在我们得到密报之前我并没有呼她,"布里格姆说,"她准是从匡蒂科赶来的——嗨,史达琳,把包递给我。"

史达琳迅速举起手跟他击了一掌。"嗨,约翰。"

方向盘边坐了位邋遢的卧底警官,布里格姆向他说了句什么,货车不等后门关好就已向秋高气爽的午后世界开了过去。

克拉丽丝是侦察车上的老手,弯腰从潜望镜观察孔下面走过,在车后找了个座位,尽可能靠近那袋重150磅的干冰,干冰是在引擎熄火之后当空调用的。

旧货车有一股洗刷不掉的阴森与汗臭,像船上的厨房。许多年来车身上贴过无数标志。门上那肮脏暗淡的标志寿命不过三十分钟,而用邦德奥补过的弹孔的寿命要长得多。

后窗是单向玻璃,喷涂良好。史达琳能够看见后面的特种武器和战术警察部队的黑色大货车。她希望不至于连续几个小时被关在货车里动弹不得。

她的脸一转向窗外,几个男警官就打量起她来。

联邦调查局特工克拉丽丝·史达琳,三十二岁,外形跟年龄永远一致,也永远让她显得那么漂亮,连穿工作服也漂亮。

布里格姆从乘客座取回了他的书写板。

"你为什么老赶上这些破事,史达琳?"他笑嘻嘻地问。

"不就因为你老点我将嘛。"她回答。

"这回是我点了你将。但是,我怎么老见到你接受突击任务。我没有打听过,但我看是鹰岬有人不喜欢你。你应该到我这儿来干。这些都是我的人。特工马克斯·伯克,约翰·黑尔。这位是哥伦比亚特区警局的博尔顿警官。"

由烟酒火器局、药物管理局的特种武器和战术警察部队以及联邦调查局共同组成的联合突击队是紧缩开支的结果。现在连联邦调查局学院也因为缺少经费关了门。

伯克和黑尔都像特工,哥伦比亚特区警官博尔顿像个法警。他大约四十五岁,超重,浅薄。

华盛顿市市长自从痛悔自己吸毒之后,希望给人以对毒品态度强硬的印象。他坚持要求特区警察参加华盛顿市的每一次重大行动,分享成就,所以博尔顿就来了。

"德拉姆戈一伙今天要制冰了。"布里格姆说。

"伊芙尔达·德拉姆戈,这事我知道。"史达琳淡淡地说。

布里格姆点点头。"她在河边的费利西亚纳鱼市搞了个冰毒车间。我们的人说她今天打算制一批冰毒;晚上还要把一批存货运往大开曼岛①。我们不能再等了。"

结晶体的脱氧麻黄碱市面上就叫"冰"。它可以造成短暂的兴奋高潮,有致命的成瘾效果。

"毒品是药物管理局的事,但是我们在三级武器州际运输问题上也要抓伊芙尔达。拘捕令指明她有两支贝雷塔轻型自动枪和几支麦克10,她还知道一批枪支的地点。史达琳,我要求你全力对付伊芙尔达。你以前跟她打过交道。这几个人是支援你的。"

"那么,我们的活就轻松了。"博尔顿警官说,多少感到些满意。

"我看,你最好给他们介绍一下伊芙尔达的情况。"布里格姆说。

史达琳等到货车哐哐地开过了铁轨。"伊芙尔达是会跟你们蛮干的,"她说,"她外表倒不像那么凶——是模特儿出身——可是她会跟你们蛮干。她是第戎·德拉姆戈的寡妇。我曾经使用拘票抓过她两次,第一次是和第戎一起。

"最近的这次她手袋里装了一把9毫米手枪、三个弹夹和一颗梅司催泪毒气弹,乳罩里还有一把巴厘松刀。她现在带什么我就不知道了。

"第二次逮捕她时我礼貌地要求她投降,她投降了。但是在特区拘留所里,她却用汤匙柄杀死了同屋的一个叫玛莎·瓦伦丁的女人。因此,你

---

① 开曼群岛的主要岛屿,著名的黑社会洗钱场所。

不会知道……她脸上的表情是很难看懂的。那案子大陪审团的判决是伊芙尔达自卫。

"她逃过了拘票上提出的第一项指控,也辩掉了另外几项。有几条贩运军火的罪名也都撤销了,因为她有几个幼儿,丈夫又在新近的普莱森特大道火并中被杀死——可能是斯普利夫帮的人杀的。

"我会要求她放弃抵抗的,我希望她会愿意——我们可以向她表示诚意。但是,听着,我们既然想制服伊芙尔达·德拉姆戈,我就需要真正的支援。别只是注意我的后面,我需要你们给她一些真正的压力。先生们,不要以为你们将看着我跟伊芙尔达在泥里扭打。"

史达琳有一段时间总听从这些人的意见,但是现在她见得太多,非说不可,虽然明知道他们不欢迎。

"伊芙尔达·德拉姆戈通过第戎跟特雷—埃特—克里普帮有联系,"布里格姆说,"接受克里普帮保护。我们的人说,克里普帮在沿海销售毒品,主要是对付斯普利夫帮。我不知道克里普帮的人发现是我们袭击时反应会怎么样,但他们只要办得到是不会轻易越位的。"

"你们得知道,伊芙尔达的HIV[①]是阳性,"史达琳说,"是从第戎那儿通过注射传染的。她在被拘留后才发现,反应很激烈,当天就杀了玛莎·瓦伦丁,还跟监狱看守打了一架。她跟你打时如果没有武器,你得有准备她向你使用任何体液。吐口水,咬人。你要是想抚慰她,她甚至能对你撒尿、拉屎。因此,对她使用手套和面罩都属正常程序。你把她往巡逻车里放时,如果接触她的头可得注意你的手,头发里说不定会有针。你连她的腿也得铐起来。"

伯克和黑尔的脸越拉越长了。博尔顿警官也不高兴。他用他那胖得垂下来的下巴指了指史达琳佩带的武器,一支很旧的科尔特政府型.45枪,

---

① 人体免疫缺损病毒,即艾滋病病毒。

枪把上缠着一道滑板用的带子,装在她右臀后一个雅基人①的滑动装置上。"你那东西就那么扳起击铁带在身上走来走去吗?"他问。

"扳起击铁,锁定,每一分钟都如此。"史达琳说。

"危险。"博尔顿说。

"到打靶场我再跟你解释吧,警官。"

布里格姆插话了:"博尔顿,她曾经连续三年获得系统内部手枪比赛冠军,我是她的教练。别为她的武器操心。史达琳,那些人质解救小组的人——维可牢②牛仔——你在比赛中击败他们之后叫你什么来着?叫你安妮·奥克莉③?"

"毒手奥克莉。"她望着窗外说。

在这辆满是男人的、带山羊骚的侦察车里,史达琳觉得难受和孤立。男人,粗人,陈腐味,汗水味,皮革味。她有点害怕,像是舌头下垫了个硬币。她脑海里出现了景象:她的父亲,带着烟草味和粗肥皂味,用断成平头的小刀剥着橙子,在厨房里跟她分吃。父亲的小型轻便货车的尾灯消失,他执行夜间巡逻任务去了,然后便被杀死了。父亲在小橱里的衣服。他笔挺的舞蹈衬衫。而她自己橱里的漂亮服装现在也不再穿了。衣架上的晚礼服就像阁楼里的玩具一样,令人伤心。

"大约再有十分钟就到了。"驾驶员回头叫道。

布里格姆望了望挡风玻璃外,对了对表。"地形是这样的。"他说。他有一张用魔笔匆匆画就的草图,还有一张建筑部电传给他的不大清楚的平面图。"鱼市大楼跟沿河的商店和货仓在一排。帕斯尔街在鱼市前的这个小广场上到头,接下去便是河滨大道。

"看,鱼市大楼背靠着河,他们设了个码头,延伸在整个大楼的背后,就

---

① 居住在美国亚利桑那州南部和墨西哥北部的印第安人。
② 一种尼龙搭扣,两面相合即粘住,一扯就分开,用以替代衣服上的纽扣等。
③ 安妮·奥克莉(1860—1926),美国女神枪手。

在这儿。伊芙尔达的制冰室在底楼的鱼市旁边。入口在这前面,就在鱼市的篷子旁边。伊芙尔达制毒时要把哨放到至少三个街区以外。以前她就曾经因为眼线通知,带着毒品从水路逃掉过。因此,第三辆货车上的药物管理局正规突击队要在十五点整从码头边乘渔船进来。我们这部车可以比他们更靠近,可以在突击前两三分钟直接到达街上那幢房子门口。伊芙尔达若是从前面出来,我们就抓住她;如果不出来,他们在那边冲门时我们也就在这边冲门。第二车是增援部队,七个人。我们如果不先呼叫,他们就在十五点准时进来。"

"门怎么冲?"史达琳说。

伯克说话了:"如果没有声音,就撞门;要是听见枪声或炮声,那就用'雅芳上门'。"伯克拍拍他的滑膛枪。

"雅芳上门"史达琳以前见过人使用,是一种三英寸的大剂量火药滑膛枪的子弹,装的是细铅粉,可以摧毁门锁而不致伤害屋里的人。

"伊芙尔达的孩子们呢?在哪儿?"史达琳说。

"我们的线人见她送到日托托儿所去了。"布里格姆说,"线人对她家情况很清楚,距离很近,就差让他们连做爱都没有安全感了。"

布里格姆的无线电耳机吱吱叫了两声,他搜索了一下从后窗能够看见的那部分天空。"他们也许只是在做业务采访。"他对着他的喉振式传声器[①]说,然后对司机叫道:"二队在一分钟前看见一架直升采访机,你见到什么了吗?"

"没有。"

"他们最好是在报道交通。咱们做好战斗准备吧。"

像这样的大热天,要靠150磅干冰在铁皮货车里保证五个人凉爽是办不到的,特别是大家都穿着防弹衣的时候。博尔顿举起双臂展示着防弹衣

[①] 附于喉头处,靠喉头的振动传声的一种设备,常在周围噪声可能湮没话音的场所使用。

汗迹跟雨淋的水迹不同。

史达琳在她的工作服衬衣里缝有垫肩,用以承担凯夫拉尔①背心的重量,那分量简直像前胸后背各加了一块陶瓷板,大约真能防弹。

惨痛的经验给了人教训:那背上的板子很有价值。率领一支你并不了解的、训练程度参差不齐的队伍去执行破门而入的任务是非常危险的。你在前面冲锋时很可能被友军的子弹打断了脊梁骨——如果那队人马胆战心惊、没有经验的话。

第三辆货车在距离河边两英里处放慢了速度,让药物管理局的突击队下车到接头地点去上渔船;此时后援车也和白色伪装车拉开了一段谨慎的距离。

邻近的地区越来越破烂了。三分之一的建筑物上钉着木板;烧毁的汽车靠在破旧的车上,停在马路牙边。年轻人在酒吧和小市场前面闲逛。孩子们在人行道上围着一个燃烧的草垫玩。

如果伊芙尔达的眼线在外面,就准是混在路边的普通人里。饮料店附近、超级市场的停车场里都有人坐在车里聊天。

一辆低底盘、车篷可以折叠的黑斑羚车在车辆稀少的路面上开了过来,跟在货车后慢慢驶着,车上载着四个年轻的非洲裔美国人。这几个驾低底盘车兜风的人从车厢前跳到了马路牙上,为路过的姑娘们跳起舞来。车上的立体声音响震得金属板嗒嗒地响。

史达琳从后窗的单面镜可以看出:折篷车上那几个年轻人并不构成威胁。克里普帮的"炮舰"往往是强有力的最大型轿车或是旅行车,后门开着,坐着三四个人,很旧,很容易混进周围的环境里消失掉。你如果头脑不清醒,一辆别克车载满篮球队员也可能看上去险恶。

他们遇到红灯停下时,布里格姆取下了潜望镜口的盖子,拍了拍博尔

---

① 凯夫拉尔,纤维B,一种质地牢固重量轻的合成纤维。

顿的膝盖。

"向周围看看,看人行道上有没有当地的重要人物。"布里格姆说。

潜望镜的接物透镜藏在车顶的换气扇里,只能看到两侧。

博尔顿让潜望镜转了一圈,停下了,揉了揉眼睛。"马达转着,潜望镜抖得太厉害。"他说。

布里格姆用无线电跟船上的突击队核对了一下。"他们在下游四百米处,马上靠近。"他对车里的队伍重复了刚听见的话。

货车在距离帕斯尔街一个街区处遇见的红灯正对着市场,停了好像很久。司机仿佛是在检查他右边的后视镜,转过身子从嘴角对布里格姆说:"好像没有多少人买鱼,看我们的了。"

绿灯亮了。下午两点五十七分,破旧的伪装货车在费利西亚纳鱼市前街沿边一个有利的地点停下,距离三点只有三分钟了。

司机拉上手闸时,他们听见后面棘齿轮的声响。

布里格姆把潜望镜让给了史达琳。"检查一下。"

史达琳用潜望镜扫视了一下建筑物正面。人行道边的帆布阳篷下,货摊上和冰块上的鱼闪着光。从卡罗来纳岸边送来的啮龟被花哨地分成了几类,放在刨平的冰面上;筐子里螃蟹腿乱晃着;桶里的龙虾在彼此的身上爬着。聪明的鱼贩子把湿润的垫子搭在大鱼眼睛上,让它们保持明亮,等黄昏时那拨加勒比海血统的精明主妇来用鼻子嗅,眼睛看。

外面,洗鱼台洒出的水花在阳光里扬起一道彩虹。一个前臂壮实的拉丁血统汉子在那儿优美地挥舞着弧形的刀,剖着一条大力鲨,然后用手捏紧水管,对准它狠狠地冲。带血的水往阴沟里冲去。史达琳能听见水从自己车下哗哗流过。

史达琳看着驾驶员跟鱼贩子谈话并问了他一个问题。鱼贩子看了看表,耸耸肩指了指一个当地的吃饭地点。驾驶员对着市场东指西指,跟他谈了一会儿,点燃了一支香烟向饮食店走去。

市场里的音箱播放着《玛卡雷娜》，声音很大，史达琳坐在车里也能听见。这曲子她以后一辈子听到心里都会难过。

那道重要的门在右边，是双扇门，铁铸的门框，有一级水泥台阶。

史达琳正准备放开潜望镜，门开了，一个魁梧的白种男人走了出来，身穿白色夏威夷衫和矮帮便鞋，胸前挂个提包，一只手放在提包后面。一个结实的黑人跟在后面，拿了一件雨衣。

"抬头看。"史达琳说。

伊芙尔达·德拉姆戈从两人肩后走来，隐约可见，奈费尔提蒂①式的脖子，漂亮的脸蛋。

"伊芙尔达从两人背后出来了，那两人好像想带了毒品溜掉。"史达琳说。

布里格姆接过潜望镜时史达琳来不及让开，被碰了一下。史达琳取出钢盔戴上。

布里格姆在无线电上说话了。"各队准备，摊牌，摊牌。伊芙尔达从这边出来了。行动。"

"尽可能平静地让他们趴下，"布里格姆一拉防暴枪滑盖说，"小艇在三十秒之内到达。咱们动手。"

史达琳第一个下了车。伊芙尔达辫子一甩向她转过头来。史达琳注意力集中在她身边那两个人身上，急忙拔枪大叫："你们俩，趴下，趴下！"

伊芙尔达从两人之间走了出来。

伊芙尔达带了个婴儿，用婴儿包挂在脖子上。

"等一等，等一等，我们不惹事，"她对身边的男人说，"等一等。"她泰然自若地大踏步走来，把婴儿举到背带所能容许的最高处，婴儿毯耷拉下来。

---

① 公元前十四世纪埃及王后，支持其夫阿克那顿国王进行宗教改革，以半身彩色石灰石雕像而闻名。

还是给她让条路吧。史达琳摸索着插上枪,伸出双臂,张开手。"伊芙尔达!别抵抗,到我这儿来。"史达琳后面一辆V型8缸汽车吼了起来,轮胎嘎吱直响。史达琳无法转身。

伊芙尔达不理睬史达琳,向布里格姆走去,麦克10从毛毯后开火时,婴儿毛毯飘动着。布里格姆倒下了,面罩上溅满了鲜血。

魁梧的白人扔掉了提包。伯克一见他晃出连发手枪,急忙用自己的枪射出了一团"雅芳上门"无害的铅沙。他想再拉滑盖已经来不及,大个儿一梭子弹横扫在他防弹背心以下的腰上,然后又向史达琳转过身来,但他还没有来得及开枪,史达琳早已从枪套抽出手枪,对准他的呼啦衫中心连开了两枪。

史达琳背后又有枪声传来。那结实的黑人扔掉了武器上的雨衣,一猫身子钻回了大楼。史达琳背上仿佛狠狠挨了一拳,身子往前一扑,几乎闭过气去。转身一看,大街上克里普帮的"炮舰"正对着她。那是一辆凯迪拉克轿车,窗门大开,两个射手在侧面的车窗里像印第安夏延人一样坐着,越过车顶射击。第三个人则从后座上开着枪。火光和烟雾从三支枪口喷出。子弹嗖嗖地刺破了她周围的空气。

史达琳钻到了两辆停靠的汽车之间,看见伯克躺在路上抽搐着。布里格姆躺着不动,血从他的钢盔里往外流。黑尔和博尔顿从街对面不知什么地方的汽车夹缝里射击着。那儿的汽车玻璃被打成了碎片,往街面上当啷当啷地掉。从那辆凯迪拉克里压制着他俩的自动武器射中了一个轮胎,轮胎爆了。史达琳一条腿踩在流着水的阴沟里,抬头盯着。

两个射手坐在车窗里越过车顶开火,驾驶员用空出的手打着枪,后座上的第四个人推开了门,把抱着婴儿的伊芙尔达往车里推,伊芙尔达手里提着提包。几个人同时向街对面的博尔顿和黑尔射击着。凯迪拉克的两个后轮冒起烟来,开始滑动。史达琳站直了身子,一甩手枪,打中了驾驶员的太阳穴;她又对坐在前窗的射手开了两枪,那人向后倒了下去。她卸掉.45的弹夹,弹夹尚未落地,第二夹子弹已经叭地上了膛,她眼睛仍然盯住汽车。

那凯迪拉克滑过一排停靠的车,横过了路面,嘎嘎响着向那排车冲去,停下了。

此时史达琳已在向凯迪拉克走去。一个射手还在凯迪拉克后窗里,眼神慌乱,双手推着车顶,胸口被夹在了凯迪拉克和一辆停着的车之间。枪从车顶掉下,空着的手从附近的后窗边露出。一个头扎蓝色扎染印花头巾的人举起双手跑了出来,史达琳没有理他。

她右边又有人开枪,奔跑的人向前一扑,脸贴近地面,想钻到一辆车底下。史达琳头上有直升机螺旋桨的嗡嗡声。

鱼市有人在叫:"趴着别动,趴着别动。"人们直往柜台下钻,剖鱼台边没人理会的水管朝天喷着水。

史达琳朝凯迪拉克车走去。车后出现了响动,车里也有响动,车摇晃起来,婴儿在里面尖叫。枪声,车的后窗碎了,窗玻璃往车里哗啦啦直掉。

史达琳高举起手,没有转身,只叫:"别打了,别开枪。小心大门,跟我来,警惕鱼店的门。"

"伊芙尔达,"车后有动静,婴儿在车里尖叫,"伊芙尔达,从车窗里伸出手来!"

这时伊芙尔达·德拉姆戈下了车,婴儿尖叫着。《玛卡雷娜》还在鱼市的扬声器里砰砰地奏响着。伊芙尔达出来了,向史达琳走了过来,低垂着美丽的头,双手裹在毛毯里,搂着婴儿。

伯克在她俩之间的街面上抽搐,现在血流得太多,动作小了些。《玛卡雷娜》伴随着伯克抽搐的节奏。一个人弯下身子跑到他面前躺下,往他伤口上加压止血。

史达琳用枪指着伊芙尔达面前的地下。"伊芙尔达,露出手来,请快点,露出手来。"

婴儿毯下面鼓了出来,长辫子黑眼睛像埃及人的伊芙尔达抬头望着史达琳。

"啊,是你呀,史达琳。"她说。

"伊芙尔达,别乱来,为孩子想一想。"

"咱俩就拼了这两摊血吧,婊子。"

毛毯一掀,空气一闪,史达琳一枪打进了伊芙尔达的上唇,她的后脑炸开了。

不知道怎么回事,史达琳自己也坐了下来,脑袋边一阵剧烈的刺痛,叫她喘不过气来。伊芙尔达坐到了路面上,身子向前俯在脚上,血从嘴里往外流,淋了婴儿一身。婴儿的叫喊被她的身子压住了。史达琳爬到她面前,解开了背带上滑唧唧的扣箍,从伊芙尔达的乳罩里取出巴厘松刀,不用看便打开刀,割断了婴儿身上的背带。婴儿满身鲜红,滑溜溜的,史达琳抱起来很吃力。

史达琳抱起孩子,痛苦地抬起目光,看见了鱼市那股向天空喷去的水,便抱着满身鲜血的婴儿往那儿走去。她匆匆推开台子上的刀子和鱼内脏,把孩子放到案板上,把水管对准孩子用力喷去。黑孩子躺在白案板上,周围是刀子、鱼内脏和鲨鱼头,身上的HIV反应阳性的血被冲洗掉了。史达琳自己流下的血也滴在孩子身上,和伊芙尔达的血混合在一起,同样被咸得像海水的水冲走了。

水花四溅,水花里那象征上帝应许的嘲弄的彩虹,是一面闪光的旗帜,招展在上帝那盲目的铁锤的伟业之上。史达琳没有在小男孩的身上发现伤口。扩音器里《玛卡雷娜》还在砰砰地奏响,摄像机的灯光一闪一闪地亮着,直到黑尔把摄像师拖到一边。

2

弗吉尼亚州阿灵顿城工人阶级居住区的一条死胡同。温暖的雨后秋夜,半夜刚过,暖空气在冷气流前不安地逃着。一只蟋蟀在湿土和树叶的气味里奏着曲子。巨大的震动传来,蟋蟀停止了演奏,那是汽车闷沉沉的轰隆声。是辆装有钢管保险杠的5.0升野马车。那车开进了死胡同,后面跟着一辆联邦警官的车。两辆车开到两层楼的整洁楼房前,在汽车道上停下了。野马空转时颤抖了一下。引擎静止之后,蟋蟀小做观望,又奏起了曲子——那已是它霜冻前的最后一次演奏,也是平生的最后一次演奏了。

一个穿制服的联邦警官从驾驶员座位上下了野马,绕过车头,为克拉丽丝·史达琳开了门。史达琳下了车,她耳朵上裹着绷带,用白色的束发带固定着。她没有穿衬衫,只穿了件绿色手术服,橘红色的甜菜碱染红了她露在衣领外的脖子。

她带着一个私人用品拉链锁提包——一串钥匙、一点钱、一个联邦调查局特勤人员证件、一把快速上膛枪、五发子弹、一小罐梅司催泪毒气。跟拉链锁提包一起,她还拿着一根皮带和一个空的皮枪套。

警官把汽车钥匙递给了她。

"谢谢,博比。"

"你需要我和法隆进屋陪你坐一会儿吗?或是让我把桑德拉给你找来?她没有睡,还在等着我。我带她来坐一会儿吧,你得有人陪陪……"

"不需要,我现在就进去。阿黛莉亚一会儿就会回来的,谢谢你,博比。"

警官和他的伙伴进了等候着的车,他看见史达琳安全进了屋,便开走了联邦公务车。

史达琳屋里的洗衣间暖烘烘的,有一股纤维柔顺剂的香味。洗衣机和烘干机的皮管是用塑料束缚带固定的。史达琳在洗衣机上放下她的用品,汽车钥匙碰着金属盖叮当一响。她从洗衣机里取出一大卷洗好的衣服,塞进了烘干机,然后脱下制服裤子、手术时穿的绿衣服和染满血迹的乳罩,扔进了洗衣缸。她只穿了短袜、内裤,踝部枪套里插了一把.38特种枪,击铁带有保险。她的背部和肋骨上都有青紫的伤,手肘上有挫伤,右眼和右颊也肿了。

洗衣机在加热,开始哗啦哗啦响起来。史达琳用一块海滩大毛巾裹好身子,进了起居间,用大杯子取了一点纯杰克·丹尼尔斯威士忌,在洗衣机前的一个橡皮垫上坐下了。坐在黑暗里,靠着洗衣机。暖烘烘的机器哗啦啦地动着。她坐在地板上,仰着脸抽泣了几声,流起泪来,滚烫的泪水顺着面颊流淌。

阿黛莉亚·马普的男朋友从开普梅老远送她回来,在零点四十五分左右到了家。她在门口跟男朋友道了别,然后在自己的浴室里听见了洗衣机转换着功能、水哗哗地流、水管扑扑地响。

马普来到屋子后面,开了她和史达琳合用的厨房里的灯,往洗衣室望去,看见史达琳坐在地上,头上缠着绷带。

"史达琳!啊,宝贝。"她急忙跪到她身边,"出什么事了?"

"我的耳朵给打穿了,阿黛莉亚。是在沃尔特·里德那里缝合的。别开灯行不行?"

"好的,我给你做点东西吃吧。我没有听见广播,我们在车上听音乐——你告诉我吧。"

"约翰死了,阿黛莉亚。"

"不会是约翰·布里格姆吧!"布里格姆在联邦调查局做射击指导时,马普和史达琳都迷恋过他,都曾想隔着袖子看他文在身上的是什么字。

史达琳点点头,像小孩一样用手背擦着眼泪。"伊芙尔达·德拉姆戈和几个克里普帮的人。杀死他的是伊芙尔达。他们还杀死了烟酒火器局的马克斯·伯克。我们是一起去的。伊芙尔达事先得到了消息,电视新闻也跟我们同时到达。伊芙尔达的工作归我做,可是她不肯放弃抵抗。阿黛莉亚,她不肯,而且抱着个娃娃。我们彼此开了火,她给打死了。"

马普以前从没见史达琳哭过。

"阿黛莉亚,我今天杀了五个人。"

马普坐到地板上史达琳身边,搂着她,两人一起靠着运转的洗衣机。"伊芙尔达的娃娃怎么样了?"

"我把他身上的血洗干净了,我见他身上什么伤都没有,医院也说他身体没问题,他们过几天就把他给伊芙尔达的母亲送去。你知道伊芙尔达最后对我说的话吗?她说,'咱俩就拼了这两摊血吧,婊子'。"

"我去给你弄点东西吃。"马普说。

"什么?"史达琳说。

3

报纸和联播的早新闻随着灰色的黎明到来。

马普听见史达琳有了响动,拿过来一些松饼,两人一起看电视。

WFUL电视台的直升机拍到了那些镜头,罕见的连续镜头,从头顶直接拍到的。有线新闻网和别的联播网都从他们那儿买来了版权。

史达琳已看过一次。她必须看清楚先开枪的是伊芙尔达。她望望马普,看见她褐色的脸上满是愤怒。

看完之后史达琳跑开去呕吐了。

"很难看下去。"史达琳回来说,她双脚发软,脸色发白。

马普跟往常一样说穿了问题。"你想问的问题是:你杀死了那个抱孩子的美国黑人妇女,我有什么感想,是吧?这是我的回答:是她先对你开枪的,而我愿意你活着。可是,史达琳,你想想看,这个疯狂的主意是谁出的?是哪头笨驴派你到那样混账的环境里去跟伊芙尔达·德拉姆戈用枪解决毒品问题的?这他妈的有多聪明?我希望你想想以后是否别再给他们当枪使了。"马普倒了点茶,停了停,"你要我陪陪你吗?我可以要求休一天假。"

"谢谢,用不着。给我打电话好了。"

因九十年代的小报繁荣而受益匪浅的《国民闲话报》出了一版号外,即使以它自己的标准来看这版号外也不寻常。有人天亮后往她俩的住房那儿扔了一份,史达琳循声去检查,发现了。她原本等着最难堪的东西,现在那东西来了。

"死亡天使:克拉丽丝·史达琳,联邦调查局的杀人机器",《国民闲话报》那72磅的哥特体标题尖叫着。第一版的三张照片是:史达琳身穿工作服,正用.45口径的手枪射击;脑浆迸裂的伊芙尔达·德拉姆戈坐在街上,身子俯在婴儿身上,脑袋歪向一边,像契马布埃①的圣母像;然后又是史达琳,把一个赤身裸体的褐色婴儿放在白色的案板上,周围是刀子、鱼内脏和鲨鱼头。

图片下的说明是:"联邦调查局特工克拉丽丝·史达琳,当年连环杀手詹姆·伽姆的击毙者,在她那把枪上至少又增刻了五个记号。缉毒失败,死亡人员包括一名抱婴儿的妇女和两名警官。"

报道的主要内容有伊芙尔达和第戎·德拉姆戈的毒品生涯;克里普帮在华盛顿哥伦比亚特区弹痕累累的街头的露面;死去的警官约翰·布里格姆的服役情况和他所获勋章的简略介绍。

报纸用整个侧栏的篇幅介绍了史达琳,文章上方是一幅偷拍的照片:史达琳在一家餐厅里,身穿圆口低领连衣裙,面部生动。

> 克拉丽丝·史达琳,联邦调查局特工,七年前因在连环杀手"野牛比尔"詹姆·伽姆的家乡的地下室将其击毙,曾享有昙花一现的盛名,目前可能面临部门指控,将在星期四华盛顿一母亲之死亡事

---

① 契马布埃(1240?—1302?),意大利佛罗伦萨最早的画家之一。

件中承担民事责任。该母亲被控非法制造安非他明（见第一版重点报道）。

"此事可能会结束她的职业生涯。"中央情报局的兄弟单位烟酒火器局里某消息提供人士称。"此次袭击失败之全部细节我们尚未获悉，但约翰·布里格姆不该捐躯。此事是兵败红宝石峰后联邦调查局最不愿见到的事。"不肯透露身份之消息提供人士称。

克拉丽丝·史达琳自到联邦调查局受训起便已开始其丰富多彩的生涯。作为弗吉尼亚大学心理学及犯罪学两个专业的优秀毕业生，她曾被指定访问极其危险的疯子汉尼拔·莱克特（本报称之为"食人魔汉尼拔"），从彼处获得了对于搜捕詹姆·伽姆及解救人质，田纳西州前美国参议员之女凯瑟琳·马丁的极为重要的情报。

史达琳特工曾蝉联三届系统内部手枪比赛冠军，然后退出比赛。具讽刺意味的是，在她身边死亡的布里格姆警官却是她在匡蒂科受训时的火器教官及比赛时的教练。

一联邦调查局发言人称在静候内部调查期间，史达琳特工将被解除外勤职务，薪水照发。随后她将于本周内参加听证会，该会由职业责任调查部召开，此种会议在联邦调查局内部是一种严厉的审讯。

死者伊芙尔达·德拉姆戈之亲属称，他们将对联邦政府提出民事赔偿要求，对史达琳本人提出误杀指控。

在戏剧性的枪战中，抱在母亲德拉姆戈怀里的三个月大的幼儿没有受伤。

曾多次为德拉姆戈家做刑事诉讼辩护的特尔福德·希金斯律师声称，史达琳特工的武器，一支改造过的.45科尔特半自动手枪，并未获批准在华盛顿市执法时使用。"该武器危险致命，不宜用于执法。"希金斯说。"但凡使用该武器即已对人的生命构成威胁。"该著名辩护律师称。

《国民闲话报》从史达琳的一个线人手上买到了她的电话号码,不断打电话来,史达琳只好从挂钩上取下了话筒。她要和局里通话只能用手机了。

史达琳的耳朵并不太痛,肿起的脸不碰绷带也不太痛,至少不是跳痛。两颗泰诺就解决了问题。她并不需要医生给她开的镇痛药。她靠在床头板上迷糊起来,《华盛顿邮报》从被单上滑到地下摊开了。她手上有火药的残迹,面颊上有干了的泪痕。

4

**你对局里一往情深，
局里对你漠不关心。
——联邦调查局内部临别赠言**

时间还早，联邦调查局胡佛大厦内的体育馆里几乎没有人。两个中年人在室内运动场跑道上慢跑。巨大的场地上回荡着远处举重器械的当啷声和玩壁球的呼喊嘭叭声。

两人慢跑着，语声断断续续。杰克·克劳福德按联邦调查局局长滕贝里的要求跟他在一起慢跑。两人已经跑了两英里，开始喘气了。

"烟酒火器局的布莱洛克因为韦科失利看来会大受折磨，现在还没有开始，但是败绩既然在身上，他心里是明白的。"局长说，"他也不妨给孙牧师一个通知，说不再租他的大楼了。"联邦调查局总觉得在华盛顿的烟酒火器局竟然向孙牧师去租楼办公十分可笑。

"法拉第因为红宝石峰下台了。"局长说了下去。

"我不明白。"克劳福德说。七十年代他在纽约跟法拉第共过事，那时一群暴民在位于第三大道和第六十九街交叉口的联邦调查局办事处前设置篱栅。"法拉第是个好人，对交战不设置清规戒律。"

"我昨天早上已经告诉过他。"

"他一声不响就走了？"克劳福德问。

"不如说他是为自己好。局势很险恶呢，杰克。"

两人跑时已略微加快了步伐，头往后仰。克劳福德从眼角瞄见局长在打量他的身体状况。

"你多大啦，五十六？"

"没错儿。"

"再过一年就是按规定退休的年龄了。许多人到四十八、五十岁就退休，那时还可以再找份工作。你是不会想那么干的。可你还想在贝拉去世之后有点事做。"

克劳福德跑了半圈没有说话，局长明白自己说走了嘴。

"对这事我没有轻率的意思，杰克。多琳那天说——"

"在匡蒂科还是有事可做的。我们打算在互联网上把VICAP①合理化，让每个警察都可以使用。你从预算里已经知道了。"

"你曾经想过当局长吗，杰克？"

"我从来不觉得那是我的活儿。"

"那不是你的活儿，你不是搞政治的材料，绝不会当局长的，绝不会成个艾森豪威尔，或是奥马尔·布拉德利②的。"他示意克劳福德停步，两人站在跑道边喘着气，"不过你可以做个巴顿将军③，杰克。你可以带着士兵冲进枪林弹雨，还叫他们喜欢你，而那正是我所缺乏的才能。我要士兵打仗只能靠驱赶。"滕贝里匆匆四面一望，从一张长凳上拿起毛巾，搭在肩上，像穿上了宣布死刑的法官制服。他的眼睛亮了。

有的人需要激将法才硬得起来，克劳福德望着滕贝里的嘴唇动作，心里想。

"关于最近这桩德拉姆戈太太抱着孩子被杀死和她那支麦克10与制毒车间

---

① 美国联邦调查局在因特网上的暴力犯罪追缉计划的缩写。
② 奥马尔·布拉德利（1893—1981），美国将军。
③ 巴顿将军（1885—1945），美国将军，二战中功勋卓著，但性情暴躁，因车祸死去。

的案子,司法监督部门需要一块肉做牺牲,一块新鲜的、咩咩叫的羊的肉;传媒也需要一块肉。药物管理局非扔给他们一块肉不可。烟酒火器局也得扔一块。但是在我们这方面,扔一只鸡他们也就该满意了。克伦德勒认为我们只要把克拉丽丝·史达琳给他们,他们就不会再为难了。我赞成他的意见。烟酒火器局和药物管理局因为计划了这次袭击得要承担责任。但枪毕竟是史达琳开的。"

"打死了一个先开枪杀了警察的人?"

"问题是录像,杰克。你没有看录像,是吗?公众并没有看见伊芙尔达·德拉姆戈射击约翰·布里格姆,没有看见伊芙尔达先对史达琳开枪。你如果不明白自己要看什么,你就会视而不见。有两亿人看见伊芙尔达·德拉姆戈以保护孩子的姿势坐在地上,脑袋被打开了花。而这两亿人里有十分之一有选举权。别说了,杰克,我知道你有一段时间曾经希望把史达琳当作你的门生。但是她那张嘴太厉害,杰克,跟某些人一开头就没有处好关系——"

"克伦德勒是个混蛋。"

"听我讲,你先别插嘴,等我说完。史达琳的职业生涯原本没有前途,我们会不带成见地给她行政撤职处分,文件上不会写得比迟到或缺席的处分更重——她还能找到工作。杰克,你在联邦调查局行为科学处成绩卓著,许多人认为你要是更会照顾自己的利益的话,地位应该比处长高得多。我愿意第一个告诉你,杰克,你将以副局长的职务退休。我说话算话。"

"你的意思是,如果我对此事袖手旁观的话?"

"按事务的正常程序办下去一切都会平安无事的,杰克。事情就是这样。杰克,看着我。"

"怎么,滕贝里局长?"

"我不是在要求你,而是直接命令你,这事你别插手。别错过机会了,杰克。有时候你必须熟视无睹。我就熟视无睹过。听着,我知道那很困难,相信我,你的感觉我能体会。"

"我有什么感觉?我的感觉不过是想洗个淋浴。"克劳福德说。

5

史达琳理家有效率,但不精细。两人合住房她的这一半虽很干净,什么都能找到,东西却有越堆越高的倾向——洗干净的衣服不整理,杂志多得放不下。她那直到最后一分钟才熨衣服的本领也是世界水平的,而且不用打扮。她就是那样过日子的。

她需要秩序时就钻到合住房对面去——到公用厨房那边阿黛莉亚的房里去。要是阿黛莉亚在那儿,她就可以跟她商量,阿黛莉亚的意见总是很中肯,不过有时说得比史达琳希望的还要露骨。她们有个默契,阿黛莉亚若是不在,史达琳可以坐到阿黛莉亚那整整齐齐的房里去思考,只要不把东西扔在那边就行。今天她就坐在了那里。那是那种无论主人在不在都感觉有主人在的屋子。

史达琳坐在那儿望着马普奶奶的保险单。保险单嵌在手工制作的框子里,挂在墙上,跟挂在她奶奶农庄的佃户房里时一个样,也跟阿黛莉亚小时候挂在游戏室里时一个样。阿黛莉亚的祖母以卖菜卖花为生,一个一个小钱积攒起来交了保险费。她已经可以拿付过的保险单贷款,就靠这个让阿黛莉亚苦苦支撑着渡过了大学最后的难关。还有一张照片是那小老太婆自己的,浆过的白色硬领上的脸没有笑意,草帽檐下的黑眼睛闪耀着古老的智慧。

阿黛莉亚能感觉到自己的出身背景,每天都从中汲取力量。现在史达琳也在寻求自己的力量,想打起精神来。波兹曼的路德教孤儿院给了她食物、衣服和正当行为的规范。可是,就她现在的需要而言,要寻找力量她还只能指望自己的血统。

既是出生在贫苦白人之家,你还能指望什么?何况是生在重建工作直到五十年代末才完成的地区。既然出生在常被大学生叫作"山里人""乡巴佬"的家庭,常被别人居高临下地称为"蓝领"的阿巴拉契亚山山民;既然连南方那些贵族身份未必可靠的、轻视体力劳动的人也把你家的人叫"啄木鸟"——你还能找到什么传统的家风作为你的楷模?说我们在布尔溪①打得他们屁滚尿流吗?说老格兰特在维克斯堡②干得漂亮吗?说夏洛③的一角永远成了亚祖城④吗?

要是能靠继承来的东西做出了成就,利用那倒霉的四十英亩土地和一头满身泥的骡子搞出了名堂来,倒也荣耀,可是你自己总得先有个设想吧!而那设想别人是不会告诉你的。

史达琳在联邦调查局受训时取得了成功,因为她没有退路。她大部分日子都是在社会机构里靠尊重机构、刻苦努力、恪守纪律过下来的。她总在不断进步,总能获得奖学金,总是跟人合作。到了联邦调查局她旗开得胜,却没有得到提升,这种经历使她觉得陌生而可怕。她像只关在瓶里的

---

① 美国弗吉尼亚州东北的一条小河。美国南北战争时曾在此有过两次战役(1861年和1862年),都是北方军战败。
② 美国密西西比西部城市,美国南北战争中在这里进行的一系列决战,证明了联盟军将领格兰特的军事天才。
③ 1862年美国南北战争的战场之一,在田纳西州西南田纳西河上,现为国家军事公园。
④ 密西西比州中西部城市。

蜜蜂,老撞在玻璃壁上。

她为当着她的面被杀死的约翰·布里格姆伤心了四天。很久以前布里格姆曾经对她提出过一个要求,她婉拒了。他又问她他俩是否能够成为朋友,真正的朋友,她同意了,诚心诚意地同意了。

她必须接受一个现实:自己在费利西亚纳鱼市杀死了五个人。有个人影在她心里反复闪现:胸口被两辆车夹坏的那个克里普帮的人,那人的手在车顶乱抓,枪掉了下来。

为了减轻心里的负担,她有一回曾到医院去看过伊芙尔达的婴儿。伊芙尔达的妈妈正在那儿抱起小孙子准备回家。她从报纸上的照片认出了史达琳,把婴儿交给了护士,史达琳还没有明白她打算干什么,老太婆已狠狠打了她一个耳光,打在有绷带的一面。

史达琳没有还手,只是扣住老太婆的手腕,把她顶在了产科病房的窗户上,直到她放弃了挣扎。老太婆的脸抵在喷满唾沫的窗玻璃上扭歪了。血从史达琳脸上流了下来,痛得她发晕。她到急救室重新缝合了耳朵,并没有提出医药赔偿要求。一个急救室的助手向《国民闲话报》透露了消息,得到了三百美元。

她还得出去两次——一次是给约翰·布里格姆做最后的处理,一次是到阿灵顿国家公墓参加他的葬礼。布里格姆的亲戚很少而且疏远,他最后的书面要求是让史达琳照顾他。

他面部伤害严重,需要使用不露出脸的棺材,但是她仍然尽力收拾好了他的面貌,给他穿上了缀有银星奖章[①]的、完美的海军蓝军服,缎带上还缀着其他的勋章。

葬礼以后,布里格姆的上司给了史达琳一个盒子,里面盛着约翰·布里格姆的私人枪械、臂章和他永远凌乱的办公桌上的一些东西,包括一只

---

① 美军颁发给地面战斗中作战英勇者或服务优异者的奖章。

从杯子里饮水的傻呵呵的风信鸡。

史达琳面临着五天后的一次听证会,那有可能会毁掉她。除了接到过杰克·克劳福德的一次电话之外,她的工作电话一直没有响过,而可以谈心的布里格姆又死了。

她给她在联邦调查局特工协会里的代理人打过电话,那人的劝告只不过是参加听证会时别戴摇晃的耳环,别穿露脚趾的鞋。

电视和报纸每天抓住伊芙尔达之死像摇晃死耗子一样摇个没完。

在这儿,在马普绝对整洁的屋子里,史达琳努力思考着。

能够毁掉你的蠕虫是:同意批评你的人的看法,讨得他们的欢心。

一阵噪声干扰了她。

史达琳使劲回忆她在伪装的货车里确实说过的话。她是否说过多余的话?噪声继续干扰。

布里格姆让她向别人介绍伊芙尔达的情况时,她表现了敌意吗?她说过什么语意含糊的……

噪声继续干扰。

她清醒了过来,意识到自己听见的是隔壁她自己门铃的声音。也许是个记者吧,她还估计着会收到民事传票。她拉开马普房子正面的窗帘一看,一个邮递员正要回邮车去。她打开马普的大门,赶上了他。她在签字领取快件时背过了身子,躲开了街对面新闻车的远距离摄影。

信封是紫红色的,精细的亚麻纸上有丝质的条纹。心烦意乱的她想起了一点什么。她进了屋,避开了耀眼的阳光,看了看信封,精美的印刷体字。

史达琳心里恐怖的音调原本嗡嗡不断,这时又发出了警告。她觉得腹部的皮肤颤动起来,好像有什么冰凉的东西从她身前流下。

史达琳捏着信封的两角进了厨房,从皮夹子里拿出取证用的白手套——那是她永远随身带着的。她在厨房的硬桌面上按了按信封,又仔细全部摸过。虽然纸质很硬,定时炸弹的电池总是能摸到的。她明白应该去透视一下,如果打开信封,可能惹上麻烦。麻烦,哼,麻烦个鬼!

她拿起菜刀裁开信封,取出了那张丝质的信纸,不用看签名她已经知道是谁写来的了。

亲爱的克拉丽丝:

我满怀热情地注视着你所受到的羞辱和公开的作践。我从来没有为自己受到的羞辱痛苦过,除了受到监禁时觉得不方便之外,但我怕你会对前途想不开。

我们俩在地牢里讨论时,你的父亲,那个已经去世的巡夜人,在你的价值体系里显然有巨大的分量。我认为你在结束詹姆·伽姆的女装设计师①生涯时所取得的胜利最令你高兴,因为你可以想象那是你父亲的业绩。

可现在,你在联邦调查局已经失宠了。你是否觉得自己在走着你父亲的路呢?你曾经设想过他做了处长——或者比杰克·克劳福德更大的官,做了副局长,骄傲地望着你前进吗?而现在你是否又看到他在为你的耻辱感到难堪,抬不起头了呢?是因为你的失败吗?你那大有前途的事业就这样遗憾地、渺小地结束了吗?你看见你自己干着你妈妈在吸毒者对你父亲射出那颗子弹之后被迫去干的仆役活吗?唔……你的失败会不会玷污了他俩?人们会不会错误地认为你的父母都是拖车营地里招凶惹祸的白人渣滓?告诉我真话,史达琳特工。

你先想一下我们再谈。

我现在要告诉你你所具有的一种品质,它能够帮助你:你不会因为泪眼模糊而看不见东西,你还有头脑继续读下去。

---

① 史达琳所击毙的连环杀手詹姆·伽姆原学过缝纫,杀女人是为了剥皮制衣。见本书前篇《沉默的羔羊》。

你会觉得有一种练习对你有用处,我要你跟着我做。

你有黑色的长柄平底煎锅吗?你是南方山地的姑娘,我不能想象你会没有那种锅。把它拿到桌上来,打开头顶的灯。

马普继承了她奶奶的长柄平底煎锅,常常使用。那锅的表面是黑色的,亮得像玻璃,从没有沾过肥皂。史达琳把它放在自己面前的桌上:

望着锅,克拉丽丝。弯腰低头看看,它如果是你妈妈的锅(那是很可能的),它的分子里就保存着所有在它旁边进行过的谈话所造成的振动。所有的谈话:发小脾气的话、举足轻重的知心话、对灾难的平淡的叙述、爱情的嘟哝和诗篇。

在桌边坐下来吧,克拉丽丝,往锅里看。那锅要是使用得很多,就会是一片漆黑,是吗?望着它就像望进一口井里。锅底上没有你清楚的面影,但是你在锅底模糊出现了,是吗?你在那儿有一张黑脸,后面的光像个日冕,你的头发像在燃烧。

我们都是碳元素的精制复合物,克拉丽丝。你、锅、你在地下冷得像锅的死去的爸爸,全都是的。听着,你那奋斗过的爸爸和妈妈所发出的真正声音是什么?他们究竟是怎么活过来的?我要的是确切的回忆,不要堵在你心里的幻觉。

你爸爸为什么没有跟法院那帮人混好,当上副治安官?你妈妈为什么要去汽车旅馆做清洁女工来抚养你?尽管她并未能一直抚养你至长大成人。

你对这个厨房的最生动的记忆是什么?——不是对医院的记忆,是对厨房的记忆。

我妈妈从爸爸的帽子上洗去血迹的记忆。

你对这个厨房最美好的记忆是什么？

我爸爸用那把断了头的小刀剥着橙子，把橙子瓣分给我们。

你的爸爸，克拉丽丝，是个巡夜人，你妈妈是个用人。

光辉的联邦政府职业生涯是你的还是他们的？在腐朽的官僚主义制度下你的爸爸能够卑鄙到什么程度？他要拍多少人的马屁？你这一辈子见他奉承讨好过谁吗？

你的上级表现过什么价值观，克拉丽丝？你爸爸妈妈呢？他们表现过什么价值观？若是表现过，他俩和你上级的价值观是否相同？

望到那诚实的铁锅深处去，告诉我，你是否辜负了你死去的亲人？他们会不会让你去拍马屁？他们对硬骨头的看法如何？你的骨头是可以硬的，想怎么硬就怎么硬。

你是个战士，克拉丽丝，敌人死了，婴儿却安然无恙。你是个战士。

最稳定的元素出现在周期表的中间，大体在铁和银之间。

在铁和银之间。我认为那是最适合你的地方。

汉尼拔·莱克特

又及：你知道你还欠我一点信息。告诉我，你是否仍然在醒来时听见羔羊哀叫？随便哪个星期天在《泰晤士报》国内版、《国际先驱论坛报》和《中国邮报》上登一个寻人启事。寻找A.A.阿龙，这样就会登在第一条。下面署名汉娜。

读着这信，史达琳听见了她在精神病院采取最严格安全措施的病房里

听见过的声音。那声音嘲弄她,洞悉她,探究她的生活,也启发了她。那时她不得不用生命里最微妙的感受去换取汉尼拔·莱克特对野牛比尔[①]的重要情报。他那很少使用的嗓音中的金属刮擦声仍然在她梦里震响。

厨房天花板的一角上有一个新的蜘蛛网,史达琳瞪着它不禁心潮起伏。她又高兴又难过,又难过又高兴。高兴有救了,看见了治疗伤害的办法;难过的是莱克特博士在洛杉矶的转信机构雇用的一定是廉价助手,这一回用了一台邮资机。杰克·克劳福德见了这信一定会高兴,邮政当局和实验室也会很高兴。

---

① 连环杀手詹姆·伽姆在被抓获之前,被叫作"野牛比尔",因为他剥被害者的皮。见本书前篇《沉默的羔羊》。

6

梅森过日子的房间很安静,但有它自己轻柔的脉动,那是给梅森送气的呼吸器的嗖嗖声和"叹息"声。屋子很黑,只有巨大的鱼缸亮得耀眼。缸里有一条外国海鳝转来转去,画着永远画不完的8字,投下的影子像一条黑带在屋子里晃动。

梅森编成辫子的头发像鳞甲一样搭在呼吸器壳上,遮住了胸口。床的一头抬了起来,一组管子吊在他面前,像牧神的排箫。

梅森的长舌头从牙齿后面伸出,在最后的管子上卷了卷,随着呼吸器下一次的呼吸吹了一下。

墙上话筒里的声音立即回答:"什么事,先生?"

"要《闲话报》。"话里的唇音发不出来,但声音深沉洪亮,是广播里的那种。

"第一页是……"

"不用你读,用反射器投射。"梅森的话里没有唇音。

一个架高了的监视器的大屏幕咔咔地响了。《闲话报》的红色报头出现,蓝绿色的荧光转成了粉红色。

"死亡天使:克拉丽丝·史达琳,联邦调查局的杀人机器。"梅森经过三次呼吸器缓慢的送气念道。他可以放大插图画面。

他只有一只手伸在被单外面。那手动了起来,像一只灰白色的蜘蛛蟹一样爬着。主要靠手指头的动作,而不靠那消瘦的胳臂的力气。梅森不大能转动脑袋去看,只靠拇指、无名指和小指推着食指和中指像触角一样前进。那手找到了遥控器,靠了它,他可以伸缩镜头和翻页。

梅森读得很慢。他唯一的眼睛上的护目镜每分钟发出两次轻微的咝咝声,把潮气喷到他没有眼睑的眼球上,常常使镜头模糊。他花了二十分钟读完了主要文章和侧栏文章。

"放上X光片。"他读完后说。

巨大的X光片要在监视器上清楚显示必须有光台①。一会儿之后出现了一只人的手,显然受到过伤害。又一个镜头,展示出那手和整个胳臂。附在X光上的箭头指出手肘与肩头之间的肱骨上有一个陈旧性裂口。

梅森看着那镜头,连着呼吸了几次。"把信投上来。"他终于说。

屏幕上出现了精美的印刷体字,经过放大,显得怪诞。

亲爱的克拉丽丝,梅森读道,我满怀热情地注视着你所受到的羞辱和公开的作践……那声音的节奏刺激起了梅森对往昔的回忆,那回忆缭绕着他、缭绕着他的床和房间,撕开了他无法讲述的梦的疮疤,驱使他的心跳超过了呼吸的速度。呼吸器意识到他的激动,加快了给他肺叶输气的速度。

他以他那痛苦的速度在开动着的机器上读完了信,像在马背上读着。他闭不上眼睛,但是读完之后他的注意力离开了眼睛后面,想了一会儿,这时呼吸器缓慢下来。然后他吹了吹管子。

---

① 一种桌面由透光材料制成,下设光源的特殊用途的桌子。

"在,先生。"

"联系国会议员费尔默。给我耳机,把扬声话筒打开。"

"克拉丽丝·史达琳。"他在下一次机器容许他说话时说,说那名字时爆破音有问题,他却应付得很好,把所有的音都发了出来。他在等候电话时打了一会儿瞌睡。海鳝的影子在他的被单上、脸上和盘起的头发上爬动。

7

华盛顿和哥伦比亚特区的联邦调查局办事处大楼叫作鹰岬,因为此处曾为南北战争时的一家医院,医院旁边聚集过一大群兀鹰。

今天在这儿聚集的人是药物管理局、烟酒火器局和联邦调查局的中层管理人员,是来讨论克拉丽丝·史达琳的命运的。

史达琳一个人站在她上司办公室里的厚绒地毯上。她能听见自己脑袋上绷带下的脉搏怦怦跳动,在脉搏之外她也听见了隔壁会议室毛玻璃门后闷沉沉的谈话声。

联邦调查局硕大的局徽和玻璃上的金字格言"忠诚、勇敢、廉洁"显得灿烂辉煌。

局徽后面的声音带着情绪时起时伏。别的话她听不清,却听得出自己的名字。

大楼俯瞰着一汪潭水,那水里可以划船,可以通向麦克奈尔要塞。被控刺杀林肯的暗杀集团就是在那儿被绞死的。

史达琳的脑子里闪过她见过的照片,玛丽·萨拉特从她自己的棺材边经过，上了麦克奈尔要塞的绞架，戴上了头套，在活动翻板上站住了。她的裙摆被拴在腿上，以免在发出轰隆声往黑暗里坠落时出现不雅的场面。

史达琳听见隔壁的人们站起身子、椅子擦着地板的声音。现在他们鱼贯而入，进了这间办公室。有些面孔她是熟悉的。天哪，努南来了！那是整个调查部门的一号人物，独裁者。

还有她的仇家，从司法部门来的保罗·克伦德勒。长脖子、两个圆耳朵高高伸在脑袋上，像土狼一样。克伦德勒是个野心家，是督察长身旁的后台人物。自从七年前史达琳先于克伦德勒击毙了连环杀手野牛比尔，办成了那桩有名的案子之后，他一有机会就往她的人事档案里滴毒汁，还对职业考评委员会的耳朵说了许多悄悄话。

这些人中，没有一个跟她一起上过火线，一起使用过拘票，一起经历过枪林弹雨，一起从头发里梳掉过玻璃碴子。

这些人谁都没有看她，后来又都突然望着她，好像一大群人突然转过身望着正羞怯怯走着路的瘸子。

"坐下，史达琳特工。"她的上司克林特·皮尔索尔揉着自己粗大的手腕，好像被手表擦伤了手。

他避开她的目光，只对面向窗户的一把圈手椅做了个手势。质询会上的这个座位可不是个光彩的地方。

七个人一直站着，在明亮的窗户前呈现黑色的剪影轮廓。此刻史达琳看不见他们的面孔，可是在光亮下却能看见他们的腿和脚。五个人穿的是系带子的厚底便鞋，就是攀上了华盛顿高位的农村滑头们常穿的那种。有一双是汤姆·麦克安翼状镶头皮鞋，配上可发姆革的鞋底。七双鞋中有几双是福禄盛翼状镶头皮鞋。空气里有一种穿热了的皮鞋的鞋油味。

"这里也许有你不认识的人，史达琳特工。这是局长助理努南，我相信你知道他是什么人。这是药物管理局的约翰·埃尔德雷奇；烟酒火器局的鲍勃·斯尼德；市长助理本尼·霍尔库姆；我们的职业责任检察员拉金·温赖特,"皮尔索尔说,"保罗·克伦德勒——你当然认识——是从司法部督察长办公室以非官方身份来的。保罗来参加我们的会议是对我们的一番好意,是来帮助我们克服困难的。他在场,可是他也不在场,你要是明白我的意思的话。"

史达琳明白系统里这句话的意思。联邦检察员是在战争结束之后到战场上来对伤员补刺刀的。

几个脑袋的黑轮廓点了点,打了招呼。男人们伸长了脖子端详了一下这个他们来为之开会的女人。好一会儿工夫没有人说话。

鲍勃·斯尼德打破了沉默。史达琳记得他是烟酒火器局的编造专家,韦科市大卫教派的灾难发生后,就是由他去圆场子的。他是克伦德勒的哥儿们,据说也是个向上爬的角色。

"史达琳特工,你已经看见了报纸和电视上的报道,大家普遍认为是你杀死了伊芙尔达·德拉姆戈。你在一定程度上被看作了魔鬼。"

史达琳没有回答。

"史达琳特工?"

"我跟新闻没有关系,斯尼德先生。"

"那女人抱着孩子,这种情况所引起的问题你可想而知。"

"不是抱着,是挂在她胸前,她的手臂和手都在孩子身下的毯子下面,她在那儿有一把麦克10。"

"你见过尸体解剖报告没有?"斯尼德问。

"没有。"

"可是你从没有否认是你开的枪。"

"你以为你们还没有找到替罪羊,我就会赖账吗?"她转身对自己的上司说,"皮尔索尔先生,这是一次友好的会议,是吧?"

"绝对友好。"

"那么斯尼德先生为什么带着录音器械?工程部门多年以前就已经不

再生产那种领带夹子式的话筒了。他的胸袋里有一个F-伯德在录着音。现在我们彼此到办公室串门都带录音机了吗?"

皮尔索尔脸红了,如果斯尼德带了录音机,那就是最严重的欺诈。但是谁也不愿意让自己要求斯尼德关机的声音被录下来。

"我们并不需要你表态或是指责,"斯尼德气得白了脸,说,"我们到这儿来是帮助你的。"

"帮助我干什么?你们的机关给我们的办公室来了电话,要我们帮助你们搞这次突击。我给了伊芙尔达两次放弃抵抗的机会。她在婴儿毛毯下面藏了一支麦克10,已经开枪杀死了约翰·布里格姆。我希望她放弃抵抗,她不肯。是她先对我开了枪我才对她开枪的,她死了。你也许需要检查一下你的录音。"

"你事先预知伊芙尔达会到那儿去吗?"埃尔德雷奇追问。

"事先知道?是布里格姆在去那儿的路上在货车里告诉我的:伊芙尔达要在一间武装保护的实验室里制冰毒。对付伊芙尔达是布里格姆给我布置的任务。"

"记住,布里格姆已经死了,"克伦德勒说,"伯克也死了,两人都是出色的特工,已经无法在这儿承认或是否认什么了。"

听见布里格姆的名字从克伦德勒嘴里说出,史达琳觉得恶心。

"我不会那么容易就忘记布里格姆的死的,克伦德勒先生。他确实是个出色的特工,也是我的好朋友。可他要求我对付伊芙尔达是事实。"

"你跟伊芙尔达以前有过纠葛,布里格姆还能叫你对付伊芙尔达吗?"克伦德勒说。

"好了,保罗。"克林特·皮尔索尔说。

"什么纠葛?"史达琳说,"我抓过她一次,可并没有跟她动过武。她以前被捕时跟别的警官动过武,可我以前抓她,她从没有跟我动过武。我们还谈过话——她是个聪明人。我们彼此都很文明。我真希望现在还能这样。"

"你说过你要'收拾她'的话吗?"斯尼德说。

"我接受了布置给我的任务。"

市长办公室的霍尔库姆跟斯尼德碰了碰头。

斯尼德抛材料了。"史达琳小姐,我们从华盛顿警局的博尔顿警官那儿得到的材料是,你在去突击的路上在货车里介绍德拉姆戈太太时用了煽动性的言辞。你对此有什么说法?"

"我按布里格姆特工的指示对别的警官们进行解释。我说伊芙尔达有使用暴力的历史,说她总带着武器,说她的HIV呈阳性反应。我说我们要给她机会让她和平缴械。我要求必要时给我强力支援。这工作是没有多少人会自愿干的,我可以告诉你。"

克林特·皮尔索尔做了一次努力。"在克里普帮的车被打坏,一个家伙跑掉时,你看见那车晃动了,也听见车里有婴儿在哭,是吗?"

"不是哭,是尖叫。"史达琳说,"我举起手叫大家停止射击,自己离开掩护,走了出去。"

"那是违反野战规程的。"埃尔德雷奇说。

史达琳没有理他。"我做好战斗准备,向那车走去,手里拿着枪,枪口向下。马克斯·伯克躺在车和我之间,有个人跑了出来,给他扎上了绷带。伊芙尔达带着婴儿出来了。我叫她举起手来,说的话大体是,'伊芙尔达别乱来'。"

"她开了枪,你开了枪,她马上就坐了下来,对吗?"

史达琳点点头。"她双腿一软在路上坐下,身子弯到孩子身上死掉了。"

"你抓起孩子向水管跑去,表现你的关心。"皮尔索尔说。

"我表现了什么我不知道,孩子满身是血,我不知道那孩子的HIV是否呈阳性反应。我知道伊芙尔达是的。"

"你知道你的子弹可能伤着孩子。"克伦德勒说。

"不,我知道我的子弹是往哪儿打的。我有说话的自由吗,皮尔索尔先生？"

皮尔索尔的眼睛没有对着她。她说了下去。

"这次突击一团糟，很丑恶。把我放到那么个处境，叫我或是选择死亡，或是选择对抱着孩子的女人开枪。我做了选择，而我不得不做的事叫我愤怒。我杀死了一个带着婴儿的女人，那是连低等动物也不会干的事。斯尼德先生，你也许需要再检查一下你的录音带，就是我承认这一点的那部分。我被人置于那种处境，我感到深恶痛绝。我对现在的感觉也深恶痛绝。"她蓦然想起了仆倒在路上的布里格姆，她扯得太远了，"可现在我看见你们诸位对此事避之唯恐不及，这真叫我恶心。"

"史达琳。"皮尔索尔不高兴了，第一次望着她的脸。

"我知道你还没有机会写你的述职报告，"拉金·温赖特说，"在我们复查……"

"不，先生，述职报告已经写好了，"史达琳说，"有一份正送往职业责任调查部。如果你们不愿等，我身边还有一份。我的行动和所见全写在了上面。你看，斯尼德先生，它一直就在你手上。"

史达琳看得太清楚了，意识到了一个危险信号，有意识地放低了声音。

"这次袭击出错有几个原因。烟酒火器局的内线对婴儿的地点撒了谎，因为急于让我们把袭击搞了——想抢在大陪审团在伊利诺伊州的开庭之前。而且，伊芙尔达·德拉姆戈已经知道我们要袭击。她把钱放在一个提包里，冰毒放在另一个提包里，都拿了出来。她的呼机上还有WFUL电视台的号码。她在我们到达之前五分钟就接到了手机通知。WFUL电视台的直升机也跟我们同时到达了。你们应该要求WFUL电视台交出电话录音带，看是谁走漏了风声。那人一定是跟当地有利害关系的人，先生们。如果跟在韦科一样是烟酒火器局或药物管理局的人泄了密，他们一定会泄露给国家传媒，而不是当地电视台。"

本尼·霍尔库姆代表市里说话了。"没有任何证据说明任何人泄了密，无论是市政机构或是华盛顿警察局。"

"那得等传讯之后再说。"史达琳说。

"你拿着德拉姆戈的手机吗?"皮尔索尔问。

"封存在匡蒂科的资料室里。"

局长助理努南自己的呼机叫了。他对着那号码皱了皱眉头,道了个歉离开了会议室。不一会儿他又把皮尔索尔叫了出去。

温赖特、埃尔德雷奇和霍尔库姆双手插在裤袋里,望着窗外的麦克奈尔要塞。受到严密监视等待审讯的倒像是他们。保罗·克伦德勒捕捉住斯尼德的目光,示意他到史达琳那儿去。

斯尼德把手放到史达琳的椅背上,向她弯下身子。"如果你在听证会上的证词是,你从联邦调查局接受了临时布置的任务,用你的武器杀死了伊芙尔达·德拉姆戈,那么烟酒火器局就打算签署一个声明,说是布里格姆要求你……特别注意伊芙尔达,目的是和平拘捕她。你的武器杀死了她,那得由组织承担责任。这样,几个组织之间就不用为交火时的规定争吵了。我们也用不着把你在货车里介绍伊芙尔达为人时过甚其词、心怀敌意的事报上去了。"

史达琳猛然看见了伊芙尔达·德拉姆戈从门口出来,从车里出来,看见了她高昂的头,看见她下了决心,不顾自己的愚蠢和生命的浪费,抱着孩子向逼近自己的人走去,而不是逃避。

史达琳靠近斯尼德领带上的麦克风清清楚楚地说:"我非常乐意确认伊芙尔达就是那样的性格,她比你强,斯尼德先生。"

皮尔索尔回来了,努南没和他在一起。他关上了门。"局长助理回办公室去了,先生们,我宣布会议暂停,以后再用电话跟各位分头联系。"

克伦德勒的脑袋抬了起来。他突然警惕地嗅到了政治的气味。

"我们得做出某些决定。"斯尼德开始了。

"不,我们不做决定。"

"但是——"

"鲍勃,相信我,我们用不着决定任何事,我以后再跟你联系。还有,鲍勃?"

"什么?"

皮尔索尔一把抓住斯尼德领带后的电线,狠狠一拽,拽掉了斯尼德几颗衬衫扣子,把胶带从他的皮肤上扯了下来。"你要是再带了电线到我面前来,我就踢你的屁股。"

他们离开时谁也没有看史达琳一眼,只有克伦德勒例外。

他向门口走去,为了不用看方向,脚在地上擦动着,同时对她转过脸去,把他那长脖子关节伸到了最大限度,有如一只土狼在羊群边窥视着中意的羊,脸上掠过了复杂的饥渴表情。克伦德勒的天性是既欣赏史达琳的大腿,又想挑断她的脚筋。

8

行为科学处是联邦调查局处理系列杀人案的部门。史达琳的办公室在大楼底层,那里的空气清凉而平静。装修人员近年来曾经努力在他们的色盘上选择可以使这地下室明亮的色彩,其结果并不比殡仪馆的化妆更为成功。

处长办公室还维持着原来的褐色和棕色,高高的窗户配着咖啡色的格子窗帘。克劳福德就坐在那儿的办公桌边办公,周围是乱七八糟的文件。

敲门声,克劳福德抬头看见一个叫他高兴的人——克拉丽丝·史达琳站在门口。

克劳福德微笑了,从椅子边站起来。他常和史达琳站着谈话,那是他俩给自己的关系拟订的一种默契的仪式。两人不用握手。

"我听说你去医院看过我,"史达琳说,"抱歉没有见到你。"

"我正在高兴他们那么快就让你走掉了。"他说,"告诉我你的耳朵怎么样,没有事了吧?"

"你要是喜欢花椰菜的话,这耳朵倒挺好。他们告诉我说慢慢会消肿的,大部分会消掉。"她的耳朵给头发遮住了,她没有让他看。

短暂的沉默。

"他们要我对袭击的失败承担责任,克劳福德先生,承担伊芙尔达·德拉姆戈之死的责任,全部责任。他们都像土狼一样,可又突然打住了,溜掉了,有什么东西把他们赶跑了。"

"说不定你有一个天使保护呢,史达琳。"

"说不定有一个呢,你也为这事付出了代价吧,克劳福德先生?"

克劳福德摇摇头。"请关上门,史达琳。"克劳福德从口袋里掏出一小包克里内克斯纸巾擦着眼镜,"只要可能,我倒是愿意付出代价的。可我自己没有条件。要是马丁参议员[①]还在位,你也许能得到一点保护……他们这次袭击白白失去了约翰·布里格姆——就那么浪费了。要是他们把你再像约翰一样浪费掉,就太不像话了。我的感觉简直像是我在把你和约翰往吉普车前面推。"

克劳福德涨红了脸,史达琳回忆起他在约翰·布里格姆墓前的刺骨寒风里的脸。克劳福德从没有向她讲过自己为此事所进行的斗争。

"你是做了努力的,克劳福德先生。"

"我做了努力,我不知道你会不会高兴。费了一点力。"

费力。"费力"在他俩的私人词汇里含有褒义,意味着某种特定的直接工作,澄清了气氛。只要能够,他们从不谈起困扰联邦调查局中央的官僚主义。克劳福德和史达琳都像是搞医疗的传教士,对神学感到腻味,注意力只集中在眼前的娃娃身上。明知道上帝没有任何帮助,却只字不提。哪怕是能救五万伊博[②]婴儿的性命,上帝也是不肯降下甘霖的。

"你的间接恩人,史达琳,倒是最近给你写信的那个人。"

[①] 史达琳七年前冒着九死一生的危险击毙詹姆·伽姆而营救出来的人质的母亲。见本书前篇《沉默的羔羊》。
[②] 西非尼日利亚东部的一民族。

"莱克特博士。"她一直意识到克劳福德对那个名字的反感。

"对,就是他,这么久以来他都躲着我们——溜得无影无踪,现在却给你写了信,为什么?"

自从欠有十条人命的著名杀人犯汉尼拔·莱克特从孟菲斯的拘留处逃掉,在逃亡过程里又欠下了五条人命之后,七年已经过去。

他好像从地球上消失了。那案子联邦调查局一直没有结,在抓住他之前那案子也永远结不了。在田纳西州和其他的司法辖区也一样。可也没有指定办案人员追缉。尽管受害人家属在田纳西州议会哭出了愤怒的眼泪,要求采取行动。

为研究莱克特博士的心理,出版了大本大本的著作,作者大部分是从未跟那位博士直接接触过的心理学家。还有几本书,作者是莱克特博士在专业杂志上讥讽过的心理分析专家。这些人显然认为现在出头露面可以安然无恙了。有人说他那种精神异常必然会导致自杀,他甚至可能早已死了。

对莱克特博士的兴趣至少在网络空间里还很强烈。因特网那片湿润的土地上像蘑菇一样冒出了许多莱克特理论。声称见过博士的人次可以与见过埃尔维斯①的相媲美。骗子们在聊天室和网络阴暗处磷光闪闪的沼泽里肆虐。警局里关于他的罪行的照片被偷出来卖给收集奇闻秘事的人。这类东西的知名度之高仅次于福朱力的死刑。

七年之后博士又露了踪迹——他那封在克拉丽丝·史达琳被小报送上十字架时写给她的信。

信上没有指纹,但是联邦调查局有理由相信那是真迹。克拉丽丝·史达琳则肯定那是真迹。

"他为什么这样做,史达琳?"克劳福德似乎快要生她的气了,"我从没有自命比这些搞心理学的傻瓜更了解他。你来给我说说看。"

---

① 即埃尔维斯·普雷斯利(1935—1977),人称猫王,美国风靡一时的摇滚歌星。

"他认为我的遭遇会……毁了我,会让我对联邦调查局感到幻灭;而他就喜欢看见信仰幻灭,那是他的爱好。就像他喜欢搜集教堂倒塌事件一样。意大利那次倒塌是在做特别弥撒时发生的,一大堆砖石压在了老太太们身上;有人还在破砖顶上插了一株圣诞树。他就喜欢那个。他觉得我有趣,逗着我玩。我在采访他时他喜欢指出我学业上的漏洞,认为我很幼稚。"

克劳福德从他自己的年龄和孤独的角度看问题,问道:"你想到过他会爱上你吗,史达琳?"

"我认为我让他觉得好玩。事物对他来说不是好玩就是不好玩。他要是觉得不好玩……"

"你曾经感觉到他爱你吗?"克劳福德很强调认为和感觉的区别,有如浸礼会的人强调完全浸泡①一样。

"的确,认识还不久他就告诉过我一些关于我的事情,说得很真实。我认为把了解和知心混淆是很容易的——我们非常需要知心。也许能够明白两者的区别就是一种成长。发觉有人根本不喜欢你却可能了解你是很难受的,而且丑恶。而最糟糕的却是发现了解只不过是作为劫掠的工具时。我……我……不知道莱克特博士对我是什么感觉。"

"你要是不介意的话,能否告诉我他对你说了些什么话?"

"他说我是个有野心的急着往上爬的乡巴佬,说我的眼睛像廉价诞生石②一样闪亮。他告诉我说,我穿廉价的鞋,但是还有品位,有几分品位。"

"你觉得那话对吗?"

"对,也许现在还是对的。我的鞋改进了。"

"史达琳,你是否认为他也许是想知道,如果他给你写一封鼓励的信,你会不会去告发他?"

---

① 浸礼会主张受洗者必须完全浸泡在水里,象征着死去埋葬后重生。
② 象征出生月份并表示吉祥的宝石。

"他知道我会告发他的,他应当知道。"

"在法庭判决之后他还杀死了六个人,"克劳福德说,"他在精神病院因为密格斯把精液扔到你脸上,就杀了他,在逃走时又杀死了五个人。在目前的政治气候之下,博士要是被抓住,是会挨毒针的。"克劳福德想到这一点笑了。他是系列杀人犯罪研究的开拓者。现在他却面临着法定退休,而那最考验他的魔鬼却还逍遥法外。想到莱克特博士之死的前景,他觉得非常高兴。

史达琳明白克劳福德提起密格斯事件是要刺激她,激起她的注意,想让她回顾她去州立巴尔的摩犯罪精神病人医院的地牢去访问食人魔汉尼拔的可怕日子。那时一个姑娘蜷缩在詹姆·伽姆的地窖里等待着死亡,而莱克特却拿她开心。克劳福德要谈正题之前总要引起你的注意,现在他就在这样做。

"你知道吗,史达琳,莱克特博士早年的受害者中有一个还活着?"

"那个有钱人,还出了赏格的。"

"对,梅森·韦尔热。他还在马里兰州,靠呼吸器活着。他的父亲今年死了,把一份肉类加工业的财富给了他。老韦尔热还留给了梅森一个美国国会议员、众议院司法监督委员会委员。那人没有他就入不敷出。梅森说他弄到了一点东西,可以帮助我们抓住莱克特。他想跟你谈谈。"

"跟我?"

"跟你。那是梅森的意思,大家突然一致同意那的确是个好主意。"

"是你向梅森建议之后他才想跟我谈的吧?"

"他们本打算拿你做牺牲的,史达琳,把你当破布一样扔掉,只不过为了救几个烟酒火器局的官僚。你有可能像约翰·布里格姆一样被浪费掉。恐吓、压制,他们只会这一套。我让人带了信给梅森,告诉他,你要是给解雇了,对追捕莱克特会是多么大的损失。以后的情况我就不想知道了,他很可能找了那位众议院议员费尔默。"

要是在一年以前,克劳福德绝不会这样做。史达琳在他的脸上搜寻着濒临退位的人的疯狂——马上要退休的人有时就会那么干。她没有发现那种迹象,可是他的确一脸厌倦。

"梅森很丑恶,史达琳,我不光指他的脸。你去弄清楚他弄到手的是什么东西,拿来给我,那东西最终是要给我们用的。"

史达琳知道,自她从联邦调查局学院毕业以后,克劳福德多少年来就一直在设法把她调到行为科学处来。

现在她已经是局里的老特工,对很多工作都成了老手,明白了她早年击毙连环杀手詹姆·伽姆的胜利是她倒霉的原因之一。她是一颗新升起的星,堵了别人升迁的路。在侦破伽姆案件时她至少造成了一个有权有势的敌人,也引起了好些同辈男同事的嫉妒。这些,还加上她那倔脾气,就使她多年以来只能参加突击队和银行抢劫案件的快速反应小队,使她多年只发传票,带着霰弹枪看守纽瓦克,最后又被认为脾气太躁,不好共事,成了技术特工,只在流氓团伙和少年色情犯的电话上安装窃听器,或是在三类窃听器边寂寞地守夜窃听。有兄弟单位需要可靠的突击队员时,她永远会被外借。她身手矫健,行动敏捷,使用枪支又很小心。

克劳福德认为这对她是个机会。他认为她一向就想追捕莱克特,而真相却要复杂得多。

克劳福德现在正在研究她。"你面颊上那点火药一直没有取掉。"

死去的詹姆·伽姆手枪里燃烧的火药有几粒给她的颧骨留下了一个黑斑。

"一直没有时间。"史达琳说。

"你知道法国人把像你那样的美人痣叫什么吗?在颧骨上的黑斑,你知道它代表什么吗?"克劳福德有很多有关文身、身体象征、仪式性截肢方面的书。

史达琳摇摇头。

"他们把它叫作'胆气'。"克劳福德说,"你可以留下那颗痣。我要是你的话就留下。"

9

麝鼠农庄有一种妖巫式的美,那是韦尔热家族的庄园,坐落在马里兰州北部,靠近萨斯奎哈纳河,是韦尔热肉类加工王朝在三十年代为了靠近华盛顿从芝加哥往东迁移时买的。他们那时很买得起。内战以后,由于商业上和政治上的敏感,韦尔热家族依靠跟美国部队签订肉类合同发了大财。

美西战争[①]期间的"防腐牛肉丑闻"对韦尔热家族几乎没有什么触动。在厄普顿·辛克莱[②]和那批专门揭露官员贪污的作家到芝加哥调查牲畜屠宰加工厂的危险条件时,发现几个韦尔热家族的雇员一不小心已被熬成猪油,成了糕点师喜爱的达勒姆纯净猪油被卖掉了。韦尔热家族并没有负多少责任,花的钱还不到一张政府合同的收入。

韦尔热家族靠给政客们塞钱,避免了这些潜在的尴尬和许多别的问题——他们遭到的唯一挫折是1906年通过的《肉类检查法》。

[①] 1898年美国和西班牙之间的战争。
[②] 厄普顿·辛克莱(1878—1968),美国小说家,以创作"揭发黑幕"的小说闻名,《屠场》一书迫使美国政府通过食品卫生检查法。

今天，韦尔热家族每天要杀86 000头牛和大约36 000头猪，数字随季节不同而略有变化。

麝鼠农庄新刈过的草地和风中绚丽的丁香，闻上去可不像是个养牲畜的地方。那儿仅有的动物是给做客的孩子们骑的小马驹和一群群好玩的鹅。鹅群在草地上摇着尾巴吃草，脑袋埋在草里。没有狗。房屋、谷仓和场地都接近六平方英里的国家森林的中心。按照一份内政部签发的特许证，这座农庄可以在那儿亿万斯年地待下去。

跟许多豪门的小王国一样，第一次去麝鼠农庄的人要找那地方颇为困难。克拉丽丝·史达琳沿高速公路多走了一个出口，等到回头顺着沿街道路①回来时，才第一次找到了入境通道。那是一道用铁链和挂锁锁住的大门，两侧与包围了森林的高高的围栏相连。大门里一条防火路消失在拱顶成荫的林中。没有电话亭。她再往前走了两英里才发现正门，正门顺一条漂亮的汽车道缩进了一百码。穿制服的门卫的写字板上写着她的名字。

她又在两旁植物修剪好的路上前进了两英里才到达了农庄。

史达琳刹住轰轰作响的野马车，让一群鹅从车前的路面走过。她看见一队孩子骑在胖乎乎的设得兰矮种马背上，离开了一座漂亮的仓房。仓房距离大厦约四分之一英里。她面前的主建筑是一座由斯坦福·怀特②设计的大厦，堂皇地矗立在浅丘之间。这地方看上去殷实而肥沃，是欢快的梦幻之乡。史达琳心里不禁一阵难受。

韦尔热家族还较有品位，保持了大厦的原样，只在东楼增建了一个现代化的侧翼，像是一种离奇的科学实验造成的多余肢体。那侧翼史达琳目前还看不见。

史达琳在正中的门廊前停了车。引擎声音静止之后她连自己的呼吸

---

① 指沿临街房屋同高速公路平行的辅助道路。
② 斯坦福·怀特 (1853—1906)，美国著名建筑师。

也可以听得见。她从后视镜看见有人骑着马来了。史达琳下车时路面的马蹄声已来到车前。

一个蓄着金色短发、宽肩膀的人飞身下了马,把马缰递给一个仆役时连看也没有看他一眼。"遛它回去。"骑马人用深沉沙哑的嗓子说,"我是玛戈·韦尔热。"等那人来到面前一看,原来是个女人。来人向她伸出了手,手臂从肩头直直地伸出来。玛戈·韦尔热显然在练健美。在她那肌腱暴突的脖子下,硕大的肩头和胳臂撑满了她网球衫的网眼。她的眼睛闪露着一种干涩的光,好像少了泪水滋润,不大舒服。她穿一条斜纹呢马裤,马靴上没带马刺。

"你开的是什么车?"她说,"老式野马吗?"

"1988年的款式。"

"5.0升?车身好像低伏在车轮上。"

"是的,是劳什型野马。"

"喜欢吗?"

"很喜欢。"

"能跑多少?"

"不知道,够快吧,我看。"

"怕它吗?"

"尊敬它,我会说使用时我是尊敬它的。"史达琳说。

"你了解它吗?或者说只是买了就用。"

"我很了解它,所以在内部拍卖时一看准就买下了。后来又了解得多了一些。"

"你认为你可以超过我的保时捷吗?"

"那得看是哪种保时捷,韦尔热小姐。我需要跟你的哥哥谈谈。"

"大约五分钟以后他们就可以把他收拾干净,我们可以到那儿去谈。"玛戈·韦尔热上楼时那粗壮的大腿穿着的斜纹呢马裤簌簌地响,玉米穗一般的金发在额头已开始稀秃,史达琳猜想她也许服用类固醇。

对于少年时光大部分在路德派孤儿院度过的史达琳说来,这屋子像个博物馆。头上是巨大的空间和彩绘的梁柱,墙壁上挂着气度不凡的逝者画像。楼梯口平台上摆着中国的景泰蓝瓷器,大厅里铺着长长的摩洛哥绒缎地毯。

可到了韦尔热大厦新建的一侧,建筑风格却突然变了。现代化的实用结构通过毛玻璃双扇门依稀可见,跟刚才那种穹隆拱顶的大厅不大协调。

玛戈·韦尔热在门外停了一会儿,用她那闪亮的愤怒的目光望了史达琳一眼。

"有些人跟梅森谈话感到困难,"她说,"如果你觉得不愉快,或是受不了,因而忘了问有些问题,我还可以给你补充。"

有一种情绪是我们大家都认识到,却还没有命名的:对于可以居高临下的愉快预感。史达琳在玛戈的脸上看见的就是这种情绪。史达琳只回答了一句:"谢谢。"

叫史达琳感到意外的是,侧翼的第一间屋子是一间设备良好的游戏室。两个美国黑人孩子在巨大的填塞动物中间玩耍。一个坐在大车轮上,一个在地上推着一辆卡车。屋角停了各种各样的三轮脚踏车和玩具手推车,屋子正中有一套巨大的丛林式儿童游乐设施,下面的地板上铺着厚厚的垫子。

游戏室一角有一个高个子的人坐在情侣座上看《时尚》杂志。墙壁上安装了许多摄像机,有的高,有的与眼睛齐平。角落里一架摄像机镜头旋转着调整着焦距,对准了史达琳和玛戈·韦尔热。

史达琳已过了对褐色孩子触目惊心的时期,但是她还是很鲜明地意识到那些孩子们的存在。她跟玛戈从屋里穿过时,觉得看着那些兴高采烈起劲地玩着玩具的孩子们是很愉快的。

"梅森喜欢看孩子,"玛戈·韦尔热说,"可除了最小的孩子之外,孩子们看见他都害怕,所以他就像现在这样做。他们在这儿玩过之后就去骑马。都是巴尔的摩儿童福利院的日托孩子。"

梅森·韦尔热的房间必须通过他的浴室才能到达。那全套设备占了侧翼建筑的整个宽度,看上去像进入一个医疗机构,全是由钢铁、铬钢和工业用地毯组成。有巨大的淋浴室,有上方设置了抬举设备的不锈钢浴缸,有盘曲的橘红色软管和蒸汽浴室,还有巨大的玻璃橱柜,里面装着从佛罗伦萨新圣马利亚药房买来的种种药膏。浴室刚用过,空气里还悬浮着水雾、香膏和鹿蹄草的香味。

史达琳看见通向梅森·韦尔热的房间的门下有灯光。他的妹妹一碰门把手,灯光便熄灭了。

梅森·韦尔热房间角落的起坐区被朴素的灯光照亮,长沙发上方挂了一张威廉·布莱克[①]的《悠悠岁月》的精美复制品——上帝用他的卡尺在测量着生命。为了纪念新去世的老韦尔热,那画用黑纱框了起来。屋子的其他部分一片昏暗。

从黑暗里传出机器运行的有节奏的声音,每运行一次便发出一声叹息一样的声音。

"下午好,史达琳特工。"一个被机械放大了的浑厚的声音传来,其中缺少了摩擦音。

"下午好,韦尔热先生。"史达琳对着黑暗说,她头顶的灯光暖烘烘的。人间的下午在别的地方,进不了这儿。

"坐下。"

非做不可,现在挺合适,必须现在做。

"韦尔热先生,我们要进行的谈话带有证词的性质,我需要录音,你不反对吗?"

---

① 威廉·布莱克(1757—1827),英国诗人和版画家。

"不反对,不反对。"声音在机器叹息的间隙发出,唇齿摩擦音f听不见。"玛戈,你现在可以离开了。"

玛戈·韦尔热看也没有看史达琳就走掉了,马裤簌簌响着。

"韦尔热先生,我得把一个话筒别在你的——衣服或是枕头上,如果你不觉得碍事的话。或者,如果你愿意,我叫护士来给你别上。"

"怎么办都没有问题。"他说,b和m的音都没有。他等着下一次的机械呼吸给他送气来。"你可以自己给我别上,史达琳特工,我在这儿。"

史达琳一时找不到灯光开关,以为离开灯光久一点就多少能够看得见了,便伸出一只手,向黑暗里的鹿蹄草和香膏气味走去。

他开灯时她跟他的距离已是出人意料的近。

史达琳脸色没有变,也许拿着话筒的手哆嗦了一下。

她的第一个念头跟她心里的想法和胃里的感觉并无关系:她观察到梅森的语言反常原来是因为完全没有嘴唇。她的第二个印象是他的眼睛没有瞎。那一只蓝色的眼睛通过一种单片眼镜望着她。因为眼睛没有眼皮,眼镜接有保持眼睛湿润的管子。脸上其余的部分则是医生多年前尽可能为他的骨头植上的皮肤,紧绷绷的。

没有鼻子和嘴唇、脸上也没有软组织的梅森·韦尔热满脸是牙齿,像是深海里的生物。我们都习惯了面具,看见他时所产生的震惊来得缓慢。震惊是从意识到这是一张人的脸,背后还有心灵开始的。这时那面孔的动作,牙床的张合,睁眼看你的正常脸的动作都叫你震动。

梅森·韦尔热的头发很漂亮,奇怪的是,它却是叫人最不敢看的东西。黑色里杂着灰白,结成一条很长的马尾巴,如果让它从枕头上垂下来,可以触及地板。今天他那扎成辫子的头发盘成一大圈,放在胸前的玳瑁壳呼吸器上面。那发辫盘在脱脂奶色的废墟上泛着鳞甲样的光。

梅森的病床在升高抬起,他躺在被窝里,长期瘫痪的身体越往下面越小,终于没有了。

他那脸前面是一台控制器,像排箫或透明塑料的口琴。他的舌头像管子一样绕着一根管子的端口,用呼吸器输来的气吹了一口,他的床便嗡嗡地响了起来,把他微微地转向了史达琳,也抬高了他的头。

"我因为已经发生的事感谢上帝,"韦尔热说,"那是对我灵魂的拯救。你接受了耶稣吗,史达琳小姐?你有信仰吗?"

"我是在浓厚的宗教气氛里成长的,韦尔热先生。宗教给你的一切我都有。"史达琳说,"现在,如果你不介意的话,我打算把这东西别在你的枕头套上。它在那儿不会碍你事的,是吧?"她的声音太活泼,带护士味儿,跟她的身份不大相称。

她的手在他的脑袋边,看见这两种人体表面组织在一起并非没有影响她的工作;韦尔热植在面骨之上供给营养的血管里的血流脉动更影响着她。血管有规律的张弛像是吞食着食物的蠕虫。

谢天谢地,她终于牵着电线回到了自己的桌子、录音机和麦克风旁。

"联邦调查局特工克拉丽丝·史达琳,编号5143690,为梅森·R.韦尔热,社会保险号475989823,在本件所注明的日期里于其住宅宣誓验证,录下以下证词。韦尔热先生深知他已从第36区的联邦检察官和地方当局获得豁免权。附上双方联合签署的、经过宣誓及验证的备忘录。

"现在,韦尔热先生——"

"我想和你谈谈野营的事,"他随着下一次的呼吸插嘴说,"那实质上是我记忆中重现的一次美妙的童年经历。"

"这事我们可以以后再谈,韦尔热先生,我认为我们还是——"

"我们可以现在就谈,史达琳小姐。你瞧,它很重要。我就是那样遇见了耶稣的。在我要跟你谈的事里它是最重要的了。"他停下来等候机器送气,"那次圣诞节野营是我父亲出钱办的,所有的钱全由他出,密执安湖上125个人露营的钱。有些人很不幸,为了一块糖什么事都肯干。我也许占了便宜,也许他们不肯吃巧克力和照我的意思办时,我对他们粗暴过我什么都不隐瞒,因为现在所有的一切都没意义了。"

"韦尔热先生,我们来看看材料——"

他没有听她的,只在等机器给他送气。"我已经得到豁免,史达琳小姐,现在没有问题了。我从联邦检察官那里得到了豁免,我在奥因斯磨房从地区检察官那里得到了豁免,哈利路亚!我自由了,史达琳小姐,现在没有问题了。我在他面前没有问题了,什么问题都没有了。他就是复活的耶稣,我们在野营地叫他做复主,我们把他变成了当代的耶稣,你知道,复主。我在非洲为他服务,哈利路亚;我在芝加哥为他服务,赞美他的名;我现在还为他服务。他会让我离开病床的;他会打击我的敌人,把他们从我面前赶走。我要听见我敌人的女人哭诉,而现在一切都没问题了。"他被唾沫呛住了,停止了说话,额头上的血管搏动着,涨得乌青。

史达琳站起来找护士,但是还没有走到门口,便被他叫住了。

"我没事了,现在行了。"

也许直接提问会比诱导好。"韦尔热先生,在法院指定你去找莱克特博士治疗之前你见过他没有?你在社交场合见过他没有?"

"没有见过。"

"你们俩都是巴尔的摩爱乐乐团的理事。"

"不,我做理事只是因为我捐款,我只在投票时派个律师去。"

"莱克特博士受审时你没有提供证词。"她学会了在给他送气后提问。

"他们说他们有足够的证据定他六次罪、九次罪,可是他却以精神错乱为由进行申诉,把他们的指控全部驳倒了。"

"法庭判定他精神错乱,莱克特博士没有申诉。"

"你觉得申诉不申诉很重要吗?"

经过这一问,她才觉察到这人的心灵。他颖悟、深沉,跟他对她所使用的词语不同。

大海鳝此刻已经习惯了灯光,从鱼缸岩石缝里游了出来,开始不知疲倦地转起圈子,一条起伏旋转的褐色彩带,不规则地撒上了些浅黄色的斑点。

史达琳一直觉得海鳝在她眼角游动。

"那是宫崎县北乡惠那村的海鳝,"梅森说,"在东京还捕到一条更大的。这条算是第二大的。

"它一般叫作凶残海鳝,你想知道命名的原因吗?"

"不想。"史达琳说,翻了一页笔记本,"那么,是你在按法庭要求进行治疗时请莱克特博士到你家里去的。"

"我没有什么好难为情的了,我全都告诉你。现在一切都过去了。我是因为捏造的骚扰条款受到指控的,后来得到了宽大处理。法庭要求我做五百个小时的社会服务,在狗栏劳动,并到莱克特博士那儿接受心理治疗。我以为如果能把博士也拉下水,他为我治疗时就会放宽一些,即使我有时缺席,或在约见时有点神志恍惚,他也不会妨害我的保释。"

"那时你还住在奥因斯磨房。"

"是的。我把一切都告诉了莱克特博士,关于非洲、伊迪和所有的事。我说我要让他看一个东西。"

"你给他看了……?"

"我那设备,那玩具。就放在那儿的角落里,是一架便携式的断头台,我给伊迪·阿明用的就是这个,可以扔在吉普车后面带走,到任何地方,到最偏僻的乡村去。十五分钟就可以架起来。用绞盘绞只要十分钟左右。女人或孩子可能长一点。对这个我已经没有什么好难为情的了。因为我清白了。"

"莱克特博士到你家里来了。"

"是的,我去开了门。我一身皮革行头[①],那东西你知道。我想看看他

[①] 皮革行头是淫虐狂的打扮,一般包括皮夹克、皮靴、带链子的臂镯等。

的反应,他却什么反应都没有。我想看他怕不怕我,可是他似乎不怕。他还会害怕我吗——现在看来很滑稽。我请他上了楼,给他看了我的断头台。我早先从收容所领养了几条狗,两条还是朋友。我把狗养在笼子里,只给清洁水喝,不给东西吃。我急于知道最后结果会怎么样。

"我让他看了我那绳套结构,你知道,性窒息手淫,有点像自己绞死自己,但不会死,那时候只觉得美妙,明白吗?"

"明白。"

"啊,可是他好像不明白。他问我那东西怎么用,我说,你这个精神病医生多奇怪,连这都没见过,他说——他那微笑我永远不会忘记——'你做给我看看'。现在你可到了我手里了!我想。"

"你就做给他看了?"

"我并不觉得丢脸,错误使人成长嘛。我清白了。"

"请说下去吧,韦尔热先生。"

"于是我在我的大镜子前拉下绳套套上,用一只手抓住绳头,以便放松,另一只手搞了起来,同时观察着他的反应。可是我什么也没有观察到,而我一般是能看透人的。他那时坐在屋角的椅子上,交叉了双腿,双手交握抱着膝盖。然后他站了起来,把手伸进裤兜,姿态优雅,好像詹姆斯·梅森伸手取打火机。他说:'你来一点爆破丸怎么样?'我想,哇!——他只要现在给了我头一回,以后为了保住执照,就得不断给我。开处方的城堡攻下了!好了,你读读报告就知道了,那比亚硝酸戊酯厉害多了。"

"那是天使粉、几种脱氧麻黄碱和一些迷幻药合成的。"史达琳说。

"我是说太棒了!他走到我照着的镜子面前,一脚踢破了镜子的下半截,抓起了一块碎片。我想跑,他赶了上来,把碎片递给了我,眼睛注视着我的眼睛,向我建议说,你大概想把你那脸剥下来吧。他放出了狗,我就拿我的脸喂了狗。他们说我花了好长时间才把我的脸割完,可是我不记得。莱克特博士用那绳套弄断了我的脖子。他们在动物收容所给狗灌了胃,找回了我的鼻子,但是植鼻手术没有成功。"

史达琳重新整理了文件,所花的时间超过了需要。

"韦尔热先生,你们家悬赏要抓在孟菲斯拘禁时逃掉的莱克特博士?"

"对,出了一百万。我们在全世界悬赏。"

"你也提出,赏金不光给使他遭到一般逮捕或定罪的人,也给任何形式的有关情报。据估计你会把你得到的情报告诉我们,是这样的吗?"

"那不一定,好东西从来就是不便分享的。"

"你怎么知道好还是不好?你自己找到什么线索了?"

"只找到些最终没有用的线索。你们什么都不告诉我们,我们怎么能找得到?我们从克里特岛得到的消息落了空;从乌拉圭得到的消息无法证实。我要你懂得,这不是报仇的问题,史达琳小姐。我已经原谅了莱克特博士,就如我们的救主原谅了罗马士兵。"

"韦尔热先生,你通知我的办公室说你得到了什么东西。"

"在那头那张桌子的抽屉里,去找吧。"

史达琳从她的皮包里取出白色棉手套戴上。抽屉里有一个马尼拉纸大信封,又硬又重。她取了出来,是一张X光片。她对着头顶的灯光看了看,是一只左手的X光片,那手好像受了伤。她数了数手指,四根,再加上大拇指。

"看看掌骨,你明白我说的是什么意思吗?"

"明白。"

"数数指根关节。"

指根关节有五个。"加上大拇指,这人左手有六个指头,像莱克特博士。"

"像莱克特博士。"

这张X光片的病历号和来源部分给剪掉了。

"这是从哪儿弄来的,韦尔热先生?"

"里约热内卢。要找到更多的东西我得花钱,花很多钱。你能不能告诉我它是不是莱克特博士的手？我要花钱就得先知道它是不是他的手。"

"我试试看，韦尔热先生，我们会竭尽全力的。你还保存了寄X光片的信封吗？"

"玛戈把它装在了一个塑料口袋里，她会给你的。你要是不介意的话，史达琳小姐，我有点累了，需要人服侍一下。"

"我会从我的办公室给你打电话的。"

史达琳离开屋子不久，梅森·韦尔热就对末端的管子嘟地吹了一下，说："科德尔？"游戏室里的男护士走进屋子，从一个文件夹里取出一份标明是巴尔的摩市儿童福利院的文件交给他。他读了起来。

"是富兰克林吧，叫富兰克林进来。"梅森说着，关掉了灯。

那小男孩一个人站在起坐区明亮的顶灯之下，斜睨着在里面喘气的那团黑暗。

一个洪亮的声音传来，"你是富兰克林吗？"

"是富兰克林。"幼儿说。

"你住在哪儿，富兰克林？"

"跟妈妈、雪莉和瘦高个儿住一起。"

"瘦高个儿一直住在你们那儿吗？"

"他有时在有时不在。"

"你说的是他有时在有时不在吗？"

"是的。"

"你妈妈不是你亲妈妈，是吧，富兰克林？"

"是我养母。"

"她不是你第一个养母吧？"

"不是。"

"你喜欢住在家里吗，富兰克林？"

他脸上亮了起来。"我们有只猫咪基蒂。妈妈在炉子里烘糕糕。"

"你在那儿多久了,在妈妈家里?"

"我不知道。"

"你在那儿过过生日没有?"

"过过一回。雪莉做了凉果糕。"

"喜欢吃吗?"

"喜欢草莓。"

"你喜欢妈妈和雪莉吗?"

"喜欢,啊,啊,还喜欢猫咪基蒂。"

"你喜欢住在那儿吗?睡觉的时候不害怕吗?"

"唔,唔,我跟雪莉睡一个房,雪莉是大姐姐。"

"富兰克林,你不能再在那儿跟妈妈、雪莉和猫咪住了,你得走了。"

"谁说的?"

"政府说的。妈妈没有工作了,没有资格当养母了。警察在你家里发现了一支大麻香烟。过了这个礼拜你就再也见不到妈妈了,再也见不到雪莉和猫咪了。"

"不要。"富兰克林说。

"也说不定是她们不要你了,富兰克林。你有什么不好的地方没有?身上有没有溃疡,或是恶心的东西?你是不是觉得自己长得太黑,她们不会爱你呢?"

富兰克林捞起衬衫看看自己褐色的小肚肚,摇摇头,哭了。

"你知道猫咪以后会怎么样吗?猫咪叫什么名字?"

"叫基蒂猫咪,那是她的名字。"

"你知道基蒂猫咪以后会怎样吗?警察要把基蒂猫咪带到政府兽栏,一个医生要来给她打针。你在托儿所打过针吗?护士给你打过针吗?用亮晶晶的针?他们会给基蒂猫咪打针的。猫咪看见针的时候会很害怕。

他们给她扎进去,基蒂猫咪会痛的,然后就死了。"

富兰克林抓住衬衫下摆拉到脸旁边,把大拇指放进嘴里,自从妈妈叫他别那么做以后,他已经一年没那么做过了。

"过来,"黑暗里那声音说,"我来告诉你怎么就可以不让基蒂猫咪挨针。你愿意让基蒂猫咪挨针吗,富兰克林?不愿意?那你过来,富兰克林。"

富兰克林眼泪哗哗地流着,吮着拇指,慢慢走进黑暗里。他走到床前六英尺以内时,梅森对他的口琴吹了一口气,灯亮了。

由于天生的勇气,或是帮助基蒂猫咪的愿望,或是恐怖地知道已经无路可走,富兰克林并没有退缩,也没有跑掉,他只是望着梅森的脸,站在那儿没动。

这个令人失望的结果可能使梅森皱起了眉头——如果他有眉头的话。

"你要是自己给基蒂猫咪一点耗子药吃,它就不会挨针了。"梅森说。他发不出唇音m,但是富兰克林仍然听懂了。

富兰克林把大拇指从嘴里取出来。

"你是个老坏蛋,不要脸,"富兰克林说,"丑八怪。"他转身走出房间,穿过到处是管子的房间,回到游戏室去了。

梅森在监视器上望着他。

护士装作是在读《时尚》,却看着孩子,密切观察着他。

富兰克林再也不想玩玩具了。他走过去,到长颈鹿身边,坐在它脚下。他唯一能够做的事是没有再吮手指头。

科德尔仔细观察着他,等着他流眼泪。一见那孩子肩膀抽动他便走了过去,用消毒纱布轻轻揩下眼泪,再把那带泪的纱布放进梅森的马提尼酒[①]里。那酒放在游戏室的冰箱里冻着,跟橙汁和可乐在一起。

[①] 一种由杜松子酒、苦艾酒等混合而成的鸡尾酒。

10

寻找汉尼拔·莱克特博士的医疗资料并不那么容易。莱克特博士完全瞧不起医疗机构,对大部分医生也不放在眼里,因此,他从来没有私人医生也就不足为奇了。

莱克特博士被灾难性地转移到孟菲斯之前所住的州立巴尔的摩犯罪精神病人医院现在已经关门,被弃置着,只等着被推倒。

田纳西州警察局是莱克特博士逃走前最后的监禁机构,但是他们说从来没有接手过他的医疗记录。把他从巴尔的摩带到孟菲斯的已经过世的官员们只为囚犯签过字,没有为医疗记录签过字。

史达琳在电话上和计算机前花了一整天,搜查着匡蒂科和胡佛大厦的资料储藏室,又在巴尔的摩警局巨大的、尘封的、霉臭的证物室里爬来爬去,爬了整整一个上午,还在菲茨休法律纪念图书馆里跟没有编目的汉尼拔·莱克特收藏品打了一个下午的交道,却气得发疯。在那儿,几个管理员忙着找钥匙时,时间停滞不前了。

到末了她只得到了一张纸——一份草率的体检记录。那是莱克特博士第一次被马里兰州警察局逮捕时做的,没有附病史。

伊内尔·科里在州立巴尔的摩犯罪精神病人医院关门后还不算惨,后来她在马里兰州医疗局找了份更好的工作。科里不愿意在办公室接待史达琳来访,两人约定到底楼的咖啡厅见面。

史达琳一向的做法是,约会早到,先从远处研究一下约会地点。科里到达的时间准确到分。她大约三十五岁,苍白,肥胖,没有化妆,没有戴首饰。她的头发几乎长到腰部,就像她在中学时那样。她穿白色便鞋和连裤袜。

史达琳在调味品摊拿了几包糖,看着科里在约定的桌旁坐下了。

你可能为一个错误想法所困扰:所有的新教徒都是一个模式。不,正如一个加勒比海的人常常能够区分另外一个人的岛别一样,被路德教徒带大的史达琳看了那女人一眼就对自己说:基督会,也许对外是个耶稣教会的教徒。

史达琳取下自己的饰品,一只朴素的手镯和没有受伤的耳朵上的一个金耳钉,放进了手袋。她的表是塑料的,没有问题。在外表上她无须费多少事。

"你是伊内尔·科里吗?喝点咖啡吧?"史达琳拿来了两杯。

"我这名字读爱内尔。我不喝咖啡。"

"那我就两杯都喝。要点别的吗?我是克拉丽丝·史达琳。"

"我什么都不想吃。你要给我看什么鉴定图片?"

"当然,"史达琳说,"科里小姐——我叫你爱内尔怎么样?"

对方耸了耸肩膀。

"我想请你在一件与你个人确实完全无关的事情上帮帮忙。我只想请你指引我在州立巴尔的摩医院查一些记录。"

爱内尔·科里在表达正义或愤怒时准确得带了点夸张。

"这事我们在关闭医院时跟州委员会处理过了,小姐你叫——"

"史达琳。"

"史达琳小姐。你会发现每一个病人出院都有一份档案。你会发现每一份档案都经过上级签字,而死去的人的档案卫生部不要,死亡统计局也不要。据我所知,死亡档案,就是说死去的人的档案,在我离开之后也还存放在州立巴尔的摩医院,而我大概是最后一个离开那里的。逃亡档案在警局和保安部门。"

"逃亡档案?"

"我是说逃亡的病人的档案。信得过的人有时也取走他们的档案。"

"汉尼拔·莱克特会被看作逃亡的吗?你认为他的记录会不会给执法机构拿走?"

"他不属于逃亡。他从来就不算是从我们这儿逃亡的,他逃走时不在我们监禁之下。有一回我的妹妹带了男孩子们来看我,我曾经带她到地下室去看过莱克特博士。我一想起他来就觉得恶心、冰凉。他煽动一个病人向我们扔——"她放低了嗓门说——"脏东西。你知道那是什么吗?"

"我听说过。"史达琳说,"那人会不会碰巧是密格斯先生?他的手臂很灵巧的。"

"我再也不愿想起那事。我记得你。你来到医院跟弗雷德——奇尔顿医生——接洽好之后就到监禁莱克特的地下室去了,是吧?"

"是的。"

弗雷德里克·奇尔顿大夫是州立巴尔的摩犯罪精神病人医院的院长,在莱克特脱逃之后去度假,以后便失踪了。

"你知道弗雷德失踪了。"

"知道,我听说过。"

科里小姐立即流出了亮晶晶的泪水。"他是我的未婚夫。"她说,"他失踪了,医院又关了门,这简直就像是房子塌了,压到我的身上。我要是没有教会,怕是过不下去了。"

"对不起,"史达琳说,"你现在的工作挺好的嘛。"

"可是我没有了弗雷德。他是个很好很好的人。我们彼此相爱,那爱并不是每天都能够找到的。他在读中学时就曾被选为坎顿市的年度优秀生。"

"是啊,没错。让我问你个问题,爱内尔,他的记录是存放在办公室里还是存放在你工作的接待室里?你的办公桌——"

"记录都在他办公室墙上的文件柜里。后来文件太多,我们便把大文件柜放到了接待室里,当然,总是锁好的。我们迁走之后他们暂时把美沙酮戒毒诊所迁了过来,许多东西都是搬来搬去的。"

"你见过并处理过莱克特博士的档案吗?"

"当然见过。"

"你记得里面有X光片吗? X光片是跟医疗报告一起存放还是单独存放的?"

"一起存放,跟报告一起。片子要大些,所以有些累赘。我们有X光机,但是没有专职放射科专家单独保存资料。说真话,我不记得片子跟他的档案是否放在一起。有一张心电图纸带,弗雷德常给别人看的,那是莱克特博士——我真不愿意叫他什么博士——在他揪住那可怜的护士① 时做的,全身都连着电线。他袭击那护士时甚至连脉搏跳动的速度也没有增加,那真是离奇。全部护理人员都扑到他身上,才把他从护士身上搡开。他的肩关节被搡脱了臼,他们只好又给他拍了片子。要照我说,他们就该再搡掉他一些东西,不光让他脱臼。"

"要是你想起什么事,想起了那档案在什么地方,你能给我打个电话吗?"

"我们要进行一次全球性搜索了,对不对?"科里小姐说,品尝着那个

---

① 莱克特博士把在他病床边安排他做心电图检查的护士的舌头咬下,吃掉了。见《沉默的羔羊》。

词,"可我觉得不会有收获的。许多东西都被扔掉了,不是我们扔的,是美沙酮戒毒诊所的人扔的。"

盛咖啡的大口杯边沿太厚,咖啡顺着杯口往下滴。史达琳看着爱内尔·科里沉重地走开,好像那是极痛苦的选择。然后她在自己下巴下塞了块餐巾,喝了半杯咖啡。

史达琳镇定了下来。她明白自己是厌倦了某种东西。也许是俗气,不,比那更糟,是没有格调,是对悦目的东西的一种冷淡。也许她是渴望见到一点风格,哪怕是黄色影片的影后风格也比没有风格强。不管你愿不愿听,那都是一种宣言。

史达琳检查了一下自己是否有盛气凌人的毛病,却觉得自己没有什么值得骄傲的。然后她想到了格调,想到了伊芙尔达·德拉姆戈,那女人格调倒蛮高。这样一想,史达琳特别想再摆脱自己。

11

这样,史达琳又回到了她职业开始的地方:已撤销的州立巴尔的摩犯罪精神病人医院。那座褐色的旧建筑,痛苦的屋宇,那座用链子锁上、堵住了门窗、满墙乱涂乱画、只等推倒的大厦。

那医院在它的院长弗雷德里克·奇尔顿去度假继而失踪之前就已是每况愈下。随之而暴露的浪费和管理不善,加上大楼本身的破败使立法系统不再给它拨经费。有些病人被转到了其他的州立机构,有些死掉了,有些则因为一项设计粗疏的门诊计划而沦落到巴尔的摩街头,成了可厌的流浪汉,冻死的不止一个。

在这座旧建筑前等候时,史达琳才意识到,她之所以走尽了别的路才到这儿来,只是因为她不愿再进这座楼。

守楼人迟到了四十五分钟,是个矮壮老头,穿一双啪啦响的后跟垫高鞋,理一个东欧发式,可能是家里人剪的。他咻咻地喘着气,领她往离马路牙只几步的一道侧门走去。门上的锁已被捡破烂的人砸坏,现在用链子加两把挂锁锁住,锁链上结满了蜘蛛网。守楼人找钥匙时,台阶缝里的青草搔着史达琳的脚踝。时近黄昏,天色阴暗,光线模糊,已形不成阴影。

"我对这幢楼也不大熟,只检查过火警系统。"那人说。

"你知道哪儿存放有档案吗?有文件柜吗?有记录吗?"

那人耸耸肩。"医院关门之后这儿又做过几个月美沙酮戒毒诊所,所有东西都转到地下室去了,几张床和一些床单,还有些什么我不知道。地下室长霉了,很多,对我的哮喘病不利。床上的软垫也都长了霉。我在那儿透不过气来。叫我爬楼梯就是往我脖子上套绞索。我领你去,但是——"

史达琳很想有人陪着,哪怕就是管理员也好,但是他会影响她的速度。"用不着。你的办公室在哪里?"

"在街区那头,是以前的驾照局。"

"如果我过了一个小时还没有回来——"

那人看看表。"我过半小时就要走。"

半小时就该死的够了。"我要你做的事是在办公室等钥匙,先生。我要是过一小时还没有回来,你就按卡片上的这个号码打电话,把我的行踪告诉他们。但要是我出来时你不在——要是你关门回家去了,我明天早上就亲自到你的主管部门去投诉你。而且——你还得受到税务部门的稽核和移民局的审查,会影响你的……入籍问题,懂吗?你要给我个回答,我会感谢你的,先生。"

"我当然等你,这些话就不用说了。"

"非常感谢,先生。"史达琳说。

守楼人把大手放到栏杆上支撑着跨上人行道,史达琳听着他蹒跚的步子渐渐消失。她推开门,上了一道安全梯的梯口平台。楼梯井有带铁栅的高窗户,灰色的光从那里透了进来。她考虑着是否关上身后的门,最后决定从里面把链子绾成疙瘩,万一丢了钥匙也还能打开。

史达琳以前几次来精神病院与莱克特博士面谈都是从大门进的,现在她跨踏了好一会儿工夫才弄清方向。

她爬上了安全梯,来到主要楼层,毛玻璃进一步遮住了渐暗的光线,使屋子处于半明半暗中。史达琳打开带来的大电筒,照到了一个开关,开了头顶的灯。三盏灯在破烂的设备里还能发亮。接待员桌上是裸露的电话线头。

有公物破坏者来过这里,一罐罐油漆泼了满墙。

通向院长室的门开着,史达琳在门口站住了。她在联邦调查局的第一次任务就是从这里开始执行的。那时她还是个学员,对什么都相信,以为无论你属于什么种族、什么肤色、祖先是哪国人、是否乖娃娃,只要你能办事,有毅力,你就可以得到承认。现在,在这一切之中她只剩下了一条信念,相信自己的韧劲。

在这儿,奇尔顿院长曾伸出胖乎乎的手,向她走来。奇尔顿院长在这儿拿秘密做交易,偷听谈话,因为相信自己跟汉尼拔·莱克特博士一样精明,做出了一个最终让莱克特博士脱逃,而且带来许多流血的决定。

奇尔顿的桌子还在办公室里,椅子却没有了——体积小,容易偷。抽屉空了,只有一个包装被压瘪的Alka-Seltzer①。办公室还剩下两个文件柜,用的是普通锁,前技术特工史达琳用了不到一分钟就打开了。一个成了粉末的三明治装在纸袋里,最下面的抽屉里有一些美沙酮戒毒诊所的办公用表格,还有点呼吸清新剂、一管生发油、一把梳子和几个保险套。

史达琳想起了疯人院那地牢般的地下室,那是莱克特博士住了八年的地方。她不想下去。她可以使用手机要求派一个城市警察小组来跟她去,也可以要求巴尔的摩办事处再派一个联邦调查局的人来。但这时已是阴沉的黄昏,即使是现在,她也难以避免华盛顿的交通高峰。她要是再耽误下去,就更麻烦了。

她不顾灰尘,靠在奇尔顿的办公桌上,迟疑不决。她真觉得底层有档

---

① 一种助消化药,常被调在饮料中。

案吗？或者不过是被吸引着往她第一次见到莱克特博士的地方去？

如果史达琳的执法职业教给了她什么东西的话，那就是：她不是一个追求刺激的人，要是能够不再担惊受怕，她是会高兴的。但是，地下室还是可能有档案的，她五分钟就可以见个分晓。

她还记得多年前她下楼去时那高度警戒的铁门在她身后砰砰关上的声音。这回为了防备有人在背后关上门，她给巴尔的摩办事处去了电话，告诉他们自己此刻所在的地方，并做了安排，说她一小时以后再打电话回去，告诉他们她出来了。

内部楼梯的灯还能开亮，那是奇尔顿多年前送她前往地下室时走过的地方。奇尔顿在这儿解释了对莱克特博士所采取的安全防范措施。他到这儿就止了步——就在这盏灯下，向她展示了他皮夹里的一张照片，照片上那个护士在给莱克特博士做体检时被他吃掉了舌头。既然莱克特博士在被制伏时脱臼了，就一定会有一张X光片。

楼梯上有一股风吹到她脖子上，仿佛什么地方开了扇窗户。

楼梯平台上有麦当劳的餐盒、乱扔的纸巾、一个盛过豆子的脏杯子。垃圾食品。角落里还有绳子似的大便和手纸。来到通向大铁门的底楼平台时，光线没有了，那里通向暴力罪犯牢房。现在那门大开着，反钩在墙上。史达琳的手电筒用了五节电池，射出的光范围广而亮。

她用手电照着走廊，这是过去安全防范措施最严密的地方。走廊尽头有个巨大的东西。牢房门一间间大开着，看上去有些怪诞。地板上满是面包纸和杯子。过去的医院护理员的桌子上有一个汽水罐，当吸毒的管子用过，熏得黑黑的。

史达琳拉了拉护理站后面的灯开关，不亮。她拿出手机，手机的红光在黑暗里虽然很亮，在地下却没有用，可她还是对着手机高叫："巴瑞，把车退到侧门入口去，拿一个水银灯来，还要弄几辆手推车来把大东西拉上去……好了，马上下来。"

然后史达琳对着黑暗里叫了起来:"里面的人注意,我是联邦警官。你如果非法在这里居住,可以自由离开,我对你没有兴趣,不会逮捕你。我的任务完成之后你如果还想回来,我也没有兴趣。你现在可以出来了。你要是想干扰我,我就送给你屁股一粒花生米,叫你吃不消。谢谢。"

她的声音在走廊里回响。在那走廊里许多人曾经狂吼乱叫,叫哑了嗓子,掉光了牙之后还啃栏杆。

史达琳想起采访莱克特博士时的那个魁梧的护理员巴尼,巴尼在场能令她安心。她想起了莱克特博士和巴尼之间那奇怪的礼貌。现在巴尼不在这儿了。有什么学校里学过的东西碰撞着她的记忆,作为一种训练,她让自己回忆起了那些话:

> 脚步声声在记忆里回荡
> 回荡过不曾走过的长廊
> 走进那没有打开的大门
> 通向那玫瑰盛开的园林。①

玫瑰盛开的园林,没有错。这儿肯定不是该死的玫瑰花盛开的园林。

新近被社论刺激得仇恨枪支、仇恨自己的史达琳这时才发现,在紧张不安时摸着枪其实并不可恨。她把那.45手枪靠近自己的腿,随着手电光向走廊走去。要同时照顾到两面,又绝对不让身后有人是很困难的。什么地方有滴答的水声。

散了架的床堆在牢房里。有些牢房里则堆满了垫子。一道水洼在走廊正中。对自己的鞋永远小心的史达琳在那狭窄的水洼边跨来跨去地前进。她回忆起了巴尼多年前的劝告:下去时保持在正中行走。那时所有的

---

① 这几句诗出自T.S.艾略特的长诗《四个四重奏》里的第一部分"烧毁的诺顿"。

牢房都住着人。

找档案柜,对。保持在走廊正中行走。手电光是暗淡的橄榄色。

这儿是茅提波尔·密格斯住过的牢房,是她最讨厌走过的地方。向她悄悄说些肮脏的话、向她扔精液的密格斯,莱克特博士教他吞掉舌头又杀死了的密格斯。密格斯死后那牢房就由萨米住着。萨米,莱克特鼓励过他写诗,效果惊人。即使现在她还能听见萨米号叫他的诗:

> 我想去见耶稣
> 我想跟着基督
> 我能跟着耶稣
> 只要我表现得不错

她还把他的蜡笔手稿保存在某个地方。

现在牢房里堆着床垫和一包包捆好的床单。

终于来到莱克特的囚室了。

那结实的桌子仍在屋子正中,用螺栓固定在地板上。他书架上的板子不见了,托架还从墙上伸出来。

史达琳应该转向柜子,但是她却盯着囚室没有动。她平生最惊人的遭遇就是在这里经历的。在这儿她遭到过意外、惊讶和震动。

在这儿她听见了关于自己的事,真实得可怕,使她的心像巨大深沉的洪钟一样震响。

她想要进去,想要进去,像听见火车驶近时铁轨的光诱惑我们从阳台往下跳一样,想要进去。

史达琳用手电四面照了照,看了看那排档案柜的背后,又照了照附近的囚室。

好奇心使她跨过了门槛。她站在汉尼拔·莱克特博士曾经住过八年的地方的正中,占领了他的天地。她曾经见他站在那儿,她以为自己会激动,可是没有。她把手枪和手电放在他的桌子上——怕手电会滚动,放得很小心。她把双手平放在他的桌上,手下只感到些面包屑。

最重要的是,那感受令人失望。囚室没有了原来住的人,显得空荡荡的,像蛇蜕下的皮。此刻史达琳认为自己明白了一点道理:死亡与危险不一定与陷阱同在,它们可能存在于你所爱的人的甜蜜呼吸里,或是,存在于某个阳光明媚的下午的鱼市上,扩音器播放着《玛卡雷娜》。

干活儿吧。档案柜一排共长约八英尺,有四个高到下巴的柜子。每个柜子有五个抽屉,原是在顶部那个抽屉上用十字槽锁锁上的,此刻却全开着。所有的柜子都塞满了档案,档案都有档案夹,有的档案夹还很厚。时间太久,旧的大理石花纹纸档案夹软软的,而新的档案装在马尼拉纸的档案夹里。死去的病人的病历最早的早到医院创建的1932年。档案大体按照字母顺序排列。有一些档案平堆在长抽屉里档案夹后面。史达琳匆匆往下查。她把沉重的电筒放在肩膀上,空出的手指翻阅着档案。她真希望带来的是一支小电筒,可以咬在牙齿间。在她对档案看出了点眉目之后就可以一柜柜地跳过了。她跳过了J,跳过了档案不多的K,来到了L。哇!莱克特,汉尼拔。

史达琳抽出了长长的马尼拉纸档案夹,立即摸摸它是否有X光底片的硬挺。她把档案夹放在别的档案上打了开来,发现的却是I. J. 密格斯的病历。倒霉!密格斯死了还跟她捣蛋!她把那档案放到档案柜顶上,匆匆往字母M查去。密格斯自己的马尼拉纸档案夹在那儿,按字母顺序放在那儿,里面却是空的。是归档错误吗?是有人偶然把密格斯的档案放进了汉尼拔·莱克特的档案夹里了吗?她查完了所有的M,想找到一份没有夹子的档案。她又回到了J。她意识到自己越来越烦躁。那地方的气味越来越叫她受不了了。管房子的人说得对,这地方很难呼吸。她才查到J的一半,便意识到那味儿……迅速地强烈了起来。

她身后有轻微的水的泼溅声，她转过身子，一只手举起电筒照出去，另一只手急忙伸进外衣抓住了枪把。一个高个儿的男人站在她的手电光里，满身肮脏褴褛，一条肿得太大的腿处在水里，一只手伸在旁边，另外一只手里拿了一个破盘子，一条腿和两只脚用床单布条缠着。

"你好。"他说，鹅口疮使他的舌头不灵便。史达琳在五英尺外也能闻到他呼吸的臭气。她外衣下的手从手枪转向了梅司催泪弹。

"你好。"史达琳说，"请你站在那边靠着栏杆，好吗？"

那人没有动。"你是耶稣吗？"他问。

"不是，"史达琳说，"我不是耶稣。"那声音！史达琳记起了那声音。

"你是耶稣吗？"他脸上的肌肉在动。

是他的声音！嗨，多么奇妙。"你好，萨米，"她说，"你好吗？我刚才还想着你呢。"

萨米是怎么回事来着？资料迅速出现，有些凌乱。礼拜堂会众在唱着"把你最好的东西献给主"时他就把他妈妈的脑袋献进了募捐的盘子。他说那就是他最好的东西。是什么地方的浸会。他愤怒，莱克特医生解释说，因为耶稣来得太迟。

"你是耶稣吗？"他说，这回带着悲伤。他从口袋里拿出了一个烟蒂，挺不错的，有两英寸多长，放在破盘子里，送出来作为奉献。

"萨米，对不起，我不是，我——"

萨米的脸突然灰了下来，因为她不是耶稣而大发雷霆了。他的声音在潮湿的走廊里轰轰地响：

我想去见耶稣
我想跟着基督

他举起破盘子，盘子锋利的边像锄头。他向史达琳前进了一步，现在两只脚都踩到了水里。他的脸歪扭了,空着的手抓挠着两人之间的空气。

她感到档案柜顶到了自己的背。

"我能跟着耶稣……只要我表现得不错。"史达琳背诵道,声音响亮清楚,好像在从遥远的地方向他呐喊。

"嗯,呃。"萨米平静地说,停住了脚步。

史达琳在皮包里摸了摸,拿出一块糖。"萨米,我有块糖,你喜欢吃糖吗?"他没有说话。

她把糖放在一个马尼拉档案夹上端给他,就像他端出捐献盘一样。

他还没有撕掉包装纸就咬了一口,吃掉了一半。

"萨米,这儿有别的人下来过吗?"

他没有理会她的问题,只把剩下的糖块放在盘子上退回到他原来的牢房的一堆垫子后面去了。

"这是什么玩意?"一个女人的声音,"谢谢你,萨米。"

"你是谁?"史达琳叫道。

"干你屁事。"

"你跟萨米一起住在这儿吗?"

"当然不是。我是来这儿约会的。你觉得你可以不干扰我们吗?"

"可以,回答我的问题。你们在这儿有多久了?"

"两个礼拜。"

"这儿有别人来过吗?"

"几个混混,叫萨米给赶走了。"

"萨米保护你吗?"

"来惹我一下你就会知道。我的脚能够走路,能够弄到吃的。他有个安全的地点可以吃东西。许多人都做这种交易。"

"你们俩有谁被安排进救济计划里了吗?你们想被列进救济计划里吗?我可以在这方面帮你们的忙。"

"他在计划里,到外面的世界去干了些鸟事,然后又回到了老地方。你在找什么呀?你要什么?"

"找档案。"

"要是没有,就是有人偷掉了嘛,连这都不懂,可真是笨极了。"

"萨米?"史达琳说,"萨米?"

萨米没有回答。"他睡着了。"他的朋友说。

"我要是留一点钱在这儿,你会去买点食物吗?"史达琳说。

"不,我要拿钱买酒。食物能够捡到,酒却捡不到。出去时别让门上的把手夹了屁股。"

"我把钱放在桌子上。"史达琳说。她有个冲动,想跑掉。她想起了离开莱克特博士的时候,想起了竭力控制着自己向巴尼走去的时候。那时巴尼那秩序井然的岗位是个平静的安全岛。

史达琳在楼梯井透下的光中从皮夹里掏出一张二十美元的钞票,放在巴尼那伤痕累累、没人要的桌上,用一个空酒瓶压住。她打开了一个塑料购物袋,把莱克特档案的夹子装了进去,夹子里是密格斯的记录和密格斯的空夹子。

"再见,萨米,再见。"她向那个在世界上转悠了一圈又回到了自己熟悉的地狱里的人叫道。她想告诉他,她希望耶稣很快降临,但是说这话显得太愚蠢。

史达琳上了楼,回到阳光里,继续她在这个世界的转悠。

12

通向地狱的路上如果有收容所的话,那收容所一定像马里兰州慈善医院的救护车进口。警笛收尾时的呜咽声、濒死者的号叫声、滴注器的滴答声、哭声和尖叫声,都笼罩在从下水道孔冒出的一股股蒸汽里,蒸汽被巨大的霓虹急救标志映成了红色,宛如摩西的火柱,[①] 升到天上,化作了云彩。

巴尼从雾气里走了出来,把他强有力的肩膀缩拢进夹克衫,踩着破碎的路面大踏步往东方的黎明里走去,剃成平头的脑袋往前伸着。

他已经晚下班二十五分钟了——因为警局送来了一个神志恍惚的皮条客。那人喜欢打女人,因而挨了枪,护士长便把巴尼留下了——遇见暴力伤害他们总留下巴尼。

克拉丽丝·史达琳从她夹克衫的风帽里偷窥着巴尼。她让他在街对面走了半个街区远才把自己的大提包甩到肩上,跟随着他。看见他步行经

[①] 见《圣经·旧约·出埃及记》第十三章,摩西率领以色列人从红海旷野的路离开埃及。"日间,耶和华在云柱中领他们的路;夜间,在火柱中光照他们,使他们日夜都可以行走。"

过了停车场和公共汽车站,她才放了心,步行比较容易跟踪。她不知道他住在哪儿,必须在跟他见面前先查明他的住处。

邻近医院后面的街道是蓝领和几个民族混居区,安安静静。在这儿,你的车晚上只需加一把查普曼锁,不必取走电池,孩子们也尽可以在户外玩。

过了三个街区,巴尼等一辆货车穿过斑马线后便向北折进了一条街道。这儿的房屋虽然矮小,有的房屋却有大理石台阶,门前还有漂亮的花圃。有些空店铺正面的窗户还用肥皂擦洗得一尘不染。商店逐渐开了门,已经有人进出。史达琳的视线叫路两旁停着过夜的车子挡住了半分钟,但是她仍在往巴尼行进的方向走去,没意识到巴尼早已停了步。她看见巴尼时已到了他的街对面。也许他已经看见了她,她没有把握。

巴尼双手抄在夹克衫口袋里站着,头向前伸着,眼睛盯在路面正中一个动着的东西上——路上躺着的一只死鸽子,汽车驰过,带起的风一吹,翅膀扇动着。死鸟的伴侣在尸体旁跳来跳去,不时斜着眼看它一下,小脑袋随着粉红的脚的每一次跳跃而抖动。她转了一圈又一圈,发出轻柔的咕咕声。几辆小车和一辆货车驰过,那未亡者总是到最后一刻才略微飞开一点。

巴尼也许抬头看了看她,史达琳没有把握。她必须继续往前走,否则就会被发觉。她回头一看,巴尼已经蹲在路当中,对车辆举起了一只手。

她转过街角,不让巴尼看见,脱掉了带风帽的夹克衫,从大提包里取出一件毛线衣、一顶棒球帽和一个运动提包。她迅速换上衣服,把夹克衫和大提包塞进运动提包,再把头发塞进帽子,然后跟回家的清洁女工一起转过街角,回到巴尼那条街。

巴尼把死鸽子捧在手里,鸽子的伴侣簌簌地飞到头顶的电线上望着他。巴尼在一个绿色的草地上放下死鸽子,理好了它的羽毛,然后转过大脸对着电线上的鸟说了几句。他继续往前走时,那一对中的未亡者飞到了草地上,围着尸体继续飞旋着,在草地上跳着。巴尼没有再回头看它,踏上了一百码外一处公寓的台阶。他伸手取钥匙时,史达琳全速跑过了半个街区,赶在他开门前来到他面前。

"巴尼,嗨!"

巴尼在台阶上不紧不慢地转过身来,低头望着她。史达琳忘记了巴尼双眼分得很开,不大自然。她看见了他眼里的聪明,感觉到某种联系的火花。

她脱掉帽子,让头发披了下来。"我是克拉丽丝·史达琳。还记得我吗?我是——"

"是联调局那个特工?"巴尼没有表情地说。

史达琳双手合掌,点了点头。"是的,我就是联调局那个特工。巴尼,我需要跟你谈谈。非正式地。想问你几件事。"

巴尼从台阶上走了下来。他站到史达琳面前时,她仍然得抬头看他。她不像男人那么害怕他那魁梧的个子。

"你是否应该记录下来,史达琳警官,你还没向我宣读我的权利呢。"他声音很高,而且粗鲁,像约翰尼·韦斯摩勒①演的泰山。

"当然,我并没有向你宣读米兰达卡②。"

"对着你的提包说一句怎么样?"

史达琳打开她的提包,对它大声说话,仿佛里面有一个友善而爱恶作剧的侏儒。"我没有给巴尼宣读米兰达卡。他不知道他的权利。"

"街道那头的咖啡挺不错。"巴尼说。"你那提包里还有多少秘密?"两人走着时他问。

"三个。"她说。

---

① 二十世纪二十年代杰出的美国自由泳运动员;后成为电影演员,在几部泰山影片中扮主角。
② 在美国警察逮捕人时必备的卡片,卡片上有要向嫌疑人宣读的关于宪法规定的权利,特别是保持沉默和聘请律师辩护的权利的文字。

挂有残疾人牌子的车驶过时,史达琳意识到车上的人都望着她,但是受苦的人往往粗野,仿佛他们有一切权利如此。在下一个街口,另一辆车上的人也在看她,但是因为有巴尼在旁边,没有说话。从窗口伸出的任何东西都会立即引起史达琳的警惕——她提防着克里普帮的报复。但对这种不出声的媚眼她却只好承受。

她和巴尼进入咖啡馆时,残疾人的车退进了一条小巷,掉过头向来时的方向去了。

他俩得等小隔间空出来,便站在买火腿鸡蛋的地方,那儿非常拥挤,服务员用印地语对厨子叫喊着。厨子带着抱歉的脸色用长柄钳子摆弄着肉。

"咱们吃点东西吧,吃山姆大叔①的。"两人坐下之后史达琳说,"情况怎么样,巴尼?"

"工作不错。"

"什么工作?"

"警卫,特许助理护士。"

"我估计你现在该是个注册护士了,也许在医药学校读书。"

巴尼耸耸肩,抬头看着史达琳,伸手去取奶酪瓶。"因为打死了伊芙尔达,他们给你罪受了?"

"还得看看。你认识她吗?"

"我见过她一面,是他们把她丈夫第戎抬来的时候。那时第戎已经死了,还没等他们把他塞进担架。弄了他们满身血。送到我们那儿时,屎尿都流了。滴注液滴不进,往外流。她抓住第戎不放,还打护士。我只好……你知道……漂亮女人,身体也棒。他们没有让她来,在她丈夫——"

"是啊,她在现场很惹眼。"

"我也这么想。"

---

① 指吃公款。山姆大叔是美国的浑名。

"巴尼,在你把莱克特博士交给田纳西州的人时——"

"他们对他不客气。"

"在你——"

"现在他们全死了。"

"是的,他的几位看守都只勉强活了三天就死掉了。可你看守了莱克特博士八年。"

"六年——他到牢里时我还没有去。"

"你是怎么做的,巴尼?你如果不介意我提问的话,你是怎么跟他长期处下来的?光靠客气怕是不行吧?"

巴尼望着勺子上自己的影子先是凸出来,然后又凹进去,想了想说:"莱克特博士的礼貌无懈可击,不是生硬的礼貌,而是亲切高雅的礼貌。我那时在读几门函授课程,他就给我讲他的看法。这并不意味着他有机会会不想杀我——人的一种品质未必能抹掉他的另一种品质。它们可以共存,可以既是善良又是可怕。苏格拉底对此的阐述要好得多。在最严峻的对垒中你永远不能忘记这点。只要你记住这话,你就不会出事。莱克特博士可能懊悔向我介绍苏格拉底。"对于以前缺少学校教育的巴尼来说,苏格拉底是一种新鲜的体验,具有邂逅的性质。

"安全措施跟谈话是完全不同的两回事。"他说,"安全措施从来不是个人的事,即使我不得不冻结他的信件,把他禁锢起来。"

"你跟莱克特博士谈话很多吗?"

"他有时一连几个月一言不发,有时就只跟我谈话,在深夜,疯子的叫喊静下来之后。事实上,我那时在读函授,模模糊糊知道些苏埃托尼乌斯[①]、吉本[②]什么的,而他实际上却向我展示了整个世界。"巴尼端起杯子。

[①] 苏埃托尼乌斯(69—140),古罗马传记作家和历史学家。
[②] 吉本(1737—1794),英国历史学家,主要著作为《罗马帝国衰亡史》。

横过他的手背有新的挫伤,涂了橘红色的甜菜碱。

"你想过他逃掉之后会来对付你吗?"

巴尼摇摇他的大脑袋。"有一回他告诉我,只要办得到,他要把那些粗暴的人吃掉。他称他们为'暴戾的歹徒'。"巴尼哈哈大笑,罕见的笑。他的牙小小的,像婴儿,高兴起来带点狂气,快活得像婴儿对着喜欢他的叔叔的脸吹婴儿食品。

史达琳不知道这是否是因为他在地下室跟疯子待的时间太长的缘故。

"你怎么感觉,他逃走之后你感到……毛骨悚然没有?你觉得他会来找你吗?"

"没有。"

"为什么?"

"他说过他不会的。"

说也奇怪,这个回答似乎能够叫他俩都满意。

蛋来了。巴尼和史达琳都饿了,不住嘴地吃了几分钟。然后……

"巴尼,莱克特博士被转移到孟菲斯之后,我请你把他在牢房里的画给我,你把画都带给了我。其他的东西呢——书呢?文件呢?医院里甚至连他的病历都没有。"

"出了那么大的事,"巴尼停了停,在手掌上磕着盐瓶,"医院闹了个天翻地覆,你知道。我给解雇了,好多人都给解雇了。东西都散失了,说不清到——"

"对不起,"她说,"你说了些什么我没有听见,这儿太闹。我昨天晚上发现,两年前在纽约的一次私人拍卖会上出现了莱克特博士加了注而且签了名的那本大仲马的《烹饪词典》。一个私人收藏家以16 000美元买下了。卖出者的产权证明署名卡里·弗劳克斯。你认识卡里·弗劳克斯吗,巴尼?我希望你认识,因为你给你目前工作的医院的申请书上的笔迹就是他的,但签的名字却是'巴尼'。你纳税回单上的签字也是他的笔迹。对不起,我没有听见你刚才说的话。你愿意再说一遍吗?你从那本书得到了什么,巴尼?"

"一万美元左右。"巴尼直盯着她说。

史达琳点点头。"收条上是10 500美元。莱克特博士逃走之后《闲话报》采访过你,你得到多少钱?"

"15 000。"

"真不错。这对你很好。你对那些人说的那些废话是编造的吗?"

"我相信莱克特博士是不会在意的。我要是不浪费点他们的时间他反倒会失望的。"

"他袭击护士时你还没有到州立巴尔的摩医院吗?"

"没有。"

"他的肩头被拉脱了臼。"

"我听说是这样。"

"拍了X光片吗?"

"很可能拍过。"

"我要这张X光片。"

"唔——"

"我发现莱克特的手稿分成两类。一类是在入狱以前写的,用的是墨水;一类是在疯人院写的,用的是碳笔或毡头笔。碳笔写的要值钱得多。不过,我估计你知道这些。我认为那些东西全在你手上,巴尼,你是打算做笔迹生意,把它们在许多年里分散卖出。"

巴尼耸了耸肩,没有说话。

"我觉得你在等待他成为热门话题。你想得到什么,巴尼?"

"我想在死去之前看到世界上所有的弗美尔①的作品。"

---

① 弗美尔(1632—1675),荷兰风俗画家。

"是否需要我问问你,你对弗美尔的兴趣是谁引起的?"

"我跟他在半夜谈了许许多多的问题。"

"你们谈过他如果自由的话想做什么吗?"

"没有。莱克特博士对假设不感兴趣,不相信三段论、综合法,也不相信任何绝对的东西。"

"他相信什么?"

"他相信混沌,而且认为根本用不着相信,混沌是自明的。"

史达琳想暂时迁就巴尼一下。

"你说这话好像你自己就相信似的,"她说,"但是你在州立巴尔的摩医院的整个工作就是维持秩序。你是医院的护士长,你跟我都是维持秩序的。莱克特博士归你管时就没有逃掉。"

"这个我已经跟你解释过了。"

"因为你对他从来没有放松过警惕,即使在一定的意义上,你跟他像兄弟一样——"

"我从来没有跟他像兄弟一样,"巴尼说,"他跟谁都不是兄弟。我们讨论过互利的问题。我至少在发现问题的答案之后觉得很有趣。"

"莱克特博士曾经因为你不知道什么东西拿你开过心吗?"

"没有。他拿你开过心没有?"

"没有。"为了不让巴尼难堪,她说,因为她第一次意识到了那魔鬼的嘲弄里所包含的赞许,"他要是愿意是有可能拿我开心的。你知道那些东西在什么地方吗?"

"找到了有报酬吗?"

史达琳把纸巾折好放在盘子边。"报酬是,我不给你加上妨碍司法公正的罪名。你在我当年到医院去时在我的桌子上安装过窃听器,我放了你一马。"

"安窃听器是已故奇尔顿医生的主意。"

"已故？你怎么知道奇尔顿医生已故了呢？"

"总之他已经不在了七年，"巴尼说，"我并不认为他会马上回来。让我问问你，你要得到什么东西才满足，史达琳特工？"

"我要见到那张X光片。我要那张片子。莱克特博士若是有书，我就想看见书。"

"假定我们发现了那些东西，会怎么处理它们？"

"说实在话，我也拿不准。联邦检察官可能把材料全部作为调查在逃犯的证物拿过去，然后让它们在他那间大证物室里霉烂。但如果我检查了那些东西，并且没有从中发现什么有用的东西，那么，我愿意这样说，你就可以说那些书是莱克特博士送给你的。他已经缺席七年，你可以提出民事申请。他没有已知的亲属，我愿意建议把一切无害的东西都交给你。你应该知道我的建议处在图腾柱的最下层。但是，X光片你拿不回去，病历也很可能拿不回去，因为这些不是他的东西，不能赠送给人。"

"但是如果我向你解释我没有这些东西呢？"

"那么莱克特的资料就很难出手了，因为我们可以出一个公告，警告市场说，接受和占有该资料将受到逮捕和追究。我将取得搜查令对你的住宅进行搜查和没收。"

"因为你已经知道了我住宅的地点了。"

"我可以告诉你，如果你把资料交出来，你就不会因为占有了它们而受到牵连，因为我们可以考虑如果你当初没有把这些东西收起来可能会出现的情况。至于保证你取回来，我没有把握承诺。"作为谈话的一个标点符号，史达琳在手袋里搜索着，"你知道，巴尼，我有一种感觉，你之所以得不到高级医学学位说不定是因为你找不到担保。你可能在什么地方有过前科，是吗？你看看，我没有搞文件来审查你，没有来调查你。"

"是啊，你只需看看我的缴税单和工作申请表就够了，我很感动。"

"你如果有前科，说不定那个司法区的地区检察官可以说上几句话，为你开脱。"

巴尼用一片吐司擦着盘子。"你的话说完了吧,我们走一走。"

"我见到了萨米,密格斯死后是他住了密格斯的囚室,还记得吧?他现在还住在大楼里。"两人到了外面,史达琳说。

"我以为那地方已经完蛋了呢。"

"是完蛋了。"

"萨米得到什么安排没有?"

"没有,他只是悄悄住在那儿。"

"我觉得你应该管一管他在那儿住的事。他是个糖尿病人,很虚弱,会死的。你知道莱克特博士为什么叫密格斯吞下自己的舌头吗?"

"我想我知道。"

"他杀了他,因为他得罪了你。这是确切的理由。别为此难过,他总是有可能做这种事的。"

两人继续走,经过了巴尼的公寓来到那片草地。鸽子还在绕着它死去的情侣飞。巴尼用手轰鸽子。"往前飞吧,"他对鸟儿说,"伤心得够久了。你再这样下去,会给猫捉走的。"鸽子带着哨音飞走了,落到他们看不见的某个地方去了。

巴尼拾起了死鸟,羽毛光滑的身子轻轻落进了他的口袋。

"你知道,莱克特博士有一回谈起你。也许是我最后一次跟他谈话,也许差不多是最后一次。这鸟让我想起你应该知道他的话。"

"当然。"史达琳说,她的胃里有点难受,但是她决心不退缩。

"我们谈的是顽固的遗传行为。他以翻飞鸽①的遗传为例。翻飞鸽飞到高高的天上,向后一个一个翻筋斗,然后往地上落,炫耀自己。这种鸽有两种,大翻飞的和小翻飞的。你不能让两个大翻飞配对,否则他们的后代

---

① 一类似鸽的鸟,喜爱俯冲翻筋斗,一般叫作佛法僧。

就会一直翻飞到地上摔死。他的话是,'史达琳警官是大翻飞鸽,巴尼,我们希望她的父母有一方不是大翻飞鸽'。"

史达琳不得不去咀嚼这句话。"你拿这只鸟怎么办?"她问。

"拔了毛吃掉。"巴尼说,"来吧,到我家里去,我把X光片和书都给你。"

史达琳拿了那长长的包裹往医院和自己的车走时,还听见那忧伤的未亡者在树上发出一声哀鸣。

13

由于一个狂人的关注和另一个狂人的执拗,史达琳一直想得到的东西现在暂时到手了:一间办公室,在行为科学处多层地下室的走廊上。像这样弄到手的东西令人心酸。

史达琳在联邦调查局学院毕业时,从没有奢望过直接升入精英分子的行为科学处。但是她相信自己可以在那儿奋斗到一个职位。她明白先得干几年外勤。

史达琳工作很出色,但是搞办公室政治却不行。好多年以后她才明白自己是进不了行为科学处的,尽管处长杰克·克劳福德希望她去。

有个主要原因她没有看见,那就是副督察长助理保罗·克伦德勒。她是因为看到克伦德勒对周围"天体"的影响才发现他的——那发现简直像天文学家发现了天体黑洞。原来她在侦缉连环杀手詹姆·伽姆时擅自走在了克伦德勒前面,受到了新闻界的关注,克伦德勒对此一直耿耿于怀,没有原谅她。

克伦德勒曾在一个冬天的雨夜给她来过电话。她接电话时只穿了一件睡衣，趿着兔毛拖鞋，用毛巾包着头发。那一天她永远清楚记得，因为那是沙漠风暴的第一周。那时史达琳是个技术特工，刚从纽约回来。她在纽约偷换了伊拉克驻联合国代表团的豪华车上的无线电设备。新设备样子跟老设备完全一样，只是新设备能把车里的谈话转播到头顶的美国国防部卫星上。那工作是在一家私人车库里干的，非常危险，回家后她还很紧张。

听见电话时她还一时狂想，以为是克伦德勒要表扬她的出色工作。

她想起了那天打在窗上的雨点和克伦德勒在电话里含糊不清的声音，背景是酒吧的嘈杂。

克伦德勒约她出去，并说他半小时就可以到。克伦德勒已经结了婚。

"我不想去，克伦德勒先生。"她说，按下了答录机上的录音键，机器发出必要的合法的哔哔声。电话线上的声音停止了。

现在，史达琳坐在她多年梦寐以求的办公室里，找了一张纸条，写上了自己的名字，用透明胶贴在了门上，可又觉得没有意思，撕了下来，扔到了字纸篓里。

她收件盘里有一封信，是《吉尼斯世界纪录》发来的一份调查表，打算把她接纳为美国历史上杀死罪犯最多的女执法人员。出版人解释说罪犯一词是经过慎重思考的，因为所有的死者都被确认有多项犯罪史，而且其中三人的拘捕令很引人注目。那份调查表跟她的名字一起被扔进了字纸篓。

她在电脑工作站已经敲打到了第二个小时，正吹开披散下来的头发时，克劳福德敲门了，脑袋伸了进来。

"布雷恩从实验室来了电话，史达琳，说梅森的X光片跟你从巴尼那儿得到的X光片一致，是莱克特的胳臂。他说他们还打算对影像做数字化处理，但是他说没有疑问。我们打算把这个发布到VICAP的莱克特案件卷宗里去。"

"对梅森·韦尔热怎么办?"

"告诉他真相。"克劳福德说,"你和我都知道,要不是他遇到了自己推动不下去的东西,他是不会肯拿资料跟我们共享的,但是如果我们现在想在巴西占他的先,也难免会落空。"

"你叫我别碰巴西,我没有碰。"

"你在这儿挺有收获嘛。"

"梅森的X光片是通过DHL快递收到的。DHL记下了条形码和标签资料,准确提供了取件地点,是里约热内卢的伊巴拉旅馆。"史达琳伸手不让他插嘴,"现在的这些资料来源全在纽约,没有在巴西查过。

"梅森的许多工作是在电话上做的,通过拉斯维加斯的赌场账务转换台。他们的电话数量之大可以想象。"

"我可以问问你是怎么弄到这些东西的吗?"

"绝对合法,"史达琳说,"或者说,相当合法——我在他屋里没有留下任何痕迹。我得到了查阅他电话费的密码,如此而已。这东西是所有的技术特工都能弄到的。如果他妨碍了司法公正的话,凭他那巨大的势力,那得申请多久才能得到调查他的命令,然后设计逮捕他?即使他被确认有罪,你又能拿他怎么办?他使用的不过是赌场的业务账。"

"我懂了。"克劳福德说,"内华达州娱乐委员会可以偷听他们的电话,或者逼他们交出赌场业务账本,就可以得到我们想要的东西,而那些电话正是打到那里去的。"

她点点头。"我按照你的要求没有碰梅森。"

"这我明白。"克劳福德说,"你可以告诉梅森我们打算通过国际刑警和大使馆协助他,告诉梅森我们需要派人到那边去设计引渡方案,莱克特很可能在南美也犯了罪,因此我们最好赶在里约警方追查吃人档案之前把他引渡回来——如果他真在南美洲的话。史达琳,如果要你去跟梅森谈判,你会觉得恶心吗?"

"我得让自己适应这种状况。这是我们在西弗吉尼亚处理那具浮尸[①]时你教会我的。我刚才说什么?浮尸。不,是个女人,叫作弗雷德里卡·比默尔。是的,梅森的确叫我恶心,可是这些日子叫我恶心的事太多了,杰克。"

史达琳吃了一惊,突然住了口。她从来没有对杰克·克劳福德处长直呼其名过,从来没有想过叫他杰克。她这么做吓了自己一跳。她端详着他的脸,一张以高深莫测著名的脸。

他点点头,扭曲而凄凉地笑了。"叫我恶心的事也不少呢,史达琳。在你去跟梅森谈话之前想先嚼几片铋蛋白酶吗?"

梅森·韦尔热懒得接史达琳的电话。一个秘书为她送去的情报表示了感谢,说梅森会给她回话的,但是梅森并没有亲自给她回话。梅森在获知情报的名单上比史达琳高了几级,两张X光片吻合的信息对他早已过时了。

[①] 野牛比尔的受害者之一。见本书前篇《沉默的羔羊》。

14

梅森知道他的X光片拍的的确是莱克特博士的手臂要比史达琳早得多,因为他在司法部门的情报来源地位比她高。

梅森是通过互联网得到消息的,用户名叫Token287,那是联邦众议员帕顿·费尔默在众议院司法委员会的助手的第二个用户名。而费尔默的办公室接到的却是署名Cassius199的电子邮件。那正是司法部内部的保罗·克伦德勒的第二个用户名。

梅森很激动,他没有想到莱克特博士到过巴西,但是X光片已经证明博士左手上现在只有五个正常的手指,这消息跟欧洲来的有关博士行踪的最新消息吻合。梅森相信那消息是来自意大利的执法部门,是他多年以来得到的有关莱克特的最可靠的消息。

这个抢先的情报梅森并不打算跟联邦调查局交换。他七年来做了不屈不挠的努力,花了大量的金钱,查阅了联邦的秘密文件,跨越了国际的限制,在追踪莱克特的工作上超过了克伦德勒。他只在需要吸收情报来源时才和联邦调查局交换情报。

不过为了摆个样子,梅森仍然叫秘书纠缠住史达琳,向她索要进展情况。梅森给秘书的备忘录要求至少每天给她打三次电话。

梅森立即给他在巴西的情报人员电汇了五千美元,叫他们追踪X光底片的来源,又给瑞士划出了一笔应急基金,数目庞大得多,并打算在可靠情报到手后继续汇钱去。

他相信他在欧洲的情报人员已经找到了莱克特博士。但是他在情报问题上曾经多次上当,学会了小心。证明很快就会到来。在它到来之前,梅森为了减少等待的痛苦,便考虑起抓到博士后要干的事。这些他早已做了安排,因为梅森研究过折磨的学问……

上帝所选择的折磨办法已不能满足我们的需要,而且那种折磨也不好理解,除非说清白无辜会得罪上帝。以盲目的愤怒鞭挞着世界的上帝在这方面显然需要帮助。

在瘫痪的第十二年,梅森才明白了自己的职责。这时他在被单下的部分身子已经少得可怜。他明白自己再也站不起来了。他在麝鼠农庄的大厦已经完工,也有了条件,虽然不是无限制的条件,因为韦尔热家族的家长莫尔森还在统治。

那是莱克特博士逃走那年的圣诞节。梅森受着圣诞节常有的一种感觉的折磨,恨不得亲自找人到疯人院去把博士杀死。梅森知道莱克特博士现在正隐藏在地下,在一个他可以自在逍遥的地方,可能过得很开心。

而梅森自己却躺在呼吸器下,一块柔软的毯子便覆盖了一切,身边有一个护士站着,两只脚换来换去,希望能够坐下。一些穷孩子被汽车带到了麝鼠农庄来唱圣诞歌曲。梅森得到医生的允许,开了一会儿窗户,接受点寒冷的空气。孩子们就在窗下,双手捧着蜡烛,唱着歌。

梅森的屋里灯光熄灭了,农庄上方的天空里,星星贴近地面。

"啊,小小的伯利恒镇,我们看见你,躺得多平静!"

> 我们看见你躺得多平静!
> 我们看见你躺得多平静!

这话里包括的讽刺意味令他难受。我们看见你躺得多平静,梅森!

窗外那圣诞节的星星保持着它们令人窒息的平静。他用戴眼罩的眼睛祈求地望着星星,用他还能用的手指向星星做手势,可星星总是默默无语。梅森没有想到星星也能呼吸,他想到的是,如果他此时此地窒息了,他所能见到的怕也就只有那美丽、沉默、没有空气的星星了。他现在就要窒息了,他觉得,他的呼吸器送不上气了,他只好等待呼吸。他生命的迹象不过是观察仪器和心电图上画出的圣诞绿折线,那是密林般的黑夜里的常青树,他心跳的折线,他的心脏的收缩和舒张。

护士吓了一跳,正要去按警铃,要去拿肾上腺素。

那歌词还嘲弄着他,我们看见你躺得多平静,梅森!

此时主显节①在圣诞节出现了。还不等护士按铃或是取来药品,梅森最初乍起的复仇的鬃毛擦拂着他那惨白的幽灵蟹一样爬动的手,开始让他平静下来。

在全世界圣诞节的圣餐礼上,虔诚的人都相信他们能通过变体论②的奇迹吃到基督的肉和血。梅森开始为一个更为动人的仪式做准备,却用不着变体论。他开始准备让莱克特博士被活生生地吃掉。

---

① 基督教纪念耶稣向众人显现的节日,在一月。
② 罗马天主教和东正教教义认为,在圣餐礼上面包和酒就是耶稣基督的肉和血。

15

梅森接受的是一种奇怪的教育,完全适应他父亲为他设想的生活和他眼前的工作。他儿童时代读的寄宿学校接受过他父亲的大量捐款,因此他的缺课常常能得到原谅。老韦尔热有时一连几周对他进行真正的培养,把孩子带到他的财富根据地去:牲畜栏和屠宰场。

莫尔森·韦尔热在畜牧业生产的许多方面都是开拓者,特别是节约方面。他在饲料问题上的实验可以和五十年前的巴托汉媲美。莫尔森·韦尔热把碾碎的猪毛、鸡毛和粪便混到了猪饲料里,其比例之高在当时被看作胆大妄为。四十年代他又被看作铤而走险的幻想家。是他第一个取消了猪的清洁饮水,代之以沟里发过酵的动物肥料水,可是催肥了猪,利润滚滚而来。嘲笑声消失了,竞争对手急忙仿效起来。

可是莫尔森·韦尔热在肉类罐头工业上的领先地位并没有到此为止。他严格地站在节约的立场,自己掏腰包与《仁慈屠宰法案》进行了英勇的斗争。他挥舞法律的武器保住了尊严,尽管在立法补偿方面花了一大笔钱。他让梅森长期看看他是如何监督大规模的畜栏实验,让他观察在屠宰前可以多长时间不给畜生食物和饮水而不致使它们明显地掉膘。

实验遗传学的研究解决了比利时猪的瘦肉量加倍而猪不消瘦的问题,而这个困扰比利时人的问题是在韦尔热家族的资助下解决的。莫尔森·韦尔热在全世界买种猪,资助着国外好多个牲畜培育的研究项目。

但是屠宰事业是人的事业,对这一点的理解没有谁比得上莫尔森·韦尔热。工会领袖们想以工资和安全的借口侵犯他的利益时,他总能把他们吓倒。在这方面,他跟有组织的犯罪集团建立了三十年的铁杆关系,他们为他立下了汗马功劳。

那时梅森很像他父亲,又黑又亮的眉毛下有一双浅蓝色的屠夫般的眼睛。低低的发际线从右向左下斜,掠过前额。莫尔森·韦尔热舐犊情深,有时喜欢把儿子的脸捧在手上抚摩,好像在通过骨相术确认儿子的父系血统,正如抚摩猪的脸能够通过颜面骨的结构确定它的遗传因素一样。

梅森学得很到家,即使在他受伤卧病在床之后也能在业务上做出健全的判断,然后叫他信任的人去执行。美国政府和联合国以非洲的猪流感威胁为由,让海地人屠宰了全部的当地猪,那主意就是这位小梅森出的。这样,他就可以向海地政府出售他的美国大白猪,用以代替海地的当地猪了。可是他那油光水滑的大白猪进入了海地的环境却立即死掉,海地人只好一次再次地买梅森的猪。最后他们只好从多米尼加共和国引进了壮健的小拱土猪,取代了他的猪。

现在,有了一生的知识和阅历的梅森觉得自己像是斯特拉迪瓦里①来到了制琴台前,要建造他的复仇机器了。

梅森那张没有脸的骷髅里有着多么丰富的情报和情报来源啊!他躺在床上,像耳聋的贝多芬在心里谱写乐曲一样,想起了跟父亲一起在猪市上检查竞争状况的情景。莫尔森的银质小刀可以随时从外衣口袋里抽出,

---

① 斯特拉迪瓦里(1644—1737),意大利著名的小提琴制造家。

刺进猪背，看它的瞟情，然后离开那怒气冲冲的尖叫。他脸上总是一本正经，不会有人追问，手塞回口袋时拇指还掐在刀口上做记号。

梅森想起了父亲扎过的一条4-H级的竞赛猪，他要是有嘴唇此刻是会笑出来的。那猪还以为人类全是它的朋友呢。猪的主人是一个小孩，大哭起来。他的父亲怒气冲冲地跑了过来，却被莫尔森的打手弄到帐篷外面去了。啊，他当年的时光是多么美好，多么有趣！

梅森在猪市上见过从世界各地来的千奇百怪的猪，现在为了他的新目标又弄来了他平生所见过的最棒的猪。

在那个出现在圣诞节的主显节之后，梅森便开始了他的育种计划。那计划在撒丁岛的一个小育种场集中实施。那是韦尔热家的育种场，在靠意大利一面的海岸边。他选择了这个地点，一是因为它偏僻，二是因为从那里到欧洲的其他地方都很方便。

梅森相信莱克特博士逃离美国之后的第一站是南美，他猜得不错。但是他也一向深信像莱克特博士那样风雅的人一定会在欧洲落脚。他在每年的萨尔茨堡①音乐节和其他大型文化活动里都安排了眼线。

梅森让他在撒丁岛的配种人为莱克特博士准备的死亡场面是这样的：

巨大的丛林猪，拉丁文名Hylochoerus meinertzhageni，六个乳房，三十八个染色体，是一种像人一样的机会主义杂食动物，什么东西都能吃进嘴。高地科属的这种猪身长两米，体重275公斤。丛林巨猪是梅森的基础低音。

欧洲传统的野猪，拉丁文名S. scrofa scrofa，纯种为三十六个染色体，脸上没有疙瘩，满身鬃毛，有适于撕戳的大獠牙，四蹄尖利，可以踩死毒蛇，然后把它像小玩意一样吃掉。在激动、发情或是保护幼崽时可以向任何威胁发起进攻。母猪有十二个乳房，是很好的母亲。梅森在S. scrofa scrofa

---

① 奥地利中部一城市，以每年举行音乐节闻名。

身上找到了主旋律。这种猪的长相适宜于给莱克特博士提供被吃掉时最后的恐怖印象(详见1881年《哈利斯论猪》)。

他还买了奥萨博岛猪,因为它进攻性强;又买了嘉兴黑猪,因为它雌二醇高。

他从印度尼西亚东部引进了鹿豚[①],Babyrousa babyrussa,是以"猪鹿"闻名的。但是情报不确,獠牙的长度被夸大了。这种猪生育期长,只有一对乳房。就它的一百公斤体重而言,花的钱太多。他没有浪费时间,因为鹿豚之外的其他类似猪种很多。

就齿系的发育而言,梅森不需要就猪种做多少选择。几乎每一个品种都有宜于完成任务的牙齿,三对尖利的门齿,一对长獠牙,四对前臼齿和三对咬碎力强的臼齿,上下各一排,共计四十四颗。

所有的猪都吃死人,但是要让它吃活人就需要训练。把这事交给梅森在撒丁岛的人最适宜不过。

现在,经过了七年的努力和产生的大量废弃物,其结果是……惊人的。

---

① 印度尼西亚的苏拉威西岛和马鲁古群岛产的一种野猪。

16

在撒丁岛的真纳尔真图山上，除了莱克特博士之外，全部演员都已到齐。梅森把他的注意力转向了拍摄博士之死，给后世留下乐趣，也给自己欣赏。他早已做好了安排，现在该下警戒令了。

这番敏感的事业他是在电话上导演的。电话通过他在拉斯维加斯卡斯塔维附近的合法赌博账台转接。他的电话在周末大量的通话中只是被淹没的一条微弱线路。

梅森的电台广播音质的语声没有爆破音和摩擦音，从靠近切萨皮克海岸的国家森林跳出，飞向荒漠，再折回来越过大西洋，首先到达罗马。

阿基米德路阿基米德医院后一幢大楼七楼的公寓里，电话铃响了。电话里有嘶哑的意大利语对话，黑暗里声音倦怠。

"Còsa? Còsa c'è? (什么事？什么事？)"[1]

"Accendi la luce, idiò ta. (开灯吧，白痴。)"

---

[1] 文中出现的外文未另注释的均为意大利语。

床头灯亮了。床上有三个人。靠近电话的年轻男人拿起话筒递给其中年纪大一点的大肚子男人。另一侧是个二十多岁的金发女郎。她对着灯光抬起了睡意蒙眬的脸,又倒下了。

"Pronto, chi? Chi parla?(喂,谁呀?是谁在说话?)"

"奥雷斯特,我的朋友,我是梅森。"

胖子定了定神,示意那青年给他拿杯矿泉水来。

"啊,梅森,我的朋友,对不起,我在睡觉。你那儿是几点了?"

"不管是哪儿都很晚了,奥雷斯特。你还记得我说过我打算为你做的事和我要你为我做的事吗?"

"啊,当然记得。"

"朋友,时间到了。我的要求你是知道的。我要两台摄像机,我要比你那些黄色影片更好的音响。你还得自己发电,因此我要发电机远离摄像机。我们在编辑时需要些连续的漂亮的天然镜头和鸟儿的叫声。我要你明天去检查一下现场,把摄像机架好。你可以把东西放在那儿,我保证你安全。然后你就可以回到罗马,等到拍摄时再去。但是要做好准备,一得到消息在两小时之内就拍片。你明白吗,奥雷斯特?花旗银行有一张支票等着你,拿到了吗?"

"梅森,可目前我正在——"

"你干不干,奥雷斯特?你说过你给别人拍黄色片、恐怖片和愚蠢的历史片已经拍腻了,对不对?你是否真想拍故事片,奥雷斯特?"

"真想。"

"那你今天就去,花旗银行有现金。我要你去。"

"到哪儿,梅森?"

"撒丁岛。你飞到卡利亚里去,有人接你。"

下一个电话是打给撒丁岛东海岸的托雷斯港口的,话很短,不用多说,因为那儿的机构建立已久,效率跟梅森的便携式断头台一样高,而且从生态意义上说更有益,只是没有那么快。

第二部
佛罗伦萨

17

佛罗伦萨市区中心的夜晚,艺术的灯光照亮了古老的城市。

矗立在黑暗的广场上的韦基奥宫①,水银灯照明,拱顶窗和雉堞像万圣节南瓜灯刻出的牙齿;钟楼高高耸入黑色的天空,带有强烈的中世纪情调。

蝙蝠追逐着蚊蚋,要在明亮的钟面之前飞到天亮;天亮后被钟声惊醒的燕子又会在天空翱翔。

警察局侦探长里纳尔多·帕齐从敞廊②的阴影里走了出来。几尊固定于强奸和谋杀动作的大理石雕像衬托出他黑色的雨衣。他穿过广场,苍白的面孔像向日葵一样转向了韦基奥宫的灯光。他在改革家萨沃那洛拉③当年受火刑的地方站住了,抬头望着他的祖先曾经蒙受苦难的窗户。

弗朗切斯科·德·帕齐当年就是从那儿高高的窗户上给赤身裸体地扔出来的,脖子上套着绞索,在粗糙的墙壁上碰撞着、抽搐着、旋转着死去。

---

① 意大利佛罗伦萨最重要的行政古建筑。
② 一面或几面敞开的房间、厅、廊或门廊,源于地中海地区,此处指建于1376年的兰齐敞廊。
③ 萨沃那洛拉(1452—1498),意大利宗教改革家,僧侣,在韦基奥宫广场被火刑烧死。

大主教也被绞死在帕齐身边，全身整齐的法袍并没有给他任何精神安慰。大主教眼睛暴突，窒息得发了狂，一口咬住帕齐的肉不松口。

帕齐家族从1478年4月26日那个礼拜天起便一蹶不振，因为谋杀了朱利亚诺·德·美第奇①，还企图在大教堂举行弥撒时谋杀高贵的洛伦佐·美第奇。

现在的里纳尔多·帕齐是帕齐家的帕齐之一，丢了脸，倒了霉，总是尖起耳朵提防着斧头的低语，跟他祖先一样仇恨政府。他来到这地方，是想决定怎样充分利用一份好运：

侦探长帕齐相信自己发现了汉尼拔·莱克特，这人就住在佛罗伦萨。如果能抓住这个**魔鬼**，他就有机会东山再起，重新受到同行的尊重。他还有另外一个机会：以他无法想象的高价把汉尼拔·莱克特卖给梅森·韦尔热——如果那嫌疑人真是莱克特的话。他那百孔千疮的荣誉当然也就随之被出卖了。

他在警察局多年的侦探长没有白当，再加上天赋，得意时也曾如饿狼一样想在职业上大显身手，可留下的却是伤痕。那是在心急火燎急于求成时抓在了幸运之剑的锋口上，割伤了手。

他选择了这个地点来碰运气，因为他那回遇见上帝的瞬息显灵就在这里。那事曾让他大出风头，后来又让他倒了霉。

帕齐有强烈的意大利式反讽意识：多么巧合！那决定命运的启示就出现在这扇窗户下，他祖宗激愤的灵魂说不定还在这墙上旋转着、碰撞着呢！而他永远改变帕齐家命运的机会又在这同一地方出现了。

那是在追踪另一个连环杀手 Il Mostro（**魔鬼**）时的事。那事件让他出了名，那次的经验导致了这次的新发现。但是"**魔鬼**"案件的结果给帕齐塞了满嘴苦药，使他现在倾向于把那危险的赌注下到法律以外去。

---

① 美第奇为意大利佛罗伦萨一个极有权势的银行家家族，从十五世纪到十八世纪统治着佛罗伦萨。

Il Mostro，佛罗伦萨的魔鬼，在八十年代和九十年代曾反复袭击托斯卡纳的情人达十七年之久。托斯卡纳的情人巷很多，情人们在巷里拥抱时"魔鬼"便向他们下手。他习惯于用一支小口径手枪杀死他们，再把他们仔细摆成一个画面，用花围起来，让女方露出左边的乳房。那画面让大家觉得离奇地熟悉，有似曾相识之感。

"魔鬼"还割取器官做战利品，只有一次例外，那回他袭击了一对长头发的德国同性恋人，显然是误会了。

公众要求警局缉捕"魔鬼"的压力很大，里纳尔多·帕齐的前任队长被迫下台。帕齐接手侦探长职务时就像个和蜂群打仗的人。新闻记者一有机会就在他的办公室蜂拥出入，摄影记者则躲在警局背后他去开车的扎拉街拍照。

那个时期到佛罗伦萨旅游的人都会记得，那里到处都张贴着文告，上面是一只瞪视着的眼睛，提醒恋人们警惕"魔鬼"。

帕齐工作得像中了邪。

他访问了美国联邦调查局的行为科学处，要求协助画出"魔鬼"的形象，而且读了他所能读到的联邦调查局有关"画像"方法的一切资料。

他先发制人：在一些情人巷和陵墓幽会处布置的警察比情人还多。他们成双成对地坐在汽车里。女警官不够，在热天又让男警官戴上假发冒充，好多胡须被牺牲了。帕齐带头刮掉了自己的一字唇髭。

"魔鬼"小心谨慎，他会出击，但不需要经常出击。

帕齐注意到多少年以来"魔鬼"有时很久不出击——有一个间隙长达八年之久。帕齐抓住了这个特点。他艰苦地、勤奋地强迫每一个能够抓到手的书记员帮助他。警局只有一台电脑，他又抓了他堂弟的电脑自己用，开列出一张意大利北部所有那段时间——"魔鬼"系列杀人案间断的时间——在坐牢的罪犯的名单。一共是九十七个。

帕齐没收了一个坐牢的银行抢劫犯舒适、快速的旧阿尔法—罗密欧

GTV拉力赛车，一个月跑了五千多公里，亲自跟九十四个罪犯见了面，审问过他们。剩下的三个是死去的和残废的。

犯罪现场几乎完全没有留下任何可以帮助他缩小名单的证据。没有罪犯的体液，没有指纹。

在因普朗内塔一个杀人现场他找到了一个弹壳，.22的温彻斯特—维斯顿边缘发火弹弹壳，上面的退壳器印痕跟科尔特半自动手枪一致，说不定是支乌兹满型的。所有案件使用的子弹都出自同一支.22手枪。使用消声器的子弹不会留下擦痕，但是不能排除使用消声器的可能。

帕齐毕竟是个帕齐家的人，首先是雄心勃勃，还有个年轻可爱的、老张着嘴要喂食的妻子。这场苦干从他瘦削的身躯上磨掉了十二磅肉。警察局的年轻警员私下说他像漫画里的角色"土狼"。

一个年轻能干的警员在警局的电脑里装了一个变形程序，把三大男高音歌唱家分别变成了驴子、猪和山羊。帕齐看了几分钟，感到自己的脸在驴子和自己之间变来变去。

为了祛除邪恶精灵，警局实验室的窗户装饰着大蒜花环。最后一个嫌疑人都已经见过了，也已经榨干了，帕齐站在窗前望着满是灰尘的庭院，失望了。

他想起了他新娶的妻子，想起了她那好看的脚踝和细腰背后那片汗毛。他想到她漱口时乳房如何颤动、摇晃，想到她见他盯着她看时如何微笑。他想到自己打算给她的东西。他想象着她打开礼物的样子。他是以视觉形象想起他的妻子的；香喷喷的她，指头抚摩十分美妙，但在他记忆里首要的是视觉的东西。

他考虑着自己要以什么形象在妻子面前出现。肯定不能以目前新闻界攻击对象的形象出现——佛罗伦萨警局大厦以前就是疯人院，漫画家正在充分利用这一事实。

在帕齐的想象里成功来自灵感。他有出色的视觉记忆，于是像很多以视力为首要官能的人一样，以为灵感的启示都产生于某个意象，起初模糊，随后逐渐清晰。他以我们大部分人寻找失物的方式反复思考，把那东西的形象在心里复习，跟看见的东西做比较，一分钟就在心里更新它好几次，翻来覆去地观察。

然后乌菲齐美术馆后面出现了政治炸弹，吸引了公众的注意力，也吸去了帕齐的时间，让他暂时离开了"魔鬼"案件。

即使在他忙着重要的博物馆案件时，"魔鬼"所创造的形象仍然在帕齐的心里。他从眼角看着"魔鬼"的画面，有如我们在黑暗里看东西。他特别关注在因普朗内塔一辆轻便货车的床上发现的一对被杀害的情人。尸体被"魔鬼"仔细安排过，用花环围绕，袒露出了女人左边的乳房。

某一天下午很早，帕齐刚离开乌菲齐美术馆，打算穿过要员广场，看见了一个明信片贩子摆出的图片，其中的一个形象往他眼里扑来。

他不清楚那念头来自何处，便在萨沃那洛拉被烧死的地方停住了脚步，转身看看周围。广场里满是挤来挤去的观光客。帕齐背上一阵发凉，也许他那想法、那引起他注意的东西不过是头脑作祟吧。他收住脚步，退了回来。

那东西就在那儿：一幅满是蝇屎、叫雨淋得变了形的招贴画。是波提切利[①]的画：《春》。原作就在他身后的乌菲齐美术馆里。《春》，右边是戴花环的女仙，裸露出左边的乳房，花朵从她唇边坠落，苍白的西风之神在森林旁向她伸出手来。

就是它。那就是轻便货车里的床上那对死去的情人的形象，围着花环，姑娘嘴边也是花朵。恰好吻合，吻合。

帕齐所追求的最重要的形象就是从这儿出现的，就是从他祖先碰撞着、窒息着死去的墙壁边来的。而那意象是五百年前由桑德罗·波提切利

---

① 波提切利（1445—1510），文艺复兴时代意大利著名画家。《春》是他的代表作之一。

创造的——那个艺术家为了四十个弗罗林①曾经在巴杰罗监狱的墙壁上画过被绞死的弗朗切斯科·德·帕齐的肖像，绞索诸物齐全。这个灵感的来源太美妙，帕齐哪能拒绝！

他必须坐下。所有的椅子都坐满了。他无可奈何，拿出警徽征用了一个老头的座位。说实话，在那老兵大吵大闹一只脚站起来之前，他还真没看见他那根拐杖。

帕齐有两个理由激动：发现了"魔鬼"使用的意象，那是一种胜利；但更重要的是，他在调查嫌疑犯时曾经看见过一幅《春》。

他并不去冥思苦想，搜索记忆，他更聪明。他东靠靠，西走走，让记忆自己出现。他回到乌菲齐美术馆，在原作《春》面前站了站，但并不太久；他走到干草市，摸了摸青铜野猪《小猪》的鼻子；他开车出去，到了《海马》面前，又在自己满是灰尘的汽车车头上靠了靠，鼻子里是热油的气味，望着孩子们踢足球……

在心里他首先看见了楼梯，然后是上面的梯口平台。他上楼时那招贴画《春》的上半部出现了。有那么一秒钟他还能想起自己走进的那道门框，但是街道想不起了，面孔想不起了。

他善于审问，便进入第二层意识审问自己：

你看见那招贴画时听见什么了？……听见底楼的锅子在当啷地响。你来到楼梯口平台时听见什么了？电视的声音，起居室里的电视。是罗伯特·斯塔克在《哥厘因脱卡比里》里演爱里奥·内斯。你闻到烹调的味儿了吗？闻到了，烹调。还闻到什么没有？我看见了那招贴画——不，不是问你看见了什么，是问你还闻到了什么。我鼻子里还有利坚草的气味，屋里有点热，但那味儿还在鼻子里。热油味，从支马路传来的……沿汽车支马路迅速往前走到哪儿？圣卡夏诺。我在圣卡夏诺还听见狗叫了。有个

---

① 金币名，1252年首先在佛罗伦萨铸造，后被欧洲若干国家仿造。

盗窃强奸犯,叫作吉洛拉莫什么的。

在那联系完成的瞬间,在那神经结痉挛的瞬间,思想的导火线点燃了。那是极度的快乐。那是里纳尔多·帕齐平生最美妙的时刻。

一个半小时之后帕齐已经把吉洛拉莫·托卡抓了起来。托卡的老婆对带走她丈夫的执行小组扔石头。

18

托卡是理想的嫌疑犯，青年时代坐过九年牢，因为他杀死了一个正在情人巷拥抱他未婚妻的人，以后又因为对自己的女儿进行性骚扰和其他家庭虐待行为受到过指控，再次因为强奸坐过牢。

警局为了寻找证据几乎毁掉了托卡的家。最后，帕齐亲自动手，在托卡的地里搜出了一个子弹壳。那就成了控方所提供的少量物证之一。

那次十分轰动的审判在一座被称作"煤库"的建筑里进行，戒备森严。地点就在 *La Nazione*（《国民报》）佛罗伦萨分社的街对面，七十年代曾是审判恐怖分子的地方。宣过誓、挂着饰带的陪审员，五男五女，除了指出托卡人品恶劣之外几乎全无证据就判定了他有罪。大部分公众认为托卡无罪，但是很多人又说托卡原本是坏蛋，坐了牢也活该。六十五岁的托卡被判处了四十年监禁，在沃尔泰拉服刑。

随之而来的几个月是黄金时期。自从帕佐·德·帕齐参加第一次十字军东侵，从圣地的陵墓带回了圣燧石以后，五百年来帕齐家从没有这么风光过。

在传统的复活节仪式上，用上述的燧石点燃以火箭为动力的鸽子模型时，里纳尔多·帕齐和他美丽的妻子站在大教堂里大主教的身边。那鸽子沿着电线飞出教堂，为鼓掌欢呼的人群引燃了一大车焰火。

帕齐因为下属的刻苦辛勤把功劳合理地分配给他们时，报纸围着他的每一句话转。人们征求帕齐夫人对时装的意见，而她穿上设计师们鼓励她穿上的时装时，倒的确楚楚动人。他俩被邀请到权势人物家去参加沉闷的茶会，被邀请到城堡里去跟一个伯爵共进晚餐，那城堡里到处立着成套的盔甲。

帕齐被提名担任政治职务，在意大利议会上受到的赞美压倒了普遍的喧哗。然后他得到了训令，让他负责意大利跟美国联邦调查局联手进行的反黑手党斗争。

那项训令，再加上一笔让他到乔治敦大学参加犯罪学研究班的奖学金，把帕齐夫妇带到了华盛顿特区。这位侦探长在匡蒂科的行为科学处流连忘返，梦想着也在罗马建立一个行为科学处。

可是，两年之后灾难出现了。气氛较为平静之后，一个不受公众压力的上诉法庭同意对托卡案进行复审。帕齐被召回国接受调查，在他过去甩下的同事里出现了指向帕齐的刀子。

复审的陪审员推翻了对托卡的罪行认定，谴责了帕齐，法庭认为他有栽赃陷害行为。

过去在上面支持他的人现在像回避恶臭一样回避着他。他仍然是警察局的要员，可是谁都知道他是个蹩脚货。意大利的政府行动迟缓，但是斧头马上就要落下来了。

19

正在他焦头烂额、等着斧头落下的时刻,帕齐在佛罗伦萨的众多学者之中第一次看见了费尔博士……

里纳尔多·帕齐在韦基奥宫里的楼梯上爬着。他正在执行一项不体面的任务,那是他以前在警局的部下从许多贱活里挑给他的——他们为他的失宠而得意。帕齐在装饰着壁画的墙壁边走时,只看见自己的鞋尖踏在磨凹了的楼梯上,没有看见身边的艺术奇迹。五百年前他的祖先就曾经被血淋淋地拽上过这些楼梯。

他本是个男子汉,来到梯口平台时本色地挺了挺肩膀,强迫自己去面对壁画人物的眼睛,其中有人还跟他沾亲。他能听见头上睡莲厅的争吵,乌菲齐美术馆的指导们和艺术委员会的委员们正在开联席会议。

帕齐今天的任务是:卡波尼邸宅的资深馆长不见了,已经有四次每月例会没有在韦基奥宫跟他的领导集体见面了。大家认为那老家伙是跟一个女人私奔了,或是卷款潜逃了,要不然就兼而有之。

帕齐被派来继续调查。在博物馆炸弹事件后,他曾经声色俱厉地训斥过乌菲齐美术馆这群面色苍白的指导们和他们的对手艺术委员会的委员们。可现在，他只好在失势的情况下跟他们见面了。他可没想到还得向他们打听馆长的爱情生活。

两个委员会是剑拔弩张的竞争对手——他们多少年来连开会地点都难以达成协议，因为谁都不愿在对方的办公处开会，于是到了豪华的韦基奥宫里的睡莲厅。双方都认为那美丽的厅堂跟自己的高雅与出众恰好般配。一开了头，大家就都拒绝在其他任何地方开会，即使韦基奥宫正搭着架子、挂着帷幕、地上摆着机器进行着整修也一样——那是它上千次的整修之一。

里纳尔多·帕齐的一个老校友里奇教授在沙龙外的大厅里，正被灰粉呛得直打喷嚏。大体正常后，他流着泪的眼睛一转，看见了帕齐。

"La solita arringa（又是长篇大论），"他说，"又在吵，跟平常一样。你是来办失踪的卡波尼馆长的案子的吧？他们现在正在争夺他的空缺呢。索利亚托要让他的侄子接手，而学者们则对他们几个月前任命的临时馆长费尔博士有良好的印象，想让他继续干。"

他那朋友在口袋上拍着，想找纸巾，帕齐便离开了他，走进了那有历史意义的大厅。大厅的天花板上装饰着金睡莲，挂在两面墙壁上的布幔减弱了嘈杂。

任人唯亲的索利亚托正在发言，靠着大嗓门控制着会场：

"卡波尼最早的信函早到十三世纪，一张但丁·阿利吉耶里[①]写的便条说不定会送到费尔博士手里，送到他那非意大利人的手里，他能鉴别吗？我看不行。你们考过他的中世纪意大利语，我也不否认他在语言方面值得钦佩，作为 straniero（外国人）已算是不错的。但是他对文艺复兴前的佛罗伦萨人物的评价熟悉吗？我看不见得。如果他在卡波尼图书馆里碰到一

---

① 但丁·阿利吉耶里 (1265—1321)，意大利佛罗伦萨的伟大诗人，作品有《神曲》和《新生》等。

张条子,比如圭多·德·卡瓦尔坎蒂写的,他能够鉴定吗?我看不行。费尔博士,你能够对此发表意见吗?"

里纳尔多·帕齐审视了一下大厅,却没有看见那个叫作费尔博士的人,尽管他一小时以前还查验过他的照片。他没有看见费尔博士,因为费尔博士没有跟别人坐在一起。帕齐是先听见他的声音,才看到他的。

费尔博士静静地站在朱提斯和荷罗斐尼斯①青铜雕像旁边,背对着发言人和人群。他说话时没有转身,因此很难判断那声音是发自哪一个形象——是永远举着刀子要杀喝醉了的国王的朱提斯?是头发被揪住的荷罗斐尼斯?还是多那太罗②的青铜雕像旁边那沉静瘦削的费尔博士?费尔博士的声音剖开了喧闹,有如激光切开了烟雾,闹哄哄的人群静了下来。

"卡瓦尔坎蒂公开回应了但丁在《新生》里的第一首十四行诗。他在那首诗里描写了他梦见贝亚特丽斯·波提那利③的那个怪梦,"费尔博士说,"也许卡瓦尔坎蒂私下也做过评论。如果他给卡波尼家的人写过信,那一定是写给安德烈亚的。安德烈亚比他的弟兄们更有文采。"人们感到尴尬了,沉默下来,费尔博士却神色自若,转身面对着与自己同时代的人群,"你知道但丁的第一首十四行诗吗,索利亚托教授?知道吗?那首诗叫卡瓦尔坎蒂着了迷,值得花那么点时间听听。我只引用一部分:

"夜的最初三小时已逝去
每颗星星都照耀着我们
我的爱情来得多么突然

---

① 荷罗斐尼斯是叙利亚王尼布甲尼撒的将军,犹太妇女朱提斯为拯救自己的人民杀死了他。故事见《圣经·伪经·朱提斯》。
② 多那太罗(1386?—1466),意大利著名雕塑家。
③ 但丁在《新生》和《神曲》里理想化歌颂的女性,原型为作者早年的情人。

至今想起仍震撼我心魂。

我觉得爱神正酣畅,此刻他
手里捧着我的心;臂弯里
还睡着我轻纱笼罩的情人。
他唤醒她,她颤抖着驯服地
从他手上吃下我燃烧的心。
我望着爱神离开,满脸泪痕。

"你们听听,他是如何巧妙地运用着意大利的俗语,他称之为人民的雄辩的俗语的:

"Allegro mi sembrava Amor tenendo

Meo core in mano, e ne le braccia avea

Madonna involta in un drappo dormendo.

Poi la svegliava, e d'esto core ardendo

Lei paventosa umilmente pascea

Appreso gir lo ne vedea piangendo.[①]"

费尔博士以清晰的托斯卡纳语音朗诵了但丁的诗篇。诗篇在壁画包围的大厅里震响,即使是最好辩的佛罗伦萨人也无法抗拒。起初是鼓掌,然后便是含泪的欢呼。参加会议的人任命费尔博士做了卡波尼博物馆的主人,留下索利亚托去生闷气。帕齐不知道这个胜利是否叫博士高兴,因为博士的身子又转过去了。可是索利亚托还没有完全罢休。

---

① 这一段是但丁的原文,使用的就是意大利俗语,内容就是上面译出的后六行。

"他既然是那样的但丁专家，那就让他到Studiolo（研究会）去演说一次吧，"索利亚托啌啌地说出"Studiolo"，仿佛在送费尔博士上宗教法庭，"让他即兴回答他们的问题。他要是能行，就定在星期五吧。""Studiolo"一词来自一个华丽的私人书房的名字，其实是一小帮霸道的学者，曾经毁掉过好几个人的学术名声。这群人常在韦基奥宫聚会。为跟他们开会做准备被看作极大的难题，而在他们面前出现则是一种危险。索利亚托的叔叔赞成他的提议，索利亚托的妻舅提议表决，索利亚托的妹妹做记录。提案通过，任命认可了，但是费尔博士要保住那职位还得通过研究会这一关。

委员会为卡波尼任命了一个新馆长，却不怀念旧馆长，三言两语就回答了屈辱的帕齐提出的关于失踪的馆长的问题。帕齐出人意料地承受了。

像一切办案人员一样，他筛选了种种情况，搜罗有用的东西。谁会因旧馆长的失踪而得利？失踪的馆长是个单身汉，沉静的学者，生活井井有条，受人尊敬，有点积蓄，但不多。他所有的只是他那职位和随那职位而来的在卡波尼邸宅阁楼里居住的权利。

而这位新任馆长，在通过了有关佛罗伦萨史和古意大利语的严格审查之后得到了确认。帕齐审查过费尔博士的申请表和国民健康宣誓书。

委员们收拾提包准备回家时帕齐来到费尔博士面前。

"费尔博士。"

"是，Commendatore（长官）？"

新馆长瘦小整洁，眼镜片的上半部是烟褐色，深色服装的剪裁即使在意大利也算是漂亮的。

"我不知道你是否见过你的前任馆长？"有经验的警察总是把他的天线调到令人心惊胆战的波段。帕齐仔细地观察着费尔博士，注意到的却是绝对的平静。

"我从来没有见过他。我在 *Nuova Antologia*（《新论选集》）里读过他的几篇论文。"博士话语里的托斯卡纳语音跟他的朗诵一样清晰，即使带有口音,帕齐也听不出来。

"我知道最初调查的官员们检查过卡波尼邸宅,想找到张条子——告别条子,自杀条子什么的,却没有找到。你要是在文件里碰上了什么东西,个人的东西,即使是很琐碎的,会乐意给我电话吗?"

"当然乐意,Commendatore。"

"他的私人财物还在邸宅里吗?"

"装在两只箱子里,附有清单。"

"我会派人——我自己会来取的。"

"你能够先给我来个电话吗,Commendatore?我好在你到达之前关掉报警系统,给你节省点时间。"

此人过分平静。一般情况下,他应该有点畏惧我;他还要求我去时先通知他。

委员会已使帕齐乍起了羽毛,可他拿他们无可奈何。可这个人的傲慢也惹他生气。他也要气一气他。

"费尔博士,我能够问你一个私人问题吗?"

"只要是在你的职责范围之内的,Commendatore。"

"你左手手背有一个比较新的伤疤。"

"你手上也有一个新的结婚戒指:La Vita Nuova(是新生吗)?"费尔博士微笑了。他的牙齿小小的,很白。帕齐感到意外,还没有来得及生气,费尔博士就已伸出手,说了下去:"腕骨漏斗管综合征,长官。历史研究真是一个危险的职业。"

"你到这儿工作时为什么没有在你的国民健康表上上报腕骨漏斗管综合征呢?"

"我的印象是,Commendatore,只有接受残疾补助的人的伤病才需要上报。而我既没有接受补助,也没有残疾。"

"那么你的手术是在巴西做的啰?你就是从那个国家来的嘛。"

"不是在意大利做的。我没有从意大利政府得到过任何补助。"费尔博士说,好像回答已经圆满。

他俩是最后离开开会的大厅的人。帕齐走到门口时,费尔博士叫住了他:

"Commendatore?"

费尔博士的身影衬托在高高的窗户前,是一个黑色的轮廓,他身后便是远处的大教堂。

"什么事?"

"我觉得你是帕齐家族的一个帕齐,我说对了吗?"

"对。你是怎么知道的?"帕齐以为他指的是最近的一则有关他的报纸报道,那报道极其粗暴。

"你很像德拉·罗比亚①舞俑雕塑里的一个形象,就在圣十字教堂你家族的祈祷室里。"

"啊,那是安德烈亚·德·帕齐,塑成了施洗约翰的样子。"帕齐说,辛酸的心里涌起一丝欣喜。

里纳尔多·帕齐离开站在会议厅里的那个细瘦的身影时,有一个印象持久难去:费尔博士不寻常的平静。

那印象马上还要加深。

---

① 十五世纪一个以雕塑和珐琅赤褐陶塑著名的佛罗伦萨家族,此处指安德烈亚·德拉·罗比亚(1435—1525)。

20

淫逸与粗俗不断在我们面前展露,使我们熟视无睹,因此看一看我们仍然觉得邪恶的东西对我们会有教益。我们驯服的意识已经软弱成了病态,还有什么东西能够给它足够的刺激,引起我们的注意呢?

在佛罗伦萨,这东西就是一个叫作酷烈刑具展览会的玩意。里纳尔多·帕齐第二次遇见费尔博士就是在这个展览会上。

这次展览会展出了二十多件古典的酷烈刑具,附有详细的解说,地点在阴森的城堡观景台。那是十六世纪美第奇家族的城堡,捍卫着佛罗伦萨的南部城墙。参观展览会的人数量之多出乎意料;兴奋像鳟鱼一样在公众的裤裆里蹦跳。

酷烈刑具展览会原定时间为一个月,却持续了六个月,其号召力之大不亚于乌菲齐美术馆,并凌驾于皮蒂宫博物馆之上。

两位发起人原是潦倒的标本剥制人,以前靠吃自己剥制的动物的内脏度日,现在却成了百万富翁,穿了正式的无尾晚礼服,带了展览品到欧洲各地巡回展出,一路春风得意。

大部分参观者都成双成对来自欧洲各地。他们用很长的时间去排队，在制造痛苦的机械之间行进，并以四国语言之一详细阅读刑具的沿革和使用方法。丢勒[①]等人的插图配合了当时的日记，启发着参观的人对例如车裂的细节的理解。

一个牌子上就是用英语这样写的：

> 如图所示，意大利王公喜好以铁胎车轮及垫在四肢下的木块做刑具，把对象在地上碾成数段。而北欧的流行办法则是把对象在车轮上固定，用铁棒将其身体敲断，再将手脚穿过车轮上的车辐拴住。躯体复杂的断裂提供了必需的伸缩性，把还在号叫的脑袋和身体留在正中。第二种办法更加精彩，给人满足，但骨髓一旦渗进心脏，此项娱乐立即因之中断。

酷烈刑具展览总能打动能鉴赏凶残事物的人。但是最丑恶的东西的神髓，人类精神丑态的精华却不在铁女架[②]或犀利的锋刃上；根本的丑态其实就展现在观众脸上。

费尔博士就在这间巨大的石室的微光里，站在光照下的受刑者的吊笼下面。他那有疤痕的手拿着眼镜，一只镜脚触着嘴唇。他望着人们鱼贯而过，心头漫溢着狂喜。他是面部表情的鉴赏家。

里纳尔多·帕齐在那儿看见了他。

帕齐是在第二次执行那天的不体面任务。他没跟他的妻子一起吃饭，而是在人群里挤来挤去张贴新的警告，警告情人们警惕那个他没有抓到的佛罗伦萨的"魔鬼"。这样的警示招贴画在他的办公桌上方很显眼，是他的

[①] 丢勒(1471—1528)，德国画家、木雕家。
[②] 一种刑具，是个女人形状的盒子，里面是刀刃。

新上司贴在那儿的,和世界各地的悬赏缉拿招贴画在一起。

共同监视着票房的两位标本剥制人虽然乐意给他们的展览会增加点当代的恐怖,却要帕齐自己去贴,因为似乎谁也不愿让另一个人单独收钱。几个当地人认出了帕齐,隐在人群里嘘他。

帕齐把图钉钉进蓝色招贴画的四角,固定在出口处的布告栏上,打开了上面的一盏图片照明灯,那里最能引人注意。招贴画上画着一只瞪大的眼睛。帕齐望着一对对情侣离开。他能够看出,好多对情侣都动了情,他们在出口的人群中彼此摩擦着。他不愿意再见到那种画面,不愿意再出现流血和花朵。

帕齐确实想跟费尔博士谈话。这儿离卡波尼邸宅很近,要去取失踪的馆长的东西很方便。但是等到帕齐离开布告栏时博士已经消失,却又不在出口处的人群里。那儿只剩下他站过的饿刑吊笼下的石壁。吊笼里是个骷髅,像胚胎一样蜷缩着,还在乞讨食物。

帕齐一肚子闷气。 他从人群里挤了出来,可仍然没有找到博士。

出口处的门卫认出了帕齐,见他跨过绳界离开小径,往城堡观景台阴暗的土地上走去,也没有吭声。帕齐爬到了雉堞旁边,往阿尔诺河对岸的北方望去。古老的佛罗伦萨就在他脚下,矗立在日光里的大教堂巍峨的圆顶和韦基奥宫的塔楼就在那里。

帕齐成了一个非常古老的灵魂,荒唐可笑的环境是一把叉子,把他叉在上面扭动。他的城市嘲弄着他。

美国的联邦调查局还抓住插在他背上的刀子最后剜了一下。联邦调查局在他们办的刊物上说他们描绘的"魔鬼"形象根本不像帕齐逮捕的人。《国民报》还加上一句: 帕齐"捏造罪名把托卡送进了监狱"。

上一回帕齐挂出蓝色的"魔鬼"招贴画是在美国;那是他挂在行为科学处墙上的一个骄傲的战利品,而且按照美国联邦调查局的特工们的要求在画上签了字。他们了解他的一切,佩服他,邀请他。他和他的妻子曾经到马里兰州的海滩做客。

此刻他站在雉堞边,俯瞰着自己这座古老的城市,却嗅到了辽远处切萨皮克湾带咸味的空气,看见了海滩上他穿着新的白运动鞋的妻子。

在匡蒂科的行为科学处有一幅佛罗伦萨的风景画,是作为稀罕物让他看的。画面的景色就跟他现在看见的一样。从观景台俯瞰佛罗伦萨,那是最好的景色,可是没有用色彩。没有,那是一幅铅笔画,阴影由木炭涂成。那画画在一张照片的背景上。照片上是美国连环杀手汉尼拔·莱克特博士,食人魔汉尼拔。莱克特凭记忆画出了佛罗伦萨,那画挂在疯人院中他的牢房里。那牢房跟这儿一样阴森。

帕齐是什么时候得到那逐渐成熟的想法的?两个形象,躺在他眼前的真正的佛罗伦萨和回忆里画中的佛罗伦萨,那是在几分钟以前他钉"魔鬼"的招贴画时出现的。他自己的办公室墙上有梅森·韦尔热缉拿汉尼拔·莱克特的招贴画,附有巨额的赏格和说明:

莱克特博士必须掩饰他的左手,也可能用手术加以改变,因为他这种类型的多指畸形(完整的多余手指)极其罕见,可以立即确认他的身份。

费尔博士用有疤痕的手拿着眼镜,靠近嘴唇。

汉尼拔·莱克特的牢房墙壁上对这儿景色的细致描绘。

这念头是帕齐俯瞰着身下的佛罗伦萨城时出现的?或是从灯光之上的天空的沉沉黑暗里出现的?它为什么会随着切萨皮克带咸味的风的气味到来?

对于这个以视觉见长的人来说,奇怪的是,那联系却是随着一个声音到来的。那是一滴水滴落在越来越深的池子里时会发出的声音。

汉尼拔·莱克特逃到了佛罗伦萨。

嗒!

汉尼拔·莱克特就是费尔博士。

里纳尔多·帕齐心里的声音告诉他，可能是他在自己的痛苦所形成的吊笼里发了疯，他那发狂的心可能让他在铁栏杆上咬碎了牙齿，就像饥饿吊笼里那个骷髅般的人。

他记不起自己的行动，但发觉已来到了文艺复兴门——那是从观景台走向陡峭的圣乔治河岸的路。一条狭窄的街道陡然下降，蜿蜒不到半英里，往佛罗伦萨老城的中心延伸。他的脚步似乎不知不觉地把他往陡斜的卵石路带去，步子之快超过了他的愿望。他一个劲望着前面，寻找着那叫作费尔博士的人，因为那正是他回家的路。走到中途他又转入斯卡普恰河岸，一路下坡走到了临河的诗人街，接近了卡波尼邸宅，那已是费尔博士的家。

帕齐下完坡，喘着气，在邸宅街对面的一家公寓门下找到了一个背着路灯光的暗处。要是有人来，他可以转身假装按门铃。

邸宅里没有灯光。帕齐可以在那巨大的双扇门上方看见一架监视摄像机的红灯。他没有把握它究竟是日夜不停地拍摄还是有人按铃才拍摄。摄像机在遮蔽着的入口后很远，帕齐认为它摄不到临街的正面。

他细听着自己的呼吸，等了半个小时，博士没有回来。也许他在里面没有开灯吧！

街道空空如也，帕齐飞快地穿过街去，贴紧墙壁站着。

屋里有声音，非常非常微弱。帕齐把头贴在冰凉的窗棂上听着。是一种键盘乐器，巴赫的《戈德堡变奏曲》，弹得很动听。

帕齐必须等待、躲藏、思考。不能过早打草惊蛇。他必须先决定怎么办，他不愿意再当傻瓜。在他退回到街对面的阴影里时，最后消失的是他的鼻子。

21

基督教的殉道者圣密尼亚托从佛罗伦萨的罗马式圆形露天剧场前的沙地上拾起了自己的脑袋夹在腋下,过了河来到山边,在他那辉煌的教堂里躺下了——传统故事如是说。

圣密尼亚托的身子,不管是直立还是躺着,无疑曾一路经过我们现在站着的这条古老街道——诗人街。夜色渐浓,街上已没有了行人,路面上铺成扇形的鹅卵石在冬日的细雨里闪着光,却不足以淹没猫的气味。阿尔诺河外一箭之遥,在六百年前的商界巨头、国王拥立者和佛罗伦萨文艺复兴的暗中支持者们所修建的众多邸宅之间,便是执政团那残酷的尖铁,僧侣萨沃那洛拉便是在那上面被吊起,然后被烧死的。还有巨大的"肉厅",乌菲齐美术馆,许多基督徒就被"吊"在那儿。

众多家族的邸宅挤在一条古老的街道上,被现代的意大利官僚政治冻结了起来。外面看是监狱建筑,里面却有广阔优美的天地,有罕见的寂静的高墙。高墙上挂着雨迹斑驳的腐掉了的丝质帷幕。文艺复兴时代的大师们较不重要的作品在那里的黑暗中悬挂了许多年。帷幕掉落后,便只有电闪才能照明了。

这儿就是卡波尼邸宅，它就在你的身边。那是一个有着千年历史的杰出的家庭，卡波尼曾经当着法国国王的面撕碎了国王的最后通牒，拥立出了一个教皇。

此刻，卡波尼邸宅窗户的铁栏杆后面却是一片黑暗，火炬广场也空无一人。有裂纹的古老的窗玻璃上有一个四十年代的子弹洞。再向前去，把你的头像那警察一样靠在冷冰冰的铁件上听一听吧，你可以听见键盘乐器的声音，非常微弱，是巴赫的《戈德堡变奏曲》，并非十全十美，左手也许有点僵硬，但是非常精彩，能以其对乐曲的深刻理解使你怦然心动。

如果你相信自己没有遭到伤害的危险，会乐意走进这个在流血与荣誉两方面都出色的地方吗？你愿沿着你眼前的方向穿过满是蛛网的黑暗，往演奏着精妙的键盘乐器的乐曲的地方走去吗？报警系统是看不见我们的，躲在门洞里淋湿了的警察也是看不见我们的。来吧……

进入门厅，黑暗几乎是绝对的。一道长长的石头阶梯，在我们手下滑过的栏杆冰凉，当我们向音乐爬上去时，被几百年的脚步磨损了的台阶在我们的脚下凸凹起伏。

主客厅高大的双扇门如果非打开不可，是会嘎吱叫、轰轰响的，可它却对你开着。音乐从很远很远的角落传来，亮光也来自那个角落。那光是许多蜡烛的红晕，从屋角小礼拜堂的小门里泻出。

向音乐走去吧，我们模糊意识到经过了一大群一大群盖了帷幕的家具，全是些暧昧的形状，像一群群睡着的牛，在烛光里并不那么平静。头上的屋顶隐没在黑暗里。

那融融的红光照在一架华贵的键盘乐器上，照在文艺复兴专家们称作费尔博士的人的身上。那博士高贵、笔挺、身子前倾，陶醉在音乐中，头发和毛皮样光泽的丝质厚睡袍映着烛光。

键盘乐器揭开的盖子上有复杂的宴饮作乐场面装饰，小小的人形似乎要往琴弦上方的光线里集结。博士闭着眼弹奏着，他用不着乐谱。在他面前的竖琴样的谱架上是一份美国的垃圾小报《国民闲话报》。那报折叠着，只露出第一版上的一张脸——克拉丽丝·史达琳的脸。

我们的音乐家微笑了，奏完了这支曲子，又随兴重奏了一遍萨拉班德舞曲。如鹅毛拂过的琴弦在巨大的厅堂里结束了最后的颤动。他睁开了眼睛，每个瞳孔里闪着一小点红光。他歪过脑袋打量着面前的报纸。

他静静地站了起来，把那美国小报拿进了那小巧精致的、在发现美洲之前就已建造好的小礼拜堂里。在他把报纸对着烛光举起打开时，圣坛上的宗教圣像也似乎从他背后读着报纸，就像在食品杂货店里排队时一样。报纸上面是72磅的斜体大字，写着："**死亡天使：克拉丽丝·史达琳，联邦调查局的杀人机器。**"

他剪着烛心时，祭坛周围的痛苦或幸福的画像全暗淡了。他不需要照明便穿过了巨大的厅堂。汉尼拔·莱克特博士经过我们身边时吹起了一阵风，巨大的门嘎吱地响了，啪的一声关上了。这时我们能感到地面的震动。寂静。

他的脚步声进入了另一间屋子，在这地方的回声之中，墙壁似乎与人更贴近了，天花板仍然很高——尖厉的声音从那里返回颇缓慢——平静的空气带着犊皮纸、羊皮纸和熄掉烛心后的气味。

黑暗里有纸的沙沙声，一把椅子的嘎吱声和摩擦声。莱克特博士坐在神话般的卡波尼图书馆的大圈手椅上，眼睛映着红光。但他的眼睛并不在黑暗里发出红光，如有些看守人发誓说的那样。一片漆黑，他在沉思……

莱克特博士消灭了前任馆长，制造了卡波尼邸宅的空缺，这是事实——轻而易举，对那老头只需要几秒钟工夫，再花上两袋水泥的钱。但是道路开辟之后，他获得这个职位却是公平合理的。他向艺术委员会表现了非凡的语言才能，表现了视译中世纪意大利语和拉丁语的才能。他视译的可是密密麻麻的哥特体黑字手稿。

他在这儿找到了平静,很想保持它——他在佛罗伦萨定居之后几乎没有杀人,除了他的前任之外。

被任命为卡波尼图书馆馆长兼翻译,对他来说是相当大的胜利,理由有几条:

在多年局促的囚禁之后,邸宅的广阔和房屋的高敞对莱克特博士十分重要。更重要的是,他对这个邸宅感到一种共鸣。这是他所见过的在规模和细节上唯一能接近他从青年时代就留下的记忆的邸宅。

在图书馆里,这种独一无二的手稿和信函收藏最早可以追溯到十三世纪初。他可以尽情满足自己的某些好奇心了。

从零星的家庭记录来看,莱克特博士相信自己是十二世纪托斯卡纳一个可怕的角色安利亚诺·贝维桑格的后裔,也是马基雅维利和维斯孔蒂[①]的后裔。这儿是一个理想的研究环境。他虽然对此事有一种抽象的好奇,却不是为自己。莱克特博士不需要传统做后盾。他的自我和他的推理能力跟他的智商一样,都是无法用传统尺度衡量的。

实际上在精神病学界,对莱克特博士是否应该被看作人尚无一致的意见。他长期以来就被他在精神病学上的同行们(其中有些害怕他在业务刊物上那支辛辣的笔)看作某种跟人类完全不同的东西。为了方便他们就叫他"恶魔"。

恶魔坐在漆黑的图书馆里,他的心灵在黑暗里涂抹着颜色,一支中世纪的歌曲萦回在他的脑际。他在考虑着那警察。

开关咔嗒一响,低处有一盏灯亮了。

现在我们能够看见莱克特博士了,他坐在卡波尼图书馆一张十六世纪的餐桌前面,身后是满墙的手稿文件柜和巨大的帆布盖住的八百年以来的

[①] 意大利米兰一显赫的贵族家族。

账本。写给十四世纪威尼斯共和国①的一位部长的许多信堆在他的面前，上面压着个小铸件——那是米开朗琪罗②为他的有角的摩西③做的小样。墨水瓶座前是一部便携式电脑，那电脑可以通过米兰大学进行联网研究。

在一堆堆犊皮纸和羊皮纸的灰黄色之间是一份有红有蓝的《国民闲话报》，旁边是佛罗伦萨版的《国民报》。

莱克特博士选了意大利报纸，读了它最近对里纳尔多·帕齐的攻击，那是由于联邦调查局对于"魔鬼"案件的否定所引起的。"我们描绘出的形象完全不像托卡。"一个联邦调查局的发言人说。

《国民报》提出了帕齐的背景和在美国著名的匡蒂科学院受到的培训，然后说他应当高明一些。

莱克特博士对"魔鬼"案件毫无兴趣，他有兴趣的是帕齐的背景。多么倒霉，他竟然遇上了一个在匡蒂科受过训的警察。汉尼拔·莱克特在那儿是教科书里的一桩大案。

莱克特博士在韦基奥宫端详过里纳尔多·帕齐的脸，也曾站到能闻到他气味的距离之内。那时候他确切知道帕齐还没有怀疑他，虽然问起过他手上的疤痕。在馆长失踪事件里帕齐对他简直一点真正的兴趣也没有。

可惜那警察见到他是在酷烈刑具展览会上，要是在兰花展览会上就好了。

莱克特博士充分意识到，在那警察的脑袋里各种灵感因素跟他所知道的无数别的东西在一起随意蹦跳。

里纳尔多·帕齐应该到潮湿的地下去跟韦基奥宫的前馆长见面呢，还是应该在表面上的自杀后被发现？《国民报》是会高兴把他往死路上

---

① 十世纪至十八世纪意大利北部的城市共和国。
② 米开朗琪罗(1475—1564)，意大利雕刻家、画家、建筑家及诗人。
③ 摩西形象的传统表现形式是有角的。

赶的。

现在还不行,恶魔考虑道,然后便转向了他那一大卷一大卷的犊皮纸和羊皮纸手稿。

莱克特博士并不担心。他喜欢十五世纪的银行家兼驻威尼斯大使内里·卡波尼的写作风格,他读他的书简纯粹是为了高兴,有时还大声朗诵,直读到深夜。

22

天亮以前帕齐已经得到了莱克特博士的国家工作许可证上的照片,还附有警方档案里的permesso di soggiorno(暂住证)照片的底片。帕齐又复制了梅森·韦尔热招贴画上那幅极好的面部照片。这两张脸轮廓相似,但是如果费尔博士就是汉尼拔·莱克特博士的话,鼻子和面颊一定加了工,很可能是胶原蛋白注射。

耳朵看来很有希望。帕齐像一百年前的阿方斯·贝蒂荣①一样,用放大镜仔细研究了耳朵。两对耳朵似乎相同。

他在警局过了时的电脑上对美国联邦调查局VICAP项目敲进了他的国际刑警通行密码,调出了卷帙浩繁的莱克特档案。他咒骂他的调制解调器太缓慢,竭力读着屏幕上模糊的字迹,直读得眼睛发花。案件的大部分他都是知道的,可是有两件事却叫他大吃了一惊。一件新,一件旧。最新

---

① 阿方斯·贝蒂荣(1853—1914),巴黎警察机构罪犯识别部门的负责人。他开发了一种被称为人体测定学或"贝蒂荣识别法"的罪犯识别系统,包括一系列细致的身体测量。

的情报提供了一张X光照片,指明莱克特很有可能做了手部手术。旧的是一份田纳西警局手写报告的扫描样,文章注意到汉尼拔·莱克特在孟菲斯杀死警卫时放着《戈德堡变奏曲》的录音磁带。

豪富的美国受害者梅森·韦尔热散发的招贴画负责任地鼓励消息提供人士按附上的电话号码给联邦调查局打电话,同时按照惯例提出了警告,说莱克特博士是个危险人物,携有武器,又在提出巨额赏金那一段提供了一个私人电话号码。

从佛罗伦萨到巴黎的机票贵得荒唐,但帕齐不得不自己掏腰包。他不相信法国警察会听由他打电话而不插一脚。而此外他又不知道别的办法。他在法兰西歌剧院附近的美国特快电话亭拨通了梅森招贴画上的私人电话号码。他估计电话会被追踪。帕齐英语说得相当好,但他也知道自己的口音仍会泄露出自己是意大利人。

接电话的是男声,美国口音,非常平静。

"请告诉我你有什么事。"

"我可能有关于汉尼拔·莱克特的情报。"

"好的,谢谢你给我们来电话。你知道他目前在什么地方吗?"

"我相信我知道。报酬的事还有效吗?"

"有效。你有什么可靠证据说明是他?请理解,我们接到过许多莫名其妙的电话。"

"我告诉你,他的脸做了整容手术,手上也动了手术。他仍然能演奏《戈德堡变奏曲》。他持有的是巴西证件。"

停顿。然后,"你为什么没有给警局去电话?我被要求鼓励你们那样做。"

"报酬的话在任何情况下都生效吗?"

"只要情报导致了逮捕和确认,我们都给报酬。"

"要是在……特殊情况下也照给报酬吗?"

"你是指抓住莱克特博士的奖金吗?比如,在一般情况下不应得到报酬的人也能得到吗?"

"对。"

"我们双方都在向同一个目标前进。请别放电话,我给你一个建议。为人的死亡提出赏金是违背国际惯例和美国法律的,先生。请别放电话。我可以问问你是在欧洲打电话吗?"

"是的,是在欧洲,我只能够告诉你这一点。"

"好的,听我说完——我建议你跟一位律师联系,讨论一下奖金的合法性;不要对莱克特博士采取任何法律以外的行动。我能够给你推荐一位律师吗?日内瓦有一位律师精通这类业务。我可以给你他的免费咨询电话号码吗?我强烈建议你给他打电话,跟他坦诚地商量一下。"

帕齐买了一张预付话费的电话卡,在廉价市场百货商店打了第二个电话,跟一个满口干巴巴瑞士口音的人谈了话,一共不到五分钟。

梅森愿意为汉尼拔·莱克特博士的头和手付一百万美元。导致抓获的情报也给一百万美元。活捉博士可以私下给三百万,并保证慎重,不提任何问题。条件里还包括预付款十万。为了符合预付条件,帕齐必须提供可以确认的莱克特博士的指纹——印在某个物体上的就地提取的指纹。此事若是做到,他就可以在方便的时候到瑞士找到一个由第三者保存、条件完成后交付的安全存放箱,取到该款的余额。

在离开廉价市场去机场之前,帕齐给他的妻子买了一件桃红色的云纹绸浴衣。

23

你如果发现了传统的荣誉不过是些废话,你怎么办?在你跟马可·奥勒利乌斯①同样相信未来世代的舆论并不比眼前的舆论更有价值时,你怎么办?那时候你还能循规蹈矩吗?你还愿意循规蹈矩吗?

现在,里纳尔多·帕齐,帕齐家族的帕齐,佛罗伦萨警局的侦探长,必须就他的荣誉的价值做出决定,或者说,决定自己是否有比光考虑荣誉更有远见的聪明。

晚饭时他已经从巴黎回到了家,睡了一会儿。他想跟他的妻子商量一下,但是没有做到,虽然他确实从她那儿得到了享受。她的呼吸平稳之后,他还没有睡着,躺了很久。深夜,他放弃了睡眠,到外面散散步,考虑考虑。

在意大利,贪欲并不是没有人知道的东西,那东西里纳尔多·帕齐随同他故乡的空气也吸进了许多。但是他天性里的追求欲和权势欲在美国

---

① 马可·奥勒利乌斯(121—180),罗马帝国皇帝,新斯多葛派哲学的主要代表,宣扬禁欲主义和宿命论。

受到了激励。在美国，人们能更快地感受到每一种影响，包括上帝已经死亡和财神有任期的道理。

帕齐从敞廊的阴影里走出，站在要员广场，望着聚光灯照明的韦基奥宫时，他相信自己是在深思熟虑。这里是他的祖先殒命的地方，是萨沃那洛拉被烧死的地方。可实际上他并没有深思熟虑，他的决定是七零八碎拼凑出来的。

我们总是认为决定都是在某个时间做出来的，是理智和自觉思维所得出的结论，这就使那一过程庄严起来。而其实决定是在七搓八揉的感觉里决定的，往往是一整块，而不是个体的总和。

在登上去巴黎的飞机时帕齐就已做出了决定，一小时以前在他的妻子穿上云纹绸的新浴衣勉强接受他时，他又决定了一次。几分钟后，他躺在黑暗里，伸手去揽她的面颊，向她道了个温情的晚安，却在手掌下感到了一滴泪珠。她无意中让他感到沮丧。

又是荣誉吗？还可以再次忍受大主教的鼻息，在圣燧石上打出火花，点燃布鸽子屁股后的火箭吗？还可以获得政客们（那些人的隐私他知道得太多）的赞美吗？可是，即使别人知道抓住了汉尼拔·莱克特博士的警察就是他，那又所值几何？对于一个警察来说，荣誉只有短短的半辈子。还是**卖掉他**好。

那念头刺穿了他，怂恿着他，使他苍白了脸，铁下了心。在以视觉见长的里纳尔多决心豁出去时，他心里混合了两种气味，他妻子的体香和切萨皮克海滩的气味。

卖掉他，卖掉他，卖掉他，卖掉他，卖掉他，卖掉他。

1478年弗朗切斯科·德·帕齐在大教堂揪住朱利亚诺刺出的那一刀力气不足，却在疯狂中扎穿了自己的大腿。

24

汉尼拔·莱克特博士的指纹卡是珍品，算得上崇拜的对象。指纹的原件加了画框挂在联邦调查局鉴定处的墙上。按照联邦调查局对五个以上指头的人取指纹的习惯，拇指和相邻的四个手指摁在正面，第六个指头摁在背面。

博士刚逃走时指纹卡的复印件就已散发到世界各地，而他的拇指指纹又被放大了印在梅森·韦尔热的悬赏缉拿传单上，并在上面做了许多说明，即使只受过极少训练的人也可以立即做出准确的鉴定。

简单的指纹取样并不是困难的技术，帕齐是可以干得像专业人员一样的，而且能够大体做到让自己放心。但是梅森·韦尔热要求的是新鲜指纹，就地提取的，没有采过的，他要让他的专家独立鉴定。梅森以前受过骗，那是在博士早期犯案现场取到的多年前的老指纹。

但是怎么才能取到费尔博士的指纹而不引起他的注意呢？尤其是，绝不能惊动了博士。那家伙很可能立即消失得无影无踪，留下个两手空空的帕齐。

博士很少离开卡波尼邸宅，而下一次的艺术委员会会议还在一个月以后。要把一个玻璃杯恰好放在他附近的位置，而不在别处，需要等太长的时间，而艺术委员会又从不使用这种便利用品。

帕齐既然决定了把汉尼拔·莱克特出卖给梅森·韦尔热，便只好单干。他不能够弄一纸命令进入邸宅，那会引起警局注意。而那座建筑的戒备又太森严，他无法闯进去采集指纹。

在那段街区里，费尔博士的垃圾箱比别人的要干净得多，新得多。帕齐买了一个新垃圾箱，半夜三更去给卡波尼邸宅的垃圾箱换盖子。镀锌的表面不理想，帕齐费了一夜工夫，得到的是点彩派艺术家①创作的梦魇，他怎么也无法辨认。

第二天早上他红着眼睛在古桥出现了。他在那里的一家珠宝店买了一个抛光极佳的银手镯，带上展示用的丝绒架子。他在阿尔诺河南岸的工匠区，皮蒂宫对面的小街道上让另外一个珠宝商磨掉了手镯上制作者的名字。那珠宝商建议给银手镯加一层抗污膜，帕齐没有同意。

佛罗伦萨阴森森的索利恰诺监狱坐落在通向普拉托②的路上。

女监二楼，罗穆拉·切斯库把身子弯过洗衣用的深水槽，在乳房上打了肥皂，仔细洗净擦干，穿上了一件清洁宽松的棉衬衫。另一个吉卜赛女人从探视间回来路过，对罗穆拉用吉卜赛语说了几句，罗穆拉眉宇间露出一道淡淡的皱纹，漂亮的脸蛋依然庄重地板着。

她被允许不参加上午八点半的例行礼拜。但她来到探视间时，一个看守却挡住了她，把她带到了监狱底层的一间私人会客室。在那屋里，抱着婴儿的不是往常的护士，而是里纳尔多·帕齐。

---

① 十九世纪末从法国印象画派发展而来的新印象画派。画面不用线条，一切形象都用各种色彩和各种浓淡的小点表现。
② 意大利托斯卡纳大区城镇。

"你好，罗穆拉。"他说。

她径直向那高个儿警官走过去。她明白他马上会把婴儿给她。婴儿想吃奶，开始往她怀里钻。

帕齐用下巴指了指屋角的屏风。"后面有把椅子，你喂奶时我们俩谈谈。"

"谈什么呀，Dottore（医生）？"罗穆拉的意大利语还过得去，跟她的法语、英语、西班牙语和罗曼语一样。她说话不装模作样——可她最好的表演也没有让她躲过扒窃带来的三个月监禁。

她来到了屏风后面。婴儿尿片里藏着一个塑料口袋，里面有四十支香烟和六万五千里拉，合四十一美元多一点，都是旧票子。她必须做出选择，如果警察搜查婴儿，找出非法的东西，就可以指控她，撤销她的全部优待。婴儿吃着奶，她望着天花板考虑了一会儿。那家伙毕竟占着优势，他干吗要来找她的麻烦？她取出塑料袋，塞进了内衣。那人的声音从屏风那边传来。

"你在这儿是个累赘，罗穆拉。让喂奶的母亲坐牢是浪费时间。这儿还有真正的病人要护士照顾呢。探视时间结束你是不是不愿交出孩子？"

他想要的是什么？她知道他是什么人，没有错，一个头头，Pezzo da novanta（重武器），他奶奶的。

罗穆拉的业务是沿街算命过日子，摸包是副业。一个三十五岁饱经风霜的女人，有蛾子一样的触角。这个警察——她在屏风后面研究着他——看来很整洁，有结婚戒指，皮鞋擦过，跟老婆一起过日子，还请了个不错的女用人——衬领是熨过后再衬上的。皮夹在夹克的口袋里，钥匙在裤子右前袋，钞票在裤子左前袋，也许折平了，用橡皮筋扎了起来。当中是他的那玩意。肚子扁平，精力充沛。耳朵被打伤过，发际线也有伤，是给人打的。他不是来找她睡觉的——否则就不会带孩子来了。他不受女人宠爱，但据她看来也不至于到监狱里来玩女人。奶孩子时还是别看他那令人不快的黑眼睛好。他干吗要带孩子来？是要让她看看他的权势，向她暗示他可以把她的孩子带走。他想要什么？要情报？他想听什么她就可以给他说什么，她可以告诉他十五个吉卜赛人的情报，全都是不存在的人。好了，我能从这件事得到什么好处？走着瞧吧。我得给他几句好听的。

她从屏风后出来，眼睛望着他。一道新月形的光环在婴儿的脸边映出。

"那后面很热，"她说，"你能打开一扇窗户吗？"

"我能开得更大，罗穆拉。我是连大门也能为你打开的，这你知道。"

屋里一片寂静。外面是索利恰诺的喧嚣，像没完没了闷沉沉的头痛。

"你要什么就说吧。有些事我是乐意做的，但并不是每件事都乐意做。"本能告诉她，她的警告会受到尊重。她没有想错。

"那不过是 la tua solita còsa（你常干的事），"帕齐说，"不过我可要求你做得干净利落。"

25

白天,他们在街对面公寓的一扇高高的百叶窗后监视着卡波尼邸宅——罗穆拉和一个年长一点的妇女(可能是罗穆拉的表姐,帮着带孩子),还有帕齐。帕齐从办公室偷跑到这儿来,尽可能多待些时间。

罗穆拉扒窃用的木臂放在卧室椅子上,等待使用。

白天用这公寓的权利是帕齐从附近但丁学院的一个老师那儿弄到的。罗穆拉坚持占了小冰箱里的一个架子给孩子和自己使用。

他们并不需要等很久。

第二天上午九点半,罗穆拉的助手在窗前嘘了一声。街对面的邸宅一扇沉重的门往内开启,露出了一个黑洞。

那位在佛罗伦萨被称作费尔博士的人出来了。瘦小的身材,一身深色服装,像水貂一样光鲜。他站在门口品尝着空气,再向街道两面看了看。他按了一下遥控器,打开了报警系统,抓住大把手关上了门。那把手密密麻麻都是锈斑,无法采指纹。他带了个购物袋。

从百叶窗缝隙里第一次看见费尔博士时,年长的吉卜赛妇女捏了捏罗穆拉的手，仿佛想阻止她去。趁那警官没有看见，她又望了她一眼，急忙狠狠地摇了摇脑袋。

帕齐立即明白了费尔博士要去哪里。

帕齐从费尔博士的垃圾里找到了一家很好的食品店"真实自1926"的与众不同的包装纸。那商店在圣三一桥附近的圣雅各布街上。此刻博士正往那方向走去。罗穆拉耸动着肩膀穿衣服，帕齐在窗口监视。

"Dunque（啊），是去杂货店。"帕齐说。他忍不住又第五次重复了对罗穆拉的指示。"跟着他，罗穆拉，在古桥这边等着。他提着装满的口袋回来时你会看见他的。我在他前面半个街区，你会先看见我。我就在附近等着。要是出了问题，你被抓住了，我自会来解决。他要是到别的地方去了，你就回公寓来。我以后再在电话上叫你。把这个通行证放在一辆出租车的挡风玻璃后回到我这儿来。"

"Eminenza（大人），"她带着意大利式的反讽口气提高了尊称的规格，"要是出了问题，而又有人在帮我的忙，你可别伤害他。我的朋友是不会偷东西的，放他走。"

帕齐没有等电梯。他穿了套油腻的长袖制服，戴了顶软帽，匆匆赶下了楼。盯梢在佛罗伦萨是很困难的，因为人行道狭窄，而到了街面上你的生命就不值钱了。帕齐在街边放了一辆破旧的motorina小型摩托车，上面捆了十来把扫帚。摩托车一踩就发动，侦探长在一片蓝烟里顺着鹅卵石街道前进。小摩托车在鹅卵石上跳着蹦着，像头小毛驴在驮着他跑。

帕齐挨着时间，拥挤的车辆对他狠狠地按着喇叭。他买了香烟还挨着不动，直到弄清楚了费尔博士的走向。到了诗人街尽头，圣雅各布村单行道已在他面前。帕齐把摩托车扔在路边街沿上，步行跟着，到了古桥南头又侧着扁平的身子从游客群里穿过。

佛罗伦萨人都说"真实自1926"奶酪和松露品种繁多，有股味道，就像上帝的脚。

博士肯定是在那儿流连忘返了。他在本季新上市的松露里挑选着，帕齐通过窗户可以看见他的背影在琳琅满目的火腿和意大利面食之间移动。

帕齐绕过街角走了回来，在八字胡须、狮子耳朵的人像喷泉边洗了个脸。"你要想跟我干活可得先刮掉胡子。"他对那肚子趴在冰凉的球上的喷泉人像说。

现在博士出来了，购物袋里有几个轻飘飘的小包，他开始沿着圣雅各布村往回走。帕齐在他前方的街对面走着。狭窄街沿上的行人把帕齐逼到了街上，一辆警察巡逻车的镜子在他的手表上碰了一下，碰得他生疼。"Stronzo! Analfabèta!（没有文化！文盲！）"驾驶员从窗里大吼大叫，帕齐发誓要报复。他赶到古桥时领先了四十米。

罗穆拉在一个门道里，婴儿用木臂抱着，另一只手伸向过路的人，腾出的手藏在她宽松的袍子里，准备再偷一个皮夹，为她这辈子所偷的两百多皮夹加上一个。她隐蔽的手上戴了一只宽大铮亮的银手镯。

再过一会儿跟踪对象就会走过古桥，挤过人群，往诗人街走去。罗穆拉将迎面而上，干完活便溜进桥的游客群里。

在人群里罗穆拉有一个可靠的朋友。她对自己的对手一无所知，又不相信那警察真能帮助她。吉莱斯·普雷韦，在警局的档案里又叫杜曼·普雷韦或罗歇·勒迪克，在当地以"面疙瘩"闻名，此刻正等候在古桥的南端，等着罗穆拉下手。"面疙瘩"因为自己的恶习而干瘦，脸颊开始显露出骨头的形状，但他仍结实有力，如果罗穆拉出手时惹出了问题，他对她会很有帮助。

他穿一套店员的服装，很容易混进人群。他只偶然露一露脸，好像人群是土拨鼠的窝。要是那对象抓住罗穆拉不放，面疙瘩就可以一跤绊倒在他身上，跟他缠在一起，并连声道歉，直至她溜到了远处。他以前就这么干过。

帕齐赶到了她前面，排在一家冷饮店门口排队的顾客中，在那儿便于观察。

罗穆拉从那个门道里出来了。她有一双老练的眼睛。她打量了一下自己跟迎面走来的瘦子之间的人行道的拥挤情况。她把孩子用木臂支在前面，拿帆布遮住。这样她穿过人群就惊人地方便。她将跟平时一样吻吻自己露在外面的手，把吻献到那人脸前，同时另一只手就可以在他肋边的钱包上摸索，直至他抓住她的手腕。然后她会挣脱。

帕齐保证过那人不会抓她去见警察，他只会想摆脱她。在她偷钱包的全部经验里还没有遇见过一个对抱孩子的妇女使用暴力的人。被偷的人往往以为是身边的别人在他的外衣里摸。为了不被抓住，罗穆拉曾经好几次把身边的人当小偷揭发。

罗穆拉随着人行道上的人往前走，腾出隐藏的手臂，藏在抱着孩子的假臂下面。她看见对象在一片攒动的人头中穿出，只有十米了，更近了。

Madonna（圣母）！费尔博士在稠密的人群里转过了身子，跟着观光的人流走过古桥去了，并没有往家走。她挤进人群，但已经赶不上他。"面疙瘩"的脸还在博士的前方，探询地望着她。她摇摇头，面疙瘩把他让了过去。面疙瘩掏他的腰包毫无意义。

帕齐在她身边瞪眼，好像出了问题的是她。"回公寓去，我会给你打电话的。你有那老城的出租车通行证吗？走吧，走！"

帕齐找到他的小摩托车，推过古桥，跨过了那半透明的流晶泻玉的阿尔诺河。他以为博士不见了，可博士却在河对面龙噶诺旁边的连柱拱廊下，越过一个画速写的艺术家的肩膀仔细地看了一会儿，才大踏步轻捷地往前走。帕齐猜想费尔博士会往圣十字教堂走去，便远远地跟在后面，穿过地狱般拥挤的人群走着。

26

圣方济各会的圣十字教堂高敞的厅堂里有八种语言在震响。大群大群的游客随着导游色彩鲜明的伞细步走着,在阴暗里摸出两百里拉交了费,让小礼拜堂的巨幅壁画明亮一次,那是他们生命里的宝贵时刻。

罗穆拉从清晨的亮光里走进暗影,不得不在米开朗琪罗陵墓附近站了站,让眼睛适应。她看见自己正站在陵墓上,悄悄地说了声"Mi dispiace(倒霉)",便匆匆离开了那块石板。在罗穆拉眼里,地下拥挤的人群的真实性并不亚于地面拥挤的人群,而其影响说不定更大。她是通灵术家和手相家的女儿和孙女儿,地面的人和地下的人在她眼里只是生死之隔的两个人群。在她的思想里,地下的人更聪明,更有阅历,更占上风。

她四面望了望,提防着教堂执事,那人对吉卜赛人偏见很深。她躲在第一根柱子后面的罗塞利诺①的《哺乳圣母》的掩护之下,这时婴儿在拱着

---

① 安东尼奥·罗塞利诺(1427—1479),意大利文艺复兴时期著名的多产雕刻家。著名作品包括以圣母为题材的许多作品。

她的乳房。躲在伽利略陵墓附近的帕齐发现了她。

帕齐用下巴指了指教堂背后。那后面十字形教堂两翼的聚光灯和被禁止的相机闪光灯像闪电一样刺透了宏大的阴影，此时定时器吞食着两百里拉的硬币和偶有的假币与二十五分的澳大利亚硬币。

巨大的壁画在耀眼的灯光里闪现。耶稣诞生了，被出卖了，钉上了十字架，又被扔进气闷拥挤的黑暗里。拥挤着的朝拜者捧着他们看不见的导游书，灯光的热气里蒸腾着体臭和香烟味。

费尔博士在十字形教堂左翼的卡波尼家族祈祷室里工作。辉煌的卡波尼家族祈祷室在圣费利奇塔。而这个卡波尼家族祈祷室是十九世纪重建的，很引起费尔博士的兴趣，因为他可以通过重建窥见往昔。他正在用木炭拓着一幅石刻文字，那文字十分模糊，即使灯光斜照也看不清楚。

帕齐用他的单镜头望远镜观察着，明白了博士为什么离家时只带了购物袋，原来他把他的艺术用品放在祈祷室的圣坛下面了。帕齐一时真想叫罗穆拉走掉。他也许可以从艺术品上取到指纹。可是不行，博士怕木炭弄脏了手，戴上了棉手套。

罗穆拉的技术原是在大街上施展的，用在这儿至少也会显得不自然。但她是在明处的，罪犯最不怕的就是在明处的事物，她不会惊走博士。不会的，即使博士抓住了她也得交给教堂执事，随后帕齐便可以干预。

博士是个疯子，他要是杀了她怎么办？要是杀了婴儿怎么办？帕齐问了自己两个问题：如果要出人命他会不会跟博士扭打起来？会的。他会不会为了要钱而让罗穆拉和孩子受伤？会的。

他们需要的是等待，等费尔博士取下手套去吃午饭。帕齐和罗穆拉在教堂侧翼逛来逛去。他们有的是时间悄悄接头。帕齐在人群里注意到了一个人。

"是谁在跟着你，罗穆拉？你最好告诉我，这人我在牢里见过。"

"我的朋友，只在我逃走时挡挡他的路。他什么都不知道，真不知道。

这对你更好,不会弄脏了你的手。"

为了混时间,他们在众多的祈祷室里做起了祷告,罗穆拉低声说着一种帕齐听不懂的话,而帕齐要祈祷的东西很多,特别是在切萨皮克海滨的房子,还祈祷了些不该在教堂里想的东西。

正在训练的合唱队的甜美声音在普遍的喧闹之上翱翔。

铃声响了,中午关门的时刻到了。几位教堂执事钥匙叮当响着出来了,准备从钱币柜里取钱。

费尔博士站起身子从安德雷奥蒂的《圣母怜子》①背后走了出来,取下手套,穿上夹克衫。一大群日本人挤到了圣坛面前,身上却掏不出硬币。他们为难地站在黑暗里,却不知道早该离开了。

帕齐很不必要地戳了罗穆拉一下。她知道时间到了。她趁婴儿靠在木臂上时亲了亲他的头顶。

博士过来了。人群会把他挤到她身边的。她大跨了三步迎上前去,当着他的面挺起胸膛,在他的视线里举起手吸引他的眼睛。她亲了亲手指准备把那吻送到他的面颊上,隐藏的手已经做好准备。

人群里有个人找到了一枚两百里拉的硬币,灯亮了。在接触到费尔博士的同时罗穆拉望着他的脸,感到他两眼红色的中心有一种吸引力,一个巨大的真空,那力量吸得她的心靠近了肋骨。她的手从他的脸边飞了开去,遮住了婴儿的脸。她听见自己的声音说,"Perdonami, perdonami, signore (对不起,对不起,先生)",转身便跑。博士望了她好一会儿工夫,直到灯光熄灭,博士又成了映衬在祈祷室烛光前的一个轮廓。他大踏步矫健地向前走去。

帕齐气得满脸煞白。他发现罗穆拉靠在圣水盆前,用圣水反复地洗着婴儿的头,也洗着婴儿的眼睛,以防万一婴儿看见了费尔博士。他见到了

---

① 宗教题材,通常是耶稣下十字架后被抱在圣母膝上的形象。

她那满脸的恐惧,便将尖刻的咒骂停在了嘴边。

在阴暗里她的眼睛瞪得很大。"那就是魔鬼,"她说,"是撒旦,早晨①的儿子,我现在看见魔鬼了。"

"我送你回牢里去。"帕齐说。

罗穆拉望着婴儿的脸叹了一口气,那是屠宰场里的叹息,那么低沉,那么听天由命,叫人心酸。她取下了宽大的银手镯在圣水里洗着。

"还不到回去的时候。"她说。

---

① 指启明星,魔鬼撒旦在被逐出天堂之前的名字。

27

如果里纳尔多·帕齐决定的是完成执法警官的任务,他早就可以拘留费尔博士,很快就可以确定他是否是汉尼拔·莱克特。他可以在半小时之内取得拘捕令,把费尔博士从卡波尼邸宅抓出来——邸宅的一切报警系统都挡他不住。仅凭自己的权力他就可以把费尔博士拘留到查明身份为止,无须找到什么罪名。

警局的指纹不需十分钟就可以揭露出费尔博士就是莱克特博士。DNA鉴定一做就可以确认两人是一个人。

可现在,这些条件帕齐全都用不上。决定把莱克特博士出卖之后,他就成了法律之外孤独的逐利之徒,就连他指头下的警局眼线对他也没有了用处,因为他们很快也就会盯起他的梢来。

一再的延误使帕齐受挫,但是他已铁下了心,只好凑合着使用这几个吉卜赛人了……

"面疙瘩愿意替你办事吗,罗穆拉?你能找到他吗?"此时他俩在卡波尼邸宅对面诗人街上借来的公寓的大厅里,时间是圣十字教堂败绩的十二小时后。一盏低矮的台灯照亮了屋子里齐腰以下的部分,帕齐的黑眼睛在腰以上部分的昏暗里灼灼闪光。

"我自己动手,但是不带孩子了。"罗穆拉说,"不过你必须给我……"

"不行,我不能让他再看见你。面疙瘩会替你办事吗?"

罗穆拉穿着色彩鲜艳的裙子,弓着身子坐着,丰满的乳房靠着大腿,脑袋几乎碰到了膝盖。空木臂放在椅子上;年长的女人抱着婴儿坐在角落里,她大概是罗穆拉的表姐。窗帘放了下来,帕齐从窗帘最窄的缝隙里四面窥视了一下,看见在卡波尼邸宅的高处有一星模糊的灯光。

"我能干,我能化装得叫他认不出来。我能——"

"不行。"

"那么,可以让埃斯梅拉达干。"

"不。"屋角传来的声音回答,年长的妇女第一次说话了,"我愿给你带一辈子孩子,罗穆拉,我决不碰撒旦。"她的意大利语帕齐只能勉强听懂。

"坐直了,"帕齐说,"望着我。面疙瘩愿意替你干吗?罗穆拉,你今晚就要回索利恰诺监狱,还得坐三个月牢。下一回你从孩子衣服里拿出钱和香烟时就会被抓住……我可以因为你上次的偷窃再给你加判六个月。我还可以毫不费事就宣布你是个不合格的母亲,让国家带走你的孩子。但是我如果得到了指纹你就可以出狱,还能够得到两百万里拉,你的记录也就消失了。我还会帮你弄到去澳大利亚的签证。面疙瘩愿意替你干吗?"

她没有回答。

"你找得到面疙瘩吗?"帕齐从鼻子里哼了一声,"Senti(听着),把你的东西收拾好,你可以在三个月以后,或是明年的什么时候到储藏室去取你的假臂。孩子只好到孤儿院去了。这个年纪大点的妇女可以到那里去看小东西。"

"小东西?你把他叫东西吗,大人?他是有名字的,叫……"她摇了摇头,不愿意把孩子的名字告诉这家伙。罗穆拉双手捂住脸,觉得面颊跟双手的脉搏在互相冲击。然后她说:"我能找到他。"

"在哪儿?"

"喷泉旁边的圣灵广场。他们烧篝火,喝酒。"

"我跟你去。"

"你最好别去,"她说,"你会坏了他的名声。你就跟埃斯梅拉达和孩子在一起吧——我会回来的,你知道。"

在圣灵广场,阿尔诺河左岸一个很有魅力的广场里,已是夜阑人散。教堂已经关闭,喧闹声和热腾腾的食物香味从有名的卡萨琳佳① 餐厅飘来。

喷泉边一团篝火还爆着火星。吉卜赛吉他弹奏着,表现的热情多于天赋。人群里有一个唱命运歌② 的歌手被发现了,推了出来,几个瓶子都在倒酒,要给他润喉。他开始唱了,唱的是关于命运的歌,但是被打断了,要他唱更活泼的曲子。

罗歇·勒迪克,又名面疙瘩,坐在喷泉边上,已经抽了点什么,迷糊着眼,却立即在篝火对面人群后发现了罗穆拉,便从小贩手里买了两个橙子,跟在她后面离开了歌唱的人群。两人在离篝火不远处的路灯下站住。这儿的光不像篝火的光那么热,凋零的枫树投下斑驳的叶影,灯光照到面疙瘩苍白的脸上,泛着绿色。在罗穆拉眼里,他脸上的叶影像是移动的伤痕。她的手挽住他的手臂。

一把刀像一条闪亮的小舌头从他的拳头里闪出。他剥着橙子,橙子皮长长地垂挂下来。他剥好第一个递给了罗穆拉,再剥第二个时,罗穆拉掰了一瓣塞到他嘴里。

---

① 意大利原文意为家庭妇女。
② 一种忧伤的葡萄牙民歌。

他们用罗曼语简单地谈了几句。他耸了耸肩。她递给他一个手机,告诉了他按键,于是帕齐的声音进入了面疙瘩的耳朵。不一会儿面疙瘩便把手机合上,放进了口袋。

罗穆拉从自己脖子上的项链里取出一个护身符,亲了亲,挂在那满身破烂的小个子的脖子上。小个子看了看那东西,跳了两步舞,装出被那神圣的东西烫伤的样子,引得罗穆拉笑了笑。她取下宽大的银手镯套到他手上。手镯很合适,面疙瘩的胳臂并不比她的粗。

"你可以跟我一起待一小时吗?"面疙瘩问她。

"可以。"她说。

28

黑夜再次降临。费尔博士在观景台酷烈刑具展览会宽大的石屋里。他轻松地靠在受刑者的吊笼下的石壁上。

他在欣赏观众贪欲的脸上种种恐惧的表情。观众挤来挤去,冒着热气,瞪大了眼在刑具前绕过,前臂上的寒毛倒竖,热烘烘的气息呼在彼此的脖子上和面颊上。有时博士拿一张洒了香水的手巾捂住嘴,抵挡太浓的科隆香水味和发情的气味。

打算捕猎博士的人在外面静候着。

几个小时过去了。对于展览品只偶然注意一下的费尔博士对于人群却似乎永远兴味盎然。有几个人意识到了他的注意,感到不自然了。妇女们在被碎步走着的参观队伍带走前特别感兴趣地望着他。博士给了组织展览的标本剥制家几个钱之后,就可以慵懒地消磨时间了。他独自待在绳子后面,悠然地靠着石壁。

出口外面,里纳尔多·帕齐在绵绵的细雨里站在雉堞旁守望。他习惯于等待。

帕齐明白博士不会步行回家。他的车在要塞后山下的一个小广场上等着他。那是部黑色的美洲豹,优雅的三十年车龄的马克二型车,在细雨里闪着光,它是帕齐所见过的车里最好的,挂瑞士车牌。费尔博士显然不需要为挣钱而工作。帕齐注意到了车牌号码,但是不敢冒险送往国际刑警组织核对。

面疙瘩在城堡观景台和汽车之间的圣莱奥纳尔多陡峭的鹅卵石路上等着。照明不好的街道两侧是高高的石壁。石壁保护了后面的别墅。面疙瘩找到了一道关闭的大门前的阴暗门洞,他可以在那儿避开从城堡观景台出来的观光人流。他口袋里的手机每过十分钟就在大腿边震动一次,他必须报告自己在岗位上。

路过的观光客有的把地图和节目单顶在头上遮着细雨。狭窄的街沿上挤满了人。有的人就往街面上走,逼得从要塞开出的少量汽车放慢了速度。

在有拱顶的刑具房里,费尔博士终于离开了他闲靠的墙壁,眼睛翻向头上,看了看那饥饿吊笼里的骷髅,仿佛他们共同保守着一个秘密,然后穿过人群往出口走去。

帕齐见他在门口出现了,来到了聚光灯下的场地上,便远远盯住他。在他确信博士正往汽车走去时,急忙拿出手机叫面疙瘩注意。

吉卜赛人的脑袋像乌龟一样从领子里向上伸出,深陷的眼窝显露出皮肤下的嶙峋瘦骨,那样子也像乌龟。他把袖子卷到手肘以上,在手镯上吐了口唾沫,用布擦干了。现在银手镯已用圣水洗过,唾沫擦过。他把手藏在外衣下保持干燥,同时往山上瞅着。一大排攒集涌动的人头正迎面而来。面疙瘩挤过人流来到街面上,从那儿他可以逆人群前进,看得也更清楚。他没有助手,只好一个人又碰撞,又掏包。不过那也不成问题,因为他原本打算在动手时被抓住。那小个儿的人来了——来到街沿前了,谢谢上帝。帕齐在博士背后三十米处,也在往下走。

面疙瘩在路当中做了一个漂亮的动作。他利用正面开来的出租车，往旁边一跳，好像在让路，同时回头去骂驾驶员，却跟费尔博士撞了个满怀，手也伸进了博士的外衣。他感到手臂被一只手可怕地钳住了，感到挨了一家伙，挣脱之后对方便溜掉了。费尔博士大踏步前进着，几乎毫无耽误便钻进了观光客群里。面疙瘩自由了，逃脱了。

帕齐几乎立即来到了他身旁，在铁门前的门洞下。面疙瘩略微弯下身子，又呼吸急促地站直了。

"弄到手了。他刚好抓住了我。Cornuto（那王八蛋）想揍我的球，可没有揍到。"面疙瘩说。

帕齐跪下一条腿，小心翼翼地正想从面疙瘩手上取下手镯，这时面疙瘩觉得腿上热烘烘湿漉漉的，一挪身子，裤子前部的破口里射出了滚烫的动脉血。帕齐正抓住手镯想把它取下来，鲜血已经喷了他一脸一手。鲜血四处喷溅，面疙瘩低头看时，也喷到了他脸上。他双腿一软，靠着大门便往下滑。他一只手抓住门，想把布片塞到大腿根处，止住从割开的股动脉里往外直射的血。

帕齐在行动时往往有冷飕飕的感觉，此时他也如此。他用手扶住面疙瘩，让他背对着游客，把血射到大门的栅栏里去，然后扶着他轻轻侧卧到地上。

帕齐从面疙瘩口袋里取出手机，对它说话，好像在要急救车，其实并没有打开电话。他解开外衣扣子，把外衣撒开，像鹰一样罩住他的猎物。他身后的人群只顾往前走，对他俩没有兴趣。帕齐从面疙瘩手上取下手镯，让它滑进带来的小匣子里，再把面疙瘩的手机放进了自己的口袋。

面疙瘩的嘴唇在动。"圣母啊, che freddo（我好冷）！"

帕齐狠了狠心，把面疙瘩没有了力气的手从伤口处拿开，抓住，好像在安慰他，其实是让他把血流光。在他肯定面疙瘩已经死去之后，便让他靠在门上，头枕着手臂，好像睡着了。然后他混进了移动着的人群里。

到了广场，帕齐瞪眼望着空落落的停车场，雨刚开始淋在莱克特博士的美洲豹开走后的干鹅卵石路上。

莱克特博士，帕齐已不把他看作费尔博士了。他就是汉尼拔·莱克特博士。

帕齐的雨衣口袋里可能已有了给梅森的足够证据。而对帕齐自己来说已经足够的证据从他的雨衣上滴到了鞋上。

29

里纳尔多·帕齐的阿尔法车呜呜地开到码头时,热那亚天空的启明星已因东方的闪电而暗淡下来。寒风吹皱了海港里的水。码头外停泊处的一艘货轮上有人在电焊,橘红色的火花雨点般洒到黑沉沉的水里。

罗穆拉留在车里避风,婴儿放在膝头上。埃斯梅拉达两腿侧放,挤在berlinetta(小汽车)的后座上。她自从拒绝碰撒旦之后一直没说过话。

他们就着浓浓的黑咖啡吃着pasticcini(糕饼)。

里纳尔多·帕齐去了轮船公司办公室,再出来时太阳已升到老高,映照在锈迹斑驳的货船Astra Philogenes(女性崇拜之星)上。那船船体发着橘红色的光,正在码头边上货,快完工了。他向车里的两个女人招了招手。

Astra Philogenes载重27 000吨,在希腊登记。在它去里约热内卢的路上可以合法运载十二个人,不包括船医。帕齐在那儿向罗穆拉解释说她们要搭这船到澳大利亚的悉尼。这事由船上的事务长负责。票钱已经全部付清,绝对无法退款。在意大利,澳大利亚被看作诱人的地方,好找工作,还有很大的一个吉卜赛群体。

帕齐答应给罗穆拉两百万里拉，按时价折合约计1 250美元，他把装着钱的一个厚厚的信封给了她。

两个吉卜赛人的行李很少，一个小提包和罗穆拉的假臂（装在圆号匣子里）。

下个月的大部分时间吉卜赛人都要在海上度过，与世隔绝。

帕齐第十次告诉罗穆拉说面疙瘩会去的，但不是今天。面疙瘩会把给她们的信……留在悉尼邮政总局。"我对他说话算话，跟我对你们一样。"他们一起站在跳板头上，旭日把他们长长的影子投向海港粗糙的地面上时，他对她俩说。

罗穆拉和孩子已经在顺着跳板向船上走，要分手了，那年长的女人说话了，在帕齐的经历里那是第二次，也是最后的一次。

她用黑得像卡拉玛塔橄榄一样的眼睛盯住他的脸。"你把面疙瘩给了撒旦，"她平静地说，"面疙瘩死了。"埃斯梅拉达僵硬地弯下身子，像弯向砧板上的小鸡一样，准确地把一口痰吐到了帕齐的影子上，然后匆匆跟在罗穆拉和婴儿身后上了跳板。

30

DHL快递盒做工精良,指纹专家在梅森房里起坐区温热的灯光下的桌子边用电动螺丝刀小心翼翼地旋开螺丝。

宽大的银手镯嵌在丝绒珠宝架上,立在盒子里,因此手镯外表面没有接触任何东西。

"拿到这儿来。"梅森说。

指纹若是送到巴尔的摩警局的鉴定处去提取自然要容易得多,那儿的技术人员在白天工作。但是梅森因为私下付了巨额现金,便坚持鉴定要在他的面前进行。"倒不如说在他那只独眼面前进行。"专家不高兴地想道,同时把手镯连同珠宝架放到男护理员手中的一个瓷盘里。

护理员把盘子送到梅森的护目镜前——不能放在梅森胸前那卷头发上,因为有呼吸器在不断送气,使他的胸部起伏不停。

巨大的手镯上凝着血,干血一片片地从手镯上落到了瓷盘里。梅森用戴着护目镜的眼睛看了看它。他脸上没有肉,也就没有表情,但是眼睛却亮了。

"撒指纹粉。"他说。

专家有一份莱克特博士指纹卡正面的复印件。背后的第六个指纹和鉴定没有复印。

他收拾干净凝结的血片。他喜欢使用的龙血指纹粉跟手镯上血的颜色太相近,他只好采用了黑色,仔细地撒着粉。

"找到指纹了。"他说着停止了工作,擦了擦在起坐区温暖灯光下的脑袋。光线适宜于拍照,他在提取指纹做显微镜鉴定前,先拍下了指纹提取的现场情景。"左手中指和拇指都是16点重合——在法庭上站得住。"他终于说道,"没有问题,两者都是一个人的。"

梅森对法庭不感兴趣。他那苍白的手已经在被窝上爬行,摸索着电话。

31

撒丁岛中部的真纳尔真图山深处的山间牧场。阳光灿烂的早晨。

六个人,四个撒丁岛人和两个罗马人在一个通风的棚子下工作着。棚子是用从附近森林砍伐来的木料搭建的。山区广阔寂寥,他们弄出的一点点声音都似乎被扩大了。

棚子底下,从树皮还在脱落的横梁上挂下一面巨大的镜子。镜子嵌在镀金的洛可可式①的镜框里,挂在一个结实的牲畜栏上面。畜栏有两道门,一道直通牧场,一道是荷兰式的,上下两截,可以分别打开。荷兰式门下的那部分地面用水泥铺成,而畜栏的其他部分却铺满干草,像是刽子手的行刑台。

那框上刻有美丽儿童的镜子可以翘起来,俯瞰畜栏全局,有如烹饪学校的镜子可以让学生望见炉子的俯视情景。

---

① 十八世纪初起源于法国,十八世纪后半期盛行于欧洲的一种建筑装饰艺术风格,其特点为精巧、繁复、华丽。

摄影师奥雷斯特·皮尼跟梅森在撒丁岛的头目卡洛从来就意见不合。卡洛是个职业人口贩子。

卡洛·德奥格拉西亚斯是个脸色红润的壮实汉子，戴一顶阿尔卑斯帽，帽带上插一根野猪鬃毛。他有个习惯，外衣口袋里总放一对公鹿牙，常拿出来咬上面的软骨。

卡洛是撒丁岛古老的拐卖人口业的头子，也是职业的复仇杀手。

有钱的意大利人会告诉你，要是被人绑票勒索赎金，最好是落在撒丁岛人手里。他们至少是职业的，不会因为慌乱或是偶然的原因杀掉你，你的家人给了钱你就可以完完整整地回家，不会遭到强奸或下了部件。你要是不给钱，你的家人也可以指望收到邮寄回来的你的一块块尸体。

卡洛对梅森的那种烦琐安排也不满意。他在这方面是有经验的。二十年前他在托斯卡纳还真拿人喂过猪。那是个退休的纳粹分子，冒牌伯爵，强奸过托斯卡纳农村的男女儿童。卡洛受雇干了这事。那人住在距离帕西尼亚诺寺院不到三英里处，卡洛从他的花园里把他抓了来，带到科尔蒂山下的一个农场，给五头大型家猪吃。那纳粹分子双脚在猪栏里，想挣脱绳索，哀求着，满身大汗。虽然他三天没有给猪东西吃，猪群还是胆小，不敢咬那人扭动的脚趾。最后，卡洛只好忍住违背合同文字所引起的良心折磨，先给纳粹喂了些猪最喜欢吃的绿叶菜，然后割断了纳粹分子的喉咙，款待了猪群。

卡洛天性快活，精力旺盛，但是制片人的存在却叫他难受——那镜子是他按照梅森·韦尔热的命令从他在卡利亚里的一家妓院拿来的，不过是为了款待奥雷斯特·皮尼这位色情片制片人。

那镜子是送给奥雷斯特的礼物。那人拍色情片时喜欢用镜子。他在毛里塔尼亚拍的那部唯一的正派电影（也是蹩脚电影）里也用了镜子。印在汽车反光镜上的警告给了他灵感，他开始用凸透镜镜头使某些对象比不用镜子时显得大了许多。

按照梅森的指示，奥雷斯特必须用两套音响效果良好的摄影器材一次拍摄成功。除了其他东西之外，梅森还要求连续不断的面部特写镜头。

奥雷斯特在卡洛眼里似乎在不停地啰唆。

"你可以就站在那儿像女人一样对我叽叽喳喳，要不然就看着我干，不懂的再问。"卡洛告诉他。

"我要拍下你的活动。"

"Va bene（那好），你就摆好你那臭玩意，咱们动手。"

奥雷斯特安排摄像机时，卡洛和三个不出声的撒丁岛人也在做准备。

喜欢钱的奥雷斯特总是为钱所能买到的东西感到惊讶。

卡洛的弟弟马泰奥在棚子边的一个支架桌上打开了一卷旧衣服，从里面选了一件衬衫和一条裤子。这时另外一对撒丁岛兄弟皮耶罗·法尔乔内和托马索·法尔乔内推了一张救护车用轮床进了棚子，又小心地推过了草地。轮床肮脏破烂。

马泰奥已经准备好了几桶绞肉、几只带毛的死鸡、一些已经在吸引苍蝇的坏水果和一桶牛肚及牛肠。

马泰奥把一条破旧的咔叽裤子放在担架上，开始往里面塞鸡、肉和水果，然后又拿出一双棉手套，用绞肉和橡实塞满——每根指头都仔细塞满，放在裤脚下面，又选了一件衬衫跟这些东西配套，摆在担架上，用牛肚和牛肠塞满，再用面包完善轮廓，扣上衬衣扣子，把前后摆细心地塞进裤子，袖子上再接两只塞满的手套。脑袋是用西瓜做的，上面套着假发，在当作脸的地方装满绞肉，加上两个煮熟的鸡蛋做眼睛。做完之后的成果看上去像个胖乎乎的人体模特儿，放在轮床上比跳楼自杀的人的样子还好一点。最后的加工是，马泰奥喷了一些极贵重的剃须香水在西瓜前面和袖子下的手套上。

奥雷斯特瘦长的助手正靠在栅栏上，把摄影活动架上的麦克风伸到猪栏里，计算它能够伸进去多远。卡洛用下巴指了指他说：

"告诉你那宝贝娃娃,他要是栽进了猪栏,我可不会进去救他。"

一切终于就绪。皮耶罗和托马索把轮床降到最低的位置,把那东西的双脚交叉推到猪圈门口。

卡洛从屋里带来了一个磁带录音机和一个单独的扩音器。他有很多磁带,有些是他自己在割掉被他绑架的人的耳朵时录的,用来寄给其家人。卡洛总在猪吃东西时放给它们听。有了真正的对象提供的叫喊声,他就不再用磁带了。

棚子下的柱子上挂了两个室外大喇叭。阳光明亮地照在宜人的绿草坡上,绿草坡一直伸向森林。包围了绿草坡的结实栅栏也一直延伸到树林里。正午时分万籁俱寂,奥雷斯特可以听见一只木蜂在棚子顶下嗡嗡地飞。

"准备好了吗?"卡洛说。

奥雷斯特亲自打开固定好的摄像机。"Giriamo.(拍吧。)"他对摄影师说。

"Pronti!(准备!)"回答传来。

"Motore!(马达!)"摄像机转动起来。

"Partito!(开机!)"声音随着胶卷转动。

"Azione!(拍摄!)"奥雷斯特戳了一下卡洛。

撒丁岛人一摁录音机按钮,一声惨烈的尖叫发出,抽泣着,乞求着。摄像师被那声音吓得一抖,然后镇定下来。那尖叫令人毛骨悚然,但对从树林里冲出来的那些面孔却是一支恰当的序曲。它们正被那宣布进餐的尖叫召唤出来。

32

一天之内从日内瓦往返,去看看钱。

去米兰的定期短途班机是一架呼啸着的高空喷气机,一大早就升入佛罗伦萨的高空,飞过了葡萄园。葡萄的行距很宽,像开发者粗糙的托斯卡纳模型。景物的颜色有问题——有钱外国佬的别墅边的游泳池里,水蓝得不正常。对从窗户望出去的帕齐来说,游泳池是英国老头眼睛那浑浊的蓝色,跟周围深绿色的柏树和银色的橄榄树色调相左。

里纳尔多·帕齐的精神也随着飞机翱翔起来。他心里明白他在现有的工作岗位上是无法熬到领老年退休金的,因为那得听从警局上级的任意安排。

他曾经非常害怕莱克特博士在弄死面疙瘩之后会消失。他在圣十字教堂再次发现莱克特的工作灯光时颇有得救之感;那博士还相信自己是安全的。

吉卜赛人之死在平静的警局没有泛起什么波澜;大家都相信这事跟吸毒有关。幸好他身边有扔掉的注射针头,这在佛罗伦萨已是司空见惯,那样的针头可以无偿供应。

帕齐坚持要去看看钱。

以视觉见长的里纳尔多·帕齐完全记得种种景象：第一次看见自己的生殖器勃起，第一次看见自己流血，第一次看见女人的裸体，第一次看见揍他的拳头的模糊影子。他还记得偶然走进锡耶纳一个教堂的小礼拜堂里，意外地看见了锡耶纳的圣凯瑟琳那个成了木乃伊的头放在圣物箱里，头上那洁白无瑕的修女头巾像个礼拜堂。

看见那三百万美元时的印象跟上述的东西给他的印象一样。

三万张扎捆好的、号码无序的百元美钞。

在日内瓦瑞士信贷银行一间小礼拜堂般严肃的小屋里，梅森·韦尔热的律师让他见到了钱，是用车从保险库推来的。四个上了锁的厚箱子，有青铜的号牌。瑞士信贷银行还提供了一台数钞机、一台天平和一个操作机器的职员。帕齐把那职员打发走。他用两只手摸了摸钱。

里纳尔多·帕齐是名非常能干的侦探。他追踪抓捕了二十年的骗术家。他站在钱面前，听着对钱的种种安排，侦察不出虚假的调子。只要他把汉尼拔·莱克特交给他们，梅森就会给他钱。

帕齐心里一阵冲动，甜丝丝，暖烘烘的。他明白这些人不是闹着玩的，梅森·韦尔热真会给他钱。他对于莱克特的命运不抱幻想。他知道自己是在把那人出卖给酷刑和死亡。帕齐对自己承认了要干的是什么事，毕竟还是不错的。

我们的自由比魔鬼的生命更有价值，我们的幸福比魔鬼所受的酷刑更有分量，他以万劫不复者的冷酷自私地思考道。那"我们"究竟是众官员，还是里纳尔多·帕齐和他的妻子呢？难以回答。答案可能不止一个。

在这个擦洗得如修女的头巾一样一尘不染的瑞士房间里，帕齐许下了最后的誓言。他从钱那儿转过身子，对律师科尼先生点了点头。律师从第一箱里数出了十万元，交给了帕齐。

科尼先生对一个电话筒短地说了两句,把它递到帕齐手上。"这是一条用密码联系的陆上线路。"他说。

帕齐听见的美国口音有一种独特的节奏,话语匆匆挤在一口气里,中间夹着停顿,没有爆破音。那声音听得帕齐多少有些糊涂,仿佛自己也跟说话人一起在吃力地呼吸。

没有寒暄,直扑问题。"莱克特博士在哪里?"

一手拿钱一手拿话筒的帕齐没有犹豫。"他在佛罗伦萨,是个研究卡波尼邸宅的人。他是……馆长。"

"请你把你的身份透露给科尼先生,把电话交给他。他在电话里是不会说你的名字的。"

科尼先生查了查口袋里的名单,对梅森说了个事先约定的暗语,又把话筒递给了帕齐。

"等他活着落到我们手里,你就能得到剩下的款子。"梅森说,"用不着你亲自去抓那博士,但是你要把他指给我们,让我们抓住。我还要你手里的文件,你手上有关他的一切东西都要。你今天晚上就回佛罗伦萨吗?你今天晚上就可以得到有关在佛罗伦萨附近见面的指示,见面不会晚于明天晚上。在那儿你就会得到来抓莱克特博士的人的指示。他会问你是否认识一个卖花的人,你就回答所有卖花的人都是小偷。听懂了吗?我要你跟他合作。"

"我不希望莱克特博士在我的……我不希望他在佛罗伦萨附近被……"

"我理解你的忧虑。别担心,他不会的。"

电话断了。

几分钟的书面工作之后,两百万美元被交付给了第三方保存,一旦条件完成立即可以付给他。那钱梅森·韦尔热不能够取回,但是帕齐要到手却要梅森的许可。被召到屋里来的一名瑞士信贷银行官员通知帕齐,如果他愿把那笔款子转为瑞士法郎，存入该行，该行将向他收取逆利息，并就第一个十万付给他3%的复利。官员交给了帕齐一份Bundesgesetz über Banken und Sparkassen[①]（瑞士联邦银行和信贷银行法规）第47条的复印件，是有关银行保密的规定，同时同意如果帕齐愿意，款项一旦让渡就把钱电汇到新斯科舍省[②]或开曼群岛。

帕齐当着一个公证人的面表示同意，如果他死亡，他妻子的签字可以代替他对他的账号生效。工作结束时只有瑞士银行官员伸手和他握手；帕齐和科尼没有彼此直接望一眼，虽然科尼先生到了门口还是说了声再见。

到家前的最后旅程。从米兰起飞的定期短途班机躲避着一场疾风暴雨。飞机在帕齐这一侧的推进器映衬在灰黑的天空里，是个阴暗的圆弧。他们在雷电中掠过了古老的城市，大教堂的钟楼和圆顶来到了身下。薄暮里，电灯亮了。一阵电闪雷鸣，有如帕齐儿时记忆中的模样。那时德国人炸掉了阿尔诺河上除了古桥之外的全部桥梁。一个记忆有如闪电般瞬息出现，那时他还是个孩子，看见一个被抓住的狙击手被铁链锁在了带链圣母身边。他快要被枪毙了，做着祈祷。

帕齐，古老的帕齐家族的帕齐，在雷电带来的臭氧味里穿过，在机身里感受着隆隆的雷声。古老帕齐家族的帕齐回到了古老的城市，带着与时间同样古老的目的。

---

① 德语。
② 加拿大东南部的一个省。

33

里纳尔多·帕齐恨不得守着他在卡波尼邸宅的战利品片刻不离,但是办不到。

看见了钱心里还在狂欢的帕齐不得不赶快穿上宴会礼服,到一个期待已久的佛罗伦萨室内乐团的音乐会上去跟妻子见面。

十九世纪建成的皮科洛米尼大戏院是威尼斯凤凰剧院建筑的摹本,只是小了一半。那是一个金碧辉煌的巴洛克式①的"珠宝箱",精美的天花板上长翅膀的天使嘲弄着空气动力学的法则。

剧院的华丽是一件好事,因为演出者往往需要一切可能的帮助。

佛罗伦萨总用那城市对艺术的高不可攀的标准来衡量音乐,那是不公正的,却也无法避免,因为佛罗伦萨人是一个巨大的学养深厚的音乐爱好者群体,在意大利很典型,但他们有时却因缺少音乐家而感到饥渴。

帕齐在前奏曲结束后的掌声中溜到他妻子身边的座位上。

---

① 一种华丽的装饰风格,盛行于十六世纪至十八世纪中叶。

她把香喷喷的面颊向他偎去。她穿的晚礼服很暴露,足以从乳沟散发出一股暖香;她把乐谱放在他给她的别致的封套里。望着她,他不禁百感交集。

"换上了这个新的中音小提琴手以后,乐队的水平提高了一倍。"她对着帕齐的耳朵说。这个出色的 viola da gomba (中音小提琴) 手代替了一个蹩脚得令人生气的人——索利亚托的一个表弟。几个礼拜以前那人突然莫名其妙地失踪了。

洁净的、系着白领带的汉尼拔·莱克特博士独自一人从高高的包厢往下观望。他的脸和衬衫前胸好像在暗淡的包厢里漂浮,周围是巴洛克雕塑的镀金装饰。

第一个乐章结束时灯光亮了一会儿,帕齐找到了莱克特博士。帕齐的眼睛还没有离开他,博士的脑袋却像猫头鹰一样转了过来,碰上了他的目光。帕齐下意识地猛捏了一下妻子的手。她回头望了他一眼。从此以后帕齐坚决把眼睛放在了舞台上。他被妻子握住的手的手背靠着她的大腿,暖融融的。

半场休息,帕齐从吧台回来、递给妻子一杯饮料时,莱克特博士正站在他妻子身边。

"晚上好,费尔博士。"帕齐说。

"晚上好,Commendatore (长官)。"博士说。他的头微微前倾,直到帕齐不得不做了介绍。

"劳拉,请让我向你介绍费尔博士。博士,这是帕齐太太,我的妻子。"

习惯于因漂亮而受到赞美的帕齐太太发现随后的感觉美妙得出奇,尽管跟她丈夫的感受大不相同。

"谢谢你给了我这样的恩典,Commendatore。"博士说。他在向帕齐太太的手弯下身子之前露了露他那红而尖的舌头。他那嘴唇离她的皮肤也许比佛罗伦萨的习俗稍近了一些,肯定可以让她感觉到他的呼吸。

他的眼睛在他那光滑的头抬起前向上看着她。

"我觉得你特别欣赏斯卡拉蒂①呢,帕齐先生。"

"是的,很欣赏。"

"看见你跟着乐谱听音乐真令人愉快。现在这么做的人很少了。我希望这能引起你的兴趣。"他从腋窝下取出一个纸夹。那是一份写在羊皮纸上的乐谱,是手抄本。"这是罗马嘉普兰尼卡剧院的乐谱,写于1688年。"

"Meraviglioso!(太棒了!)你看看,里纳尔多!"

"演奏第一乐章时我跟着听了,注意到现代乐谱跟这个乐谱有些不同,"莱克特博士说,"在演奏第二乐章时你跟着谱看看,会很有趣的。你拿着吧。我任何时候都可以从帕齐先生那儿取回的——你同意吗,Commendatore?"

帕齐回答时博士显得非常非常深沉。

"只要你喜欢就行,劳拉。"帕齐说,他沉吟了一会儿,"你要到研究会去演说吗,博士?"

"对,实际上是在星期五。索利亚托迫不及待要看我丢脸呢。"

"我得上一趟老城,"帕齐说,"那时我再给你送乐谱来。费尔博士为了一顿晚饭还得到研究会的恶龙们面前去唱歌呢,劳拉。"

"你一定会唱得很好的,博士,我相信。"她说,用那双大大的黑眼睛望着他——并不出格,但差不多要出格了。

莱克特博士露出他那小小的白牙笑了。"夫人,如果'天上的花朵'由我来制造,我就给你戴上好望角最好的钻石。星期五晚上见,Commendatore。"

帕齐看准了博士已经回到包厢,便再也没有看他,直到散场时在戏院门口和他挥手告别。

"我给你的生日礼物就是'天上的花朵'。"帕齐说。

"是的,我非常喜欢,里纳尔多,"她说,"你的鉴赏水平高得惊人。"

---

① 意大利有两个著名的斯卡拉蒂,是父子两人,都是作曲家。父亲叫亚历山德罗·斯卡拉蒂(1660—1725);儿子叫多梅尼科·斯卡拉蒂(1685—1757)。

34

因普朗内塔是一个古老的托斯卡纳市镇,圆顶建筑用的瓦就是在那儿烧制的。那里的陵墓即使是晚上也能从几英里外的山顶别墅看见,因为陵墓上有长明灯。周围的光线微弱,但是观光者仍然可以在死者之间辨认出路来。不过,读墓志铭却得用手电。

里纳尔多到达时差五分九点,手上拿了一束鲜花,准备随便放到哪座墓上。他在坟墓间的砾石路上走着。

他虽然没有看见卡洛,却已感到他的存在。

卡洛在一座高过人头的坟墓后说话了。"你知道城里有好的花店吗?"

这人的口音像撒丁岛人,对,他也许对自己要干的事很内行。

"花店的人全是小偷。"帕齐回答。

卡洛不再偷看,立即从大理石建筑后面绕了出来。

帕齐一看便觉得他凶残。膀阔腰圆,矮壮有力,机灵到了极点,穿一件皮背心,帽子上插一根野猪鬃毛。帕齐估计自己的手比卡洛要长出三英寸,身材比他要高出四英寸,体重不相上下。卡洛少了一根指头。帕齐估计在警局只需五分钟就可以查出他的犯罪记录。两人都自下往上被墓灯照着。

"他的屋子有很好的报警系统。"帕齐说。

"我去看过了。你得把他指给我看。"

"明天晚上他要到一个会上去演说,星期五晚上,来得及吗?"

"很好。"卡洛想压一压警官,好控制他,"你跟他一起走,怕不怕?拿了钱是要做事的,你得把他指给我看。"

"小心你的嘴。我拿了钱要做事,你拿了钱也是要做事的。否则你退休后的时光就只好到伏特拉去受罪了。那可是你自讨苦吃。"

卡洛工作时对于疼痛的惨叫和受气都已习以为常。他发现自己低估了这位警官,便摊开双手。"你得告诉我我所需要知道的东西。"一对夫妻手拉手从小道上经过,卡洛走到帕齐身边,两人仿佛一起在小陵墓前默哀。卡洛脱下了帽子,两人低头站在那里。帕齐把花放到了陵墓的门旁。卡洛暖和的帽子里传出一股气味,是臭味,像是用没骟过的动物的肉做的香肠。

帕齐抬起脸避开那味儿。"莱克特动刀很快,喜欢攻击下身。"

"他有枪没有?"

"我不知道,只知道他没有用过。"

"我可不想把他从车里拖出来。我要他在大街上,附近人不多。"

"你怎么控制他?"

"那是我的事。"卡洛把一根鹿牙放到嘴里,咬着软骨,不时地让鹿牙伸到嘴唇外。

"可那也是我的事。"帕齐说,"你们怎么做?"

"先用豆袋枪打昏,再用网网起来,然后必须给他打一针。我得立即检查他的嘴巴,怕齿冠下有毒药。"

"他要到一个会上去演讲。七点,在韦基奥宫。如果星期五他在圣十字教堂的卡波尼小礼拜堂工作,他就得从那儿步行到韦基奥宫去。佛罗伦萨你熟吗?"

"熟。你能给我找一张老城区的行车证吗?"

"能。"

"我可不到教堂去抓他。"卡洛说。

帕齐点点头。"最好是让他在会议上露露面,然后也许两个礼拜都不会有人想起他。我有理由在会后陪他回卡波尼邸宅——"

"我不愿意到他屋里去抓他。那是他的势力范围,他熟悉我不熟悉。他会警觉的,在门口四下张望。我要他在大街的人行道上。"

"那你就听我说吧——我跟他从韦基奥宫大门出来时,韦基奥宫靠狮子街那道门已经关闭,我跟他走黑街过圣恩桥到河对面。那里的巴尔迪尼博物馆前面有树,可以挡住路灯灯光。那时学校早放学了,很安静。"

"那就定在巴尔迪尼博物馆前面吧。但是我如果有了机会,是有可能在离韦基奥宫不远的地方提前抓他的;如果他调皮想溜,我也可能白天就抓他。我们可能坐一辆救护车。你陪着他,豆袋枪一打中他,你就尽快溜走。"

"我想让他离开托斯卡纳的时候别生事端。"

"相信我,他会从地球表面消失的,*双脚冲前*。"卡洛因自己这句私下里的俏皮话笑了,微笑时露出了嘴里的鹿牙。

35

星期五早晨。卡波尼邸宅阁楼的一间小屋子。粉刷过的墙壁有三面空着,第四面墙上挂了一幅巨大的十三世纪圣母像,是契马布埃画派的作品,在小屋里显得特别巨大。圣母的头向签名的角度低着,有如一只好奇的鸟。圣母那双杏眼望着睡在画下的一个小小的身子。

汉尼拔·莱克特博士,睡监狱和疯人院小床的老手,在那窄小的床上双手放在胸前睡得很安详。

他眼睛一睁便突然完全清醒过来。他那早已死亡和消化掉的梦,对他妹妹米莎的梦,轻松地转化成了眼前的清醒:对那时的危险和此刻的危险的清醒。

知道自己的危险并不比杀死那扒手更叫他睡不着觉。

此刻他已为这一天着好了装。瘦小的身子穿一套极其考究的深色丝绸服装。他关掉了仆役用的楼梯顶上的活动监视器,下楼来到邸宅巨大的空间里。

现在他自由了,可以来往于这宫殿无数房间的广漠寂静里了。在经过地下室牢房多年的囚禁之后,这自由永远叫他沉醉。

正如圣十字教堂或韦基奥宫的满是绘画的墙壁总有圣灵流溢一样,莱克特博士在满是资料柜的高墙下工作时,卡波尼图书馆的空气里便总有幽灵游荡。他选择羊皮纸卷轴,吹掉灰尘,灰尘的微粒在太阳的光柱里飘飞,此刻已经化为飞灰的死者便仿佛在争着告诉他他们的命运和他的命运。他工作得很有效率,但是并不匆忙。他把东西放进提包,收拾好今晚在研究会演讲所需的书本和图片。他有太多的东西想到那里去朗读。

莱克特博士打开了他的便携式电脑,接通了米兰大学的犯罪学系,检查了万维网上联邦调查局网址 www.fbi.gov 的主页。那是任何公民个人都可以做的事。他发现,司法小组委员会对克拉丽丝·史达琳流产的毒品侦缉突击案的听证会还没有安排日程。他没能找到通向联邦调查局他自己的案子所需的密码。在重案通缉页上,他过去的面孔在一个炸弹犯和一个纵火犯之间望着他。

莱克特博士从一堆羊皮纸里拿起了那张色彩鲜明的小报,看着封面上克拉丽丝·史达琳的照片,用手碰了碰她的脸。出现在他手里的明亮的刀片好像是他培植出来用以代替他那第六根指头的。那刀子叫哈比①,刀刃呈爪形,带锯齿。哈比刀轻松地破开了《国民闲话报》,就跟破开了那吉卜赛人的股动脉一样轻松——在吉卜赛人身上飞快地进出,以至于用完根本不用擦拭。

莱克特博士裁下了克拉丽丝·史达琳的脸,贴在一张空白羊皮纸上。

他拿起一支笔,在羊皮纸上流畅自如地画了一只长翅膀的母狮子,一只长着史达琳的脸的飞狮。他在下面用他那与众不同的印刷体写道:克拉丽丝,你曾经想过吗?为什么非利士人不了解你?因为你是参孙的谜语的

---

① 希腊罗马神话中一种脸及身躯似女人,而翼、尾、爪似鸟的怪物,生性残忍贪婪。

答案：你是狮子里的蜜。①

十五公里以外，卡洛·德奥格拉西亚斯为了隐蔽，把车停在了因普朗内塔的一道石头高墙后。他检查了一下装备。他的弟弟马泰奥跟皮耶罗和托马索（另外两个撒丁岛人）在柔软的草地上练了几套柔道擒拿术。法尔乔内弟兄都很健壮——皮耶罗·法尔乔内曾经在卡利亚里职业足球队踢过几天球，托马索·法尔乔内学过做牧师，英语说得不错。他有时也给被他们残害的人做祷告。

卡洛那辆挂罗马车牌的白色菲亚特货车是合法租来的，他们准备给它挂上慈善医院的招牌。车壁和地板都垫着搬家用的垫子，以防对象在车里挣扎。

卡洛打算准确按照梅森的计划办事。但是万一计划出了问题，他不得不在意大利杀掉费尔博士，使撒丁岛拍片的计划落空，也还不至于全盘失败。卡洛知道他可以杀掉莱克特博士，并在一分钟之内切下他的头和手。

即使连那也来不及，他还可以切下生殖器和一根手指。经过DNA测试，那些东西仍然可以做证。用塑料密封袋加冰包装在二十四小时之内就可以送到梅森手里，这样，除了佣金之外他总还可以得到一笔报酬。

座位后面秘密隐藏了一把电锯、一把长柄金属剪、一把外科手术刀、几把锋利的普通刀具、几个塑料拉链口袋、一套布莱克德克公司的"好朋友"捕捉衫，用以束缚博士的双手，还有一个事先付费的DHL航空快递箱，博士的脑袋估计重量是六公斤，每只手一公斤。

---

① 参孙是以色列人的士师，大力士，青年时到亭拿去看他心爱的姑娘，在葡萄园遇见狮子，空手将狮子杀死。第二次再去亭拿时见死狮子肚里有一群蜂和蜜，他便吃了蜜，也把蜜带给了自己的父母但并未说出其出处。后来在婚宴上，参孙给陪伴他的三十个非利士人出了一个谜："吃的从吃者出来，甜的从强者出来。"见《圣经·旧约·士师记》第十四章。非利士人一词亦有平庸之人、庸人的意思，故此处一语双关。

如果卡洛能有机会用摄像机拍下意外杀死莱克特博士的场面,他相信梅森即使已经为博士的头和手付出了一百万,也还会肯另外出钱看莱克特博士被活生生杀死的镜头。为此,卡洛为自己配备了摄像机、照明电源和三脚架,而且教会了马泰奥粗浅的使用方法。

对抓捕设备他也同样做了精心安排。皮耶罗和托马索都善于用网,现在那网已经像降落伞一样精细地收拾好了。卡洛有麻醉针,也有上了膛的动物麻醉枪。使用动物麻醉剂亚噻扑罗玛嗪,可以把像莱克特博士那么大个子的野兽在几秒钟之内麻翻。卡洛告诉帕齐他打算先开豆袋枪,那枪已经上膛。但是他如果在任何地方有机会把麻醉针扎进莱克特博士的屁股或大腿,豆袋枪就可以免了。

带着俘虏的绑架人员在意大利大陆停留的时间只需四十分钟左右,也就是开车到比萨的喷气机机场的时间。那里有一架救护机等候。佛罗伦萨机场的跑道要近一些,但是那儿飞机的起飞降落少,私人飞机容易引起注意。

他们可以在一个半小时之内到达撒丁岛,在那儿,博士的欢迎委员会正胃口大开。

卡洛那聪明而臭烘烘的脑袋早盘算过了。梅森不是傻瓜,他给的报酬是有周到考虑的,不会让里纳尔多·帕齐受到伤害。卡洛要杀掉帕齐独吞报酬得另外花钱,而梅森又不喜欢警官之死所引起的轩然大波。还是按照梅森的办法办吧。但是卡洛一想到若是自己抓住莱克特博士,用锯子锯他,便禁不住浑身痒痒。

他试了试电锯,一拉就启动。

卡洛跟几个人商量了一下,骑上一辆小摩托进城去了,只带了一把刀子、一支枪和一支皮下注射飞镖。

莱克特博士经过了热闹的街道,早早来到了新圣马利亚药房,那是世界上最香的地方之一。他微闭了双眼,后仰着头,站了几分钟,呼吸着美妙的香皂、香膏、香脂和工作间里原料的馨香。看门的对他已习惯了,一向多少有点傲慢的职员们也非常尊重他。在佛罗伦萨的几个月里,彬彬有礼的费尔博士在这儿买的东西总计不到十万里拉,但他对香水和香精挑选搭配的鉴赏力,却叫靠鼻子吃饭的商人们感到惊讶,也感到满意。

为了保留嗅觉的快乐,莱克特博士在改变鼻子形状时只用了外用的胶原蛋白,没有用别的整鼻术。空气对他来说是满载了各式各样的香味的,不同的香味跟不同的颜色一样有着明确的、清楚的差异。他可以给空气浓涂淡抹,像在湿润的色彩上着色一样。这儿没有了监狱里的东西;这儿空气就是音乐,有等待提炼的乳香的苍白的泪,有黄色的佛手、檀香、肉桂和含羞草水乳交融的馨香在一个恒久的基调上飘荡,那基调是真正的龙涎香、灵猫香、海狸香和麝香。

莱克特博士有时有一种幻觉:他可以用手、手臂和面颊闻到香味;他浑身都有馨香弥漫。他可以用脸,用心闻到香味。

药房有精美的艺术装置,有柔和的灯光。莱克特博士站在那灯光下呼吸着、呼吸着,这时零碎的记忆便从他心里闪过。这儿没有从监狱里来的东西,除了——除了什么?除了克拉丽丝·史达琳之外。为什么?那不是他在她打开手袋时闻到的"时代香水"味——那时她在疯人院他笼子的栏杆边。不是,那香水在这家药房没有卖的。也不是她的润肤霜味。啊,sapone di mandorle(杏仁香皂),这家药房有名的杏仁香皂,他在什么地方闻到过?在孟菲斯,那时她站在他的囚牢外面,在脱逃以前他曾匆匆碰过一下她的手指。那么,就是史达琳了。清洁、精美、细嫩,棉布是太阳里晒干后熨烫过的。那么,就是克拉丽丝·史达琳了。诱惑,性感。她那份正经味很沉闷;她那些原则也荒谬;但她天生颖悟敏捷。唔——

另一方面，莱克特博士不愉快的记忆也总联系着不愉快的气味。在这儿，在这家药房里，他也许距离自己记忆宫殿底层那难闻的黑牢最最遥远。

跟他寻常的做法不同的是，他在这个灰色的星期五买了许多香皂、香膏和浴液。他自己留了一点，其余的让配药店寄出去。他亲自用他那一手与众不同的印刷体字填写了包裹单。

"博士要不要写张条子？"店员问。

"为什么不呢？"莱克特博士回答，把折叠好的飞狮画像塞了进去。

新圣马利亚药房附属于天平街的一所修道院，一向虔诚的卡洛脱下帽子躲到了药房门口的圣母马利亚像下面。他注意到，休息室内几道门形成的空气压力总是在有人出来之前几秒钟把外面的门推开。这就给了他时间在每一个顾客离开时躲起来进行观察。

莱克特博士提着他薄薄的公事包出来时，卡洛躲到了一个明信片摊后面。博士开始往前走，经过圣母马利亚像前时抬起了头，望着雕像，翕动着鼻翼，嗅了嗅空气。

卡洛以为那可能是一种虔诚的姿态。疯子常常虔诚，他不知道莱克特博士是否也虔诚。也许他会让博士最终诅咒上帝——那可能会叫梅森高兴。当然，他得把虔诚的托马索打发到听不见诅咒的地方去。

里纳尔多·帕齐在近黄昏时给妻子写了一封信，信里附了他试写的一首十四行诗，是在他们恋爱的早期写的，当时没好意思送给她。在信里他装了提取由第三方保存在瑞士的款项的密码，还有一封是在万一梅森要违背诺言时给梅森的信。他把信放在了一个只有妻子收拾他的遗物时才会发现的地方。

六点钟,他骑了小摩托车来到巴尔迪尼博物馆,把车用链子拴在一道栏杆上。那儿最后的一批学生在取自行车。他看见博物馆附近停了一辆有救护车标志的白色货车,估计那可能就是卡洛的车。车里坐着两个人,帕齐一转身便感到那两人在观察他。

他有很多时间。路灯已经亮了。他穿过博物馆可以利用的树影,缓缓向河边走去。过了圣恩桥他对缓慢流淌的阿尔诺河凝望了好一会儿,做了他有时间做的最后一次长久的思考。夜很黑,那就好。低低的云层向东掠过佛罗伦萨,刚好拂着韦基奥宫那残酷的尖铁。越来越大的风刮得圣十字教堂广场上的鸽粪粉灰和沙砾打着旋。帕齐此刻正从那儿经过,他的口袋沉重,因为有一把.38贝雷塔枪、一根扁平皮警棍和一把刀。那刀是准备在需要立即杀死莱克特博士时戳进他身子里去的。

圣十字教堂下午六点关门,但是一个教堂执事让帕齐从教堂正面附近的一道小门走了进去。帕齐不想问他费尔博士是否在工作,只是小心地走着,自己去看。沿着祭坛墙壁燃着的蜡烛给了他足够的光。他走完了十字形教堂长长的厅堂,来到了可以看见它的右长廊的地方。沿着还愿蜡烛光走时,很难看清费尔博士是否在卡波尼家族祈祷室。现在,帕齐在右长廊静静地走着,观察着。一个巨大的黑影猛然从祈祷室的墙壁上跳了起来,吓得帕齐闭了气。那是莱克特博士对着地板上的灯光俯下身子,正拓着拓片。博士站了起来,身子不动,转动着脑袋,像枭鸟一样往黑暗里望着,工作灯从下面照着他,身后的黑影巨大。然后那影子又从墙壁上缩小下去。莱克特博士弓下身子工作去了。

帕齐感到衬衫下的背上流着汗,脸上却冰凉。

离韦基奥宫的会还有一小时,帕齐打算晚一点到演讲会去。

帕齐家族祈祷室是布鲁内莱斯基在圣十字教堂为帕齐家建造的。因为那严峻的美它成了文艺复兴艺术的一种光荣。在这里,方形和圆形水乳交融，是一座与圣十字教堂的圣堂分离的建筑，只能从带拱门的走廊进去。

帕齐跪在帕齐家族祈祷室的石头上祷告起来。跟他相像的德拉·罗比亚舞俑群像从高处俯瞰着他。他感到自己的祷告受到了祈祷室天花板上那圈使徒的压制，却又以为那祷告也许会从他身后黑暗的走廊溜走，再从那里飞进辽阔的天空，到达上帝的耳朵。

他费了点力气在心里描绘出他用卖掉莱克特博士得到的钱可以做的善事。他看见自己和妻子把硬币给一些娃娃，把某些医疗器械赠送给医院。他看见了加利里海的波涛，在他眼里那地方很像切萨皮克。

他向四面望望，见没有人，又高声对上帝说道："谢谢你，天上的父，容许我从你的大地上消灭这个恶魔，这个魔中之魔。我们将拯救许多人的灵魂于痛苦，我以他们的名义向你表示感谢。"他所用的"我们"究竟是指警察局还是上帝跟帕齐的搭档，不很清楚，其答案也许不止一个。

他那不友好的部分自己却对帕齐说，他跟莱克特博士都是凶手，面疙瘩是被他俩合谋杀死的，因为帕齐见死不救，在死亡降临时，堵住了面疙瘩的嘴，并感到如释重负。

祷告给了他一些安慰，帕齐心事重重地离开了祈祷室。他沿着走廊穿出黑暗的修道院时明显感到有人在跟踪。

等候在米科洛米尼邸宅屋檐下的卡洛跟了上来，两人很少搭话。

两人从韦基奥宫背后走，看清楚了通向狮子街的韦基奥宫后门和后门上方的百叶窗都已关闭。唯一开着的是韦基奥宫大门。

"我们从这儿出来，下台阶，再从这儿绕过，就到黑街了。"帕齐说。

"我跟我弟弟在广场的敞廊那边，我们会远远跟着你们，别的人都在巴尔迪尼博物馆。"

"我看见他们了。"

"他们也看见你了。"卡洛说。

"豆袋枪的声音不会太大吧?"

"不太大,不像枪,但是能听得见,他会立即倒下的。"卡洛没有告诉他,当他和莱克特博士走在路灯下时,皮耶罗就打算在博物馆前的阴影里向他们开豆袋枪。卡洛不愿意帕齐避开博士,实际上他一离开就是对博士的警告。

"你得向梅森确证你已经抓到了他,你今天晚上就得告诉他。"帕齐说。

"别担心,这个鸟人今天晚上会整夜在电话里向梅森求饶的。"卡洛说着斜瞄了一眼帕齐,希望看见他内疚不安,"开头他会向梅森恳求饶恕,不一会儿工夫他就会求他杀死他了。"

36

夜幕快要降临,韦基奥宫里最后的游客被催出了门。许多游客在分散穿过广场时都感到那中世纪城堡的阴影落在他们的背上,于是都不得不回头最后再望一眼那巍然矗立在他们头顶的南瓜灯牙齿一样的雉堞。

水银灯亮了,灯光流泻在粗糙陡峻的石壁上,鲜明地勾勒出了雄峙的雉堞的轮廓。燕子回巢之后,最早的蝙蝠出现了,惊扰着它们的狩猎的主要是修缮工电动工具的高频率尖叫,而不是灯光。

韦基奥宫里的维护和修缮还要继续进行一个小时,睡莲厅里除外。莱克特博士正在睡莲厅跟修缮工工头谈话。

习惯于艺术委员会的罚款和苛求的工头发现博士彬彬有礼,而且出手阔绰。

几分钟之后工人们已开始收拾他们的设备。他们从墙壁边挪开了地板磨光机和空气压缩机,不让它们挡路,同时卷起绳索和电线。他们很快就把研究会的折叠椅安排好了——只有十来把;窗户也打开了,让颜料、油漆和镀金材料的气味消散。

博士坚持要一个合适的演讲台，他们在客厅附近尼科洛·马基雅维利①当年的办公室里找到了一个跟布道台差不多大的台子，用手推车跟韦基奥宫的高射投影器一起拉了过来。

配合投影器的幕布太小，不合博士的需要，他把它打发走了。他想出的代替办法是把影像按真人大小投射到用来保护已修缮过的墙壁的帆布上。他在调整好挂钩、拉平褶皱之后发现那帆布很能满足他的需要。

他在演讲台上堆了些厚书，在几本书里做好了标记，然后站在窗前，背对着屋子。这时研究会的人穿着满是灰尘的深色服装到来了，坐下了。他们把半圆形排列的椅子排成了更像陪审团座位的格局，明显表现出沉默的怀疑。

莱克特博士从高峻的窗户望出去，可以看见圆顶与乔托②钟楼映衬在西方天空下的黑影，但是看不见它们下面但丁喜爱的洗礼堂。向上射来的水银灯也使莱克特博士无法看见黑暗的广场，那儿有几个刺客在候着他。

这些学者——世界上最有名的中世纪及文艺复兴学者——在椅子上坐定之后，莱克特博士在心里构思了一下要向他们做的演说。三分多钟便构思完毕，主题是但丁的《地狱篇》与加略人犹大。

最投合研究会对文艺复兴前时代的研究口味的是，莱克特博士是从西西里王国的行政官彼尔·德拉·维尼亚③案件开始的。维尼亚的贪欲为他在但丁的《地狱篇》里赚到了一个位置。开始的半小时博士讲了德拉·维

---

① 尼科洛·马基雅维利(1469—1527)，意大利政治思想家，历史学家，作家，主张君主专制和意大利的统一，认为为达到政治目的可以不择手段。
② 乔托(1266—1337)，意大利文艺复兴初期画家、雕塑家、建筑师。
③ 彼尔·德拉·维尼亚(1190—1249)，佛罗伦萨人，腓特烈二世的宰相和顾问。因为有与教皇英诺森斯勾结谋害腓特烈的嫌疑被弄瞎了眼睛，受到监禁，后上吊死去。

尼亚垮台事件背后的中世纪阴谋,讲得生动活泼,让大家听入了神。

"德拉·维尼亚因为贪欲,背叛了国王的信任,受到了羞辱,瞎了眼睛。"莱克特博士说着,往他的主题靠拢,"但丁的朝圣者在地狱的第七层看见了他,那是给自杀的人准备的地方。维尼亚跟犹大一样也是上吊死的。

"犹大、彼尔·德拉·维尼亚和亚希多弗①,押沙龙那野心勃勃的谋士,在但丁笔下被联系在了一起,因为但丁在他们身上见到了同样的贪欲和贪欲后的上吊。

"在古代和中世纪的心灵中,贪欲和吊死是联系在一起的,圣哲罗姆写道:犹大的姓加略的意思就是'钱'或'价钱',而奥利金神甫则说加略是从希伯来文'因为窒息'派生而来,因而他名字的意思就是'因为窒息而死的犹大'。"

莱克特博士从讲坛上抬起头来,从眼镜后瞥了一眼门口。

"啊,Commendator帕齐,欢迎。你最靠近门口,可否请你把灯光调暗一点?你会对这个问题感兴趣的,因为在但丁的《地狱篇》里有两个帕齐……"研究会的教授们吃吃地干笑起来,"有一个坎米秦·帕齐杀死了亲人,在等待着第二个帕齐的到来——不过不是你——是卡利诺·帕齐,他被放到了地狱更深的地方,因为他奸诈,也背叛了但丁所属的白归尔甫党。"

一只小蝙蝠从敞开的窗户飞了进来,在屋子里教授们的头上飞了几圈。这在托斯卡纳十分常见,没有人注意。

莱克特博士恢复了讲坛上的音调。"那么,贪欲与绞刑自古以来就相互联系,那形象在艺术上也一再出现。"莱克特博士摁了摁手中的按钮,投影器亮了,把一个影像投在下垂的用以保护墙壁的帆布上。他说话时更多的影像一个个地迅速出现:

---

① 大卫王的谋士,与大卫王的儿子押沙龙合谋反叛大卫王,并自告奋勇去追杀逃离的大卫王。但押沙龙没有采取他的计谋,他上吊死去。见《圣经·旧约·撒母耳记下》第十五至第十七章。

"这是对钉上十字架的最早的描绘,在公元四百年左右,是雕刻在高卢的一个象牙盒子上的。盒子上还有犹大上吊的形象。犹大的脸向上对着吊死他的树枝。这儿,在四世纪的一个米兰的圣物箱上,在九世纪的一幅双扇屏上,也都有犹大上吊的形象。他至今还仰望着上面。"

小蝙蝠在幕布前掠过,追逐着甲虫。

"这张图片来自贝内文托大教堂的正门,图上吊着的犹大的内脏流了出来。医生圣路加在《使徒行传》里就是这样描写的。犹大吊在那儿,被一群哈比包围着。他头上的天空里是月中的该隐①。这是你们自己的乔托刻画的犹大,也是内脏外流。

"最后,这儿是彼尔·德拉·维尼亚的身体,从一棵流血的树上吊下来,图片取自《地狱篇》一个十五世纪的版本。维尼亚跟加略人犹大显然十分相似,用不着我赘述。

"但是但丁不需要插图,但丁·阿利吉耶里让此刻在地狱里的彼尔·德拉·维尼亚用吃力的咝咝声和咳嗽样的嘶沙摩擦音说话,好像他到现在还被吊在那里,这是但丁的天才。你们听听他是怎样描述自己跟别的下地狱者一起被拽到荆棘树上吊死的吧:

"Surge in vermena e in planta silvestra:
l'Arpie, pascendo poi de le sue foglie,
fanno dolore, e al dolor finestra."

("先长成树苗,再长成绿树;
哈比把他的树叶当作食物,
既给他痛苦,又给痛苦以窗户。")

---

① 《圣经·创世记》里亚当和夏娃的长子,因为嫉妒杀死了弟弟亚伯,是人类的第一个杀人犯。

莱克特博士在为研究会的人们创造出痛苦的彼尔·德拉·维尼亚那呛咳、窒息的声音时,平时苍白的脸上泛出了红晕。他按动投影器,德拉·维尼亚和脏腑外流的犹大的影像交替出现在下垂的大幅帆布的背景上。

"Come l'altre verrem per nostre spoglie,
ma mon pero ch'alcuna sen rivesta,
che non e giusto aver cio ch'om si toglie.

"Qui le stracineremo, e per la mesta
selva saranno i nostri corpi appesi,
ciascuno al prun de l'ombra sua molesta.

("有如其他的幽灵,我们将寻找躯壳,
但是我们再也无法回到躯壳里去,
因为扔弃的东西再收回便是不义。

"我们要把自己的身子拖到这里
拖过哀号的森林,来到荆棘树下,
受折磨的灵魂的躯壳将在这里悬挂。①)

"这样,但丁就用声音让人从彼尔·德拉·维尼亚的死联想到了犹大的死——他们都死于贪欲和奸诈。

---

① 以上三小节见但丁《神曲·地狱篇》第八圈第二环,"自杀者的树林",第100至第108行。译文参照C.H. Sisson的英译本(伦敦,山神版,1980年版《神曲》)译出。

"亚希多弗、犹大和你们自己的彼尔·德拉·维尼亚。贪欲、上吊、自我毁灭。贪欲跟上吊一样,都被看作自我毁灭。而佛罗伦萨那无名的自杀者在痛苦时是怎么说的呢?在那一卷的末了,他的话是:

"Io fei gibetto a me de le mie case.

"而我呢——把自己的房屋变成了绞架。"

"下一回你们可能喜欢讨论一下但丁的儿子彼得罗。令人难以置信的是,早期作家研究第十三篇时把彼尔·德拉·维尼亚跟犹大联系起来的人只有他一个。我觉得有意思的是研究但丁笔下的吃。乌格林诺伯爵啃着大主教的后脑勺,撒旦的三张脸啃着三个人:犹大、布鲁图①和卡西乌②。三个人都是叛徒,就像彼尔·德拉·维尼亚一样。

"谢谢光临听讲。"

学者们以他们那满是灰尘的温和方式对他表示热情的赞许。莱克特博士逐一叫着他们的名字道别,同时让灯光暗淡下来。他把书抱在手里,以免跟他们握手。学者们走出灯光柔和的睡莲厅时似乎仍然陶醉于演讲的魅力。

巨大的厅堂里只留下了莱克特博士和帕齐两人。他们听见学者们下楼时还在为演讲啾啾地争论不休。

"你看我能保住我的工作吗,Commendatore?"

"我不是学者,费尔博士,但是你给了他们深刻的印象,这是谁都看得出来的。博士,如果你觉得方便,我就陪你步行回家,去把你前任的东西取走。"

---

① 布鲁图 (前85—前42),罗马贵族派政治家,刺杀恺撒的主谋者。
② 卡西乌 (前85?—前42),古罗马将领,刺杀恺撒的主谋者之一。

"有满满两大箱呢，Commendatore，你还有自己的提包，你乐意全都拿走吗？"

"我到了卡波尼邸宅就打电话叫辆巡逻车来接我。"如果有必要，帕齐还会坚持这个要求。

"那好，我收拾收拾，一分钟就来。"

帕齐点了点头，带着手机走到高大的窗户前，眼睛仍然盯着莱克特。

帕齐看出博士十分平静。电动工具的声音从楼下传来。

帕齐拨了一个号，卡洛接听了。帕齐说："劳拉，amore（亲爱的），我马上回家。"

莱克特博士从讲台上取下书，塞进一个提包，转身对着投影器。投影器的风扇还在嗡嗡地响，灰尘在它的光柱里飞动。

"我应该让他们看看这个的，居然会忘了，难以想象。"莱克特博士投影出了另一张画：一个人赤身裸体吊在宫殿的雉堞下，"你会对这幅画感兴趣的，Commendator 帕齐，我来看看能不能把焦距调得更好一点。"

莱克特博士在机器上忙了一会，然后走到墙壁上的影像面前。他黑色的轮廓映在帆布上，跟被吊死的人一样大。

"这你能看清楚吗？不能放得更大了。这就是大主教咬他的地方。下面写着他的名字。"

帕齐没有靠近莱克特博士，但在接近墙壁时闻到了一种化学药品的气味，一时还以为是修缮工用的东西。

"你能辨认出这些字吗？写的是'帕齐'，还附有一首粗野的诗。这就是你的祖先弗朗切斯科，吊在韦基奥宫外面的窗户下。"莱克特博士说。他透过光柱望着帕齐的眼睛。

"还有个相关的话题，帕齐先生，我必须向你承认，我正在认真思考着吃阁下的太太的肉。"莱克特博士一把拽下了大帆布，裹住了帕齐。帕齐在帆布里挣扎，想伸出头来，心在怦怦急跳。莱克特博士扑到他身后，用令他恐怖的力量箍住了他的脖子，把一团浸了乙醚的海绵隔着帆布捂在他脸上。

健壮的里纳尔多·帕齐拳打脚踢，可是手脚都缠在布里。两人一起摔倒在地板上时，他的手还能摸到枪。帕齐努力在紧裹的帆布下把贝雷塔枪对着身后，却在落入天旋地转的黑暗时扣响扳机，打穿了自己的大腿……

小小的.38枪在帆布下面发出的声音并不比楼下的敲击声和研磨声更大，没有人到楼上来。莱克特博士一把关上了睡莲厅的大门，上了闩。

帕齐醒来时感到恶心、憋闷，喉咙里有乙醚味，胸口沉甸甸的。

他发现自己还在睡莲厅里，却已不能动弹。里纳尔多·帕齐被帆布和绳子捆紧了，站得直挺挺、硬邦邦的，像座落地式大摆钟，还被皮带捆在工人用来搬运演讲台的手推车上，嘴上贴了胶纸。为了止血，他大腿的枪伤处扎了压力绷带。

莱克特博士靠在布道台上望着他时想起了自己。在疯人院，人家用手推车搬动他时也就是这个样子。

"帕齐先生，你听得见我的话吗？只要还能够，就深呼吸几次，让脑袋清醒清醒。"

说话时莱克特博士的手还忙碌着。他已经把一架地板磨光机拖到了屋里，正在它粗大的橘红色电线的插头端打着绞索套。他绾着那传统的十三个圈时橡胶外皮的电线吱吱地响着。

他拽了拽，完成了绞索套，把它放在布道台上，插头翘在绞索套外。

帕齐的枪、束缚胶带、衣兜里的东西和提包都放在演讲台上。

莱克特博士在帕齐的文件里搜索着，把警方的文件，包括他的permesso di soggiorno（暂住许可证），工作许可证，他新面孔的照片和底片，都塞进了自己的衬衫口袋。

这是莱克特博士借给帕齐太太的乐谱。他现在拿起乐谱敲敲自己的牙,鼻孔张开了,深深地吸着气,把脸逼到了帕齐的脸面前。"劳拉,如果我能叫她劳拉的话,在夜间使用的一定是一种很美妙的护手霜,先生,美妙,起初凉,后来热,"他说,"是橘子花香味。劳拉,l'orange(橘子花香味),唔……我一天没有吃饭了,实际上,肝和肾脏都可以立刻成为晚餐——今天晚上——剩下的肉在这种凉爽天气里可以晾上一个礼拜。我没有看天气预报,你看了没有?你那意思我估计是'没有'。

"如果你告诉我我要知道的东西,Commendatore,我可以不吃饭就走,很方便的。帕齐太太可以完好无损。我先问你问题,然后再决定。你知道你可以相信我,虽然我估计你有自知之明,觉得信任人是很困难的。

"我在戏院就已看出你认出了我,Commendatore。我向你太太的手弯下身子时你没有尿裤子吧?可是你没有让警察来抓我,那就说明你把我卖掉了。是卖给梅森·韦尔热的吧?要是我说对了就眨巴两次眼睛。

"谢谢,我早就知道了。我给他那无所不在的招贴画上的号码打了一个电话,从离这儿很远的地方打的,只是为了好玩。他的人在外面等着吧?唔——哼。有个人有股臭腊肠味吗?我明白了。你把我的事告诉过警局的什么人吗?你只眨巴了一次眼睛?我也这么想。现在我要你想一分钟,然后告诉我你自己进入匡蒂科VICAP的密码。"

莱克特博士打开了他的哈比刀。"我把你嘴上的胶带割掉你就可以告诉我了。"莱克特博士拿起刀,"别打算叫喊。你觉得自己能够不叫喊吗?"

帕齐叫乙醚弄得声音嘶哑了。"我向上帝发誓我不知道密码,什么事我都想不起来了,我们还是到我的车上再说吧,我有文件……"

莱克特博士一转手推车,让帕齐面对着幕布,然后让吊死的彼尔·德拉·维尼亚跟脏腑外流的犹大的影像交替出现。

"你喜欢哪一种,Commendatore,脏腑流出来还是不流?"

"密码在我的笔记本里。"

莱克特博士把笔记本拿到帕齐脸面前,终于在电话号码里找到了密码。

"你作为访客可以远程登录吗?"

"可以。"帕齐沙哑着喉咙说。

"谢谢,Commendatore。"莱克特博士一翘手推车,把帕齐往大窗户推去。

"听我说!我有钱,先生!你要逃走需要钱。梅森·韦尔热不会罢休的,不会的。你无法回家取钱,他们监视着你的屋子。"

莱克特博士从脚手架上取下两块木板做跳板,搭在低矮的窗框上,用手推车把帕齐推上了外面的阳台。

微风吹到帕齐汗湿的脸上冰凉。现在他话说得飞快:"你是绝不可能从这座大楼活着出去的。我有钱,我有16 000万里拉,那是10万美元现金!让我给我妻子打电话吧,我叫她取了钱放在车里,再把车停到韦基奥宫门口。"

莱克特博士从布道台上取了绞索活套,拿了出来,后面拖着橘红色的电线,另外一头缠在沉重的地板磨光机周围,连在许多接头上。

帕齐还在说着:"她到了外面就用手机找我,然后就把车留给你。我有警局的通行证,她可以开过广场直接来到大门口。她会照我的意思办的。我那车会冒烟,先生,你往下看,可以看见它过来,钥匙就在车里。"

莱克特博士把帕齐向前斜靠在阳台栏杆上,栏杆齐到他大腿边。

帕齐可以看见下面的广场,看见水银灯下萨沃那洛拉当年被烧死的地方,也是他发誓要把莱克特博士出卖给梅森·韦尔热的地方。他抬头看了看低低飘过的、被水银灯染上了色彩的雾。他多么希望上帝能看见呀。

往下看很可怕,他却禁不住要往下看,往死亡看。他违背理智地希望水银灯的光能给空气以实质,有什么办法把他托住,让他赖在光柱上。

电线绞索套的橘红色外皮冷冰冰地绕上了他的脖子,莱克特博士紧靠在他身边。

"Arrivederci, Commendatore. (请吧,长官。)"

哈比刀在帕齐面前扬了扬,挥了出去,割断了把他捆在手推车上的皮带。帕齐翘了起来,拖着橘红色的电线往栏杆外滑。地面猛然往上升起,帕齐的嘴有了尖叫的自由。大厅里的地板研磨器急速滑过地板,砰的一声撞到栏杆上。帕齐的脖子折断了,内脏流了出来。

帕齐和他爆出的内脏在水银灯光照射下的粗糙墙壁前旋转着,晃荡着,因为死后的痉挛而抽搐着,可是并没有呛咳,他已经死了。他的影子被水银灯光照到墙上,特别大。摇晃时内脏也在他身下摇晃,只是幅度更小,速度更快。

卡洛从一个门洞里冲了出来,马泰奥在他身边。两人冲过了广场,往韦基奥宫大门扑去。他们把游客们往两边乱挤,其中两个游客的摄像机正对着城堡。

"是个噱头。"有人在他经过时用英语说。

"马泰奥,控制住后门,他如果出来就杀死他,割了他。"卡洛说着摸索着手机。此时他已进了韦基奥宫,跑上了一楼,然后是二楼。

客厅巨大的门虚掩着,卡洛用枪瞄向投射在墙上的影像,然后又冲了出去,来到阳台上,几秒钟之内便搜查完了马基雅维利的办公室。

他用手机跟在博物馆前货车里等待的皮耶罗和托马索联系。"到他家里去,门前门后都控制好。只要死的,割下证物。"

卡洛又拨了个号。"马泰奥?"

马泰奥的手机在他胸前的兜里响了。他站在韦基奥宫被关紧的后门边,喘着气。他检查了房顶、黑暗的窗户,推了推门,他的手在外衣里,捏住腰带上的手枪。

他打开手机。"Pronto!(喂!)"

"你看见什么了?"

"门关得好好的。"

"房顶呢?"

马泰奥再看了一遍,但是没有来得及看见他头顶的百叶窗被打开。

卡洛在手机里听见簌的一响,然后是一声叫喊。他急忙往下跑,下了楼梯,却摔倒在平台上。他爬起来又跑,跑过了现在站在门前的韦基奥宫大门的门卫,跑过了大门一侧的雕像,绕过了街角,推开了几对男女,哒哒哒直往韦基奥宫后门跑去。现在他又进入了黑暗,还在跑,手机像个小动物在他手里吱吱地叫。一个人影披着块白布在他前面横穿过街道,盲目地跑上了摩托车道,被小摩托车绊倒了,爬起来又越过韦基奥宫小道,闯进一家铺子的门面,撞在玻璃壁上,转过身子又盲目地乱跑。那是一个披着白布的幽灵,大叫着"卡洛!卡洛!",大片的血还在他身上撕开的帆布上扩展。卡洛一把抱住了弟弟,挑断了那条将帆布裹住头、缠紧脖子的束缚胶布。帆布已成了一张血面具。他揭下了马泰奥的面具,发现他被伤得很厉害,脸上划破了,肚子划破了,胸口的伤很深,血流难以控制。卡洛暂时离开了弟弟,跑到街角,两面看了看,才又回到他身边。

警车汽笛声越来越近,闪光灯满照着要员广场,汉尼拔·莱克特博士整了整袖口,漫步走到朱迪齐广场附近的一家gelateria(冰激凌小店)旁,大小摩托车在那儿的街边停了一排。

他走到一个穿赛车皮衣的青年身边,那人正在发动一部大号杜卡蒂车。

"年轻人,我无路可走了,"他带着苦笑说,"我要是不能在十分钟内赶到贝洛斯瓜尔多广场,我老婆怕是会要了我的命的。"他给那青年看了一张五万里拉的钞票,说:"我看我这命就值这几个钱了。"

"你要的不就是送你一段吗?"青年说。

莱克特博士两手一摊。"送我一段吧。"

摩托车飞快穿出了龙噶诺街上的一排排汽车,莱克特博士身子弓在年轻骑手身后,头上戴了一顶多余的头盔,头盔味像发胶和香水。摩托车手认识他要去的地方,转了个急弯离开了塞拉利街向塔索广场驶去,再穿出了维拉尼街,瞄准保拉的圣法兰西斯科教堂边的一个小缺口冲去,又从那里蜿蜒驶向贝洛斯瓜尔多。从丘陵上优美的住宅区可以向南俯瞰佛罗伦萨。大号杜卡蒂摩托车引擎的声音在道路两侧的石壁间回荡,有如撕裂帆布的声音。莱克特博士侧身飘进一个个弯道,跟头盔里的发胶和廉价香水味斗争时他感到快活。他叫那青年把他在贝洛斯瓜尔多广场入口处放了下来。那里距离蒙陶托伯爵的家很近,纳撒尼尔·霍桑①曾经在那儿住过。摩托车手把他的报酬塞进皮衣胸前的口袋里,摩托车的尾灯在曲折的道路上消失了。

莱克特博士因为搭了一段车,很兴奋,再走四十米就来到了他的美洲豹车旁。他从保险杠后面取出钥匙,发动了引擎。他的手腕上有一点轻微的织物磨伤,那是他把帆布布幕扔到马泰奥头上,再从韦基奥宫一楼的窗户里跳到他身上时,因手套卷起拉伤的。他在伤口上贴了一块意大利产防菌软膏片齐卡特林,立即舒服多了。

引擎预热时莱克特博士在他的音乐磁带里挑选了一下,选定了斯卡拉蒂。

---

① 霍桑(1804—1864),美国小说家。

37

涡轮螺旋桨救护机起飞了,越过红瓦的房顶侧着身子向西南飞行,往撒丁岛飞去,急转弯时比萨斜塔在机翼上方直指天空。若是飞机上有活着的病人,飞行员是不会那么急转弯的。

为莱克特博士准备的担架上现在睡的是正在冷却变硬的马泰奥·德奥格拉西亚斯。哥哥卡洛坐在尸体旁边,他的衣服被血块凝硬了。

卡洛·德奥格拉西亚斯让护士戴上耳机,放起音乐,他则用手机跟拉斯维加斯通话。那边有个不知情的密码复述人会把他的话转发到马里兰海岸……

对于梅森·韦尔热而言,白天和黑夜没有多大区别。他这时正在睡觉,就连玻璃缸的灯也熄灭了。梅森的头侧靠在枕头上,唯一的眼睛像那大海鳝的眼睛一样睁着,还在睡着。仅有的声音是呼吸器有节奏的咝咝声和叹息声,还有玻璃缸里供气机的轻微冒泡声。

在这些经常的声音之上出现了另一种声音,轻柔但急迫,是梅森最秘密的电话的蜂鸣声。他苍白的手像螃蟹一样依靠指头爬行着,按下了电话按钮,话筒就在他枕头底下,麦克风挨近他那张残破的脸。

梅森开头听见的是背景里的飞机声,然后是听腻了的调子, *Gli Innamorati*(《爱上他》)。

"是我,告诉我。"

"他娘的完了。"卡洛说。

"告诉我。"

"我弟弟马泰奥死了。我的手现在就放在他的尸体上。帕齐也死掉了。费尔博士杀了他俩逃掉了。"

梅森没有立即回答。

"你得付马泰奥二十万美元,"卡洛说,"付给他家里。"撒丁岛的合同总是要求死亡抚恤金的。

"这我明白。"

"麻烦会跟着帕齐的事乱飞的。"

"最好是放出风去,说帕齐手脚不干净。"梅森说,"他要是不干净他们就容易接受了。他干不干净?"

"除了这件事之外我什么都不知道。他们如果从帕齐追查到你身上怎么办?"

"我可以对付。"

"我还得照顾自己呢,"卡洛说,"这事太倒霉了。警察局的侦探长死掉了,我可兜不下这么大的事。"

"你还没有干什么吧?"

"我们什么都没有干,如果警局把我的名字扯进去——他娘的圣母!我就一辈子都会受到他们的监视了。那就谁也不会拿我的钱,给我办事了,走在大街上我连屁也都不敢放了。奥雷斯特怎么样?他知不知道他要给谁拍片?"

"我不认为他知道。"

"警局明后天就会查出费尔博士的身份。奥雷斯特一见消息就会明白过来,光凭时间就可以猜到。"

"我给奥雷斯特的钱很多,他对我们没有妨害。"

"对你也许没有,但是他下个月要在罗马面对一场淫秽影片审判。现在他可有东西做交易了。这事你如果还不知道的话,就得提防着点。你一定要奥雷斯特吗?"

"我会跟他谈谈。"梅森小心地说,播音员似的浑厚声音从他那残破的脸上发出,"卡洛,你没有泄气吧?你现在还想找到费尔博士,是吗?为了马泰奥你还必须找到他。"

"是的,但是你得出钱。"

"那么,你还得把猪场维持下去。给猪打猪流感和猪霍乱预防针。给猪准备好运输笼。你的护照行吗?"

"有效。"

"我的意思是真货,不是揣斯提伟楼上搞出来的破玩意。"

"我有个真护照。"

"你听我通知。"

通话在飞机的嗡嗡声里结束,卡洛一时疏忽,按动了手机的自动拨号键,马泰奥在尸体痉挛时死死地攥在手上的手机哔哔哔地大叫了起来。卡洛一时还以为他弟弟会把手机举到耳边去呢。卡洛板着脸看见马泰奥无法回答,按下了挂机按钮,满面狰狞,护士简直不敢看他。

38

带犄角的魔鬼甲胄是一套精美的十五世纪意大利产品,自从1501年以来就高高挂在佛罗伦萨南面圣雷帕拉塔村教堂的墙壁上。除了那对像小羚羊角的优美犄角之外,甲胄带尖角的裤角也塞在胫骨处,即应当是鞋的地方,暗示着撒旦分叉的蹄。①

按照当地的传说,一个穿上了这套甲胄的青年在经过这座教堂时,轻率地使用了圣母马利亚的名字,随即发现甲胄再也脱不下身了,直到他向圣贞女祈求饶恕为止。于是他把那套甲胄献给了这座教堂作为感恩礼物。那甲胄给人深刻印象,1942年一颗大炮炮弹在教堂爆炸,验证了它的承受能力。

这套甲胄,或者说它的上部表面,盖了一层厚得像绒布的灰尘。现在它正望着那小小的圣堂里正要结束的弥撒。弥撒的烟霭缭绕飘升,穿进了甲胄的空当。

---

① 西方传说认为魔鬼头上长角,脚上长分叉的蹄,像山羊。

做弥撒的只有三个人，两个穿黑色服装的年长妇女和汉尼拔·莱克特博士。三个人都领了圣餐，尽管莱克特博士只是不情愿地碰了碰圣餐杯。

牧师做完祝福仪式走掉了，两个妇女也走掉了，莱克特博士还在继续祈祷，直到圣堂里只剩下他一个人。

从风琴台上他刚好可以伸过栏杆，让身子靠近魔鬼甲胄的两个犄角之间，把甲胄头盔上生锈的面甲拨开。面甲里的护喉口上有一个鱼钩，上面接着一根鱼线，鱼线下面吊着一个包，吊在胸甲内该是心脏的地方。莱克特博士小心翼翼地把那包提了出来。

一个包：巴西精工制造的护照、身份证、现金、银行存折、钥匙。他把包塞进外衣腋下。

莱克特博士不太耽溺于悔恨，但他对离开意大利还是感到遗憾。卡波尼邸宅里还有许多他可以发现，可以阅读的东西；他还喜欢弹那键盘琴，说不定还作曲。在帕齐遗孀的哀悼之情过去之后，他还愿意做点菜给她吃。

39

悬吊着的里纳尔多·帕齐的身体还在流血,鲜血滴落在韦基奥宫灼热的水银灯上,冒着烟。为了取下他的身体,警察找来了消防队。

Pompieri(消防队)在云梯车上使用了延伸梯。他们一向实际,知道吊着的人已经死去,行动也就不着急了。那得是个仔细的过程:他们先得把摇晃的内脏放回肚子,用网兜住全身,然后拴好绳子放下来。

尸体落到地面上伸出的手臂里时,《国民报》拍到一张精彩的照片,令许多读者联想到伟大的《耶稣下葬图》。

警察保持着绞索电线的原样,以便提取指纹,剪断电线也是从索套正中剪的,保持了活结的完整。

许多佛罗伦萨人都肯定那是一次十分好看的自杀。他们认为里纳尔多·帕齐是按照监狱的自杀方式把自己的手捆起来的,而且不顾一个事实:他的脚也捆了起来。当地的广播在第一个小时就说帕齐不但上了吊,而且先拿刀子搞了一个hara-kiri[①]。

---

① 日语发音,意为"切腹"。

警察局立即发现了更多的情况——阳台上割断的绳索和手推车,帕齐失踪了的手枪,每个目击证人都见证了的卡洛冲进韦基奥宫的故事,还有那在韦基奥宫后面裹着尸衣盲目乱跑的血淋淋的身影。这一切都向他们说明帕齐是他杀的。

于是意大利的公众认为是那"魔鬼"杀了帕齐。

警局办案就从那倒霉的吉洛拉莫·托卡开始,因为他曾经被确认为"魔鬼"。他们在家里抓住他押到车上带走了,让他的老婆再一次在路上号啕痛哭。他有确凿无疑的不在现场证明。案发时他在一家咖啡店喝拉玛佐提酒,有牧师在座。托卡是在佛罗伦萨被释放的,还得自己掏腰包坐公共汽车回圣卡夏诺。

开始几个小时查询的是韦基奥宫工作人员,然后便查询到研究会的每个成员。

警察找不到费尔博士,到星期六中午才开始密切注意起他来。

警局回忆起,帕齐曾被指定追查费尔博士的前任馆长失踪的案件。

警察报告说帕齐最近还检查了费尔博士的permesso di soggiorno。费尔博士的记录,包括照片、底片以及指纹,都是用假名签字借出去的,那签字似乎是帕齐的笔迹。意大利还没有建成全国性的电脑资料网,permesso都由基层分散管理着。

移民入境记录提供了费尔博士的护照号码,在巴西一查,是假的。

警局对费尔博士的真实身份仍然没有觉察。他们从刽子手的绞索套、布道台、手推车和卡波尼邸宅的厨房取下了指纹,又请来了很多可以请来的艺术家,几分钟之内便画出了费尔博士的速写像。

在意大利时间的星期日,一个佛罗伦萨指纹专家靠了一点一滴的刻苦努力确证了布道台、绞索上的指纹跟费尔博士在卡波尼邸宅的厨房用具上的指纹相吻合。

可是挂在警察局墙壁招贴画上的汉尼拔·莱克特的拇指指纹却没有

人检查。

犯罪现场的指纹星期天晚上就被送到了国际刑警组织，例行公事地到达了华盛顿特区的联邦调查局，同来的还有七千组其他犯罪现场的指纹。从佛罗伦萨送来的这套指纹被输进了指纹自动分检器，引起的震动之大使得负责指纹鉴定的局长助理办公室警报大作。值夜班的官员看见汉尼拔·莱克特的脸和手指从打印机里爬了出来，立即给在家里的局长助理打了电话。局长助理先给局长打了电话，又给司法部的克伦德勒打了电话。

梅森的电话铃是早上一点三十分响的。他满脸意外与感兴趣的表情。

杰克·克劳福德的电话铃是早上一点三十五分响的。他嘟哝了几声，翻身睡到空空的婚床另一侧，那是他去世的妻子贝拉睡过的地方，幽魂尚在，却冷冰冰的。他好像能够更好地思考了。

克拉丽丝·史达琳是最后知道莱克特博士又杀人了的。她挂上电话以后，在黑暗里静静地躺了几分钟，眼睛莫名其妙地感到酸痛，但是没有哭。她从枕头上抬起了头，可以在蜂拥而来的黑暗之中看见莱克特博士的脸。当然，那是他过去的脸。

40

阿尔巴塔克斯机场管理不善,跑道又短,"空中救护车"驾驶员不肯在黑暗里往那儿飞,他们便在卡利亚里着了陆,加了油,等待天亮,然后才在日出的壮丽景色里沿海岸北飞。朝霞给马泰奥死亡的脸敷上了一层虚假的红晕。

一辆卡车载着棺材在阿尔巴塔克斯机场的跑道边等待。驾驶员讨价还价,卡洛想打他耳光,被托马索劝住了。

进山三小时后,他们回到了家里。

卡洛信步来到他跟马泰奥一起修建的粗糙的木棚边。一切都已就绪,摄像机摆好了,准备拍摄莱克特博士之死。卡洛站在马泰奥亲手修建的木棚下面,往固定在畜栏顶上的洛可可大镜子里瞧了瞧自己,又回头望了望哥儿俩一起锯好的木料。他想起了马泰奥握住锯子的方形大手,不禁号啕痛哭。那是他那受伤的心的呐喊,高得可以响彻丛林。山中牧场的丛林里露出了许多长獠牙的面孔。

皮耶罗和托马索——他们也是弟兄——让他一个人留下了。

鸟儿在山中牧场上娇鸣。

奥雷斯特·皮尼从屋里出来了,一只手扣着纽扣,一只手挥动着手机。"这么说你没有弄到莱克特?运气不好。"

卡洛好像没有听见。

"听着,还不能算全输,还有办法的。"奥雷斯特·皮尼说,"我这儿有梅森的话,他要拍一个 simulado(模拟镜头),在抓住莱克特博士之后放给他看。既然一切都准备好了,又有个尸体——梅森说那只是你请来的一个笨蛋。梅森说我们可以在,啊,在猪群拥上来时把那尸体扔到栅栏底下,然后配上录好的音。喏,你跟梅森谈谈吧。"

卡洛转过身来瞪着奥雷斯特看了好一会儿,好像看着从月亮里来的人,最后才接过了手机。他跟梅森一说话,脸色便开朗了,似乎也心平气和了。

卡洛啪的一声关上手机。"准备。"他说。

卡洛跟皮耶罗和托马索说了几句,他俩在摄像师的帮助下把棺材抬到了畜棚边。

"要进镜头也不必靠那么近,"奥雷斯特说,"我们先拍几英尺畜生挤来挤去的镜头,再从那里接下去。"

畜棚里有了动静,第一头猪从隐蔽处出来了。

"Giriamo!(拍吧!)"奥雷斯特叫道。

来了,野猪跑来了,棕黄色,银白色,高大,高到人的腰,深胸,长毛,小蹄子翻飞,快得像狼。狰狞的脸上一双双聪明的眼睛。耸立在巨大的颈肌后面的背弓上的长鬃毛,可以把人撬翻的长獠牙。

"Pronti!(预备!)"摄像师叫道。

先来的几头猪已经三天没进食了,其他的猪也来了,并不畏惧栅栏后的人。

"Motore!(马达!)"奥雷斯特叫道。

"Partito!(开机!)"摄像师大叫。

猪群在木棚前十码处站住了,跺着地面,挤来挤去摆成了一排,尖蹄和獠牙宛如丛林。怀孕的母猪站在正中。然后猪群便像足球前锋一样冲了过来。奥雷斯特用双手做成方框把它们框进去。

"Azione!(拍摄!)"他对撒丁岛人叫喊道。卡洛从奥雷斯特身后扑上前去,在他屁股缝里戳了一刀,戳得他尖叫起来,然后拦腰抱住他,把他头冲下往猪圈里塞去。猪群冲了上来。奥雷斯特挣扎着想站起身子,才跪起一条腿,母猪一拱他的肋骨,他又趴倒在地。猪群爬到了他身上,龇牙咧嘴地尖叫着。两头公猪咬着他的脸一拖,拖开了下巴骨,跟掰断鸟的胸骨一样。奥雷斯特仍然差不多站了起来,可随即倒下了,露出了肚子,被咬破了。他的手和脚在猪背上乱晃。他尖叫着,但下巴没有了,什么话都说不清。

卡洛听见一声枪响,转过身子,摄像师已经丢了摄像机想跑掉,但没有快过皮耶罗的子弹。

现在猪已经安静下来,拖着东西走了。

"Azione个屁!"卡洛说,对地上吐了一口痰。

第三部

来到新世界

41

梅森·韦尔热周围是一片小心翼翼的寂静。他的人员待他的样子像是他失去了个孩子,问他是什么感觉,他说:"我觉得像是花了一大笔钱买了个意大利佬的尸体。"

睡了几个小时以后,梅森想叫人送几个儿童到他屋外的游戏厅来。他想跟一两个最烦恼的儿童谈谈话。但是烦恼的儿童一时到哪里找去?他的供应人也来不及在巴尔的摩的贫民窟去为他搜寻几个。

那事失败以后,他又叫他的护士科德尔抓来几条观赏鲤鱼肢解了,扔到海鳝缸里,直喂到海鳝再也吃不下,又回了岩石缝里。那水浑浊成了粉红和灰色,漂满熠耀的金色鱼鳞。

他想折磨妹妹,但是玛戈到休息室去了,连续几个小时不理会他打发去的人。在麝鼠农庄只有她敢于不理睬梅森。

在莱克特博士被鉴定为杀人犯之前,星期六的晚间新闻放映了一段经过大量删节的旅客录像片,记述了里纳尔多·帕齐的死亡。影像的有些部分被有意处理模糊了,不让观众看见尸体上的细节。

梅森的秘书立即打电话去要没有剪辑过的纪录片。四小时后纪录片由直升机运来了。

纪录片的来源颇为奇特。

有两个人在韦基奥宫录下了里纳尔多·帕齐之死的镜头。一个人因为慌乱，镜头在帕齐落下时指向了别处；另外一个观光客是瑞士人，稳稳当当地拍完了全过程，甚至仰拍到了那晃荡抖动的电线。

那位业余摄影师是一名专利工作人员，叫作维哥特。他生怕录像带被警察收缴，让意大利电视台白捡了便宜，便电话通知了他在洛桑的律师，让他为这带子取得版权。在一番激烈的讨价还价之后，他把这带子的广泛使用权卖给了美国广播公司的电视新闻；在北美的最早系列出版权归了《纽约邮报》，随后是《国民闲话报》。

这部片子立即被纳入了经典恐怖镜头之列：跟扎扑路德、李·哈维·奥斯瓦尔德[①]之死和爱德加·包尔格的自杀归为一类。但是维哥特一定会为出售太早而痛悔，因为随后莱克特博士就被指控为此案的凶手。

维哥特的这部假日录像片很完整，我们看见瑞士的维哥特一家在韦基奥宫事件发生之前几个小时在科学院前忠实地拍摄着大卫[②]的私处。

梅森用他那戴护目镜的独眼望着电视。他对那块吊在电线上抽搐的高价人肉不感兴趣，对 *La Nazione*（《国民报》）和 *Corriere della Sera*（《信使晚报》）提供的有关两个帕齐的简历也不感兴趣——那两个帕齐相隔五百二十年，却在同一个窗口吊死。他感兴趣的，看了又看、又再看的是沿着那抽搐的电线仰拍上去的阳台。一个瘦小的身影站在阳台上，一个衬托在暗淡的光影里的模糊轮廓。那人在招手，是在对梅森招手。莱克特博士对梅森招手时只动着手腕，你对小孩招手说再见时就像那样。

"再见，"梅森在黑暗里回答，"再见。"深沉的广播嗓门气得发抖。

---

① 1963 年在达拉斯刺杀美国总统肯尼迪的凶手，被逮捕后即被杰克·鲁宾开枪打死。
② 此处是指米开朗琪罗的大卫雕像（1504 年）的仿制品。

42

感谢上帝,汉尼拔·莱克特被鉴定为杀害里纳尔多·帕齐的凶手,这就给了克拉丽丝·史达琳真正的工作。她成了联邦调查局跟意大利当局之间事实上的低层联络员。有了任务,需要坚持干下去总是好的。

自从缉毒枪战之后,史达琳的世界起了变化。她跟费利西亚纳鱼市的其他幸存者们都被送进了一种行政上的炼狱,要炼到司法部给参议院司法小组委员会写了报告才会结束。

在找出了莱克特的X光片之后,史达琳一直踏步不前,只做些高级临时工,在匡蒂科国家警察学院给生病或度假去的教官代代课。

华盛顿在整个秋冬季节都被白宫的一桩丑闻纠缠着。口沫四溅的改革家们使用的唾沫比总统那可怜的小罪愆应得的唾沫多多了。美国总统为了避免受到弹劾,公开吃下的大粪超过了他应该吃的分量。

在这个马戏团里,小小的费利西亚纳鱼市屠杀被搁置了起来。

一个沉痛的道理在史达琳心里一天天滋长:她在联邦的工作不会再跟以前一样了。她成了特殊人物。同事们跟她来往都心存戒备,好像她害了传染病。史达琳还年轻,这种行为还没能叫她吃惊或失望。

忙是好事。意大利政府对汉尼拔·莱克特的资料所提出的要求向行为科学处大量涌来。要求往往是两份,另一份是国务院要的。史达琳总是认真作答,大量吞进传真文件,用电子邮件寄出莱克特的档案。博士失踪后的七年里扩散出去的外围消息之多令她感到惊讶。

在她行为科学处底层的那间小屋里,从意大利来的带墨污的传真、一份份的意大利报纸和其他文件泛滥成了灾。

她能够给意大利人什么有价值的东西呢?他们手边的只是帕齐死亡前几天在电脑上对VICAP提出的有关莱克特的问题,意大利新闻界用这为帕齐平了反,宣称他是因为想恢复自己的名誉而去秘密缉拿莱克特博士的。

而在另一方面,史达琳又感到迷惑,即使莱克特博士回到美国,从帕齐案件得到的情报在这儿又能够有什么用呢?

杰克·克劳福德很少来办公室给她出主意了。他常常上法庭。由于快要退休,好些公开案件都不参加了。他请病假的时间越来越多,即使到了办公室也似乎越来越心不在焉。

一想起得不到他的主意,史达琳就一阵阵慌乱。

史达琳在联邦调查局多年,已经见多识广。她知道如果莱克特博士再在美国杀人,国会就会大吵大闹;司法部门的事后批评也会爆发为叫嚣。而真会出现的局面却是谁被揪住了辫子谁就倒霉。第一个倒霉的就是海关或边境巡逻队,因为让他混了进来。

莱克特博士犯案地点的权力机构就会来索要一切有关他的资料,而联邦调查局的工作就会集中到当地的分局。等到博士到别的地方犯案时一切又会跟着他转移。

他要是给抓住,各地当局都会来分享荣誉,像一群狗熊围着一头血淋淋的海豹。

史达琳的工作就是为他的最终到来做好准备——不管他来不来,而对调查自己的案子时可能出现的恼人问题置之不理。

她问了自己一个简单的问题,这个问题在名利扶梯上爬着的人也许会觉得陈腐:她怎么能够严格按照自己的誓词去做?如果莱克特博士来了,她怎么能够把他抓住,保护公民?

莱克特博士显然会有很好的证件,也很有钱,而且非常善于隐蔽自己。他从孟菲斯脱逃以后的第一次简单而高雅的隐蔽就是个例子——他住进了圣路易斯一家四星级宾馆,隔壁是一家大型的整容外科医院。一半的客人脸上都缠着绷带,他也就在脸上缠了绷带,用死人的钱过着奢侈的日子。

她从莱克特博士数以百计的票据中查到了他在圣路易斯宾馆的收据。天文数字!一瓶巴塔—蒙哈榭①就花了125美元。在吃了那么多年的监狱饭以后,那酒是多么香醇美味!

她也要求佛罗伦萨把一切资料复印给她。意大利人很殷勤,照办了。从那印刷的质量看,她觉得他们一定是靠喷煤烟来印刷的。

一切都凌乱不堪。这儿是莱克特博士在卡波尼邸宅的私人文件,一些有关但丁的笔记,是他那熟悉的笔迹;这儿是一张他给清洁女工的条子;这又是一张在"真实自1926"精品杂货店里买两瓶巴塔—蒙哈榭和一些tarfuti bianchi的货款收条。酒是同样的酒,这tarfuti bianchi是什么呢?

史达琳的矮脚鸡版《新意英大学词典》告诉她tarfuti bianchi就是白松露。她打电话给华盛顿一家高级意大利餐馆的大厨师,请教白松露的情况。五分钟以后她只好请求停止,因为对方对那东西的品位说个没完。

品位,酒的品位,松露的品位。莱克特博士的品位是个常数,在美国的品位,在欧洲的品位,作为成功的医疗职业者的品位,作为逃亡的魔鬼的品位,全都一样。他的面孔可能变,品位却不会变。而他并不是个苛待自己的人。

---

① 巴塔—蒙哈榭,出产世界顶级霞多丽葡萄酒的勃艮第特级园。此处指产于此地的葡萄酒。

对史达琳说来，品位是个敏感的领域，因为莱克特博士是在品位这个领域第一次触到她的敏感处的。他赞美她的笔记本，却嘲笑她廉价的鞋。他叫她什么来着？洗擦干净的、爱好表现的乡巴佬，品位还算高雅。

她的日常生活是制度化的，在这种种功利的、纯功能性的设备之间，在这里能叫她心痒痒的就是品位。

与此同时她对技术的信念也死亡了，留下了一个空白，等着别的东西来填补。

史达琳已经厌倦了技术。对技术的信念是危险职业的宗教。在枪战里向武装的匪徒冲上去时，或是在肮脏的场地上跟罪犯搏斗时，就得相信完美的武器和艰苦的训练能保证你立于不败之地。可这并不是事实，特别是在火器战斗里。你可以把赌注下在机会对你有利上，可是，参加战斗多了，你总有一次会给打死。

这种事史达琳已经见过了。

既然怀疑了技术这个宗教，史达琳还能够指望什么？

在她的苦难里，在那啮噬着她的单调沉闷之中，她开始注意事物的形象。她开始尊重自己对事物的原始反应，对这种反应她不计算分量，也不用语言限制。大约就在这时她注意到自己的阅读习惯也发生了变化。以前她看画先看说明，现在不同了，有时根本不看说明。

她多少年来就喜欢悄悄看服装杂志，却感到内疚，好像在看色情书刊。现在她开始对自己承认那些画中有些东西让她感到饥渴。在她那受到路德教教义熏陶、反对腐蚀的心理模式里，她觉得自己在向一种美妙的癖好退让。

到时候她准会找到自己的策略的，但是她内心的这种巨大变化给了她帮助。它促进她这样来思考问题：莱克特博士对小市场上罕见食物的品位可能成为那魔鬼露出水面的背鳍，使他破水而出，暴露自己。

只要把电脑里储存的顾客名单加以比较，她就有可能窥破莱克特博士变化不定的身份之一。为此，她必须知道他的癖好，她必须比世界上任何人都了解他。

我知道他爱好什么东西呢？他爱好音乐、酒、书和食物，还爱好我。

发展品位的思路的第一步是乐意信任自己的看法，在食物、酒和音乐的领域里，史达琳只好跟踪莱克特博士已有的先例，看他以前爱用什么。但在一个领域她至少能跟他颉颃：对汽车的爱好。史达琳是汽车行家，这一点谁见了她的车都能看出来。

莱克特博士在蒙受屈辱以前曾经有过一辆超马力本特利车。是超马力车，不是涡轮机动车，为了避免涡轮滞后，定做了路提司式优质置换风箱。她很快就知道了，定做的本特利车市场非常小，莱克特博士若是回到那市场，难免遇上危险。

那么莱克特博士现在买什么呢？她懂得他所喜爱的感觉。一部大排量的 V 型 8 缸汽车，不算大，但使用方便。如果是她买，在目前市场里她会买什么车呢？

毫无疑问她会买一辆超马力 XJR 美洲豹车。于是她向东海岸和西海岸的美洲豹销售商发出了传真，要他们送来每周的销售报告。

莱克特博士喜欢的东西史达琳知道得较多的还有什么？

他喜欢我，她想。

他对她的困境反应得多么快！即使算上转信手续所花的时间也都算快的。遗憾的是他那转信机构设在公众场所，哪怕小偷都可以使用。

《国民闲话报》多快能送到意大利？那是他读到史达琳的麻烦的一个渠道。这报在卡波尼邸宅发现了一份。那诽谤性的报纸有网址吗？还有，如果他在意大利有一部电脑，就可能在联邦调查局的公众网页上读到有关那次枪战的摘要。网址。从莱克特博士的电脑能够看出什么问题呢？

在卡波尼邸宅的私人财物清单里没有电脑。

可她还是看出了一点蛛丝马迹。她拿出了卡波尼邸宅图书馆的照片。这儿有一张照片是他给她写信时用过的漂亮桌子。桌子上有一部电脑，飞利浦牌便携式电脑,可在以后的照片里却没有了。

史达琳依靠字典吃力地拟了一份传真稿,发给了佛罗伦萨的警局:

Fra le cose personali del dottor Lecter, c'è un computer portatile? (莱克特的私人物品中有无手提式电脑?)

这样,克拉丽丝·史达琳就开始沿着莱克特博士品位的走廊小步地追踪起来。她对自己的立足点很有信心,那信心所给她的比得到完全证实的东西要多。

43

梅森·韦尔热的助手科德尔把那笔迹跟放在他书桌上方的画框里的样本一比较,立即确认了那与众不同的笔迹。信笺是意大利佛罗伦萨求精宾馆的。

跟联合行动轰炸机时代越来越多的阔人一样,梅森有自己的邮件透视机,和美国邮局的设备相同。

科德尔戴上手套检查了信件,透视表明没有电线或电池。他按照梅森的严格指示用镊子夹着信纸和信封在复印机上复印好,又换了手套,镊起复印件,递给了梅森。

是莱克特博士那熟悉的印刷体字迹:

亲爱的梅森,

  承蒙厚爱,悬了那么大的赏格找我。我希望你的赏格更高一点。作为预先警告系统,赏格的作用比雷达还大,它让一切地方当局人士放弃职责,单枪匹马来抓我,其结果谅已见到。

实际上,此信是来唤起你对你当年的鼻子的记忆的。那天你忽发灵感,跟《太太家庭》杂志做了一次有关禁毒的谈话,宣称你把自己的鼻子和脸上的其他部分喂了跳跳和点点——两只在你脚下摇着尾巴的狗。可事实并非如此,你是把自己的鼻子当零食吃掉了。从你咀嚼时那脆生生的声音听来,我觉得你的鼻子一定跟鸡胗肝一样坚实——你当时的评价是"其味如鸡!"。我在一家小酒馆听见一个法国人嚼生菜胗肝时,不禁想起了那声音。

你连这也忘了,梅森?

说到鸡,你在治疗时曾告诉过我,在你腐蚀着你那夏令营里的穷苦儿童时,你发现巧克力会让你尿道疼痛,这你也忘了?

你以为你可以把自己告诉过我的东西忘个精光吗?

你和耶洗别①之间有难以逃避的相似之处,梅森。你是个聪明的《圣经》学者,会想得起来的。耶洗别的脸就是跟别的部分一起被狗吃掉的。那是在太监们把她扔到窗外之后。

你的人本有可能在街上杀掉我的,可你却要活的,对吗?我从你那杀手身上的气味就明显知道你打算怎样款待我。梅森,梅森,既然你这么急于见我,我不妨给你一句安慰的话(我从来不说谎,你知道):在死去之前你还会见到我这张脸的。

你忠诚的,

汉尼拔·莱克特,医学博士

又及:不过我担心你活不了那么久,梅森。你一定得注意防止再次受到肺炎折磨。像你现在这样多愁善感,太容易生病,以后还会如

---

① 以色列王亚哈的妻子,因为做了坏事耶和华说她必被狗吃掉,以后果然被太监扔到窗外让狗吃掉了。见《圣经·旧约·列王纪上》第二十一章,5—23节,《列王纪下》第九章,7—10,30—37节。

此。我建议你立即接种疫苗,同时打甲肝乙肝预防针。我不愿意过早地失去你。

梅森读完信好像喘不过气来了。他等着,等着,等到舒服一点之后才对科德尔说了句话,但科德尔没有听清。

科德尔的身子靠近了他,这时梅森喷着唾沫又说了一遍:

"给我接保罗·克伦德勒的电话,给我接猪总管的电话。"

44

每天给梅森·韦尔热送来外国报纸的直升机也给麝鼠农庄送来了副督察长助理保罗·克伦德勒。

梅森那恶毒的存在,他那昏暗的房间,那嗞嗞响而且叹气的机器,那老在转悠的海鳝,足以让克伦德勒感到不安,可他仍然不得不一次再次地看帕齐之死的录像。

克伦德勒看了七次维哥特家拍摄大卫,看了七次帕齐摔下来,内脏爆出。看到第七次,克伦德勒简直以为大卫的内脏也要爆出来了。

梅森屋里起坐区头顶的灯终于亮了,照在克伦德勒开始稀疏的平头短发上,热烘烘的,也照在他发亮的头皮上。

韦尔热家族对猪性的理解之深无与伦比,梅森便从克伦德勒所追求的东西谈起。梅森在黑暗里说话,声音的节奏受到呼吸机运作的限制。

"我不想听……你的全部纲领……要花多少钱?"

克伦德勒只想跟梅森进行私下的谈话,但是屋里却不止他俩。鱼缸模糊的光的映衬之下还有个肩膀宽阔、肌肉极为壮实的黑影。一想到有保镖听见,克伦德勒不免神经紧张。

"我希望只有我们俩谈话,你可不可以让他走开?"

"这是我的妹妹玛戈,"梅森说,"她可以留下。"

玛戈从黑暗里走了出来,摩托车裤簌簌地响。

"啊,对不起。"克伦德勒说,从椅子上半欠起身子。

"你好。"她说,却没有去握克伦德勒伸出的手,只从桌上的碗里取了两个核桃,用一个拳头捏得喀喇喇大声响。她回到水缸前的昏暗里,大约是吃核桃去了,克伦德勒听见核桃壳落到地上的声音。

"好——了,你说吧。"梅森说。

"我要在二十七区推翻洛温斯坦至少要一千万。"克伦德勒交叉起双腿,望着黑暗里的什么地方。他不知道梅森是否能看见他。"光是传媒就需要那个数。但是我向你保证洛温斯坦可以推翻。处在我的地位我心知肚明。"

"他的弱点在哪里?"

"我们只能说他的行为有点……"

"好了,是钱还是×?"

克伦德勒不好意思在玛戈面前说"×"字,尽管梅森似乎满不在乎。"洛温斯坦已经结了婚,可是跟州里上诉法院的一个法官长期有暧昧关系。那法官曾经对捐给他款项的人做过有利的裁决。裁决可能是偶然巧合,可是电视如果确认洛温斯坦有问题,那就正好符合了我的需要。"

"那法官是女的?"玛戈说。

克伦德勒点点头。他没有把握梅森能看见他点头,急忙说:"是的,是女的。"

"太糟糕了,"梅森说,"他要是同性恋就好了,是吗,玛戈? 不过那脏水还不能由你泼,克伦德勒,你不能出面。"

"我们订了一个计划,把机会给投票人……"

"不能由你泼。"梅森再次重复。

"我只需要让司法监督委员会知道到什么方向去找问题就行了。问题一露头他们就会盯住洛温斯坦的。你是说你可以帮助我吗?"

"我可以帮助你一半。"

"五?"

"我们不随便说'五',这数字需得郑重说,我们说'五百万'。上帝赐给了我钱,我要用它遂了上帝的愿。只要汉尼拔·莱克特干干脆脆落到我手里,五百万就是你的。"梅森吸了几口气。"那你就成了二十七区的克伦德勒议员先生了,清白,干净。我只对你要求一件事:反对《仁慈屠宰法案》。如果联邦调查局抓到莱克特,叫警察弄他到什么地方一针打死,那你可就不够朋友了。"

"他要是给地方司法部门抓住,我可没有办法。要是克劳福德的手下碰巧逮到了他,我也无能为力。"

"莱克特博士可能被判死刑的州有几个?"玛戈问。她声音有点嘶哑,但由于服用了荷尔蒙,像梅森一样浑厚。

"三个州,每个州都适用累犯杀人罪第一条。"

"他如果被抓住,我要他在州一级受审,"梅森说,"别弄出绑架、侵犯人权的指控,也别闹出州际纠纷。我要他活着出来,关进州立监狱——不是联邦最高监狱。"

"我是否需要问问为什么?"

"除非你非让我告诉你不可,就不要问,那不属于《仁慈屠宰法案》范围。"梅森说着呵呵地笑了。他已讲得筋疲力尽,对玛戈做了个手势。

玛戈拿了一个文件夹来到光线下,读起了备忘录。"我方要求得到你方手中的一切资料,要先于行为科学处读到。行为科学处到手的文件我方务须到手,我方需有VICAP和国家犯罪情报中心的密码。"

"你们每次访问VICAP都得用公用电话。"克伦德勒说,仍然对着黑暗,仿佛那女人不在场,"你们怎么做得到的呢?"

"我做得到。"玛戈说。

"玛戈做得到,"梅森在黑暗里低声说,"她在健身房编制器械健身日程。那是她的小职业,这样她就不用靠哥哥过日子了。"

"联邦调查局的制度是封闭性的,有的还编成了密码,你必须严格以我告诉你的访客身份活动,要下载文件必须使用在司法部程序里的一部便携式电脑。"克伦德勒说,"那样,即使VICAP对你进行追踪,也不过是再回到司法部来。你到一家电脑店用现金在柜台买一台快速电脑,配一只快速调制解调器。别寄什么担保。还得弄一个压缩驱动器。那部电脑别入网,我明天晚上就有用,而且,你办完事我还得把它要回来。静候我的通知吧。行了,就这些。"克伦德勒站起身子收拾文件。

"还没有全完,克伦德勒先生……"梅森说,"莱克特博士并不是非露面不可。他有钱,是可以永远潜伏的。"

"他哪儿来的钱?"玛戈说。

"他在做心理咨询时有几个很阔气的老病人,"克伦德勒说,"他从他们那儿弄到了很多钱和股票,保存得很好。他们挖出了给他钱的两个人的尸体,看是不是他杀害的,但是一无所获。中毒检验结果是阴性。"

"因此他不会因抢劫被捕,他有现金。"梅森说,"我们得设法逗引他出来。想想办法吧。"

"在佛罗伦萨对他的打击是从哪里来的他会了解到的。"克伦德勒说。

"当然会了解到。"

"因此他会来找你。"

"这我就不知道了。"梅森说,"他喜欢我像现在这样。想想办法吧,克伦德勒。"梅森开始哼唱起来。

副督察长助理克伦德勒在出门时只听见哼唱。梅森在盘算时常常哼几句圣歌。你吞了个最美妙的饵,克伦德勒,等到一份能证明你有罪的银行存折到你手里之后,我们再讨论吧。那时你就是我的囊中之物了。

45

屋里只剩下了家里人：哥哥和妹妹。

柔和的光，柔和的音乐。北非音乐，乌德琴音乐配合着鼓声。玛戈低头坐在长沙发上，手臂盘住膝盖，看上去可能是个休息时的铅球运动员，或是锻炼结束在健身房休息的举重选手。她的呼吸比梅森的呼吸器略快一些。

歌声结束，她站起身子来到哥哥床边。海鳝从人工岩洞探出了头，看看今晚它那银色的动荡的天空会不会又掉下鲤鱼的雨。玛戈钢锉一样的声音最温柔地说道："你醒着吗？"

不一会儿，梅森出现在他那总是睁着的眼睛后面。"是谈谈（咝咝的呼吸声）玛戈的要求的时候了吧。坐到这儿来，坐到圣诞老人的膝盖上来。"

"你知道我要的是什么。"

"告诉我。"

"朱迪和我想要一个孩子，想要一个姓韦尔热的孩子，我们自己的孩子。"

"你怎么不买一个？"

"那倒不错,我们也可能去买一个。"

"爸爸遗嘱里是怎么讲的?……在我亲爱的儿子梅森去世之后,全部家产将由一个经过细胞符号实验室或与之相当的DNA试验室确认为我后裔的人继承。这里的'亲爱的儿子梅森'就是我。如果没有继承人,唯一的受益者将是南方浸礼会,得克萨斯州韦科市贝勒大学有特别条款规定的除外。你这一臭拳真会把爸爸气死的,玛戈。"

"你可能不会相信这个,梅森。但是问题不在钱——钱的问题是有一些,可是你就不愿意有个后代吗?他也会是你的后代呢,梅森。"

"你干吗不找个如意的人让他弄一弄,玛戈?你总不至于说连那也不会吧!"

摩洛哥音乐又加强了。乌德琴乐声梦魇般的反复到了她耳里似乎变成了愤怒。

"我把我自己弄糟了,梅森,我的子宫因为我吃的药已经萎缩。我还想让朱迪也参加。她想当母亲生他下来,梅森。你说过的,如果我帮助你办事——你答应过给我精子。"

梅森蜘蛛样的手指做了个手势。"你自己弄去吧,要是我那底下还有的话。"

"梅森,你还非常可能有管用的精子。我们可以没有丝毫痛苦而得到收获。"

"收获到我的可用的精子?听起来你好像已经跟什么人谈过了。"

"只是跟授精诊所谈了一下,保密的。"即使在鱼缸的冷光里玛戈的脸也柔和了起来,"我们对孩子真的会好的。我们听过父母教育课程,朱迪来自一个宽容的大家庭,还能得到几个做母亲的妇女的帮助。"

"我们俩年轻时你总能弄得我射精,玛戈,让我射得像个使用炮弹带的大炮,而且很快。"

"我小时候你伤害了我,梅森。你伤害了我,在你逼我给另外一个人……拉得我肘关节脱了臼。我的左臂弯举至今超不过八十磅。"

"行了,巧克力你是不愿吃了。我说过,小妹妹,这个问题我的事办完之后再谈吧。"

"我们现在就来试试你吧,"玛戈说,"医生是能够没有痛苦获得样品的。"

"什么没有痛苦?我那下面什么感觉都没有。你可以去吸,吸得脸发青也不会像我们第一次那样。我早叫人吸过了,什么反应都没有。"

"医生可以无痛取得样品,只是为了看看你的精子是否还有活力。朱迪已经在服用克拉米德。我们正在找出她的排卵周期,要做的事还很多。"

"我一直不曾有过见到朱迪的荣幸,科德尔说她罗圈腿。你们俩配对有多久了,玛戈?"

"五年了。"

"你怎么不带她来玩一下?我们可能……想出个办法来,比如说……"

北非鼓点击了最后一拍,停止了,可在玛戈耳里那寂静仍然是喧闹。

"你要跟司法部建立个小小的联系,干吗自己不去?"她对着他的耳朵眼说,"你干吗不想法子用你那部他妈的便携式电脑到电话亭去通话?你干吗不再花钱弄些蠢猪去抓那把你的脸变成了狗食的家伙?你说过你会帮助我的,梅森。"

"我会的,只是还得想想。我得考虑一下时间。"

玛戈捏碎了两个核桃,让核桃壳落在梅森的床单上。"你可别考虑得他妈的太久了,笑面虎。"她走出房间时,她那摩托车裤像水汽一样嗖嗖地响。

46

阿黛莉亚·马普高兴时就自己做饭。她只要肯做,总做得非常好。她是牙买加人和谷拉①人的混血后裔。此刻她在做鸡肉干,正小心抓住柿子椒的柄去着籽。她不肯买切好的鸡肉,认为那得多花钱,于是让史达琳刀子砧板地忙个不停。

"鸡要是不切开,史达琳,就没有那么入味。"她解释说,这已经不是第一次解释了。"看着,"她说着拿刀切了下去,力气太大,鸡肉碎渣飞到了她的围裙上,"就像这样。你干吗把鸡脖子扔掉?那是好东西,放回去。"

一分钟以后。"我今天到邮局去了一趟,给我妈妈寄了双鞋。"马普说。

"我也去了邮局,你该让我代你去寄的。"

"你在邮局听见什么消息没有?"

"没有。"

马普点点头,倒也不意外。"有人说你的信件受到了监控。"

---

① 居住在美国南卡罗来纳州和佐治亚州沿岸,尤其是附近海岛上的黑人种族。

"谁说的？"

"是邮务检查官的秘密指示。你还不知道，是吧？"

"不知道。"

"那么你就用别的办法去查出来。咱们可得保护邮局里的朋友。"

"好的。"史达琳放下刀子，停了一会儿，"我的天哪，阿黛莉亚。"

史达琳那天到邮局柜台买邮票，在忙碌着的邮局职员板着的面孔上没有看出什么来。那些职员大部分是非洲裔美国人，有几个她还认识。有人显然是想帮助她，可又极可能触犯刑法，受到罚款处分，并威胁到退休金。显然，那人相信阿黛莉亚更甚于相信她。史达琳虽然感到烦恼却也因为有非洲裔美国人喜欢她而高兴。这可能表明了那人的一种无言的判断，认为她杀死伊芙尔达·德拉姆戈是出于自卫。

"现在，把葱拿来，用刀把捣碎，放到这儿。葱白葱叶全捣碎。"阿黛莉亚说。

准备工作完成，史达琳洗了手到阿黛莉亚秩序井然的起居间里坐下了。阿黛莉亚马上跟了进来，在一块抹布上擦了擦手。

"都是些混账、牛屎，对吧？"阿黛莉亚说。

她俩有个习惯，在谈起确实不吉祥的事前先骂个痛快。这是在世纪末给自己壮胆的一种方式。

"我要是知道才怪！"史达琳说，"问题在于，是哪个狗娘养的在检查我的信件？"

"我的熟人只知道是邮检部门。"

"不会是因为枪战，不会是因为伊芙尔达，"史达琳说，"检查我的信件一定是因为莱克特博士。"

"他给你的东西你全都上交了。因此你跟克劳福德都倒了霉。"

"他娘的，说穿了，如果是联邦调查局职业责任调查部在检查我，我觉得还可以查个水落石出，但如果是司法部的职业责任调查部，我就无能为力了。"

司法部和它下属的联邦调查局各有自己的职业责任调查部,两个部理论上是合作的,实际上往往发生冲突。这种机构内部的矛盾被称为"彼此撒尿",夹到当中的特工有时就会给尿淹死。而且,司法部的督察长,一个搞政治的家伙,任何时候都可能插进一脚,把敏感的案件拿了去。

"他们要是知道了汉尼拔·莱克特要干什么,要是以为他到了你的附近,是一定会通知你,让你小心。史达琳,你有过他……就在你身边的感觉没有?"

史达琳摇摇头。"我倒不太为他紧张,并不紧张。我常常一连许多日子都没有想起过他。你知道那种像铅一样的感觉吧?你在害怕什么东西时那种沉重的、灰色的感觉?那种感觉我一点都没有过。我觉得我要是出了问题自己总会觉察到。"

"那你怎么办,史达琳?要是你发现他来到了你的面前会怎么办?突然出现在你面前?你决定了怎么办没有?你会向他扑过去吗?"

"我只要能够从裤子里拔出枪就向他背后扑过去。"

阿黛莉亚哈哈大笑。"然后怎么样?"

史达琳的笑没有了。"那主意就得他自己拿了。"

"你会对他开枪吗?"

"为了保护自己这一肚子杂碎,我会开枪。你是在跟我开玩笑吗?天哪!我希望别发生这样的事,阿黛莉亚。如果他被抓住,看管起来,而没有别人受伤——连他自己也没有,我就高兴了。不过我要告诉你我的一个想法,他要是被堵住逃不掉了,给我个机会跟他见面,我是会很高兴的。"

"你这话可不能对人讲。"

"要是我去了,他就可以有多一点活下去的机会。我不会因为怕他而向他开枪的。他毕竟不是狼人。只需要让他做个决定就行。"

"你害怕他吗?你最好是非常怕他。"

"你懂得什么是怕吗,阿黛莉亚?别人告诉了你真相,那才真叫害怕。我希望看见他别再惹事。他如果能够不惹事,被看管起来,人们对他的兴趣就会大起来的,对他的待遇也会好些。他跟同牢房的人也不会有问题。他如果被关押起来,我就得谢谢他那封信了,一个疯到还可以讲出真理的人不应该浪费掉。"

"检查你的信件是有理由的,有法庭的命令,盖过印的,命令存放在某个地方。不过我们还没有受到警察监视,要是受到了监视我们总能够察觉的。"阿黛莉亚说,"如果那些狗东西明知他要来却不告诉你,我可就不会饶恕他们了。你明天小心点。"

"克劳福德先生会告诉我们的。他们要对莱克特采取大动作,不能不让克劳福德先生知道。"

"杰克·克劳福德已经成了历史,史达琳。他是你身上的一个盲点。他们既然因为你那嘴太伶俐,因为你不让克伦德勒钻你的裤裆想要对付你,能够让克劳福德知道吗?如果是有人想束缚你的手脚呢?嗨,现在我可要认真保护我的线人了。"

"我们怎么能够保护你在邮局里的朋友呢?需要我们做什么?"

"你以为来吃饭的是什么人?"

"好了你,阿黛莉亚!……等一等,我还以为来吃饭的是我呢。"

"你可以拿一点过去吃。"

"谢谢!"

"没关系,丫头,事实是,鄙人乐于效劳。"

47

史达琳从呻吟在风雨中的木板屋搬进路德派孤儿院结实的红砖大楼时还是个孩子。

儿童时代早期,他们一家人住的居室破烂不堪,却有一个温馨的厨房,她在那儿可以跟爸爸合吃一个橙子。但是死神找到了那小屋,那屋子是给为了少量报酬而做危险工作的人住的。她爸爸开着那辆破旧的小货车离开小屋去巡夜,被杀死了。

史达琳骑了一匹快要被杀的马离开了领养她的家庭,那时他们正要杀羊羔。她在路德派孤儿院找到了避难所,从此那巨大结实的孤儿院建筑就给了她安全感。路德派也许温馨但提供的橙子太少,耶稣太多,但规定总是死的,只要你懂得规定你就不会有问题。

在受到不带个人成见的考验挑战时,在街头值勤时,她都知道可以依靠自己保证自己的安全,但是在机关里搞政治她却缺少才能。

现在,她一大早从她的旧野马车里出来时,匡蒂科高大的门面已再也不是能让她避难的巍峨的砖石胸膛了。停车场上空疯狂的气氛使那里的门都似乎歪扭了。

她想看看杰克·克劳福德,却没有时间。太阳刚升起,霍根巷里就要开始拍片了。

为了调查费利西亚纳鱼市的屠杀,要在匡蒂科霍根巷的打靶场拍摄一部再现那次战斗的情况的片子,要对每一颗子弹和每一条弹道做出清楚的解释。

史达琳得去表演她的角色。他们使用的伪装车就是参战的那辆,车身补了涂料,抹平了新打出的弹孔,却没有上色。他们一次又一次从那辆旧货车里冲出来;扮演约翰·布里格姆的特工一次又一次地扑倒在地上;扮演伯克的特工一次又一次地在地上抽搐。拍摄使用的乌烟瘴气的空弹头武器弄得她筋疲力尽。

片子直到下午过半才拍完。

史达琳脱下了特种武器和战术警察部队的制服,在办公室找到了杰克·克劳福德。

现在她又叫他克劳福德先生了。他似乎越来越模棱两可,跟谁都生疏了。

"来杯Alka-Seltzer吗,史达琳?"克劳福德见她来到办公室门口,说道。克劳福德一天要吃好多种成药。他还吃银杏叶片、棕榈末片。他从手掌里按一定的顺序吃,扬起头,像在跟谁干杯。

近几个星期来他开始把西服挂到办公室的墙上,只穿他去世的妻子贝拉给他织的羊毛背心。他现在看上去比她自己记忆里的父亲还要衰老得多。

"克劳福德先生,我的信件叫人拆了,拆得不高明,好像是用茶壶熏化胶之后拆的。"

"自从莱克特博士给你写信以后,你的邮件就受到了监控。"

"那时他们只透视包裹,那倒没有什么,我还可以读自己的私人信件,谁也没有对我说过什么。"

"拆信的不是我们的职业责任调查部。"

"可也不是多格代表,克劳福德先生,而是个大人物,可以盖到章,弄到第三类截查文件。"

"可拆信的人怎么会像个外行呢?"她很久没有吱声,克劳福德又加上了一句,"你最好是心里有数,就这样算了,史达琳,好吗?"

"好的,先生。"

他嘚着嘴点了点头。"我去查一查看。"他把他的成药瓶子在最上面的抽屉里排列整齐。"我去跟司法部的卡尔·舍默谈谈。我们会弄清楚的。"

舍默是个不中用的家伙,有谣言说他年底就要退休——克劳福德的老哥儿们都要退休了。

"谢谢,先生。"

"你警校班上的同学里有没有有前途的人?有没有招聘部门应该谈谈的人?"

"搞法庭工作的,我说不清楚——在性犯罪问题上他们对我总不好意思。枪法好的倒有几个。"

"枪法好的我们已经配齐了,"他飞快地看了她一眼,"我不是说你。"

史达琳在表演约翰·布里格姆之死这天的黄昏来到了阿灵顿国家公墓约翰·布里格姆的墓前。

史达琳把手放在布里格姆的墓碑上,碑上的凿子印还硌手。她唇上突然有了亲吻他前额时的感觉,那感觉很清楚。他那前额冷得像大理石,因为火药而疙里疙瘩的。那是她最后一次来到他的棺木前。她把自己最后一次参加手枪射击公开赛赢得的冠军奖章塞进了他手上的白手套里。

现在,阿灵顿的树叶已经凋零,正往落叶渐满的地面上飘飞。史达琳手抚着约翰·布里格姆的墓碑,极目一望,看过了那几英亩墓地。她不知道有多少像布里格姆这样的人在愚蠢、自私和令人疲惫的老头子们的交易之中白白牺牲。

不管你是否相信上帝,只要你是个战士,阿灵顿都是块神圣的土地,悲剧并不在死亡,而在白白牺牲。

她感到自己跟布里格姆之间有一种联系,一种并不因为没有成为恋人而减弱的联系。她跪下一条腿,在墓碑旁想起了往事:布里格姆曾经向她温和地提出过一种要求,她没有同意,然后他问她他俩是否能够成为朋友,他是认真的;她表示同意,她也是认真的。

她跪在阿灵顿墓地,想起了她父亲远在外地的坟墓。自从她大学毕业到墓前告诉过他以后,就再也没有回去过。她不知道是否该回去看看了。

透过阿灵顿黑色枝丫的落日一片橙黄,就像她父亲跟她合吃的橙子。遥远处的号角声使她战栗,手下的墓碑凉幽幽的。

48

我们可以透过自己呼出的雾气看见它——晴朗的夜里纽芬兰上空一个明亮的光点,它悬挂在猎户星座里慢慢从头顶飞过。波音747迎着时速一百英里的风向西冲刺。

我们回到统舱,那是属于"旧大陆幻想曲"全包旅游的五十二名旅客的地方。这次十一国之游历时十七天,现在正往美国的底特律和加拿大的温莎飞回。肩高空间二十英寸,椅子扶手间距二十英寸,比当年黑奴在中央航路①上的空间宽松了二英寸。

旅客的食物是冻得像冰块的三明治,里面的肉滑唧唧的,奶酪是加工过的。他们呼吸着以节约的方式重新加工的空气,每个人都呼吸着别人放的屁和呼出的气。这是五十年代牲口贩子们所建立的沟水饮料原则的变体。

莱克特博士坐在统舱正中一排的中间座位上,两边都是小孩,排尾坐

---

① 奴隶贸易时期从非洲到西印度群岛的大西洋奴隶贸易航线。

了个抱婴儿的妇女。莱克特博士坐了多年牢,受过多年拘束,不愿再受拘束。他身边一个小孩大腿上的电子游戏机不时地哔哔叫着。

跟好些分散坐着最廉价票位的人一样,莱克特博士戴了一个浅黄色的臂套,上面有加一美旅游的红色大字,还画了一张笑脸。他也像旅游客人一样穿着仿制的运动员热身装,上面有多伦多枫叶冰球队的队徽。他在外衣里贴身捆了大量钞票。

莱克特博士随旅游团旅游已经三天。他的票是从一个巴黎的掮客处买来的,是最后时刻因病不能登机的退票。应该坐在他座位上的人在爬圣彼得大教堂的圆顶时心力衰竭,用棺材装回加拿大去了。

莱克特博士到达底特律时必须面对护照监控和海关检查。他可以肯定的是:西方世界每一个重要空港的保安和移民官员都已得到指示,要警惕他入境。凡有护照监控的地方,即使墙壁上没有他的相片,海关和移民局每一部电脑的快捷键下也都会有他的相片在等着。

他认为在所有这类地方他都可能碰上一点运气:权威人士使用的照片极有可能都是他的老照片。他用以进入意大利的假护照找不到相应的来源国提供他的新照片。在意大利,里纳尔多·帕齐图省事,想用警方的档案,包括费尔博士的permesso di soggiorno和工作许可证的照片及底片来满足梅森·韦尔热的要求。但是这些东西已经被莱克特博士从帕齐的皮包里找出来,销毁了。

除非帕齐悄悄拍摄过"费尔博士"的照片,否则,世界上就不存在以莱克特博士现在的面孔拍下的照片,而这种可能性是极大的。他现在的面孔跟老面孔差异倒不算大,只有鼻子和面颊上加了点胶原蛋白填料,改变了头发,戴了一副眼镜,但是只要没有引起特别注意,还算是不相同的。为处理他手上的疤痕,他找到了耐用的化妆品和染色剂。

他希望到了底特律这种大都会空港,入境管理处会把旅客分成两排,一排持美国护照,一排持其他国家护照。他选择了这个边境城市,是因为希望持其他国家护照一排的人多。这架飞机满是加拿大人，莱克特博士希望他能够随着人群匆匆混出去，只要人群接受他就行。他已经跟这些观光客一起看过一些历史遗址和画廊，也一起受过飞机上的煎熬。尽管也有限度：他不能跟他们一起吃这航线上的猪狗食。

观光客们人又疲倦腿又酸疼，穿腻了身上的衣服，看腻了周围的伙伴，只一心一意埋在晚餐饭盒中，从三明治里挑出已经冷得发黑的莴笋。

莱克特博士不愿意引人注意，他耐心地一直等到其他的乘客挑挑拣拣吃完了那难以下咽的饭食，上完厕所，大部分都睡着了。前面远处放映着一部陈旧的电影，他仍然以蟒蛇的耐心等候着。他身边那小孩也抱着电子游戏机睡着了；巨大的机舱里上上下下的读书灯都已熄灭。

这时候，也只在这时候，莱克特博士才偷偷看了看周围，从面前座位的下面取出了他的夜点。那东西装在一个高雅的、有褐色图案装饰的黄盒子里，是巴黎富舜餐饮公司的宴会餐，用两条色彩互补的丝带拴好。莱克特博士给自己准备好了香喷喷的松露肥鹅肝酱和因刚脱离枝头还泪痕点点的安纳托利亚①无花果，外加半瓶他所喜爱的圣艾斯台甫酒。酒瓶上的丝质蝴蝶结一拉便絮絮地细语。

莱克特博士想品尝一个无花果，拿到嘴唇边闻到了香味，鼻孔翕动起来。他正在考虑是痛快地一口吃下去，还是只吃半颗，电子游戏机哔哔地叫了，然后又叫了。博士没有掉头，只把无花果藏在手心里，低头看了看身边那孩子。松露、肥鹅肝酱和法国白兰地的香味从打开的餐盒里扩散出来。

小孩嗅了嗅空气，细眼睛像啮齿动物的一样闪亮了，斜睨着莱克特博士的夜点，用刺耳的声音说话了，像个争食的小弟弟：

"嗨，先生，嗨，先生。"他不停地叫。

"什么事？"

---

① 土耳其的亚洲部分。

"你这就是'特餐'吧?"

"不是。"

"里面是什么呀?"小孩向莱克特博士抬起头,满脸讨好的神情,"我吃点好吗?"

"我倒很想给你吃。"莱克特博士回答,注意到那孩子大脑袋下的脖子像猪软肋一般细,"可你不会喜欢的,是肝。"

"肝泥香肠!太好了!妈妈不会反对的。妈啊——妈!"反常的孩子,喜欢吃肝泥香肠,不是哼哼就是尖叫。

抱着孩子坐在排尾的女人惊醒了。

前面一排的旅客的椅子是向后放倒的,莱克特博士可以闻到他们头发的气味。这时他们回头从座位缝隙里看了过来。"嗨,我们还要睡觉呢。"

"妈啊——妈,我吃吃他的三明治,可以吗?"

母亲膝头上的婴儿醒了,哭叫起来。母亲把一个手指伸到尿布里面,一看没事,塞了个塑料奶头到婴儿嘴里。

"你要给他吃什么东西呀,先生?"

"是肝,太太,"莱克特博士尽量平淡地说,"他要——"

"肝泥香肠,我喜欢吃,他会给我吃的,他说过……"孩子把最后几个字拉成了号叫。

"先生,你要给我的孩子吃的东西,我能够看看吗?"

空中小姐因为打盹受到干扰,浮肿着脸,婴儿一叫喊她已站在了那女人座位边。"没有事吧?要我拿什么东西吗?要热一热奶瓶吗?"

女人取出一个带盖的奶瓶递给空中小姐,打开了读书灯。她寻找橡皮奶头时,向莱克特博士叫道:"你能递给我吗?你要给我的孩子东西吃,我得先看一看。别生气,他的肚肚不好。"

按照习惯,我们总把孩子交给日托的陌生人去带;可与此同时,由于内疚,我们又对陌生人怀着妄想症,培养着孩子们的恐惧心理。眼前这种情况似乎就连真正的魔鬼也得要小心对待,哪怕是像莱克特博士这种对孩子不感兴趣的魔鬼。

他把他的富舜盒子递给了那母亲。

"嗨,好漂亮的面包。"她说,用刚摸过尿片的指头戳了一下。

"你吃吧,太太。"

"酒我可是不吃的。"她说,往四面看了看,以为会有人笑,"我还不知道准许自带饮食呢。这是威士忌吗?他们准许你在飞机上喝酒吗?这条丝带你要是不要,我就留下。"

"先生,飞机上不能开含酒精的饮料。"空中小姐说,"我给你保存着吧,你可以到舱门那儿领回。"

"当然,非常感谢。"莱克特博士说。

莱克特博士能够不受环境的影响。他能把它全部从脑海中赶走。电子计算机的哔哔声、鼾声、放屁声,这些东西跟他在暴力病房里所承受的地狱一样的尖叫一比,就简直算不了什么了。飞机上的座位并不比监狱里的禁锢更严格。莱克特博士像他在监狱里多次做过的那样,双眼一闭、头一仰便引退到他那记忆之宫的寂寥里逍遥去了。那里大部分地方都美妙无比。

此刻,那带着一个有着无数小房间的宫殿的金属圆筒正迎风呼啸,往东飞去。

我们曾经在卡波尼邸宅拜访过莱克特博士,现在不妨再跟着他去拜访他心灵的宫殿……

前厅是巴勒莫①的诺曼式②小教堂的前厅,质朴,美丽,看不出年代。只在地上刻有一个让人们记住终有一死的标志:骷髅头。若不是非常急于从记忆之宫里提取资料,莱克特博士一般会在前厅逗留一会儿。他此刻就在

---

① 意大利西西里岛的首府,是该岛北岸的海港城市。
② 一种罗马式建筑的初期形式,其特点为简朴、雄伟,具圆拱。

这里欣赏着小教堂。再往里面走，又深邃又复杂的便是莱克特博士为自己建造的宏大的、有明有暗的宫殿了。

这座记忆的宫殿是按古代学者熟知的一种记忆法体系建造的，其中储存了历经劫难从汪达尔人①焚书的黑暗时代遗留的许多资料。像他以前的学者一样，莱克特博士把渊博的知识按内容分类，存放在他那无数个小房间里。但是跟古人不相同的是，莱克特博士的记忆之宫另有一种用处：他有时就在宫里居住。他曾在那里的精美收藏品间度过了漫长的岁月，那时他的身体被捆缚，躺在暴力病房里，尖叫和呐喊有如地狱的竖琴震得铁栅栏嗡嗡地响。

莱克特博士的宫殿即使用中世纪的标准来看也够得上巨大宏伟。若用可见可闻的世界作比，其宏大与复杂当不亚于伊斯坦布尔的托普卡珀宫②。

他心灵中迅疾的芒鞋从前庭进入了季节的大厅，我们赶上了他。那宫殿是按照凯奥斯岛的西摩尼得斯③所发现、四百年后又按西塞罗④所阐述的规律建造的。它空旷、高峻，所陈列的物品与画面生动、醒目，有时也惊人、荒唐，却大都美丽。陈列品间隔适中，照明得体，有如大博物馆，但是墙壁的颜色却不是博物馆常用的中性色。像乔托一样，莱克特博士给自己心灵的墙壁上画满了壁画。

他在宫殿里逍遥时决心找出克拉丽丝·史达琳的家庭住址，但他并不匆忙，因此便在巨大的楼梯下停住了脚步。那里有瑞雅伽的青铜雕塑，这些伟大的青铜战士被判定为菲迪亚斯⑤的作品，是到了我们的时代才从海底被打捞出来的。它们是一大片壁画空间的中心，荷马和索福克勒斯⑥的

---

① 日耳曼民族的一支，曾经掳掠高卢、西班牙和北非，455年攻占罗马，毁灭过大量文学艺术的珍宝。后借以指破坏文物的野蛮人。
② 土耳其最大城市伊斯坦布尔的著名宫殿博物馆。
③ 西摩尼得斯 (前556—约前468)，生于爱琴海凯奥斯岛的抒情诗人，警句作者。
④ 西塞罗 (前106—前43)，古罗马政治家、演说家和哲学家。
⑤ 公元前五世纪希腊雅典雕刻家，其主要作品原作均已无存。
⑥ 荷马为公元前九—前八世纪的吟游盲诗人；索福克勒斯为古希腊三大悲剧诗人之一，活动于公元前五世纪。

故事都可以从它们身上展开。

莱克特博士若是愿意,可以让那些青铜雕像讲讲墨勒阿革洛斯①的故事,但是他今天只想看看。

无数间密室,若干英里的走廊,每间密室的每个物品上都附着上百个事实,是一个愉快的喘息之处,静候着莱克特博士,他只要想去就可以往那儿引退。

但是我们只在一个方面跟博士有共同的感受:危险在我们心灵和头脑的拱顶下等待着我们。并非所有的密室都那么可爱,那么明亮和高大。心灵的地板上有洞,有如中世纪地牢的地板——那发臭的、为了忘却而命名的地牢,整石凿出来的罐子样的牢房,顶上盖着石门。无论什么东西也无法静悄悄地从那里逃出去,这让我们感到宽慰。地震来了,看守人受贿了,或是回忆的火花点燃了令人憎恶的瓦斯,禁锢多年的东西便飞出来,获得自由,随时会在痛苦中爆炸,迫使我们铤而走险……

他用矫健轻快的步伐沿着自己建造的走廊大踏步走着,走廊建造得阴森而神奇。我们随着他走过了栀子的馨香,伟大的雕塑作品和画幅的光彩都向我们逼来。

他的路线绕过右边,经过了普林尼②的胸像,上了台阶,来到演讲厅。演讲厅的两面按固定的顺序排列着雕塑和绘画,排列方式一如西塞罗的建议:间距宽大,照明良好。

啊……右门边第三个壁龛里主要是一幅圣弗兰西斯用蛾子喂椋鸟③的画。画前地上是以下的场景,由真人大小的大理石彩塑构成:

阿灵顿国家公墓里的一次游行,三十三岁的耶稣④领头,开着一辆1927

---

① 希腊神话中狩猎卡吕冬野猪的领袖。荷马史诗《伊利亚特》中叙述了他的故事。
② 公元一世纪,罗马有两个普林尼。老普林尼(23—79)是作家,博物学家;小普林尼是老普林尼的养子,为作家,政治家。
③ 椋鸟原文与史达琳的姓是同一个词。
④ 一般认为耶稣上十字架时为三十三岁。

年的T型福特卡车,那是辆铁皮廉价车,J.埃德加·胡佛①穿着芭蕾舞短裙站在卡车底座上,向看不见的人群招着手。克拉丽丝·史达琳扛着一支.38埃菲尔德式步枪跟在他身后。

莱克特博士似乎因为看见史达琳而极为高兴。很久以前他在弗吉尼亚大学的同学会找到了史达琳的家庭地址,便把它藏在了这幅画里,现在为了自己高兴,便召唤出了史达琳住处的街道名和门牌号:

阿灵顿市廷德尔路3327号,
VA22308

莱克特博士可以以超自然的速度在他记忆之宫的巨大厅堂里走动。以他反应之迅速,力气之巨大,心灵之敏锐,在物质世界里虽可以应付自如,但进入了他心灵的某些地方时却不安全,西塞罗关于秩序井然的空间与光明的逻辑规律在那儿并不适用……

他决定去访问古代的纺织品收藏。为了给梅森·韦尔热写信,他想去查一查奥维德②的一篇谈附着在纺织物表面的香油的文字。

他向纺织机和纺织品大厅走去。

在波音747飞机的世界里,莱克特博士的头紧靠在座位上,双眼紧闭。飞机因气流而起伏,他的头也随之而起伏。

座位那头的婴儿吃完了那瓶奶,还没有入睡,脸却涨红了,母亲觉得那小身子在毛毯下绷紧了,又松弛了。不用问也知道出了什么事。母亲不愿意把手指伸进尿布里。前面一排有人叫道:"倒——霉!"

---

① 美国联邦调查局前局长。
② 奥维德(前43—17),古罗马诗人。

飞机那陈旧的体操房臭味中又加进了一层臭味。坐在莱克特博士身边的小孩子对婴儿那一套已经习以为常，继续吃着富舜公司的午餐。

记忆之宫底层的石牢房的石盖飞了起来，地牢张大嘴喷出一股熏人的奇臭。

莱克特博士的父母叫大炮和机关枪打死了。他们的庄园里那广袤的森林满目疮痍。只有少量的动物勉强存活了下来。

那群成分复杂的逃兵使用着远处的猎人住屋，弄得到什么就吃什么。有一回他们找到了一头可怜巴巴的鹿，瘦骨嶙峋，身上还带着一支箭。那鹿是设法在雪下找到了食物才活下来的。他们不愿扛着走，于是牵了回来。

他们牵回来时，六岁的汉尼拔·莱克特从仓房的缝隙里看见了。那鹿拽着拴在脖子上的犁绳，使劲摆着头。那些人不愿开枪，只敲得它那纤细的脚站不住，再用斧头向喉咙砍去。生怕鹿血浪费，需要准备一只碗，因此他们用几种语言互相咒骂着。

那瘦小的鹿没有多少肉。于是两天后，也许是三天后，穿着长大衣，嘴里冒着热气和臭气的逃兵们便踩着雪从猎人住屋走了过来，打开仓房，从挤在干草上的孩子们里挑选。孩子们一个都没有冻死，他们只好选个活的。

他们摸了摸汉尼拔·莱克特的大腿、上臂和胸口，没有选他，却选中了他的妹妹米莎，把她带走了。他们说是去玩，但是带去玩的人谁也别想回来。

汉尼拔用他那结实的手臂紧紧抱住米莎，他们把仓房沉重的门狠狠关到他身上，砸断了他的上臂，痛得他昏死过去。

他们把米莎从鹿血斑斑的雪地上带走了。

他使劲祈祷着能再见到米莎。那祈祷费尽了他六岁的心力，却淹没不了斧头的声音。他要再看到米莎的祈祷并非完全没有应验。他确实看见了米莎的几颗乳齿，放在抓人者腥臭的板凳上的凹处。那板凳是那些人在他们的住处和仓房之间的雪地上使用的。仓房是他们用来关抓来的儿童的,1944年东线溃败之后他们就靠这些儿童维持了生命。

自从他的祈祷只部分应验之后,汉尼拔·莱克特便再也不把神明放在心上。他只觉得自己那区区的捕食行为在上帝的伟业面前苍白无力。从反讽的意义来看,上帝的伟业确是旷世无匹,上帝的暴戾也是罄竹难书的。

在这架飞掠云霄的飞行器里,靠在椅背上的头轻微地起伏着,莱克特博士在对血淋淋的雪地上走着的米莎的最后一瞥和斧头的声音之间停住了。他就耽搁在那儿,他吃不消了。他那汗湿的脸在飞机的世界里爆出了一声短促的叫喊,尖细高亢,而且凄厉。

前面的旅客回过头来,有人惊醒了,有人吼叫了。"小家伙,耶稣基督,你怎么回事?天哪!"

莱克特博士睁开眼睛往前面看着,一只手落到他身上,是那小孩的手。"你做怪梦了,是吗?"孩子并不怕,也不在乎前排人的抱怨。

"是的。"

"我有时候也做怪梦。我不是笑你。"

莱克特博士的头靠紧在椅背上,吸了几口气,恢复了镇定,好像镇定从前额往脸上挂了下来似的。他对孩子低下头,好像透露秘密一样说:"你做得对,不吃这种猪食。以后也别吃。"

航空公司不再提供信笺,完全镇定下来的莱克特博士从衣服的前胸口袋里取出了几张旅馆信笺,开始给史达琳写信。他先给她的脸画了幅速写。这张速写现在还在芝加哥大学的一份私人收藏中,学者要看可以借到。画里的史达琳像个小孩,头发因为眼泪而贴到了面颊上,就像米莎……

我们可以透过自己呼出的雾气看见那飞机,在晴朗的夜空里是一个明亮的光点。我们可以看见它飞过北极星,飞过一去不复返的路,现在它正画出一道巨大的圆弧,向新世界的明天降落。

49

史达琳的小办公室里的报纸、文件和软盘堆得快要倒塌了。她申请增加空间,却得不到回答。够了。她破罐子破摔,征用了匡蒂科一间宽大的地下室。那房间原打算让国会拨款做行为科学处的专用暗室的。没有窗户,但是架子很多。原先是为做暗室建造的,所以这里有双重的遮光帘,却没有门扇。

有不知名的邻居用斜体字为办公室印了个牌子,"汉尼拔室",钉在她挂帘子的入口处。她怕失去这屋子,把牌子挂进了屋子里。

她几乎立即在哥伦比亚大学的刑事审判图书馆里找到了一大批有用的个人资料。他们在那里保留了一个汉尼拔专室,有莱克特博士的医疗和心理咨询原始文件、审讯记录和指控他的民事案文件复本。史达琳第一次去时,保管人为找莱克特专室的钥匙让她等了四十五分钟,钥匙却没有找到。第二次去,她发现负责的人是个漠不关心的研究生,而且材料没有编目。

史达琳年逾三十依然急躁。她在联邦检察官办公室得到杰克·克劳福德处长的支持,弄到一份法庭命令把大学那批收藏品一股脑弄到了她匡蒂科的地下室里，是几个联邦警官用一辆货车给她运来的。

正如她所担心的，法庭的那道命令造成了轩然大波，终于引来了克伦德勒……

史达琳用了长长的两个礼拜把她的临时莱克特中心的大部分图书馆资料整理出了个眉目。星期五下午很晚，她洗净了脸上和手上的书尘和脏污，关掉了灯，在屋角的地板上坐了下来，望着一架架的书和文件出神。她大概打了一会儿瞌睡……

一种气味惊醒了她，使她意识到自己不是独自一人。那是鞋油味儿。

房间半明半暗，副督察长助理保罗·克伦德勒在书架边慢慢移动着，看着书本和图画。他没有敲门，没有门可敲，而克伦德勒又素性不爱敲门，特别是敲部下的门。他到匡蒂科这间地下室来就已经是瞧得起她了。

房间的一面墙上是莱克特在意大利的资料，挂着一张大照片，是里纳尔多·帕齐脏腑外流从韦基奥宫窗户上吊下来的镜头。对面的墙上是莱克特在美国的罪行，一张警局的大照片占了主要位置，是莱克特多年前杀死的一个弓箭狩猎者，尸体挂在一块招贴画牌上，身上按照中世纪的《受伤的人》的插图戳满了伤口。书架上是大量的案件文件和受害人家属递呈的控诉莱克特非法杀死人的民事诉讼状纸。

莱克特博士私人的医疗书籍都按照他心理咨询办公室的原样排列，是史达琳用放大镜检查了警方拍摄的莱克特办公室的照片后排列的。

墙壁上有一个灯箱，里面是莱克特博士颅骨和颈骨的X光片。在这暗淡的房里，光线大部分就来自这儿。另外的光来自屋角一张桌子上的电脑工作站。屏幕的主题是"危险生物"。电脑不时地呜呜两声。

电脑边堆着史达琳获得的资料，历尽千辛万苦搜集到的纸片、收据和分门别类的账单。这些东西透露了莱克特博士在意大利和在美国被送进疯人院前的私人生活，可以暂时当成他喜爱使用的物品的清单看。

史达琳用一张扫描仪平台当桌子，把莱克特博士在巴尔的摩家里残存的东西摆到了一起——瓷器、银器、晶质玻璃器皿,雪白的台布和一个烛台——四平方英尺的高雅趣味对比着挂在屋里的千奇百怪。

克伦德勒拿起大酒杯,用指甲弹了一下。

克伦德勒从没有接触过一个罪犯的身体,从没有跟罪犯在地上扭打过。他把莱克特博士看作传媒渲染出的魔鬼,也看作一个机会。他可以看见莱克特博士死去之后自己的照片在联邦调查局博物馆的展览里与这些东西一起展出。他可以看见这事在竞选里的巨大价值。克伦德勒把他的鼻子靠近了博士那巨大颅骨X光侧面片。史达琳对他说话了,惊得他一跳,把鼻子上的油腻弄到了X光片上。

"需要我帮忙吗,克伦德勒先生?"

"你怎么会坐在黑暗里?"

"我在思考,克伦德勒先生。"

"国会山的人想知道我们在莱克特案件上干了些什么。"

"我们干的事就在这儿。"

"简单地报告一下吧,让我跟上步伐。"

"你最好是找克劳福德先生去——"

"克劳福德到哪儿去了?"

"克劳福德先生上法庭去了。"

"我觉得他会输的,你有这种感觉吗?"

"没有,先生,我没有。"

"你在这儿做什么?你把这些东西从大学的图书馆弄来之后,我们得到了他们的一份投诉。这事原本可以办得周到一点的。"

"我们把能够到手的莱克特博士的材料都集中到了这里。实物、文件都拿来了。武器存在火器器械室,不过我们有复制品。他留下的个人文件全在我们手里。"

"目的何在?你们是想抓罪犯还是想出书?"克伦德勒停了一下,把这句押韵的警句①纳入他的词语库。"假定一个负责司法过失的共和党高层人物来问我,你,史达琳特工,为了抓汉尼拔·莱克特在干些什么,我怎么回答?"

史达琳开了灯。她能够看出,克伦德勒的外衣仍然是高价品,而衬衣和领带却是便宜货,袖子外露出多毛的腕骨。

史达琳望穿了墙壁,望过了墙壁,望到了永远,好一会儿才镇定下来,她让自己把克伦德勒看作警校的一堂课。

"我们知道莱克特博士的身份证做工精巧,"她开始了,"他至少还有一个有效的备用身份证,也许更多。他在这方面十分小心,是不会粗心大意犯错误的。"

"说问题吧。"

"他是个趣味高雅的人,有的趣味还很特别,对食品,对酒,对音乐的趣味。这些东西他要是到了这里是会买的。他一定会要这些东西,他不会亏待自己。

"克劳福德先生和我检查了他第一次被捕前在巴尔的摩生活时留下的这些收据和文件,还检查了意大利警方所能提供的收据,还有债权人在他被捕之后的上诉呈文。我们编制了一个他喜爱的东西的清单。在这里,你可以看看。莱克特博士曾经请巴尔的摩爱乐乐团的其他成员吃长笛手本杰明·拉斯培的胰脏,他甚至在那个月里买了两箱柏图斯②酒,每箱价值3 600美元;还买了五箱巴塔—蒙哈榭,每箱价值1 100美元,以及各式各样较次的酒。

"他逃走后到了圣路易斯,叫了同样的酒到他的房间。在佛罗伦萨他也从'真实自1926'买过这种酒。这类东西是很稀少的。我们在检查这类

---

① 原文押韵。
② 柏图斯酒庄位于法国波尔多的波美侯产区,是该区最知名的酒庄。

酒的进口商和经销商成箱出售的记录。

"他从纽约的铁门要了两百美元一公斤的Ａ级肥鹅肝酱；通过格兰德中央牡蛎专柜买过纪龙德河的嫩牡蛎——爱乐乐团理事会聚餐时的第一道菜就是嫩牡蛎，然后才是胰脏和果汁冰糕。你可以读一读这儿，在这本《城乡》杂志里记载了他们的菜肴，"——她大声疾速地读着——"在番红花米饭上盖了一层五香杂烩，黑亮黑亮，引人注目。杂烩的成分至今没有人知道，它的味道既醇厚又刺激，有美妙的鲈鱼味。只有精心提炼大量鲈鱼汁才能取得。没有受害人被确认为这种杂烩里的成分，等等等等，这儿还详细描写了那些独特的餐具和器皿。我们在反复核查瓷器店和晶质玻璃器皿店里用信用卡购物的情况。"

克伦德勒的鼻子哼了哼。

"看，在这份民事诉讼里他还欠了斯托本玻璃公司一盏枝形吊灯的账。巴尔的摩的加莱亚佐公司也提出指控要求收回他买的本特利车。我们追踪着本特利牌新车和旧车的销售，这种车的销售量很小。还有超马力美洲豹车的销售。我们还给餐厅野味供应商发了传真，监控了野猪的销售情况。我们还打算在红腿鹧鸪从苏格兰运来之前一周发一个公报。"她在键盘上敲了敲，看着一张清单，然后，她在觉得克伦德勒的呼吸太靠近背后时离开了电脑。

"我已经拨出了费用，取得纽约和旧金山几位文化活动大票贩子的合作，了解演出票的出售情况。那里有两场他特别喜欢的歌剧和弦乐四重奏演出。他喜欢坐六七排的走道边。我已经把跟他最像的照片分发到林肯中心、肯尼迪中心和大部分爱乐乐团的音乐厅。你也许可以帮助我们从局里的预算里取得点经费，克伦德勒先生。"克伦德勒没有回答，她又说了下去，"我们还反复检查着他以前订阅过的文化杂志的新订阅人——人类学、语言学、《物理评论》、数学、音乐。"

"他召妓吗？施虐的和受虐的妓女？还有男妓？"

史达琳从克伦德勒的提问觉察出他的癖好所在。"我们不知道,克伦德勒先生。多年前他倒是跟几位有魅力的女性有过来往,其中有几位是巴尔的摩慈善活动上和机构里出头露面的人物。我们用她们的生日引诱他来送礼。据我们所知她们都没有受到过伤害,也都不愿意谈论他。我们对他性方面的癖好一无所知。"

"我一向认为他是个同性恋者。"

"为什么这么说,克伦德勒先生?"

"他这些花花草草的屁事,室内音乐呀,茶会食品呀什么的。你如果对这种人很同情,或是有这种朋友,我对你并没有意见。从我对你的印象看,史达琳,你的主要问题是,最好多合作,别搞小王国。我要求你把你的每份述职报告、每个活动日程和每份摘要都复印一份上报给我。明白吗,史达琳?"

"明白,长官。"

到了门口他又说:"一定要送来,这样,你的地位就可以改变,你的所谓事业也可以被重视并得到帮助。"

用来做暗室的屋子已经安装了排风扇。史达琳盯着他的脸打开了排风扇,把他那一身剃须膏和鞋油味吹出去。克伦德勒没有告别就掀开遮光门帘走了。

空气在史达琳面前跳跃,有如打靶场上晃动的热气。

克伦德勒进了大厅,听见史达琳从身后叫他。

"我跟你一起出去,克伦德勒先生。"

克伦德勒有一辆车和一个驾驶员在等着。他现在的行政级别使他只好将就使用水星大侯爵轿车。

克伦德勒来到清爽的空气里,正想上车,史达琳说:"等一等,克伦德勒先生。"

克伦德勒转身对着她,猜测着。也许会闪出点什么火花吧,愤怒的献身?他的触须竖了起来。

"我们现在是在光天化日之下,"史达琳说,"周围没有窃听设备,除非你身上有。"她一阵冲动,难以遏制。因为在满是灰尘的书籍里工作,她只在紧身短背心外罩了一件宽松的斜纹棉布衬衫。

不该这样做。他娘的,豁出去了。

她扯开摁扣,敞开衬衫。"看,我没有带录音机。"她连乳罩也没有戴。"现在的谈话可能是我们俩仅有的一次私人谈话。我要问问你,我干这工作这么多年以来你一有机会就对我背后捅刀子,究竟是为了什么,克伦德勒先生?"

"欢迎你来跟我谈谈……我会给你安排时间的,如果你想回顾一下……"

"我们现在不就在谈吗?"

"你自己想想去吧,史达琳。"

"是不是我不肯跟你在工作以外来往?是不是我叫你回家找你老婆去?"

他又看了她一眼。她身上的确没有电线。

"别臭美了你,史达琳……这城里吃棒子面长大的臭×多的是。"

他上了车,在司机身边坐下,敲了敲仪表盘,大轿车开动了。他的嘴唇嗫嚅着,恨不得刚才就想出了这句话:"像你这种棒子面喂大的臭×多的是。"他今后还要发表许多政治言论,克伦德勒相信,他需要练好他的语言空手道,懂得拿话咬人的诀窍。

50

"能够起作用,我告诉你。"克伦德勒对着嗡嗡响着的黑暗里说,黑暗里是梅森,"十年前你办不到,但是现在她却能够让顾客名单在电脑上流出来,像鹅拉屎一样。"他在起坐区灯光下的长沙发上挪了挪。

克伦德勒可以看见玛戈的轮廓被鱼缸的光线映衬出来。现在他已习惯于在玛戈面前说粗话了,还觉得过瘾。

"玛戈,去把德姆林博士叫来吧。"梅森说。

德姆林博士一直等候在外面游戏室的大动物玩具之间,梅森可以从录像机上看见他正检查着一头绒布长颈鹿,那样子跟维哥特拍摄大卫雕像时很相像。德姆林博士在荧屏上显得比动物玩具小多了,仿佛压缩了自己,更便于钻进别人的儿童时代里去(而不是自己的儿童时代)。

在梅森的起坐区的灯光下,这位心理学家看上去身材干瘪,极其清洁,但是头皮起屑,有斑点的头皮上有干燥的梳头印,表链上有"哲学指导生活"①

---

① 美国学校优秀学生的荣誉组织。

的钥匙。他隔着咖啡台对着克伦德勒坐下了。他对这屋子似乎很熟悉。

果盘里盛有水果和干果，靠他这面的一个苹果上有虫眼，德姆林博士把它转开了。玛戈又取了一对核桃回到她鱼缸边的地方去了，德姆林博士带着惊讶从眼镜片后面望着她，神态近乎粗野。

"德姆林博士是贝勒大学心理学系主任。他执掌着韦尔热教席，"梅森告诉克伦德勒，"我问过他莱克特博士跟联邦调查局特工史达琳之间是什么关系。德姆林博士……"

德姆林坐在座位上望着前方，好像在证人席上。他的脸朝向梅森，仿佛朝向陪审团。克伦德勒看得出他那做证专家的老练慎重的偏袒态度。那是要值两千美元一天的。

"韦尔热先生对我的资格当然是了解的，你需要听听我的资格介绍吗？"德姆林问。

"不用了。"克伦德勒说。

"我检查过那个叫史达琳的女人跟莱克特博士的谈话记录，检查过他给她的信和你为我提供的他俩的背景资料。"德姆林开始了。

克伦德勒显得很不安，梅森说："德姆林博士是签了保密协议的。"

"你需要幻灯片时，科德尔会给你打到屏幕上的，博士。"玛戈说。

"先讲一点背景材料吧。"德姆林看了看笔记，"我们知——道汉尼拔·莱克特生在立陶宛，父亲是个伯爵，爵位可以远溯到十世纪；母亲出身于意大利名门，子爵家庭。德国人从苏联撤退时，纳粹的装甲部队从公路上炮轰了他们在维尔纽斯①附近的庄园，杀死了他的父母和大部分仆人。然后孩子们就失踪了。孩子共有两个，汉尼拔和他的妹妹。他妹妹的下落我们不知道。要点是，莱克特是个孤儿，跟克拉丽丝·史达琳一样。"

"这些都是我告诉你的。"梅森不耐烦地说。

---

① 立陶宛首都。

"但是,你从这些东西得到的结论是什么呢?"德姆林博士问。"我提出的不是两个孤儿之间的同情什么的,韦尔热先生。这不是同情的问题,同情跟这个案子无关,怜悯已被推倒在泥土里流血。听我说,孤儿的共同经历只不过让莱克特更能理解她,更能达到最终控制她的目的。这一切都是有关控制的问题。

"史达琳这个女人的儿童时代是在孤儿院度过的,从你告诉我的情况看,她跟任何男性都没有表现出过稳定的个人关系,只跟一个以前的同班同学住在一起,一个非洲血统的美国女人。"

"很可能是一种性关系。"克伦德勒说。

精神病学家连瞧也没有瞧他一眼——克伦德勒自动认输了。"人跟人住在一起的理由是谁也说不清的。"他说。

"正如《圣经》所说,全都是隐蔽。"梅森说。

"你要是喜欢全麦食品的话,史达琳看上去挺有味儿的。"玛戈提出。

"我认为吸引力来自莱克特这方面,而不是史达琳这方面。"克伦德勒说,"你是见过她的,她是条冻鱼。"

"她是个冷冰冰的人吗,克伦德勒先生?"玛戈觉得有趣。

"你以为她是同性恋吗,玛戈?"梅森说。

"我怎么会知道?无论她是什么,她都他妈的把它看作自己的私事——我这只是印象而已,我觉得她挺难对付的,一张好斗的脸,可我不觉得她是条冻鱼。我们俩没有说过几句话,但我的印象如此,那还是在你需要我帮助之前,梅森——你把我累坏了,记得吧?我不会说她是条冻鱼。像史达琳那样长相的姑娘,脸上总得保持点冷漠,因为有些混账东西总会去纠缠她。"

这时克伦德勒觉得玛戈望着他的时间长了一点,尽管从背光的轮廓上看不清她的表情。

这屋子里的声音多么奇怪!克伦德勒字斟句酌的官腔,德姆林陈腐的蠢话，梅森深沉洪亮、爆破音省得不像话的、嘶沙摩擦音漏气的调子，还有玛戈粗厚低沉、像怨恨着嚼子的马驹一样的嗓音，而衬托这一切的则是梅森的呼吸机的喘息。

"我对她的私人生活有一个想法，是关于她明显的恋父情结的。"德姆林说了下去，"我只做个简单的介绍。现在我们有三份文件，表现了莱克特博士对史达琳的关心。两封信和一张画。画是钉十字架形象的钟，是莱克特在疯人院里画的。"德姆林博士望着屏幕说，"请放幻灯片。"

科德尔在屋外的什么地方在高处的监视器上打出了那幅独特的速写画。原作是用炭笔画在医生用笺上的。梅森的复印件是用蓝图印制技术复制的，线条是伤痕一样的乌青色。

"他想突出这一点，"德姆林博士说，"你们可以看出，这儿是耶稣，钉在一个钟面上，可以旋转的双臂指出时间，像米老鼠表上一样。这画有趣的地方是：向前伸出的头是克拉丽丝·史达琳的，是莱克特趁她访问他时为她画的。这儿是那女人的照片，你们可以看看。科德尔，你那儿是她的照片吗？科德尔，请放照片。"

没有问题，耶稣的头的确是克拉丽丝·史达琳的形象。

"还有个反常的地方：这个人钉在十字架上的方式是钉在手腕上的，而不是手掌上。"

"这是准确的，"梅森说，"必须钉在手腕上，还得加上大的木头垫圈，否则人就会松动，往下塌。那年复活节，伊迪·阿明和我在乌干达曾经把整个过程重新做过，为发现这个道理费了许多力气。救主耶稣上十字架时实际上是钉在手腕上的。所有耶稣钉死在十字架上的画都画错了，原因在于《圣经》从希伯来文译成拉丁文时的错误。"

"谢谢。"德姆林不乐意地表示了感谢，"钉死在十字架上显然表现了对值得崇拜的东西的破坏。注意，这里当作分针的手臂指着6，恰到好处地挡住了阴部；时针的手指着9，或是9过一点，而九点显然是传统所说的耶稣被钉上十字架的时间。"

"注意,你把6和9放在一起,得到的就是69,是人际交往中众所周知的一种形象。"玛戈忍不住说。德姆林狠狠望了她一眼。她捏碎了一个核桃,核桃壳喀喇喇掉到了地上。

"现在我们来看看莱克特博士给史达琳的信。科德尔,请放幻灯片。"德姆林博士从口袋里取出一根激光棍,"你们看到的这个笔迹是用方笔尖的钢笔书写的,流畅的印刷体,写得整齐,像机器写出的一样。这种字你们能在中世纪的教皇敕令上看到,很漂亮,但是整齐得过了分,没有丝毫自然之气。他在搞诡计。他逃走之后不久就写了这第一封信,其间还杀了五个人。我们来读正文吧:

> 那么,克拉丽丝,羔羊是否已停止了惨叫?
>
> 你还有事情没有告诉我呢,你知道,而那是我想要知道的。
>
> 要是你能在任何一个月的第一天在《泰晤士报》国内版和《国际先驱论坛报》的广告栏里回答我,我将十分感谢,最好在《中国邮报》上也作答。
>
> 如果回答是不好说,我也不会意外。现在羔羊暂时不会叫了,但是,克拉丽丝,用思里夫地牢①的怜悯尺度量一量你自己吧。你一次又一次赚到的只会是那东西:该死的沉默。因为驱赶着你的是困苦,你将望着困苦,没完没了的困苦。
>
> 我不打算来看你,克拉丽丝,有你在,这个世界会更有趣。你一定要同样殷勤地问候我……

德姆林博士把无边眼镜往鼻尖上一推,清了清嗓子。"这是个典型的例

---

① 史达琳营救出来的姑娘曾被囚禁的地牢。

子,我在我已经出版的书里把它叫作'慈父癖'——这在专业文献上已被广泛称作德姆林慈父癖,也许能收纳进下一本《诊断学与统计手册》。对外行可以定义为:为了私人的目的,摆出一副睿智而关怀的保护人姿态。

"我从本案的笔记归纳出,羊羔尖叫的问题指的是克拉丽丝·史达琳儿时的一次经历,她的养父母所在的蒙大拿牧场上杀羊羔的事。"德姆林博士继续用干巴巴的声音说着。

"她在跟莱克特拿信息做交易,"克伦德勒说,"莱克特知道一些关于连环杀手野牛比尔的事。"

"七年后写的第二封信表面看是表示安慰和支持,"德姆林博士说,"但他提起她的父母来奚落她——她显然很尊重父母。他把她的父亲称作'死去的巡夜人',把她的母亲称作'清洁女工',然后奉送她父母一些优秀的品质,为她在事业上的失误辩解。这是讨好她,想控制她。

"我认为史达琳这个女人对父亲有着永远的依恋,她的父亲是她的偶像,使她不容易与人建立性的关系,使她由于某种移情作用对莱克特产生了好感,却立即被感情变态的莱克特抓住。在这第二封信里他再次鼓励她通过私人广告跟他接触,还提供了一个密码名。"

天哪!这人怎么就说个没完没了!烦躁和厌倦对梅森是一种折磨,因为他不能扭动。"好了,行了,可以了,博士。"梅森打断了他的话,"玛戈,把窗户打开一点。我得到了关于莱克特的一个新的消息来源,有个人既认识莱克特,也认识史达琳,还见过莱克特博士和史达琳在一起,而且他跟莱克特的来往比任何人都多。我要你跟他谈谈。"

克伦德勒在长沙发上扭了扭,明白了事情的发展方向,肚子里一阵翻腾。

51

梅森对对讲机说了一句，一个高大的身影走了进来。这人一身白衣服，跟玛戈一样，肌肉暴突。

"这是巴尼，"梅森说，"他在州立巴尔的摩犯罪精神病人医院的暴力病房工作过六年。那时莱克特就在那里。现在他为我工作。"

巴尼愿意跟玛戈一起站在鱼缸旁边，可德姆林博士却要他到光亮的地方。他在克伦德勒旁边站住了。

"是巴尼吧？现在告诉我，巴尼，你受过什么职业训练？"

"我有高护执照。"

"你是高级护理人员吗？太好了，还有呢？"

"我有联邦函授学院人文学科的学士文凭，"巴尼板着面孔说，"还有卡明斯殡葬学院的肄业证书，是合格的实验室助理，课程是在护理学校读书时在夜校里念的。"

"你学高级护理课程时一直在陈尸所做护理员吗？"

"是的，从作案现场抬走尸体和协助做尸体解剖。"

"那以前呢?"

"在海军陆战队。"

"知道了。你在州立医院工作时见过克拉丽丝·史达琳和莱克特来往? 我的意思是,见过他俩谈话吗?"

"我觉得他俩好像——"

"我们只从你看见了什么开始,不谈你对你看见的东西怎么想,可以吗?"

梅森插嘴了:"他够聪明的,可以发表意见。巴尼,你认识克拉丽丝·史达琳吗?"

"认识。"

"你跟汉尼拔·莱克特认识有六年了?"

"是的。"

"他俩的关系如何?"

克伦德勒起先对巴尼那高声而粗鲁的嗓门不大听得明白,但是提出不客气问题的却是他。"在史达琳访问时,莱克特对她有什么异常行动没有,巴尼?"

"有。他对来访者的问题大部分都不理睬,"巴尼说,"有时他就瞪着眼睛望着想来拿他的脑子挑刺的学者,让对方感到屈辱。他曾经把一个来跟他谈话的教授瞪哭了。他对史达琳也凶,但是回答她的问题比回答大部分人的都多。他对她感兴趣,她吸引了他。"

"怎么吸引的?"

巴尼耸耸肩。"他差不多看不见女人,而她又的确很漂亮——"

"我不需要你发表感想。"克伦德勒说,"你知道的就这些?"

巴尼没有回答。他望着克伦德勒,仿佛克伦德勒大脑的左右两半球是两条狗搅在了一起。

玛戈又捏破了一个核桃。

"说下去,巴尼。"梅森说。

"他俩互相都坦率。他的坦率叫人信服,让你觉得他不屑于撒谎。"

"不什么撒谎?"克伦德勒说。

"不屑于撒谎。"巴尼说。

"不——屑——于,"玛戈·韦尔热在黑暗里说,"瞧不起撒谎,觉得它降低身份,克伦德勒先生。"

巴尼说了下去:"莱克特博士说了些关于她的不愉快的事,然后是些愉快的事。不愉快的事她能面对,愉快的事使她很高兴,她知道那不是胡说。莱克特觉得史达琳迷人而且好玩。"

"汉尼拔·莱克特博士觉得好玩不好玩,你能判断吗?"德姆林博士说,"你怎么会觉得好玩呢,巴尼护士?"

"因为我听见他笑,德姆林博士。这是高级护理学校老师教的,有堂课叫《痊愈与愉快的外表》。"

不知道是玛戈哼了哼,还是她身后的鱼缸哼了哼。

"冷静,巴尼。讲下去。"梅森说。

"是的,先生。夜里安静之后,莱克特博士有时候就跟我谈话,我们谈我学的功课和别的东西。他——"

"你那时在函授课里碰巧学过心理学吗?"德姆林博士只好问。

"没有,先生,我认为心理学不是一门科学。莱克特博士也认为不是。"巴尼赶在梅森的呼吸器容许他斥责他之前说道,"我只能够复述他告诉过我的话——莱克特博士能看出史达琳会成为什么样的人。她可爱,像幼兽一样可爱,一只幼兽会长大成为——比如说,大型猫科动物。成了大型猫科动物,你就不能够逗着玩了。她像幼兽一样认真,他说。她具有幼兽的一切武器,小型的、会长大的武器。她那时所知道的只是怎样跟别的幼兽打来打去。那叫他觉得好玩。

"他们的关系的开头也许能给你们点启发。开头他很有礼貌,但是差不多是把她赶走了——然后,在她离开的时候另一个囚徒把一点精液扔到了她脸上。莱克特博士不安了，难堪了。那是我看见过的他仅有的一次生气。她也看见了，便设法加以利用。我觉得他欣赏她那执拗劲。"

"他对另外那个人——扔精液的那个人——态度怎么样？他俩之间有什么关系没有？"

"确切地说是没有，"巴尼说，"不过，那天晚上莱克特博士把他杀死了。"

"他们的囚室不是分开的吗？"德姆林问，"他怎么能杀死他呢？"

"走廊上的三个囚室是彼此相对的，"巴尼说，"到了半夜，莱克特博士跟他谈了一会儿话，叫他把自己的舌头吃掉。"

"因此克拉丽丝·史达琳和汉尼拔·莱克特彼此就……友好起来？"

"在一种正式的格局上。"巴尼说，"他们交换情况。莱克特博士告诉了她她要追捕的连环杀手的底细。她用自己的私人情况作为回报。莱克特博士告诉我，史达琳也许胆子太大，对自己不利，他称之为'过分热衷'。他认为，她只要是工作的需要，就敢一直搞到危险的边沿去。还有一回他还说她'倒霉在品位上'。我不懂那是什么意思。"

"德姆林博士，他是想搞她，杀她，吃她呢，还是别的？"梅森说，把他能想到的可能性都摆了出来。

"也许三样都想。"德姆林博士说，"我不愿意预计他实施这三招的顺序。我所能告诉你的事难就难在这里。尽管那些小报——还有小报心理——想让故事浪漫起来，把它弄成个《美女与野兽》的故事，莱克特的目的却是让她堕落，要她痛苦，要她死去。他对她有过两次反应：一次是她受到扔精液的侮辱时；一次是她杀了人被报纸弄得遍体鳞伤时。他都摆出一副老师的架势，但刺激他的仍然是史达琳的痛苦。写汉尼拔·莱克特的历史时这一点应该叫作德姆林慈父癖，而他的历史是应该写的。要想引蛇出洞就得折磨史达琳。"

巴尼橡皮样的宽阔眉心出现了一道皱纹。"韦尔热先生，你既然问了我，我能否说几句？"他并没有等他容许就说了下去，"在疯人院，莱克特博士理会史达琳,是因为她坚持不懈,站在那里擦着脸上的汗坚持工作的状态。莱克特博士在信里称史达琳为战士,而且指出她在枪战里救了孩子。他佩服她的勇气和纪律性。他自己说过,他从来不打算改口。有一件事他从来不做:撒谎。"

"你这正是我要谈的小报玩意。"德姆林说,"汉尼拔·莱克特没有佩服和尊重之类的情绪。他没有温暖,没有感情。你那都是浪漫的幻想,表现了一种危险:学养不足。"

"德姆林博士,你不记得我了吧?"巴尼说道,"你来访问莱克特博士时,我还在管病房。许多人都来试过,但是我记得,你就是那个哭哭啼啼离开的人。然后莱克特博士又在《美国精神病治疗》杂志上评论了你的书。即使他把你评哭了,我也不能责备你。"

"行了,巴尼,"梅森说道,"给我准备饭吧。"

"一个自学成才的半桶水,没有比这更糟糕的了。"巴尼走出了房间后,德姆林博士说。

"可你没有告诉过我你见过莱克特,博士。"梅森说。

"那时候他害着精神紧张症,从他那里一无所获。"

"你就哭哭啼啼了?"

"没有那事。"

"你说巴尼的话要打折扣?"

"他跟那姑娘一样,都上了当。"

"巴尼自己说不定就想搞史达琳。"克伦德勒说。

玛戈悄悄地笑了,笑得能叫克伦德勒听见。

"如果你们想让克拉丽丝·史达琳吸引莱克特博士,就要让他看见她受到折磨,"德姆林说,"让他从他见到的伤害联想到他自己可以造成的伤害。看见她受到的象征性的伤害可以刺激他,像看见她手淫一样。狐狸听见兔子的尖叫就会跑来,但并不是来救她。"

52

"我不能够交出克拉丽丝·史达琳，"德姆林走后克伦德勒说，"我可以详细告诉你她在什么地方，在干什么，但是调查局会给她什么任务我无法控制。如果调查局把她当诱饵放了出去，相信我，他们是会掩护她的。"

克伦德勒对着梅森所在的暗处戳着指头说明他的论点。"你们不能采取那种行动。你们是无法摆脱掩护而抓走莱克特的，监视小组立即会发现你们的人。还有，除非莱克特再跟她接触，或是有他在附近的证明，否则调查局是不会出击的。他以前给她写信就没有露面。要把她当诱饵至少得投入十二个人力，花费太大。当初你们如果没有把她从那次枪战的麻烦里弄出来，就要好得多。你们一旦出了手，然后又想改弦更张，重新拿她撒饵，就会弄成一团糟。"

"假设，要想，就会。"梅森说话时"S"的音咬得还挺准，"玛戈，把米兰的报纸拿进来。星期六（也就是帕齐被杀的第二天）的 *Corriere della Sera*（《信使晚报》）。看看私事广告栏第一条，读给我们听。"

玛戈把那密密麻麻的印刷品放到光线底下。"是英语，给 A.A. 阿龙，说的是：敌人靠近，向附近的当局投诚。汉娜。汉娜是谁？"

"那是史达琳小时候的一匹马的名字。这是史达琳对莱克特发出的警告。莱克特在信里告诉过她怎样跟他联系。"

克伦德勒站了起来。"下地狱的！佛罗伦萨的事史达琳是不可能知道的。她要是知道了，一定会明白我给你们看了材料。"

梅森叹了一口气，不知道克伦德勒是否能成为个管用的政治家。"她什么都不知道，广告是我登的。是我们决定搞莱克特的第二天在《国民报》、《信使晚报》和《国际先驱论坛报》登的。登了这个之后即使我们没有抓住他，他也会认为史达琳在帮助他，这样，我们就能用史达琳牵住他。"

"没有什么反应？"

"没有。也许汉尼拔·莱克特除外。他可能因此感谢她——写信表示，见面表示，谁知道？现在听我说，你还控制着她的信件？"

克伦德勒点点头。"绝对，他给史达琳的任何东西你都会比她先看见。"

"仔细听着，克伦德勒，像我这种登出广告和付款的办法可以叫克拉丽丝·史达琳百口莫辩，而那是严重的罪行，跨过了阴阳界的。你拿这个就可以打垮她，克伦德勒。对倒了霉的人联邦调查局会怎么样糟蹋你是知道的，她可能会成为猪狗食的。她连秘密带枪的许可证都得不到，而除了我，谁也不会管她。莱克特会知道她出了局，成了一个孤苦伶仃的人。我们先试试别的办法再说吧。"梅森停了嘴，吸了口气，讲了下去，"要是不起作用的话，再照德姆林博士的办法做，拿这广告折磨她。娘的，你是可以拿这东西把她一刀两断的。我建议你把下半段留下来受用，上半段太他妈正经，该下地狱——嗷，我怎么亵渎起神明来了。"

53

克拉丽丝·史达琳在弗吉尼亚国家公园飘飞的落叶里跑步，那里离她家有一小时距离，是她喜欢的地方。在这个秋季的工作日，公园里游人稀少，她很需要这种日子休息休息。她在谢南多厄河边森林密布的丘陵里熟悉的山径上跑着。早出的太阳温暖着山顶的空气，山坳里却陡然冰凉。有时候脸上的空气暖烘烘的，脚下却凉飕飕的。

这些日子史达琳走路时脚下的土地都不安稳，跑起来反觉得稳定些。

史达琳在明朗的阳光下跑着，闪动的耀眼阳光穿过树叶，照得小径叶影斑驳，但在别的地方，早上尚低的太阳又把树干投成了一条条长影。在她前面三头鹿被惊了起来，两头母鹿和一头短角的公鹿，它们轻轻地蹦着，叫人心跳地越过了小径，蹦走时翘起的白尾巴在密林深处的黝黯里闪光。史达琳高兴了，也蹦跳起来。

汉尼拔·莱克特坐在河岸森林里的落叶上，静得像中世纪挂毯图案里的人物。他可以看到跑道一百五十码的距离。他的望远镜用手工纸板套遮住了反光。他先看见鹿惊起，从他身边跳过，跑上山去，然后看见了七年没见的克拉丽丝·史达琳的全身。

他在望远镜下的脸表情没有变,只是鼻子深深地吸着气,仿佛隔了这么远也能嗅到史达琳的气味。

呼吸带给了他干树叶味,夹杂着桂皮味、地面霉变的树叶味、缓慢腐败的槲寄生味、几码外的兔屎味和树叶下一张撕破的松鼠皮的浓郁麝香味,可就是没有史达琳的味道。史达琳的气味他是在任何地方都可以辨别出来的。他看见鹿在她前头惊起,看见它们在脱离她的视线之后很久还在蹦跳。

史达琳在他视线里一共不到一分钟。她轻松地跑着,没有使劲,肩上高高背着一个极小的常用背包和一瓶水。清晨的阳光从背后照耀着她,模糊了她的轮廓,仿佛在她的皮肤上撒满了花粉。莱克特博士的望远镜跟随着她时,叫她身后水面的阳光耀花了眼,好几分钟满目光点。小径往坡下的远处延伸,史达琳不见了。他最后看见的是她的后脑勺,"马尾巴"跳荡着,像白尾鹿的尾巴。

莱克特博士静坐不动,没有打算跟她去。他让她的形象在他脑子里清晰地跑着,也将在他脑子里继续跑下去,要她跑多久就多久。那是他七年以来第一次看见她,小报上的照片不算,远远瞥见车里她的头部那一回也不算。他躺了下去,双手放到脑后,望着头上逐渐凋零的枫叶在天空衬托下瑟缩着。天色很深,几乎是紫色。紫色,紫色,他爬上山时摘下的一串野葡萄就是紫色,圆滚滚带灰尘的葡萄开始皱缩了,他吃了几颗,又把几颗挤到手心里舔着,像小孩一样伸开巴掌舔着。紫色,紫色。

菜园里的茄子就是紫色。

山上的猎人屋正午时没有热水,米莎的保姆把铜盆拿到菜园里来,让太阳照暖两岁孩子的洗澡水。蔬菜丛里,米莎坐在温暖阳光下闪亮的浴盆中。菜粉蝶绕着她飞。洗澡水只淹到她胖乎乎的腿。保姆进屋去取毛毯来裹她了,一本正经的哥哥汉尼拔和大狗被严格要求看守着她。

　　汉尼拔·莱克特对某些仆人来说是个可怕的孩子,热诚得可怕,懂事得不可思议。但是他没有让老保姆害怕。老保姆很懂得自己的工作。莱克特也不叫米莎害怕,米莎把她星星一样的婴儿手掌贴在他脸上,对着他的脸吃吃地笑。米莎喜欢在阳光里瞪着眼看茄子,从莱克特身边伸过胳臂去摸它。她的眼睛不是汉尼拔的栗色,而是蓝色。她望着茄子时眼睛的颜色似乎吸收着紫色,变深了。汉尼拔·莱克特明白她爱紫色。米莎被抱进了屋,厨子的助手嘟哝着出来往花园里倒了水。汉尼拔跪在一排茄子旁边,肥皂泡映着种种形象,紫色的形象,绿色的形象,然后在翻耕过的土地上破灭了。他取出自己的小刀,切断了一个茄子的把儿,用手绢把茄子擦亮。茄子给太阳晒过,拿在手里温温的,像个小动物。他把茄子拿进了米莎的育儿室,放到她看得见的地方。米莎活着的时候一直喜欢深紫色,茄子色。

　　汉尼拔·莱克特闭上眼又看见了鹿在史达琳前面跳跃,看见史达琳沿着小径跑下去,身后的太阳涂了她一身金。但这鹿不对,是头小鹿,身上有箭,他们拉它到斧头那儿去时不断拉扯着拴在它脖子上的绳子,他们吃米莎之前先吃了那头小鹿。他再也安静不下来了。他站了起来,嘴上和手上染着紫色的葡萄汁,嘴角下抿,像希腊面具。他沿着小径眺望着史达琳,鼻子深深地吸着气,吸着森林里有净化作用的香气。他呆望着史达琳消失的地方。史达琳仿佛留下了一片亮光,她跑过的小径似乎比周围的森林更亮。

　　他急忙爬上山岗,从另一面往附近宿营地的停车场跑下去——他的卡车就停在那里。他想赶在史达琳回到她的汽车前离开公园。史达琳的汽车停在两英里以外守林人小屋附近的主停车场。那里过了季节,目前已经关闭。

她要跑回自己的车至少还得十五分钟。

莱克特博士在野马车旁边停住车，让马达空转着。他曾经在史达琳家附近的杂货店边得到几次检查她车子的机会。最早吸引了汉尼拔·莱克特博士，让他注意到这地方的是国家公园年度打折入园证，那是贴在史达琳的旧野马车的窗户上的，被他看见了。他立即买了地图，在空闲时研究。

野马车锁上了，向后伏在宽宽的车轮上，好像在打盹。他觉得她那车很有趣，既奇妙又有效率。他即使把腰弯得很近，也无法从镀铬的车门把手上嗅出味来。他打开了极薄的钢拨刀，从锁的上方插了进去。有报警器吗？有？没有？咔嗒！没有。

莱克特博士上了车，进入了强烈的克拉丽丝·史达琳氛围。皮革包住的驾驶盘很粗，中心有MOMO字样。他歪着脑袋，像鹦鹉一样望着那字，嘴里念了出来："MO MO。"他身子一倒，闭上眼，挑起眉毛，吸着气，仿佛在听着音乐会演奏。

然后，他那粉红的、尖尖的舌头出现了，像小蛇在脸上找到了出路，爬了出来，有自己的意志。他的表情没有变，似乎没有意识到自己的动作，身子向前弯去，沿着气味找到了皮革包住的驾驶盘，卷起的舌头裹着它，裹着驾驶盘上的指凹。他用舌头舔着驾驶盘磨光了的两点钟处，那是史达琳的手握住的地方，然后身子往后一靠，舌头又回到了自己的生活区，闭住的嘴像品尝美酒一样抿着。他深深地吸气，憋住，下了车，关上了史达琳的野马车。他没有吐气，把史达琳含在了嘴里，关在了肺里，直到自己的旧卡车开出了公园。

54

　　行为科学处有一句格言：吸血鬼眄域分明，吃人魔四处游魂。

　　莱克特博士对流浪生活不感兴趣。他之所以能摆脱当局的注意，在很大程度上靠的是他伪造的长期证件的制作质量、小心保存，以及取钱的方便。随意而经常的住处改变没有起过作用。

　　他有两个历史悠久的身份证，都有良好的信用，还有第三个专门处理汽车的身份证。他来到美国后一个礼拜就给自己轻轻松松营造好了一个舒适的窝。

　　他选择了马里兰州，距梅森·韦尔热的麝鼠农庄以南一小时的车程，前往华盛顿和纽约的音乐厅和剧场也相当方便。

　　莱克特博士的可见活动一点也不引人注意。他的两个身份证都经得起标准的检验程序。他到迈阿密去看了一下一个保险箱，他有好几个这种箱子，然后就在切萨皮克海滩从一个德裔议会说客那儿租到一套清爽的独立住房，租期一年。

　　他在费城还有一套便宜的公寓住房，那儿有两部电话给他转话。凡是需要的重大参考消息都可以到手,而不必离开他那舒适的新家。

他总是付现金,很快便使用高价从票贩子手上弄到了他感兴趣的交响乐团、芭蕾舞和歌剧表演的票。

他的新家有一些可喜的设备:一个宽大的、带修理间的双车位车库,屋顶有便捷门。在那里他停了两辆车:一辆是用了六年的雪佛兰小型轻便卡车,底座上有管架,还有一把盘梯(分别是从一个水暖工和一个油漆匠处买来的);一辆是超动力美洲豹轿车,是从特拉华州一家控股公司租来的。卡车每天有不同的样子。他能放到这车的后厢或管架上的设备包括一部油漆匠的梯子,一些聚氯乙烯管子,一个烤肉锅和一个丁烷罐。

家庭布置圆满结束后,他在纽约逍遥了一个礼拜,听音乐,参观博物馆,把最有趣的艺术展览目录寄给他的表兄,法国的伟大画家巴尔蒂斯①。

他在索斯比拍卖行纽约分行买了两件出色的乐器,都是偶然发现的罕见之物。一件是十八世纪晚期的佛兰德斯拨弦古钢琴,差不多可以跟史密森学会②1745年的达尔金拨弦古钢琴比美,有可以演奏巴赫的上键盘——可以当之无愧地取代他留在佛罗伦萨的那一架古钢琴。一件是一部早期的电子琴,泰勒明电子琴,是泰勒明教授在三十年代亲手制作的。莱克特博士一向倾心于泰勒明电子琴,在儿童时代就自己做了一部。这琴依靠空手做姿势在电子场上弹奏,靠手势奏出琴上的音乐。

现在他一切都安顿好了,可以款待自己了……

莱克特博士在森林里度过那个早晨后,驱车回到了他在马里兰州海滩快活的避难所。克拉丽丝·史达琳在林中小径的落叶上奔跑的情景已在他的记忆之宫里巩固起来,成了他的快乐之源。他不需要一秒钟就能登堂

---

① 巴尔蒂斯(1908—2001),法国画家,其作品构图带有超现实主义的趋向。
② 由英国科学家詹姆斯·史密森捐款创建的研究机构,1846年在美国首都华盛顿建立,领导着美国众多文学艺术、科学技术机构。

入室见到史达琳在奔跑。他的视觉记忆极佳,可以从那情景中寻找出新的细节,能够听见健壮的大白尾鹿从他身边跳上山坡,看见鹿肘关节上的厚茧和挂在腹毛上的草叶芒刺。他把这些记忆储存在一间明朗的宫室里,让它尽可能远离受伤的小鹿。

回家了,回家了。车库的门轻轻嗡了一声便落在他的货车背后。

下午车库门重新升起时,开出的是黑色的美洲豹,莱克特博士衣冠整齐,准备进城。

莱克特博士喜欢购物。他向哈马赫尔·施莱默公司笔直驶去。那是家出售家庭、运动和厨房精美用品的商店。他在那儿随意挑选。他仍心系森林,拿了根卷尺,量了量三个野餐用的大篮子,都是喷漆的藤编篮,缝皮把手,结实的青铜零件。他最后选定了一个中号的,因为只需要装一个人的野餐用品。

藤条篮里有一个热水瓶、几个耐用大玻璃杯、结实的瓷器和不锈钢餐具。餐具随藤条篮售出,要买藤条篮就得买餐具。

随后,他又到了蒂法尼和克里斯托弗①,用吉昂②法国瓷取代了刚才那笨重的野餐杯盘。法国瓷器有华丽的高地鸟和草叶装饰。他在克里斯托弗买到了一套他所喜欢的十九世纪深红纹饰银器,匙子底上打着制造人的印章,匙子把上有巴黎风格的鼠尾鱼图案。叉子弯曲的弧度较大,叉齿距离也宽。刀把儿后段较重,很为称手。刀叉压在手上,像压了一把优质的决斗手枪。选择晶质玻璃器皿时莱克特博士对餐前酒杯的大小犹豫不决,最终选了喝白兰地的气球形高脚酒杯。但是选一般酒杯却没有问题,他看中了里德尔牌的,买了两个大小不同的杯子,能把鼻子也伸进杯口。

他还在克里斯托弗找到了乳白色的亚麻餐具垫和一些美丽的锦缎餐

---

① 两处均为国际著名的高档奢侈用品商店。
② 法国著名陶瓷品牌。

巾，餐巾角上绣有血滴般鲜红的锦缎小玫瑰。莱克特博士觉得锦缎的花样很奇妙，买了六块，轮换着洗，可以一直有的用。

他还买了两个很好的35 000个热量单位的手提气炉，是餐厅里在餐桌旁烹调时用的；又买了个精美的铜煎锅，两个熬调味酱用的长柄炖锅，都是巴黎的德耶兰特制的；还买了两个搅拌器。他不喜欢不锈钢菜刀，却没有找到碳素钢菜刀，也没有找到被迫留在了意大利的那类特殊用途的刀。

他的最后一站是慈善总医院下属的一个医疗器械供应公司。他在那儿捡到一个便宜——一把几乎全新的斯特赖克尸体解剖锯。那锯恰好能够插进藤条篮里放热水瓶的地方，还在保用期，可以用于一般情况，也可以与颅骨刀配合开颅，还有一把开颅钥匙。这样，他的厨房用品就几乎齐全了。

莱克特博士的落地窗迎着黄昏的新鲜空气打开了。月光和飘动的云影笼罩着黝黑泛银光的海湾。他用新的晶质玻璃杯为自己斟了一杯酒，放在拨弦古钢琴边的烛台上。海风带着咸味，混合了酒的醇香，莱克特博士双手不离键盘也能嗅到。

他前后曾有过古钢琴、维金纳琴和其他种类的早期键盘乐器，可他最喜欢的声音和感觉来自拨弦古钢琴；因为翎管拨动的琴弦音量不能控制，音乐的到来有如体验，会突然完整地出现。

莱克特博士张开双手又捏拢，望着他的乐器。他要跟新买的拨弦古钢琴晤谈了，他希望用几句轻松的对话跟这位迷人的生客交流。他弹奏了一曲亨利八世①写的《冬青树郁郁葱葱》。

他受到了鼓励，又试了试莫扎特的《降B大调奏鸣曲》。他跟拨弦古钢琴彼此还不够熟，但琴键对他的手的反应却告诉他，他是会跟它融洽起来的。微风吹动，烛影摇曳，莱克特博士在烛光前闭上了眼睛，一味昂首弹奏着。米莎星星样的小手在浴盆上迎风晃动，肥皂泡飘了起来。莱克特博士

---

① 亨利八世 (1491—1547)，英国国王，伊丽莎白一世的父亲。

弹到第三乐章时，肥皂泡轻柔地在森林中飘飞，克拉丽丝·史达琳在奔跑，奔跑，脚下是凋落的黄叶的低语，头上是晃动的树叶的悄吟；野鹿在她面前惊起，一头短角公鹿和两头母鹿蹦过了小径，突突地响着，有如心跳。土地突然阴寒刺骨，褴褛的人们拽着一头带箭的小鹿走出树林；小鹿拉扯着绕在它脖子上的绳子，人们却只使劲拽绳子，而不愿把受伤的鹿扛到宰杀地点去。音乐在血淋淋的雪地上哐一声停住，莱克特博士双手抓紧琴边，深深地呼吸，深深地呼吸，双手又回到了琴键上，猛然敲出一个乐句，又加了两个乐句，然后突然停止。

我们听见一丝微弱渐高的尖叫从他嘴里发出，随即像刚才的琴声一样戛然而止。他的头垂到了琴键上，很久很久。他静静地站起来，离开了房间，说不清到了黑屋里的什么地方。切萨皮克海上的风强劲起来，鞭挞着烛光，吹得烛泪涔涔滴落，终于熄灭，又从黑暗里的拨弦古钢琴琴弦上吹过——有时偶然发出一声曲调，有时却是来自往昔的细弱的惨叫。

55

大西洋中部地区枪支刀剑展览会在战争纪念堂举行。广阔的展台，无数的枪支，大部分是手枪和进攻型猎枪。激光图形的红光在天花板上闪动。

由于品位问题，真正喜欢野外生活的人来看枪支展览的并不多。现在的枪都黑不溜秋，展览也暗淡，没有色彩，跟许多人侍弄的室内景色一样暗淡。

看看人群吧：衣衫褴褛、乜斜着眼、气恼、憋闷，心里的确结了茧。他们才是公民私人拥有火器权的主要危险。

在他们的想象里，枪支是进攻性武器，为大规模生产而设计的，廉价冲压出来，为没有知识、没有训练的军队提供强大火力。

莱克特博士清瘦得带王室风度，行走在室内枪手们的啤酒肚子、松弛皮肤和面团样的苍白之间。他对枪支不感兴趣，直接来到了展览圈最前面的刀剑商的展品面前。

那商人叫巴克，体重325磅，有很多花式刀剑和中世纪野蛮人刀剑的仿造品,也有最好的真正的刀棍。莱克特博士很快就发现了大部分他念念不忘的东西,那是些他不得不扔在了意大利的东西。

"要买什么吗?"巴克满面友好,满嘴友谊,眼神却恶毒。

"要,我要买那把哈比刀,还要一把直刃的、四英寸长带锯齿的斯派德科刀和那把刀尖后弯的剥皮刀。"

巴克把那几种刀拿了过来。

"我要那把好猎锯。不是这把,是好的那把。让我摸摸那根扁平的皮棍子,黑的那根……"莱克特博士考虑到了棍子把手里的弹簧,"我要了。"

"还要别的吗?"

"是的,我要一把斯派德科的平民刀,可我没看见。"

"这东西没有几个人知道了。我不进货,只有一把。"

"我只要一把。"

"按说该是二百二十美元,我一百九十美元连刀鞘卖给你。"

"好的,你有碳素钢菜刀吗?"

巴克摇摇大脑袋。"你得到跳蚤市场去买旧货,我那把就是在那里买的。拿个碟子底磨磨快就行。"

"打成一包,我五分钟以后来取。"

不大有人叫巴克打包,巴克打包时抬起了眉毛。

确切地讲,这个展览并不是展览,而是集市。有几张台子卖的是满是灰尘的二战时期纪念品,看上去已很陈旧。你可以买到M-1步枪、眼镜有裂纹的防毒面具、军用饭盒,还有一般都会有的纳粹纪念品摊点。如果对你的胃口,还可以买到真正的旋风式毒气霰弹筒。

朝鲜战争和越南战争的纪念品几乎没有,沙漠风暴的则完全没有。

许多顾客都穿迷彩服,好像是刚从前线回来,只能够待几天,来看枪支展览的。出售的迷彩服更多,包括了完全隐蔽狙击手或弓箭手的全套猎装。展览的一个重要部分是射猎用的弓箭装备。

莱克特博士在看一套猎装时意识到有穿制服的人靠近了。他拿起一只射箭手套,转身对着阳光看制造商标志,瞥见身边那两个人是弗吉尼亚州狩猎与内陆渔业局的警官。他们在展览会上有一个生态保护摊点。

"那是唐尼·巴伯。"年长的警官用下巴指了指说,"你要是把他弄上了法庭,通知我一声。我真想叫那杂种永远离开森林。"他俩望着的是一个三十来岁的人,在弓箭展区那头,面对着他俩的方向看着电视。唐尼·巴伯穿着迷彩裤,衬衣用衣袖系在腰上,上身只穿一件咔叽色无袖T恤,炫耀着自己的文身,一顶棒球帽倒扣在头上。

莱克特博士一路参观着展品,慢慢离开了两位官员,然后在隔着一个走道的激光手枪表演处站住,透过悬挂着手枪皮套的格子架望着吸引了唐尼·巴伯注意的荧光闪动的录像。

录像放的是用弓箭狩猎黑尾鹿。

镜头外显然有人在赶着黑尾鹿沿着林中的栅栏跑着。猎手拉弓搭箭了。猎手带着录音的话筒。他的呼吸快了起来。他对着麦克风低声说:"再好也没有了。"

鹿被射中,身子一弯,两次撞上了栅栏,没能跳铁丝网跑掉。

唐尼·巴伯看了这一箭一激灵,嘟哝起来。

电视里的猎手要在野外将鹿剥皮开膛了,从他称之为"港(肛)门"的地方开始。

唐尼·巴伯停住录像,倒回头去反复看那一箭射中的镜头,看得老板说话了。

"滚你的,笨蛋,"唐尼·巴伯说,"我不会买你那臭玩意的。"

他在下一个摊点买了几支黄色的箭,宽大的箭镞前横着一个锋利的鳍。那里有一个抽奖的盒子,唐尼·巴伯买了东西,得到一张抽奖券,大奖是免费猎鹿两天。

唐尼·巴伯填好抽奖券,塞进投票口,连商人的钢笔都没有还,就消失在穿迷彩服的一群青年人中。

有如青蛙的眼睛捕捉到运动一样,商人的眼睛总能捕捉到人流里停步的人。他眼前的这位完全站住了。

"这是你最好的弩吗?"莱克特博士问商人。

"不是,"那人从台子底下取出一个盒子,"这才是最好的。这东西需要搬来搬去,往后扳的就比接头的好。它有个绞盘,连电钻都能带动,也可以用手安装。不过,在弗吉尼亚州除了残废人是不能用弩箭猎鹿的,这一点你知道吗?"那人说。

"我的弟弟失去了一只胳臂,很想用另一只杀死个什么东西。"莱克特博士说。

"啊,明白了。"

不到五分钟博士已经买好了一架精良的弩和两打方簇箭——那种粗而短的、用于弩上的箭。

"打成包吧。"莱克特博士说。

"填好这张券,你可能赢得一次猎鹿的机会,在一片很好的租赁地上打两天鹿。"商人说。

莱克特博士填好抽奖券,塞进箱子投票口。

商人应付别的顾客时,莱克特博士转身对他说话了。

"糟糕!"他说,"我忘了在抽奖券上填电话号码了,能补上吗?"

"当然可以,你填吧。"

莱克特博士揭开箱盖,取出最上面两张券,往自己那张上的假信息里又加了点内容,却盯住下面那张的号码看了好一会,眨了眨眼,像照相机咔嚓一声。

56

麝鼠农庄的健身房由高技术的黑色和铬钢材料构造,有着全套的鹦鹉螺牌器械,随意增减的杠铃片,有氧运动设备和一个饮料吧。

巴尼差不多锻炼完了,正在自行车上凉快凉快,这时他才意识到屋里不只他一个人。玛戈·韦尔热正在屋角里脱热身衣。她穿了一条弹力短裤,运动乳罩外套了一件宽松上衣,现在她在腰间加了一条举重腰带。巴尼听见角落里杠铃片当啷地响着,听见她做热身运动时的喘息。

巴尼踩着定在无阻力键上的自行车,用毛巾擦着脑袋。玛戈在运动间隙来到他面前。

她看了看他的双臂,再看看自己的。两人大体相同。"杠铃的推举你能做多少?"她说。

"不知道。"

"我以为你知道呢,那就算了。"

"大概385磅吧,我估计。"

"385磅?我不信,大娃娃,我就不信你能举385磅。"

"你也许没有错。"

"我赌一百美元,你推举不了385磅。"

"赌我多少钱?"

"赌你一百美元,怎么样?我给你做保护。"

巴尼望着她,橡皮样的前额皱了起来,"行。"

两人上着铃片,玛戈数着巴尼装在杠上的铃片数,仿佛巴尼会作假。他也以小心地数着玛戈在她那头装上的铃片数作答。

现在他平躺到了凳子上,玛戈穿着弹力短裤,高踞在他头边。她两腿相接部和腹部的肌肉鼓起,有如巴洛克①画框;硕大的躯干似乎顶到了天花板。

巴尼安顿好自己,感到凳子贴在背上。玛戈的腿有股冷霜香。她双手轻轻搭在杠上,指甲染成珊瑚红。那手那么秀美,却又那么壮实。

"准备好了?"

"好了。"他朝着她俯看着他的脸推举上去。

"谢谢。"巴尼说。

"我的深蹲比你做得多。"她只是说。

"我知道。"

"你怎么知道?"

"你练得多嘛。我可是站着尿尿的。"

她那巨大的脖子红了。"我也能站着尿尿。"

"赌一百美元?"巴尼说。

"你给我调杯思木西②吧。"她说。

饮料吧台上有一钵水果和干果。巴尼在搅拌器里做水果思木西,玛戈

---

① 一种艺术或建筑风格,华丽雕琢,以曲线为主。
② 一种将水果、酸奶和冰等混合成的健康饮料。

则取了两个核桃在手上捏破了。

"你能够拿一个核桃,不用另外一个顶住,把它捏破吗?"巴尼说,他在搅拌器边上敲破了两个鸡蛋打进去。

"你行吗?"玛戈说,递给他一个核桃。

核桃躺在巴尼摊开的手心里。"我不知道。"他把面前吧台上的东西扒拉到了一边,一个橙子从玛戈身边滚了下去。"啊——对不起。"巴尼说。

她从地上捡起橙子,放回钵里。

巴尼的大拳头捏紧了。玛戈的眼睛从他的拳头望向了他的脸,然后来回地望。他一用劲脖子鼓了起来,脸红了。他开始颤动,微弱的破碎声从拳头里发出。玛戈的脸绷紧了,巴尼把颤抖的拳头放到搅拌器上方。破碎声更大了……一个蛋黄和蛋白落进了搅拌器,巴尼开了机器,舔着手指尖。玛戈忍不住笑了。

巴尼把思木西倒成了两杯。两人在房间两头,倒像是分属两队的摔跤手或举重运动员。

"你觉得男人干的事你都非干不可吗?"他说。

"有些蠢事我可不干。"

"男人与男人的亲昵你也想试试?"

玛戈的微笑消失了。"可别拿荤玩笑来惹我生气,巴尼。"

他摇摇大脑袋,"你来试试我。"

57

克拉丽丝·史达琳沿着莱克特博士品位的走廊一天天往前摸索,汉尼拔专案室的收获越来越多:

雷切尔·杜伯利曾是巴尔的摩交响乐团的赞助人,很活跃。但是她比莱克特博士年龄略大。史达琳从当时《时尚》杂志的照片看出,她是非常美丽的,那已是两个有钱的丈夫以前的事了。她现在是罗森克兰茨纺织公司的弗朗兹·罗森克兰茨夫人。她的社交秘书接通了她的电话:

"我现在只是给乐团送钱,亲爱的。我们家住得太远,无法参加太多的活动。"又名杜伯利的罗森克兰茨夫人告诉史达琳,"如果是为了税收问题,我可以把我们的会计的电话号码告诉你。"

"罗森克兰茨夫人,你活跃于爱乐乐团和西奥弗学院董事会时,认识莱克特博士。"

良久的沉默。

"罗森克兰茨夫人?"

"我想,你最好把电话号码给我,我再给你打过去,由联邦调查局总机转。"

"好的。"

通话恢复后她说：

"是的，多年前我在社交界认识了汉尼拔·莱克特。从那以后出版界就在我家门口安营扎寨了。莱克特博士是个异常迷人的人，绝对出众，是叫姑娘们见了来电的那种人，你要是明白我的意思的话。我是多少年之后才相信了他还有另外一面的。"

"他给过你礼物没有？罗森克兰茨夫人？"

"在我的生日，我一般都会接到他的一张条子，即使在他被拘禁之后也一样。他坐牢以前有时还送一份礼物，礼物都是最精美的。"

"莱克特博士为你举行过一次有名的生日宴会，酒的储存年代跟你的出生年代相同。"

"是的，"她说，"苏济说那是卡波特的黑白舞会之后最精彩的宴会。"

"罗森克兰茨夫人，你如果得到他的消息，能不能给联邦调查局打个电话？按我给你的号码打。还有，要是可以的话，我想问你一个问题：你跟莱克特博士有没有什么特别的纪念日？再有，罗森克兰茨夫人，我想问问你的出生日期。"

电话里显然冷淡下来了。"我认为这种信息你是很容易得到的。"

"不错，夫人，但是你的社会保险、出生证明和驾驶执照上的生日有些不一致，实际上是各不相同。我很抱歉，但是对从国外订购给莱克特博士已知的熟人的高档生日礼物，我们已经封锁。"

"'已知的熟人'，我现在成了'已知的熟人'了。多么可怕的叫法。"罗森克兰茨夫人咯咯一笑。她属于参加鸡尾酒会、抽香烟的那一代，声音浑厚，"史达琳特工，你多大了？"

"我三十二，罗森克兰茨夫人，到圣诞节前两天就三十三岁了。"

"完全出于好心，我只想说，我希望你这一辈子也有几个'已知的熟人'。他们可以帮助你打发日子。"

"是的,夫人。那么你的生日是?"

罗森克兰茨夫人终于给了她确切的日期,并说明那是"莱克特博士熟悉的生日"。

"我要是可以问问的话,夫人,你改变生年可以理解,改变出生月日又是为什么呢?"

"我希望生日在处女座,跟罗森克兰茨先生更协调。那时我们正在约会。"

莱克特博士坐牢时见过的人对他的看法可就不相同了:

史达琳从连环杀手詹姆·伽姆恐怖的地下室救出了前美国参议员鲁思·马丁的女儿凯瑟琳,要是马丁参议员在后来的竞选中没有失败,她是可能给史达琳许多帮助的。她在电话里对史达琳很热情,告诉了她凯瑟琳的情况,也问了问她的情况。

"你从来没有向我提出过要求,史达琳,你要是想找工作的话——"

"谢谢你,马丁参议员。"

"关于那个下地狱的莱克特,没有消息。我要是有他的消息准会告诉联邦调查局的。我要把你的电话号码放在这儿的电话旁边,查尔西知道怎么处理信件。我觉得我是不会得到他的信的。那混蛋在孟菲斯对我说的最后一句话是,'很喜欢你这套衣服'。他对我做了别人从没有对我做过的最残忍的事。你知道是什么吗?"

"我知道他奚落过你。"

"那时凯瑟琳还没有找到,我们走投无路,他却说他有詹姆·伽姆的情报。我去求他,他问我——用他那毒蛇的眼睛望着我的脸问我,凯瑟琳是不是我带大的。他想知道我是否自己喂奶。我回答是,他就说:'喂奶挺渴的吧?'一句话突然唤回了我的一切记忆。凯瑟琳还是个婴儿时,我抱着她感到渴,等着她吃饱。莱克特的话刺痛了我,我从来没有那么难受过。而他就吮吸着我的痛苦。"

"那是什么样的,马丁参议员?"

"什么什么样的——你是什么意思?"

"你穿的那衣服,叫莱克特博士喜欢的。"

"我想想看——一套海军蓝的纪梵希服装,做工非常考究。"马丁参议员说,对史达琳的主次标准有些不高兴。"你把他抓回到监狱就到我这儿来,我们俩乐一乐。"

"谢谢,参议员,我会记住的。"

两个电话各说了莱克特博士的一个方面。一个说明了他的魅力,一个说明了他的标准。史达琳写道:

按生日选择佳酿,这已包括在她的小小计划里。她加了一条注,要在高档商品清单里加上纪梵希服装。她又想了想,加上了几个字:亲自哺乳。为什么加,她也说不清。而她已没有时间想了,因为红色的电话又响了。

"是行为科学处吗?我找杰克·克劳福德。我是弗吉尼亚州克拉伦登县的治安官杜马。"

"治安官,我是杰克·克劳福德的助手。他今天出庭去了,有事可以找我,我是史达琳特工。"

"我需要跟杰克·克劳福德谈谈。我们这儿的陈尸所里有个家伙的肉给人割光了。我找对部门了吗?"

"找对了,这里就是肉——对,先生,你肯定是找对了。你告诉我确切地址,我马上就来,等克劳福德先生一做完证,我会立即通知他。"

史达琳的野马车以足够的二挡速度擦着边冲出了匡蒂科,令海军陆战队的警卫对她皱起了眉头,忍住笑,晃动着手指。

58

弗吉尼亚北部克拉伦登县陈尸所附属于县医院,由一短短的隔离室相连。隔离室天花板上有台排风扇,两头都是双扇门,方便尸体进出。一名副治安官站在门口,堵住身边的五名记者和摄影师。

史达琳在记者的后面踮起脚,举起徽章,治安官看见,点了点头,她便挤了进去。闪光灯亮了,一支太阳枪① 在她背后闪出强烈的光。

尸检室静悄悄的,只有器械落到金属盘里的叮当声。

县陈尸所有四张不锈钢尸体解剖台,各有自己的天平和水槽。两张台子有尸布遮住,被遮盖的尸体把尸布奇特地像帐篷一样高高顶起。医院的常规尸体解剖正在最靠近窗户的台子上进行。病理学家和他的助手聚精会神地工作着,史达琳进屋时都没有抬头。

屋子里充满轻微的电锯声,片刻之后病理学家把一个头盖骨小心翼翼地放到一边,双手捧出一副脑子,搁到天平上,对嘴边的麦克风轻轻报着重

---

① 一种便携式强光照明灯。

量,然后在天平盘里检查了那副脑子,用一根戴手套的手指戳了戳。他越过助手的肩头看见了史达琳,便把脑子放进了尸体剖开的胸腔,像小孩弹橡皮筋一样把橡皮手套射进了垃圾箱里,绕过解剖台向她走来。

史达琳跟他握手时有点毛骨悚然。

"克拉丽丝·史达琳,联邦调查局特工。"

"霍林斯沃思医生——验尸官,医院病理学家,大厨师兼洗瓶工人。"霍林斯沃思的眼睛蓝色、明亮,像仔细剥好的鸡蛋。他望着史达琳目不转睛,对助手说:"马林,给在心脏科特护病房的县治安官打个寻呼,再把那两具尸体的尸布拉开。请吧,女士。"

史达琳凭自己的经验觉得验尸官大体都是聪明人,但是随意说话时却偶有愚蠢、不谨慎之处,喜欢炫耀。霍林斯沃思顺着史达琳的目光看去。"你是在猜想那脑子是怎么回事吧?"

她点点头,双手一摊。

"我们这儿不是那么随便的,史达琳特工,我不把脑子放回颅骨是帮了殡仪馆一个忙。这个尸体要使用敞棺,守灵的时间也长,无法制止脑物质流进枕头。因此我们就随便用手边的东西塞满脑腔,再盖回去。我在头盖骨上弄个人字口,让它扣紧耳朵,不会滑动。家里的人得到的是全尸,大家都高兴。"

"我理解。"

"可以告诉我你理解那东西吗?"他说。史达琳背后,霍林斯沃思医生的助手已经揭开了尸检台上盖住尸体的尸布。

史达琳转过身子,看见了她终生难忘的景象。两张不锈钢解剖台上并排躺着一个人和一只鹿。鹿身上伸出一支黄色的箭,刚才像帐篷柱一样顶起尸布的便是箭杆和鹿角。

那人的头上有一支较短较粗的黄箭,从耳朵上方横穿颅骨。那人还穿着衣服,倒戴的棒球帽叫箭横钉在了脑袋上。

史达琳望着那样子荒谬地不禁想笑,急忙一忍,却噎住了,听上去像是惊恐。两具尸体都不是以常见的解剖位躺着,而是侧卧着。从两者相似的姿势看来,人和兽几乎是用同样的方式宰杀的。腰部和里脊部位的肉都给割走了,割得干净利落,没有浪费。

不锈钢上铺了一张鹿皮,鹿脑袋被鹿角支在金属枕上,翘转过来,翻着白眼,仿佛回头望那杀死了自己的明亮箭镞。在这样秩序井然的环境里,这只侧身躺在自己倒影上的动物好像显得更野性了,在人看来比森林里的鹿要陌生许多。

人的眼睛睁着,泪腺里流了血,像眼泪。

"人和鹿在一起,看起来怪怪的。"霍林斯沃思医生说,"人和鹿的心脏重量刚好一样。"他看了看史达琳,发现她没事。"可人身上有一点不同,你看这儿,肋骨从脊椎上断开了,肺从背上给扒拉了出来,像那样摊开,几乎像是翅膀,是吗?"

"血鹰。"史达琳想了想,喃喃地说。

"我以前从来没见过。"

"我也没有见过。"史达琳说。

"这还有个术语吗?你刚才叫它什么来着?"

"血鹰。匡蒂科文献里有。这是古斯堪的那维亚人的献祭习俗。从肋排处斩开,把肺从后面掏出来,平摊成翅膀的样子。三十年代在明尼苏达州有一个新维京人[①]曾经这样干过。"

"这东西你见得多——我不是指眼前这东西,而是指这类东西。"

"有时是的,没有错。"

"我就有点外行了。我们遇见的大部分是直接的凶杀——枪杀的,刀杀的。你想知道我怎么想吗?"

---

① 维京人,公元八世纪至十一世纪劫掠欧洲西北海岸的北欧海盗。

"很想知道,医生。"

"我认为这个身份证上叫唐尼·巴伯的人在昨天——猎鹿季开始前一天——非法猎杀了这只鹿——我知道鹿是那时候死的。那支箭跟唐尼别的弓箭是一致的。他正在匆匆忙忙屠宰这鹿——我没有查过他手上血的抗原,但那准是鹿血。他正想把猎鹿人称为背条肉的部分割下来。他做得很蹩脚,只割了短短一刀,很不像样。这时,发生了一件大出他意料的事,比如说让箭射穿了脑袋。两支箭颜色相同,但类型不同,这箭尾上没有槽,你认得出来吗?"

"这好像是弩上用的方镞箭。"史达琳说。

"第二个人,也许就是用弩的人,把鹿处理了。他做得好多了。然后,我的老天爷,就连人也处理了。你看这儿的皮是怎么剥过来的,刀法多精确,丝毫没有糟蹋或浪费。就是叫迈克尔·德巴基①来也不会做得更好。两者都没有受到过性侵犯,都是为了割肉才被宰杀的。"

史达琳用指关节顶住嘴唇,病理学家一时还以为她在亲吻护身符。

"霍林斯沃思医生,他们的肝是不是不见了?"

他从眼镜上方望了她一会儿,然后才回答。"鹿的肝没有了,巴伯先生的肝显然不合标准。那人切开检查过,沿着门静脉开了一刀。肝已硬化,变了色,现在还在肚子里,你要不要看看?"

"不用了,谢谢。胸腺呢?"

"胸腺,对,人和鹿的胸腺都没有了。史达琳特工,还没有人提起那个名字,是吗?"

"没有,"史达琳说,"目前还没有。"

从隔离室吹进了一股风,一个饱经风霜的瘦削人影站到了门口。那人

---

① 德巴基(1908—2008),国际著名的美国外科医生,用外科方法治疗循环系统缺损等疾病的先驱。

穿着苏格兰呢夹克衫和卡其裤子。

"治安官,卡尔顿怎么样了?"霍林斯沃思说,"史达琳特工,这位是杜马治安官。治安官的弟弟在楼上心脏科特护室。"

"他把握着自己的命运,医生说他情况稳定,而且受到保护——那是什么意思就不必管了。"治安官说。他对外面叫道:"进来吧,威尔伯恩。"

治安官跟史达琳握握手,介绍了另一个人。"这是威尔伯恩·穆迪警官,渔猎执法官。"

"治安官,如果你想跟你弟弟待在一起,我们可以回楼上去。"史达琳说。

杜马治安官摇摇头。"他们让我在一个半小时之内别去看他。没有冒犯的意思,女士,但是我在电话里找的是杰克·克劳福德,他会来吗?"

"他在法院脱不了身——你电话来时他正在证人席上。我估计我们马上就会有他的消息。你们这么快就打电话给我们,我们的确很满意。"

"老克劳福德在匡蒂科国家警察学院教过我课,那是十多年前的事了。一个了不起的人。你既然是他打发来的,准是很内行——继续谈吗?"

"请吧,治安官。"

治安官从胸前衣兜里取出一个笔记本。"这个被箭射穿脑袋的人叫唐尼·利奥·巴伯,三十二岁,住在卡梅伦的特雷尔恩德公园的拖车里。我没有发现他是做什么工作的。四年前他因为伤害罪被空军开除,有一张联邦航空局机身和动力厂的退役证书,做过飞机机械师。因为在城市范围开枪而缴纳过一次行为不端罚款,上一个狩猎季因为刑事犯罪又缴纳过一次罚款。还在萨米特县因偷猎野鹿在法庭上承认有罪,那是什么时候,威尔伯恩?"

"两个狩猎季以前。他刚刚取回了许可证。他在局里是有名的。他打猎物,如果没有倒,就懒得去追,又去等后面的……有一次——"

"说说你今天的发现吧,威尔伯恩。"

"唔——今天早上七点左右,我沿着县47号公路巡逻,在桥西大约一英里的地方佩克曼老头打旗让我停下了。他气喘吁吁捂住胸口,只能一个劲张嘴闭嘴,指着那边的树林。我在密林里走了,啊,大约不到一百五十码,就看见这位巴伯靠在树上,脑袋上插了一支箭。那只鹿也在那儿,带着箭。至少是昨天死的,已经僵硬了。"

"从僵硬的情况看,我认为最迟也是昨天凌晨死的。"霍林斯沃思医生说。

"唔,狩猎季从今天早上才开始,"渔猎执法官说,"这个唐尼·巴伯带了个上树架,还没有安装。好像他昨天到那儿去是想为今天做准备,再不然就是去偷猎。否则我就不明白他带了箭去干什么了——如果只是安上树架的话。这时候这头漂亮的鹿来了,他按捺不住了——这种情况我见多了,普遍得像野猪的脚印一样。然后,他正在割肉时,另外一位来了。我从脚印看不出什么来,那里下了场大雨,地上的痕迹当时就给冲干净了——"

"因此我们照了几张照片,把尸体拉了回来,"杜马治安官说,"林子是佩克曼老头的,这个唐尼从他那儿合法取得了两天狩猎租赁权,从今天开始,有佩克曼的签字。佩克曼一年总要出租一回。他登广告,并承包给捎客。唐尼在背包里还有一封信,上面说,祝贺你获得了猎鹿租赁权。那些纸都是湿的,史达琳小姐。没有不利于我们辖区的人的证据,但是我不知道你是否需要到你们的实验室去做指纹鉴定。还有箭,我们到的时候全都湿了。我们尽可能没有碰这些东西。"

"你想把箭拿走吗,史达琳特工?你觉得我怎么取出来最好?"霍林斯沃思医生问。

"如果你用牵引器拽住箭,从带羽毛的这一侧贴近皮肤将它锯成两半,再把另一头推出来,我会用金属丝以绞拧的方式将它们固定在我的板子上。"史达琳说着打开了她的箱子。

"我觉得这人没有搏斗过,但是你需要从指尖上刮下来的东西吗?"

"我倒想剪下指甲去做DNA鉴定,我用不着标明来自哪根手指。但是如果你愿意,最好把一只手的和另一只手的分开,医生。"

"你能够做PCR-STR[①]吗?"

"主实验室能做。我们三四天就可以有结果给你,治安官。"

"你们自己能化验那鹿血吗?"穆迪执法官问。

"不能,我们只能说那是动物血。"史达琳说。

"但是如果你在某个人家的冰箱里发现了鹿肉,你怎么办?"穆迪执法官提议道,"那时候你就得查出那肉是不是这只鹿的肉,对不对?我们有时候为处理偷猎案件,是靠血样区别不同的鹿的。没有两头鹿的血是相同的。你没有想到过这一点,是吧?我们得把血样送到俄勒冈州波特兰市的俄勒冈猎物与鱼类研究中心去,你只要耐心等待,他们就会给你答案。他们的回话是,'这是一号鹿',他们会说,或者就叫它'A鹿',附上一个很长的个案号,因为,你知道,鹿是没有名字的。这事我们了解。"

史达琳喜欢穆迪那张饱经风霜的老人的脸。"我们就把这鹿叫'无名鹿'吧,穆迪执法官。知道俄勒冈的事会有用处的,我们也许要与他们打交道,谢谢。"她说着对他笑了,笑得他红了脸,揉着帽子。

她低头在口袋里找东西时,霍林斯沃思医生出于消遣的目的,研究着她。她在跟老穆迪说话时脸上曾焕发出光彩,她面颊上的美人痣很像是烧过的火药。他想问一问,考虑后又没有问。

"你把那些纸放在什么里面了,不会是塑料袋吧?"她问治安官。

"褐色的包装纸袋,放在这种纸袋里是不会有妨害的。"治安官用手揉着后颈窝,看着史达琳,"你知道我为什么打电话找你们,为什么要找杰克·克劳福德到这儿来吗?我现在想起你是谁了,很高兴你能来。在这个屋子外面没有谁提起过食人魔这个词,因为消息一传出去,新闻界就会把

---

① 一种DNA鉴定的先进技术,直译为"聚合的链反应—短纵列重复检验"。

树林踏成平地。我只告诉他们这很可能是一次狩猎事故。他们可能会听说有个尸体给肢解过,但不会知道唐尼·巴伯的肉被割了去吃。食人魔不是那么多的,史达琳特工。"

"不多,治安官,不会有那么多。"

"干得太干净利落。"

"是的,长官。"

"我可能是因为报上谈他谈得很多才想起他来的——你觉得这案子像汉尼拔·莱克特干的吗?"

史达琳望着一只盲蜘蛛躲进空解剖台的排水槽。"莱克特博士的第六个被害人就是个弓箭猎手。"

"他吃他没有?"

"那个人倒没有吃。他把他吊在了一面配挂板①墙上,身上留下各种伤,像中世纪的一幅医药插图,叫作《受伤的人》。他对中世纪的东西很感兴趣。"

病理学家指着摊开在唐尼·巴伯背上的肺叶说:"你刚才说这是一种古老的仪式?"

"我觉得是的。"史达琳说,"我不知道这是不是莱克特博士干的。如果是他,这种切割尸体的做法就不是崇拜仪式——这种摆法不是强迫性观念所致。"

"那是什么呢?"

"是心血来潮,"史达琳说,思考着这说法是否准确,"是心血来潮,上一次他被抓住就是因为心血来潮。"

---

① 上有孔洞可装挂物钉挂放物品的板。

59

DNA实验室是新的,带着新的气息,里面的人也比史达琳年轻。这种情况她得适应,一想起来便一阵难受——她很快又要大一岁了。

一个名牌上写着A.本宁的年轻女人,签收了史达琳拿来的两支箭。

A.本宁一见史达琳证物板上的两支箭是用金属丝拧绞的方法固定的,便明显地露出放心的神情,这说明她过去接收证物时有过不愉快的经历。

"你不会想知道我有时打开这些东西看到的是什么,"A.本宁说,"你必须理解我无法告诉你任何东西,比如说在五分钟之后——"

"用不着。"史达琳说,"没有莱克特博士的RFLP[①]做比对,他逃走的时间又太长,物证又被污染了,有上百人经手过。"

"实验室时间太宝贵,不能够每个样品都检验,比如从汽车旅馆送来14根头发,能够都做吗?如果你给我带来的——"

"听我说完你再说。"史达琳说,"我已经要求意大利的警察局把他们认

---

① DNA的一种特征,用做传统的鉴别技术。

定是属于莱克特博士的牙刷送来。你可以从牙刷上弄下面颊的上皮细胞,你可以同时做RFLP和短纵列重复检验。这支弩箭在雨里淋过,我很怀疑你能从它上面得到多少东西,但是你看看这儿——"

"对不起,我觉得你没有理解——"

史达琳勉强笑了笑。"别着急,A.本宁,我们会合作得很愉快的。你看,两支箭都是黄色的,弩箭也是黄色的,是因为经手工涂过色,涂得不坏,但是有点花。你看这儿,颜料上那东西像什么?"

"也许是从刷子上落下的毛?"

"也许。但是你看它,一头卷了起来,尖上还有个小球。说它是睫毛怎么样?"

"要是有毛囊的话——"

"对。"

"你看,我可以做PCR-STR检验——三个颜色同时做——一次在凝胶的同一行里给你找三个DNA点。上法庭需要十三个点,但是要查明是不是他,只需两三天。"

"A.本宁,我早知道你是会帮助我的。"

"你是史达琳,我是说史达琳特工。我不打算一开头就处于不利地位——我见过许多警察送来的糟糕的物证——和你没有关系。"

"我知道。"

"我以为你年龄要大一些呢。姑娘们——女同胞们都听说过你的事,我是说每个人都听过,但是你有点——"A.本宁向别处看去,"——有点特别,在我们看来。"A.本宁伸出她那胖乎乎的小大拇指。"祝你在那另一个人身上走运,如果你不介意我这么说的话。"

60

梅森·韦尔热的大管家科德尔身材魁梧,浓眉大眼,若是脸上多点生气,也算得上漂亮。他三十七岁,再也无法在瑞士的保健行业里工作了,或者说在瑞士再也找不到与儿童接触密切的工作了。

梅森给了他很高的报酬,让他负责侧翼楼,管理他的护理和膳食。他发现科德尔绝对可靠,而且无论什么事都办得到。科德尔曾经在监视器上看见过梅森接见小孩子时的残忍行为,那是任何人看了都会愤怒或流泪的。

今天科德尔有点担心他唯一感到神圣的东西了:钱。

他在门上敲了两下,那是梅森所熟悉的,然后走进了屋子。屋里除了鱼缸的微光,一片漆黑。海鳝知道是他来了,从洞里抬起头期待着。

"韦尔热先生?"

一会儿工夫,梅森醒了。

"我得跟你谈一件事。我这个礼拜要在巴尔的摩付一笔额外的费用,给我们以前谈过的那个人。倒不是什么紧急情况,不过还是小心为宜。那个黑孩子富兰克林吃了点耗子药,这星期上半周病情危急。他告诉继母说是你让他毒死猫的,以免它受到警察的折磨。因此他就把猫给了一个邻居,自己把耗子药吃了下去。"

"那太荒唐,我跟这事没有关系。"

"当然荒唐,韦尔热先生。"

"谁在抱怨?是给你孩子的那个女人吗?"

"就是她,我们马上得给她钱。"

"科德尔,你没有骚扰过那小混蛋吧?他们在医院从他身上什么东西都没有找到,对不对?我会查出来的,你知道。"

"没有,先生。在你家里?从来没有,我发誓。你知道我不是傻瓜,我爱我的工作。"

"富兰克林在哪儿?"

"马里兰慈善救济医院。他出院以后就去了一个集体家庭。你知道原来跟他一起生活的女人因为吸大麻被从领养名单上除了名。抱怨你的就是她。我们说不定得跟她打交道。"

"吸毒的黑鬼,出不了大事的。"

"她现在还不知道找谁告去,可我觉得她需要小心对付,很麻烦。那个福利工作人员想让她闭上嘴巴。"

"这事我考虑一下。你去处理福利人员的事吧。"

"给她一千美元?"

"不过要让她明白只能给她那么多了。"

玛戈·韦尔热躺在黑暗里梅森的长椅上,脸上有干掉的泪痕。她听见了科德尔跟梅森的谈话。她曾经跟梅森争论过,但是梅森睡着了。梅森显然以为她走掉了。她张开嘴,不让呼吸出声,让自己的呼吸跟梅森呼吸器的咝咝声同步。科德尔离开时屋里有灰色的光闪动。玛戈在长椅上躺平了身子,等了几乎二十分钟,直到气泵降到了梅森睡眠的节奏才离开了屋子。海鳝看见她走掉,梅森却没有。

61

玛戈·韦尔热经常跟巴尼一起消遣。两人谈话不多，但会在娱乐室一起看橄榄球赛，看《辛普森一家》[1]，有时听教育电视里的音乐会，也一起看《我，克劳迪厄斯》连续剧[2]。若是巴尼值班错过了一两集，两人就租片来补上。

玛戈喜欢巴尼，她喜欢像男人一样跟他来往。巴尼是她所认识的人里唯一那么酷的人，非常潇洒，还有点超脱，这也叫她喜欢。

除了电脑科学教育，玛戈接受过良好的文科教育，巴尼却是自学成才，他的意见从幼稚的到深刻的都有，玛戈可以给他说的话提供背景资料。玛戈的教育是一片由理智界定的广阔平原，但是那平原放在她那心灵上却如地平学说的世界搁在乌龟背上。

为蹲下来尿尿的笑话玛戈·韦尔热让巴尼付出了代价。她相信自己

---

[1] 美国一部家喻户晓的卡通片。
[2] 1976年英国广播公司与伦敦影业有限公司共同制作的一部13集的电视系列剧，由罗伯特·格雷夫斯的同名小说及续篇《克劳迪厄斯》改编而成。

的腿比他有力，时间证明了她是对的。她做轻量举重时装出有困难的样子，引诱巴尼跟她拿压腿打赌，赢回了她那一百美元。她又进一步利用自己体重较轻的优势，跟他赌单手俯卧撑，也赢了他。但是她只赌右臂不赌左臂，因为左臂在少年时跟梅森扭打受过伤，力气差一些。

有时到了晚上，巴尼服侍完梅森，两人就在一起锻炼，在长椅上轮流保护。他们做得很认真，除了喘气，都不大出声。有时两人只彼此说声晚安，她拿起运动提包就往侧翼楼外的家庭住宅区走去。

今晚玛戈离开梅森的屋子便径直来到黑色与铬钢结构的健身房，眼里还有泪痕。

"嗨，嗨，"巴尼说，"你没事吧？"

"家长里短的废话，我能告诉你什么？我没事。"玛戈说。

她练得像魔鬼一样不要命，举得很重，次数又多。

巴尼有一回走了过来，给她取下一个铃片，摇了摇头。"你会弄成撕裂伤的。"他说。

玛戈还在使劲踏着自行车，巴尼却练完了，站到了健身房冒着热气的龙头下，让热水把一天的疲劳冲进洞去。那是一种公共淋浴，头顶有四个喷头，还有几个喷头冲洗腰部和大腿。巴尼喜欢同时开两个喷头集中冲他那硕大的身体。

巴尼很快便被雾气包围了，云遮雾障，除了冲击着他头部的水之外，一切都模糊了。巴尼喜欢在淋浴时思考：云遮雾障——《云》[①]——阿里斯托芬——莱克特博士关于蜥蜴向苏格拉底撒尿的解释。他忽然想起，在莱克特博士用逻辑的无情重锤敲打他之前，像德姆林那样的什么人都会把他折腾个够。

巴尼听见另外一个喷头喷水时，没怎么去注意，只继续擦着身子。别

---

① 古希腊喜剧作家阿里斯托芬的喜剧。

人也到这里来使用健身房,但大都是在凌晨或黄昏。在健身房公共淋浴下不去理会别人冲淋是男性的礼貌,但巴尼却在猜想着那人是谁。他希望那不是科德尔,科德尔叫他恶心。别的人晚上用这设备的很少。是谁他妈的在冲淋呢?巴尼转身让水冲着自己的后颈窝。蒸汽氤氲里出现了附近那人的部分身体,像在漆成白色的墙壁上画的壁画。这儿是一个宽大的肩膀,那儿是一条腿。一只秀美的手擦洗着头颈和背,珊瑚色的指甲。是玛戈的手!脚趾也涂了指甲油,是玛戈的腿!

巴尼回头对有节奏地冲击着自己的水柱做了个深呼吸。隔壁那人影转动着身子,专注地搓洗着。

巴尼竭尽全力做了个深呼吸,屏住气不放……他发现自己出了问题。由于艰苦的锻炼,玛戈全身肌肉鼓凸,明亮得像马。巴尼的兴趣越来越明显,于是对她背转了身子。他也许可以不理她,直到她走掉。

隔壁的水停了,但是声音传来了,"嗨,巴尼,爱国者涨了多少?"

"据我的人看……你可以买迈阿密五点五。"他回头一望。

她在巴尼溅出的水边擦着身子,头发贴在脸上。此刻她容光焕发,泪痕没有了。玛戈的皮肤非常美。

"那么你是打算买进?"她说,"朱迪办公室的集资已经……"

下面的话巴尼再也听不进了。他心慌意乱,很为尴尬。那种冰凉的感觉袭来,他对男性从来没有感到过兴趣,但是玛戈虽有一身肌肉却显然不是男性,他喜欢她。

该死的,她怎么跑到这儿来跟我一起冲淋浴?

他关上水,湿淋淋地对着她,想也没想就把大手伸到她面颊上。"天哪,玛戈!"他说,气堵在了喉咙里,声音沙哑着。

她低头去看他。"该死,巴尼,可别……"

巴尼伸长脖子,弯过身去,想在她脸上任何地方轻轻地亲一下,而不让自己碰到她的身子,可终于碰到了。玛戈退缩了,用前臂一下挡住了他那宽阔的胸膛,那得要中路防卫才抵挡得住。他双脚一虚,一屁股坐到淋浴间的地面上。

"你个龟孙子,"她咝咝地叫道,"我早该知道的。同性恋!……"

巴尼翻身站起,出了淋浴室,没有擦干便穿上了衣服,一言不发地离开了健身房。

巴尼的住地跟大楼分开,是过去的马厩,石板盖顶,现在成了车库,阁楼上是公共住房。夜间很晚了,他还在便携式电脑上敲着,读着网上的函授课。有个壮实的人上楼梯来了,他感到地板的震动。

有人轻轻地敲门,他开了门。玛戈站在那里,裹着厚运动衫,戴着锥形编织帽。

"我能进来一会儿吗?"

巴尼望着自己的脚,好一会儿才从门口让开身子。

"巴尼,嗨,我对浴室那事感到抱歉。"她说,"我心里有点乱,我是说,我不痛快,就乱。我希望做朋友。"

"我也希望。"

"我原来以为我们可以成为一般的好朋友的,你知道。"

"玛戈,没事,我说过我们要做好朋友,可我不是他妈的太监。你跑来跟我一起洗淋浴,见鬼。我觉得你很漂亮,就控制不住了。你光着身子进了淋浴,我看见了我真正喜欢的两个东西。"

"我,还有女人的身体。"玛戈说。

两人同时哈哈大笑,都吃了一惊。

她扑上前来搂住了他,身体差的人是会给这一搂搂伤的。

"听着,我要是非得嫁个男人不可的话,那就必定是你。可这事我已经没有份了,的确没有份了,现在没有,以后也绝不会有。"

巴尼点了点头。"这我知道,我刚才忘了。"

两人互相搂着静静地站了一分钟。

"你想做朋友吗?"她说。

他想了一分钟。"想。但是你得帮我一点忙。协议是这样的:我要花大力气忘掉我在淋浴时看见的东西,你也别再让我看见,你也别让我看见胸部。怎么样?"

"我可以做个好朋友,巴尼。明天到我屋里来吧,朱迪下厨,我也下厨。"

"好的,但是你们下厨都不会比我强。"

"比试比试看。"

62

莱克特博士迎着亮光举起一瓶柏图斯酒。一天以前他就把酒瓶竖直了,以免酒中有沉淀。他看了看表,认为开瓶时间已到。

他认为这是一次严肃的冒险,只要有可能,他是想回避的。他不愿操之过急,他想欣赏那酒倒在晶质玻璃杯里的色彩。塞子要是揭得太早就太可惜了!他认定那神圣的馨香不应该在倾倒时散失。光线表明有了一点沉淀。

他像锯开人的颅骨一样小心翼翼地揭开了塞子,把酒放到了倾倒器里。倾倒器是用曲柄和螺丝驱动的,能够把瓶子按细致的刻度倾斜。先让带咸味的海风吹吹吧,然后再决定怎么办。

他堆起一堆疙疙瘩瘩的木炭,燃起了火,然后给自己调了杯饮料,那是利莱酒①加冰块,再加一片橙子,做时想着几天来熬成的汤汁。莱克特博士的汤汁制作师承大仲马神来之笔。三天前从猎鹿森林回来,他又在汤锅里加了一只乌鸦,一只叫杜松子填得滚瓜流油的乌鸦。小片小片的黑色羽毛

---

① 法国产的一种开胃酒。

在海湾平静的水上游泳。他留下了初级飞羽做拨弦古钢琴的琴拨。

现在莱克特博士砸碎了杜松子,开始在铜煎锅里煎冬葱。他用一根棉带把一包新鲜的调料系好,打了一个漂亮的外科手术结,放在有柄小锅里,浇了一瓢汤汁上去。

莱克特博士从陶罐里取出里脊肉,那肉卤成了黑色,滴着汁。他把肉拍拍干,再把尖的一头折回去,系好,让它横竖一样大。

木炭堆成两层,正中形成高热区,不一会儿工夫火已燃旺。里脊肉在铁锅里嗞嗞地响了起来,蓝色的烟雾飘过花园,宛如在随着莱克特博士扬声器里的音乐飘扬。他演奏的是亨利八世的动人的乐曲:《若由真爱统治》。

深夜,莱克特博士演奏着巴赫,他的唇上染着柏图斯酒的红色,烛台架上搁着一杯蜂蜜色的滴金①酒。他的心里是史达琳在穿过树叶奔跑,鹿在她前面惊起,奔上山坡,从静坐在坡上的莱克特面前经过。跑着跑着,他进入了《戈德堡变奏曲》的"第二变奏",烛光在他弹奏着的双手上闪动——几个乐句,一片血淋淋的雪地,几颗肮脏的乳牙,这回是一闪而过,只有一个声音是明确的,一支弩箭笃的一声响,射进了脑袋——于是我们又有了欢乐的森林,流泻的音乐和史达琳。史达琳被花粉样的光点勾勒出轮廓,跑得看不见了,她那"马尾巴"蹦跳着,像鹿毛茸茸的尾巴。然后,莱克特博士一气呵成奏完了全曲,再没有受到干扰。曲终后甜蜜的寂静仿佛滴金酒一样香醇。

莱克特博士举杯对着烛光,烛光在酒杯后闪动,有如阳光在水上熠耀,而那酒则如克拉丽丝·史达琳皮肤上的冬日阳光。史达琳的生日快要到了,博士思考着,他不知道是否有一瓶在史达琳的生年酿造的滴金酒。说不定有份礼物已为三周后就要跟耶稣的寿命一样长的克拉丽丝·史达琳准备好了。

---

① 滴金酒庄是位于法国波尔多最南端的顶级酒庄。

63

莱克特博士高举酒杯面对着烛光的时候，A.本宁正在DNA实验室里高举最近一次的凝胶，面对着灯光，观察着有红、黄、蓝色斑点的电泳线。检验品取自牙刷上的表皮细胞，牙刷是从卡波尼邸宅取到，用意大利政府的外交邮袋送来的。

"唔，唔，唔，唔，唔。"她说，立即给匡蒂科的史达琳打去了电话。

回话的是埃里克·皮克福德。

"嗨，我能跟克拉丽丝·史达琳说话吗？"

"她出去了，要在外面一整天。我值班，有事要我效劳吗？"

"你有她的手机号码吗？"

"她正在另外一条电话线上。你有什么事啊？"

"请你告诉她我是DNA化验室的A.本宁，请告诉她牙刷和弩箭上的睫毛是同一个人的，那人就是莱克特博士。让她给我来电话。"

"请把你的分机号给我。我立即告诉她，没有问题。谢谢。"

史达琳并不在另外一条电话线上。皮克福德给在家的保罗·克伦德勒打了电话。

史达琳没有给检验室的 A. 本宁去电话,本宁有些失望。她额外花了不少时间。本宁在皮克福德给在家的史达琳去电话以前早就回家去了。

梅森比史达琳早知道一个小时。

梅森跟保罗·克伦德勒简短地说了几句,说得悠闲,等着送气来。他心里十分明白。

"是把史达琳放出去的时候了,要在他们开始考虑放出史达琳做诱饵之前。今天是星期五,你有一个周末的时间。开始吧,克伦德勒,把广告的事透露给渎职办,把她赶出去。是她滚蛋的时候了,克伦德勒,是吗?"

"我希望我们能够——"

"你只要去做就行了,在你接到下一张从开曼群岛寄来的图画明信片时,邮票底下将写有一个完整的新账号。"

"行,我就——"克伦德勒说着,听见了拨号的声音。

那简短的谈话叫梅森特别疲倦。

最后,在沉入断断续续的睡眠之前,他叫来了科德尔,对他说:"通知他们把猪运来。"

64

要违背差不多是野生的猪的意志把它们运走,可比绑架人费力多了。猪比人更难控制,大猪的力气比人还大,又不怕枪支威胁。你如果不想让肚子和腿给戳破,就得提防它们的獠牙。

长獠牙的猪有一种本能:在跟直立的动物如人或熊战斗时,总想去戳破对方的肚子。它们的天性倒不想咬断脚筋,但是可以很快就学会。

你要想保证猪不死,就不能用电击把它打昏,因为容易造成对猪来说是致命的冠状动脉抽搐。

猪总管卡洛·德奥格拉西亚斯具有鳄鱼的耐性。他曾经实验过拿他准备在莱克特博士身上使用的亚噻扑罗嗪做动物的镇静剂。现在他确切地知道了要让一头一百公斤的野猪镇静下来需要多少剂量,也知道要隔多久注射一次才能让它在十四小时之内保持安静,而不至于导致长期的不良后果。

梅森·韦尔热是牲畜进出口的大户,在配种实验上又长期跟农业部合作,这就为他进口这批猪铺平了道路。他们按规定把17—129号兽医检验表和撒丁岛的兽医保证书电传到马里兰州利伏黛尔的动植物检验中心，再附上卡洛需要的五十管冷冻精液的运输费39.5美元。

回的电传送来了猪和精液入境许可证，附有常规的基韦斯特①猪免检证明和一份确认书，说明他们会派一位检疫员到巴尔的摩—华盛顿国际机场来登机卸猪。

卡洛和他的助手皮耶罗·法尔乔内和托马索·法尔乔内弟兄把猪笼放到了一起。全都是高档的猪笼，两头有滑门，里面铺了沙和垫子。到最后一分钟他们又想起了那面妓院的镜子，把它也拿了来。猪映在洛可可式镜框里的影像叫梅森觉得非常好玩。

卡洛仔细给十六头猪使用了麻醉剂——五头在同一个栏里养大的公猪和十一头母猪，全都没在发情，其中一头怀有身孕。猪失去知觉之后他曾仔细检查过它们的身体，用指头试过牙齿和巨大的獠牙尖，又把那狰狞的猪脸捧在手里，望着昏沉的小眼睛，听了呼吸道，确信没有问题，再把它们那些小巧的脚踝捆住，这才拉上帆布，将它们送进猪笼，关紧滑门。几辆卡车被压得直呻吟，从真纳尔真图山开到了卡利亚里。机场里已有一部喷气运输机等着，那是弗利特伯爵航空公司的空中客车，原是运输比赛用马的专用机，通常用于来回运输美国马匹到迪拜去参加赛马。这回它运了一匹马，是在罗马接收的，可那马嗅到了猪的野气，在垫得厚厚的马厩里又是嘶叫又是尥蹶子，怎么也安静不下来。最后他们只好把它弄下飞机留在了罗马。后来梅森付了很大一笔钱，把马运回给了主人，为了避免打官司还给了一笔赔偿费。

卡洛跟他的助手们一起坐在有气压调节的货舱里。在汹涌的海洋上空他每过三十分钟就对每头猪进行一次检查。他把手放到满是鬃毛的体侧，感觉那怦怦跳动的野蛮心脏。

---

① 美国佛罗里达州西南部城市。

即使十六头猪都健康而且饥饿,也不能指望它们一顿筵席就把莱克特博士吃光。它们吃光制片人用了一天工夫。

梅森要让莱克特博士在第一天看着猪吃掉自己的双脚,然后用生理盐水滴注维持他的生命,度过一夜,等着再做第二次美味。

梅森答应让卡洛和他在一起待一个小时。

在吃第二餐美味时猪可能在一小时之内把他掏空,吃掉内脏和脸。等第一轮最大的猪和怀孕的母猪吃得心满意足退席之后,才开始下一轮。那时热闹也就看完了。

65

巴尼从没有来过仓库。他从观众席下的侧门进去——观众席从三面包围了一个旧时的展牲场。此刻展牲场仍有一种期待的气氛,空旷而寂静,只有梁上几只鸽子在咕咕地叫。拍卖台后面是敞开的仓库,巨大的双扇门开着,里面是仓库和饲料室。

巴尼听见有人在叫:"喂。"

"在饲料室里,巴尼,上来吧。"是玛戈浑厚的声音。

饲料室是个快活的地方,周围挂着辔头和线条优美的鞍鞯之类,弥漫着皮革味。屋檐下的窗户满是灰尘。阳光泻入,蒸腾得皮革和干草气味更强烈了。一侧的阁楼门敞开着,里面是仓库的干草楼。

玛戈在收拾马梳和套马索。她头发的颜色比干草还浅,眼睛是盖在肉上的"验讫"印章的那种蓝色。

"嗨。"巴尼在门口说。他觉得那屋子有点像舞台布景,是专为来玩耍的孩子们搭建的。那么高敞,阳光从高耸的窗户斜照进来,像个教堂。

"嗨,巴尼,别走,我们二十分钟就吃。"

朱迪·英格兰拉姆的声音从上面的干草楼传来。"巴尼——早上好,等一会儿瞧我们中午吃什么!玛戈,你想到外面去吃吗?"

玛戈和朱迪有个惯例,星期六总把各种设得兰马梳理一番,准备给孩子们骑,而且带午饭来吃野餐。

"咱们到仓库南边的太阳底下吃去。"玛戈说。

每个人都似乎过分快活。像巴尼这样有医院经验的人知道,过分快活对快活的人并不吉利。

墙壁上略高于人头的地方挂了一个马头骨,它俯瞰着饲料室,戴着眼罩,垂着缰绳,韦尔热家的赛马旗搭在上面。

"那是快影,在1952年的洛奇波尔大奖赛上得过奖,是我爸爸唯一得过奖的马。"玛戈说,"它太不值钱,不值得剥制成标本。"她抬头看了看骷髅头,"跟梅森像极了,是吧?"

屋角有一个鼓风炉和一个风箱。玛戈在那里生了一堆小炭火御寒,上面放了口锅,锅里煨着什么,有汤的气味泛起。

工作台上有全套的马掌匠工具。她抓起一把锤子,是那种锤头重把短的马掌匠锤。玛戈凭她那粗壮的胳臂和结实的胸膛可以当马掌匠,凭她那特别突出的胸肌也可以做铁匠。

"你可以把毯子扔给我吗?"朱迪对下面叫道。

玛戈拿起一沓洗好的鞍毯,粗壮的手臂一挥,鞍毯便划了一道弧线飞上了草料楼。

"好了,我马上洗干净,就去把东西从吉普车上弄下来。我们十五分钟后就吃饭,行吧?"朱迪说着下了楼。

巴尼觉得玛戈在盯着,便没有去看朱迪的背影。地面有许多干草捆,上面铺着毯子可以坐。玛戈和巴尼坐了下来。

"你错过了小马驹,它们都到莱斯特的马厩去了。"玛戈说。

"我今天早上听见卡车声,是怎么回事?"

"梅森的事。"短暂的沉默。他们一向习惯于沉默,可这一次不习惯了。"好了,巴尼,你已经到了除非做点什么便再也说不出话的地步,我们俩是不是这样了?"

"就像闹了恋爱什么的。"巴尼说,这种不愉快的比拟悬在空中。

"恋爱,"玛戈说,"我可是为你准备了比恋爱好千百倍的东西,该死的。我们谈的是什么你知道。"

"不算少。"巴尼说。

"你如果不想干,而后来我们干成了,你可别到我面前来后悔,知道吗?"她拿那马掌匠锤敲着自己的手心,也许有点心不在焉,同时用蓝色的屠夫眼睛盯着他。

巴尼当年见过一些脸色,是靠读懂其中的意思活了下来的。他明白她说的是实话。"我们如果做了是不会后悔的。我可以非常大方一次,但也只一次。不过一次也就够了。你知道是多少吗?"

"玛戈,我上班时不能出事。我拿他的钱照顾他的时候不能出事。"

"为什么,巴尼?"

他坐在草捆上,耸了耸巨大的肩膀。"买卖就是买卖。"

"你说那是买卖?这才是真买卖。"玛戈说,"五百万呢,巴尼。克伦德勒要是出卖了联邦调查局那妞,也不过这个价,告诉你。"

"我们谈的是从梅森那儿弄到足够的精子让朱迪怀孕。"

"我们也在谈别的事。你知道你如果从梅森那儿弄出了精子,却又让他活着,他会收拾你的,巴尼。无论你跑多远也不行。他们会拿你去做他妈的猪食的。"

"我非干不可吗?"

"你是怎么啦,巴尼,就像你手臂上的字一样,Semper Fi[①]。"

[①] 美国海军陆战队的格言,意思是"永远忠诚"。

"我拿他的钱时就说过要照顾他,那么在我给他工作时就不能让他受到伤害。"

"你不必……对他做什么,除了他死去之后的医疗工作。我不能再摸他那里,不能再摸。也许你需要对付科德尔就行。"

"你要是弄死了梅森,就只能得到一次精子。"巴尼说。

"我们只要得到5毫升。即使精子计数低于正常,我们也可以加了稀释剂试着授精五次。我们可以做到——朱迪家的妇女确定是容易受孕的。"

"你们想过收买科德尔吗?"

"没有,他是不会守约的,他的话靠不住。他早晚会出卖我。我不能让他参加。"

"这问题你倒是考虑过许多。"

"对。巴尼,我要你控制护理站。监视器有录像带,每秒钟都有。但是屏幕上虽看得见,录像带却未必在录。我们——我把手伸进他的呼吸器罩子,使他的胸部无法活动,可是从监视器上看去,呼吸器还在照常工作。等到他的心跳和血压出现变化时你再跑进来,那时他已经昏死过去。那时若是想救,怎么救都行。唯一的条件就是你没有看见我。我只是控制他的胸口直到他死去。你搞的尸体解剖够多的,巴尼,医生怀疑窒息死亡时,检查什么地方?"

"看眼睑后是否出血。"

"梅森没有眼睑。"

她做过研究,而且她习惯于收买任何东西,任何人。

巴尼盯着她的脸看着,置锤子于不顾,做出了回答:"不,玛戈。"

"我那天要是让你干了我,你愿不愿意?"

"不愿意。"

"如果是我干了你,你愿意不愿意?"

"不愿意。"

"如果你没有在这儿工作,如果你对他没有任何责任,你干不干?"

"也很可能不干。"

"是道德还是胆小?"

"不知道。"

"那咱们就弄弄清楚。你被开除了,巴尼。"

他点点头,并不太吃惊。

"现在巴尼,"她举起一个指头放到嘴唇上,"嘘——给我一句话。我是否非得告诉你不可,说我能用你在加州的前科要了你的命?用不着我那么做吧,啊?"

"你虽然不用担心,"巴尼说,"可我得担心。梅森是怎么打发人走的我不知道,也许他们就是失踪了事。"

"那你也不用担心。我可以告诉梅森,你得了肝炎。你对他的事知道得很少,只知道他是在帮助执法——而且他也知道我们了解你的前科,会让你走的。"

巴尼不知道莱克特博士在心理治疗上会对哪一个更感兴趣,是梅森·韦尔热?还是他的妹妹?

66

银色的长运输车来到麝鼠农庄的仓库时已是晚上,他们到迟了,感到烦躁。

巴尔的摩—华盛顿国际机场的安排开头还不错。到飞机上来的农业部检验员例行公事批准了十六头猪起运。检验员对猪具有专家的知识,可也没见过这种模样的猪。

然后卡洛·德奥格拉西亚斯检查了卡车。那是一辆牲畜运输车,味道也就像牲畜。过去的许多牲畜在缝隙里留下了痕迹。卡洛不准猪上车,让飞机等着,怒气冲冲的驾驶员、卡洛和皮耶罗找到了另外一辆更适宜于运输猪笼的卡车,又找到了一个有蒸汽管的洗车处,把载货区用蒸汽冲洗了一遍。

到了麝鼠农庄又遇上了最后一桩讨厌事。门卫检查了卡车的吨位,以超过一座装饰性桥的载重极限为理由,不让他们进去,而要他们走入境车道,穿过国家森林。在高大的卡车走过最后两英里时又叫树枝给挂住了。

卡洛喜欢麝鼠农庄那宽敞干净的仓库,也喜欢那辆能够把猪笼轻轻送进马厩的叉车。牲畜卡车驾驶员拿来了一根牲畜电棍,想找只猪电一电,看它的麻醉程度,卡洛立即抢走了那东西,而且狠狠地威胁了他,吓得他连电棍都不敢要回来。

卡洛愿意让凶残的大猪自己从昏睡里醒来。不到它们自己站起来有了意识不让它们出笼。他怕早醒的猪会咬伤还麻醉着的猪。猪只要不是一起在睡着,任何躺着的东西都能吸引它们去咬。

自从猪群吃了制片人奥雷斯特,又吃了他那吓得半死的助手之后,皮耶罗和托马索就得双倍地小心了。他们再也不能跟猪一起待在圈里或草地上了。猪并不发出威胁,不像野猪要龇牙咧嘴。它们只带着那股令人恐怖的猪劲,一门心思地望着你,向你靠近,等它摸到了足够近的地方就对你发起攻击。

跟猪一样一门心思的卡洛不肯休息。他是直到打着手电检查完了栅栏包围的森林牧场才住手的。那牧场跟广袤的国家森林连成了一片。

卡洛用刀子挖掘地面,检查了森林牧场的树木底下。他在泥土里发现了橡实。他们开车进来时他听见了鲣鸟叫。毫无疑问,在这片栅栏包围的树林里有白橡树生长。但是不太多。他不愿意让猪在地面找到食物,在大森林里它们是能找到的。

梅森在仓库敞开的部分修了一道结实的荷兰式的上下门,跟卡洛在撒丁岛的农场上的门一样。

卡洛可以在这道栅栏的保护之下喂猪,把塞满死鸡、羊腿和菜的衣服扔过栅栏,丢到猪群里。

这些猪都不驯服,但是不害怕人和嘈杂。即使是卡洛也不敢到栏里跟它们在一起。猪跟别的动物不同,能爆出点聪明的火花,却实际得可怕。它们丝毫不怀敌意,只不过喜欢吃人肉罢了。它们脚步轻得像缪拉的公牛,咬起人来像牧羊犬,绕着养猪人转悠起来时心怀叵测。有一回皮耶罗为了抢救一件或许可以再用的衬衫就几乎给它们吃掉。

这样的猪是前所未有的。它们比欧洲野猪大,却同样凶残。卡洛觉得它们是自己的作品。他知道它们要干的事,它们毁灭一切的邪恶会给他带来他终生需要的荣誉。

半夜,仓库里的一切都已经入睡:卡洛、皮耶罗和托马索都在装饲料的草料楼上睡,连梦都没有做。猪在猪笼里打鼾,它们那优雅的小脚开始在梦里划拉。有一两头还在干净的帆布上翻动。赛马快影的头骨被马掌匠炉子里的炭火照着,俯瞰着这一切。

67

对于克伦德勒来说，使用梅森的证据攻击一个联邦调查局的特工是一次飞跃，叫他有点喘不过气来。如果叫司法部长逮住，他就会像蟑螂一样被捏碎。

克伦德勒觉得，除了个人所冒的危险之外，毁掉克拉丽丝·史达琳并不像毁掉一个男人那么难堪。男人要养一家人——克伦德勒自己就要养一家人，和他们一样地贪婪而忘恩负义。

史达琳肯定是要滚开的。要是让她再干下去，凭她像娘儿们料理家务那样的精挑细拣，顺藤摸瓜，早晚得把汉尼拔·莱克特找到。那样，梅森·韦尔热就一分钱也不会给他了。

越早剥夺她的情报来源并把她当诱饵放出去越好。

克伦德勒为了爬向权势，也曾毁坏过一些人的前程。他起初是州检察官，在政治上很活跃，然后活跃进了司法界。他凭经验知道，要毁掉女人的前程要比毁掉男人的前程容易。如果女人得到了女人所不应得到的提拔，最有效的办法就是说她是靠躺着赚来的。

可要把那罪名栽到克拉丽丝·史达琳身上却办不到,克伦德勒想。实际上,他想不出在那肮脏的路上还有谁比史达琳更不肯让人上身。他有时掏着鼻孔也会想起那些粗野的动作。

克伦德勒无法解释他对史达琳的敌意,那是他内心的事,属于他自己也不能进去的世界。那地方座位上铺好了垫子,光线从拱顶射入,门上的把手扭好了,窗户的插销插上了。一个姿色像史达琳、头脑却不如她的姑娘,裤子褪到一条腿的踝骨边,在问他是怎么回事,为什么不上来干,他娘的,他是不是有点同性恋?有点同性恋?有点同性恋?

你要是不知道史达琳是什么样的娘儿们的话,克伦德勒想,她做的事的黑白分明可比她那太少的提拔说明的问题多多了,这是他不能不承认的。给史达琳的回报少得可怜。这么多年来克伦德勒在她的档案上滴进的毒汁对联邦调查局职业考评委员会产生了足够的影响,让史达琳失去了好几次应得的美差。而她那独立不羁的态度和没有阻拦的嘴巴也帮助了克伦德勒达到目的。

梅森不愿意等到费利西亚纳鱼市的案子处理下来,何况,即使史达琳上了听证会也未必能保证沾上摆脱不掉的肮脏。伊芙尔达·德拉姆戈和其他人的死显然是安全措施失败的结果。史达琳能够把那个小杂种婴儿救出来已是奇迹——又多了一个娃娃要让公众养活。揭开那次丑恶事件的疮疤容易,要拿它来搞垮史达琳却未必轻松。

还是梅森的办法好,来得快,而且马上就能够叫她离开那里。时机也恰到好处。

在华盛顿有一句格言比毕达哥拉斯定理得到的证实还多:有氧气时,一个惹眼的人放个响屁就可以掩盖同房间的许多人小声放的屁,只要时间大体相近。

因此,总统弹劾事件的审判足以转移司法部的注意力,便于他对史达琳草草定罪。

梅森要求报纸报道出去让莱克特博士看见,但是克伦德勒又必须把报道弄得像是不幸的意外。幸好遇到了一个机会,可以让他如愿以偿:联邦调查局的诞生日。

克伦德勒既想飞黄腾达又要问心无愧。

他现在觉得安慰:要是史达琳丢了差事,也不过就是她所住的那个同性恋窝子少了个上电视让别人看笑话的人而已。他最多也就是让一尊快要坍塌的大炮坍塌下去,再也不会威胁别人。

"一尊快要坍塌的大炮"坍塌下来就可以"使船停止摇晃",他心里高兴,无愧于心地想着,仿佛两个海军的比喻构成了一道等式,只要摇晃的船还在走,他对于大炮就满不在乎了。

克伦德勒具有他的想象力所能容许的最活跃的幻觉。现在他为了自己高兴,设想着史达琳的样子:老了,乳房垂着,好看的腿臃肿了,露出青筋,走路颤颤巍巍,抱着脏衣物跌跌撞撞地上楼下楼,从床单上的污迹前扭开了脸。为了赚个吃住,在一对多毛的老同性恋者的小客栈里干活。

他想象着自己在胜利之后对她所说的话:"吃棒子面长大的乡下臭×。"

他用德姆林博士的深刻思想武装起自己,想象着在她交出枪支之后,走到她身边连嘴皮都不动地对她说一句:"你老大不小的了,还在丢你爸的脸,尽管他也不过是个南方的白种穷鬼。"他把这话在心里反复地想,甚至考虑过写到记事本上。

克伦德勒有他所需要的条件、时间、毒汁去粉碎史达琳的前途,而在他动手的时候,机会和意大利邮件又来帮了他的大忙。

68

得克萨斯州哈伯德城外的巴特尔克里克公墓在十二月是得克萨斯州中部狮子色的皮上的一个疮疤。此刻风在那里呼啸，而且要不住呼啸下去，你等不到它收场。

公墓新区地面上的标志是平的，刈草很容易。今天有一个银色的心形气球飘在一个过生日的姑娘的坟墓上。在公墓老区的小径两边每一次刈草都可以刈到，而对坟墓之间的地区则只有尽力而为了。干花的茎和丝带的碎片被刈进了泥土。在那跳荡的心形气球和土堆之间停着一部挖掘机。一个年轻的黑人坐在驾驶室里，还有一个黑人站在地上，用手护着火柴点烟。

"克洛斯特先生，我们干这活时要求你在场，是想让你看看我们掘出的东西。我肯定你是会劝阻亲人，不让他们来看的。"哈巴德殡葬之家的经理格林利先生说，"那口棺材——我又得赞扬一次你的品位——拿得出手，值得骄傲。人们要看的也就是这个。我还乐意给你打个行业折扣。我自己的父亲——他也过了世，睡的也就是这样的棺材。"

他对挖掘机操作手点了点头,机器的铁爪便对枯草覆盖的塌陷坟墓掘了下去。

"这墓碑你认准了吗,克洛斯特先生?"

"认准了,"莱克特博士说,"他的孩子们打算给父母共同刻一块石碑。"

他们站着没有说话,风刮得裤腿啪啪地响。挖掘机向下挖了大约两英尺便停下了。

"从这儿起我们最好是用铲子。"格林利先生说。两个工人下了坑,以一种老练轻松的动作开始铲土。

"小心。"格林利先生说,"这简直就不像是口棺材,和他要换的那口可没法儿比。"

廉价的胶合板棺材的确已塌到下面的尸体上。格林利叫掘土机手清除了周围的泥土,把一个帆布口袋塞到还没有破的棺材底下。棺材就给装在帆布口袋里吊了起来,摇晃着进了一辆卡车。

在哈巴德殡葬之家车库的一个支架桌上,坍塌的棺材盖被揭开了,露出了一具相当大的骷髅。

莱克特博士迅速检查了一下。一颗子弹打缺了覆盖肝部的肋骨,左前额上方还有一个弹孔,带着凹陷纹。颅骨里长着青苔,塞满了泥土,只露出了一部分,长着漂亮的高颧骨,那样的颧骨他曾经见过。

"泥土给他留下的东西不多了。"格林利先生说。

腐烂的裤子的残余和一件牛仔衫的破片遮住了尸体。衬衫的珠母纽扣落到了肋骨里。一顶带沃思堡褶的特大号海狸皮牛仔帽放在胸前。帽檐上有个缺口,帽顶上有个洞。

"你们认识死者吗?"莱克特博士问。

"我们是1989年买进这家殡仪馆的。我们接受了这片墓地,只不过增加了集团的财产而已。"格林利先生说,"我现在住在这里,但是我们公司的总部却在圣路易斯。你想保留服装吗?或者我可以给你一套,不过我认为——"

"用不着。"莱克特博士说,"把骨头刷干净,除了帽子、皮带扣和靴子之外,服装都不要了。把颅骨、手脚的长骨、小骨用口袋装起来,用最好的丝绸尸衣包好。骨头不用在棺材里排列,收在一起就行。石碑就给你们了,够抵偿重新填平的费用了吧?"

"够。请你在这儿签个字,别的发票马上给你。"格林利先生说,因为卖出了一副棺材而喜出望外。大部分承运尸体的殡葬主持人都是用纸板箱把尸体运走,然后自己卖一副棺材给死者家庭的。

莱克特博士的掘墓文件完全符合得克萨斯州卫生与安全条例711.004款。他知道符合条例,因为那是他自己设计的,根据是从得克萨斯州各县法规速查联合会图书馆下载的种种要求和表格摹本。

两位工人觉得莱克特博士租来的卡车上的电动尾板很管用,用它把新棺材吊上了车,在垫盘上固定,跟一个挂衣服的纸板箱放到了一起——那是车上仅有的东西。

"你这可是个好主意,自己带上衣橱,礼仪套装就不用放在箱子里,弄得皱巴巴的了,是吧?"格林利先生说。

到了达拉斯,博士从衣橱里拿出了一个大提琴的琴盒,把他那包用丝绸裹好的骨头放了进去,帽子放进琴盒下半的圆弧里,刚好合适,成了颅骨的衬垫。

出了巴特尔克里克公墓,莱克特博士便把棺材从车后推出,然后把租来的车开到达拉斯—沃思堡机场,把大提琴盒寄到费城去了。

第四部

恐怖的日程里
值得注意的几个时刻

69

星期一克拉丽丝·史达琳要检查周末的特别销售品,她的系统里还有些技术问题需要工程部的电脑专家来解决。即使严格一点,把五家酿造厂里两三家的过分特别的出产年代删去,把美国肥鹅肝酱货源压缩到两家,把特需品杂货店压缩到五家,那购买量也大得可怕。个人酒类商店以报纸通告栏公布电话号码的方式销售的货品还得人工登记。

自从莱克特博士被鉴定为杀害弗吉尼亚猎鹿人的凶手之后,史达琳删节了清单,除索诺玛肥鹅肝酱之外,其余的只保留了东海岸。巴黎的富舜公司拒绝合作。史达琳听不懂佛罗伦萨"真实自1926"的意大利语电话,只好给那里的警局发了传真,要求在莱克特博士订购白松露时给予协助。

12月17日,星期一,史达琳有十二条线索要追踪,都是信用卡综合购物。有个人使用同一张美国运通卡买了一箱柏图斯酒和一辆超马力野马。

另外一个人订购了一箱巴塔—蒙哈榭和一箱纪龙德河嫩牡蛎。

史达琳把每一条线索都电传到当地的联邦调查局办事处去,要求跟踪。

史达琳跟埃里克·皮克福德分别值班，又有重叠，用以保证在各商店的零售时间里这儿都有人值班。

那是皮克福德值班的第四天，他花了一部分时间为自己设置了电话自动拨号键，却没有在按键上贴上标签。

他出去取咖啡时，史达琳按了他电话顶上的按键，保罗·克伦德勒亲自接了电话。

她挂了，坐着没有吱声。到了该回家的时候，她在转椅上慢慢地转来转去，望着汉尼拔专案组的一切，X光片、书本、单人用的桌子，然后掀开了门帘。

克劳福德的办公室开着，却没有人。他的妻子给他织的毛衣挂在屋角的衣架上。史达琳向毛衣伸出手去，却没有碰到它，便把自己的外衣披上肩，开始向自己的车做长途步行。

她从此便再也没有见到匡蒂科。

70

12月17日晚上,史达琳家的门铃响了。她看见一辆联邦执法官的车停在她车道上的野马车后面。那执法官是博比,费利西亚纳鱼市枪战后从医院送她回家的就是他。

"嗨,史达琳。"

"嗨,博比,请进。"

"我乐意进来,但是我得先告诉你,我要向你送达一个通知。"

"好的,见鬼。你还是送到屋里来吧,这里暖和一点。"在路上站着很冷。

通知的签发人是司法部督察长,要求她明天早上,即12月18日上午9时,去参加一个听证会,地点在胡佛大厦。

"你明天需要车送吗?"警官问。

史达琳摇摇头。"谢谢,博比,我用自己的车。喝点咖啡吧?"

"不用了,谢谢。对不起,史达琳。"警官显然想走。尴尬的沉默。"你的耳朵好像还好。"他终于说出了话。

他倒出车道时,她向他招了招手。

那通知只是要求她出席，没有说明理由。

阿黛莉亚·马普熟知局里的互相残杀和尔虞我诈的钩心斗角，立即拿她奶奶那以提神健脑闻名的药茶浓浓地沏了一杯。史达琳一向害怕那茶，但是推辞不掉。

马普用指尖弹了弹通知上的头衔。"督察长什么都不用告诉你。"马普喝了口茶说，"如果是职业责任调查部对你的指控，他们就得事先告诉你，得书面通知。他们非给你一张该死的正式文件并写清楚理由不可。如果是刑事问题，还得让你请律师，把问题全摆出来，让坏蛋们摊出手里的牌，对不对？"

"非常正确。"

"可像现在这样，让你事先就矮了半截。督察长玩政治，他可以接手任何案子。"

"他已经接手了这案子。"

"克伦德勒在他背后放烟幕。不过，不管那是什么，如果你决定当作机会均等的案件处理，我知道该怎么办。现在，听我说，史达琳，你一定得告诉他们你要求录音。签了名的证词对督察长是不管用的。龙尼·盖因斯就是因此才给他们弄得一团糟的。你说话的记录由他们保留，可有时你说过的话在记录上却不一样，连记录都不给你看。"

史达琳打电话找克劳福德，克劳福德的声音却好像已经睡觉了。

"我不知道是什么事，史达琳，"他说，"我要打电话去问问。我只知道一件事，我明天要去开会。"

71

早晨,胡佛大厦那座顶盔贯甲的水泥笼子在乳白色的阴霾下沉思。

在这个汽车炸弹的时代,联邦调查局的前门和院子在大部分时间里都关着。局里的老汽车将大楼围了一圈,好像是为防御冲击构筑的临时工事。

特区警察局执行着一种有心没肠的政策,对几辆工务车一天又一天地开罚单,罚单夹在刮雨器下,被风吹落,沿街飘走。

一个落魄的人在路边的炉子旁暖着身子,见史达琳经过,向她举手打了个招呼。那人因为在急诊室使用了甜菜碱,一张脸染成了橙黄色。他把一只聚苯乙烯泡沫塑料杯拿到史达琳面前,杯子边沿已经磨凹进去了。史达琳想在口袋里找一块钱给他,却给了两块,倾身探进温暖、陈腐的空气和雾气里。

"上帝保佑你的心。"那人说。

"我正需要上帝保佑,"史达琳说,"就是一点点保佑也是好的。"

史达琳在胡佛大厦第十街一侧的好面包餐厅买了一大杯咖啡。多少年来她在这里不知买了多少次咖啡了。睡眠不好,她需要咖啡。可是她又不愿意在听证会时去上厕所,所以决定只喝一半。

她透过窗户看到了克劳福德,在人行道上赶上了他。"克劳福德先生,你愿意分喝这一大杯咖啡吗?我让他们另外给我一个杯子。"

"脱了咖啡因的吗?"

"没有。"

"那我还是不喝的好,我会兴奋得跳起来的。"他的样子又憔悴又衰老,鼻尖上挂着一滴透明的水珠。人们在往联邦调查局总部的侧门走去,他俩站在人流之外。

"我不知道今天开的是什么会,史达琳。我了解到的只有:费利西亚纳鱼市枪战事件的其他人员都没有参加。我跟你在一起。"上白班的人员正在到达,史达琳在他俩进入人流时递给他一张纸巾。

史达琳觉得文职人员服装整洁得不寻常。

"联邦调查局九十周年,布什今天要来讲话呢。"克劳福德提醒她。

侧街上有四辆高级卫星电视车。

WFUL电视台有个摄制组已经在人行道上架好机器,拍着一个留剃刀式发型①的年轻人。那人正对着一部掌中扩音器讲话。坐在车顶的制片人助理看见史达琳和克劳福德在人群里走来。

"就是她,穿海军雨衣的。"他对着下面叫。

"咱们动手,"剃刀头说,"开拍。"

摄制组的镜头对准了史达琳的脸,人流骚动起来。

"史达琳特工,你能够对费利西亚纳鱼市的屠杀发表意见吗?你的报告交了没有?在五人被杀的事件里,你是不是主要的责任人?"克劳福德脱下雨帽,装作遮挡阳光,把镜头遮住了一会儿。只有安全门才让电视台的

---

① 指用剃刀削刮而非剪子修剪的发型,由头部至颈部层次感强,尤盛行于二十世纪五十年代。

人止了步。

这些混蛋是有人通知了才来的。

他们两人进了安全门,在大厅站住。外面的雾以其细细的水滴遮住了史达琳和克劳福德。克劳福德干吞了一粒银杏叶片。

"史达琳,我觉得他们之所以要选今天,是因为大家都在为弹劾案和九十周年纪念日而激动,无论他们想干什么都可能匆匆忙忙获得通过。"

"那他们为什么又通知了新闻界?"

"因为并不是听证会的每一个人都唱着同一个调子。你还有十分钟,要不要去方便一下?"

72

史达琳很少上七楼去,那是胡佛大厦的行政楼层。七年前她和同届的毕业班同学曾聚集在七楼看局长祝贺阿黛莉亚·马普代表毕业生致告别词。另外一次是局长助理在那儿召见她,给她颁发了手枪比赛冠军奖章。

局长助理努南的办公室的地毯很厚,那是史达琳从没见过的。在努南的会议室,那皮椅子的俱乐部气氛里有明显的香烟味。她猜想他们是在她到达之前才掐熄了烟蒂,吹掉了烟味的。

她跟克劳福德进门时有三个人站了起来,而一个人没动。站起来的人有史达琳以前的上司,华盛顿鹰岬办事处的克林特·皮尔索尔,联邦调查局的努南和一个穿生丝服装的红头发高个儿。坐着的是来自督察长办公室的保罗·克伦德勒。克伦德勒长脖子上的脑袋对她转了过来,好像是凭嗅觉找到了她。史达琳面对他时,能够看见他的两只圆耳朵。奇怪的是,有一个她不认识的警官站在屋角。

联邦调查局和司法系统的人员都有外表整洁的习惯,但是他们今天的打扮却是准备上电视的。史达琳明白他们今天稍晚些时候就要下楼去参加庆典,跟前总统布什见面。要不然她就会被召到司法部而不是到胡佛大厦来了。

克伦德勒一见杰克·克劳福德跟史达琳一起到来,就皱起了眉头。

"克劳福德先生,我觉得这项程序并没有要求你出席。"

"我是史达琳特工的直接上司,这里是我的岗位。"

"可是我并不这样认为。"克伦德勒说,对努南掉过头去,"克林特·皮尔索尔才是她的正式上司,她归克劳福德管是临时安排。我认为对史达琳特工应该单独讯问。"他说,"如果我们还需要什么资料,可以那时再联系克劳福德,请他协助。"

努南点点头。"我们肯定会欢迎你参与的,杰克,在我们听过了——啊,史达琳特工的独立证词之后。杰克,我需要你的支持。你如果想把这里当作图书馆的阅览室,不妨请便。我会给你电话的。"

克劳福德站了起来。"努南局长,我能不能说——"

"你可以走了,你能做的事就是这个。"克伦德勒说。

努南站了起来。"请稍待一会儿,克伦德勒先生,在我把这会交给你主持之前,我还是主持人。杰克,我们俩是老战友了,这一点司法部门新任命的先生们不太能理解。你会有机会说话的。现在请你离开我们,让史达琳为自己发言吧。"努南说。他向克伦德勒弯过身去,对着他的耳朵说了句什么,克伦德勒脸红了。

克劳福德望了望史达琳,没有办法,他只能对不起她了。

"谢谢你来,长官。"她说。

警官让克劳福德走了出去。

史达琳听见身后咔嗒一声,门关上了,便挺直胸膛,单独面对着那几个人。

整个进程自此便带着十八世纪式的断章取义,草草地进行。

在屋子里努南是联邦调查局的最高领导,但是他的意见督察长可以否决,而督察长显然已经派了克伦德勒来做他的全权代表。

努南拿起面前的文件。"你能说明自己的身份,以便做记录吗?"

"我是克拉丽丝·史达琳特工。在录音吗,努南局长?要是上次有录音我就高兴了。"

努南没有回答,她又说:"我录音记下询问过程你不会介意吧?"她从皮包里取出一个漂亮的纳格拉牌小型磁带录音机。

克伦德勒说话了:"一般情况下这种预备会都是在司法部督察长办公室里进行的。今天改在这里,是为了方便大家参加庆典,但是督察长的规定还是要起作用的。此事牵涉到外交上的敏感问题,不能录音。"

"把对她的指控告诉她,克伦德勒先生。"努南说。

"史达琳特工,你被指控对在逃重犯非法泄露敏感材料。"克伦德勒说,仔细地控制住自己的面部表情,"具体地说,你被控在两张意大利报纸上刊登了这条广告,警告逃犯汉尼拔·莱克特说他有被捕的危险。"

警官递给史达琳一张肮脏的佛罗伦萨的《国民报》。史达琳把那报转向窗户读了被圈出的材料:

A.A.阿龙——敌人靠近,向附近的当局投诚。汉娜。

"对此你怎么回答?"

"我没有登报,我没有见过这东西。"

"那你怎么解释这报上使用了一个密码名字'汉娜'呢?这名字只有汉尼拔·莱克特博士和本局才知道,却是莱克特博士要你使用的。"

"我不知道。这东西是谁发现的?"

"是兰利[①]的文件处在翻译《国民报》有关莱克特博士的报道时偶然发现的。"

"既然密码名在局里是保密的,文件处的人读报时怎么能知道?中央情

[①] 指美国中央情报局。

报局负责文件处,我们可以问问他们,是谁让他们注意'汉娜'这个名字的。"

"翻译的人很熟悉案件文件,这我可以肯定。"

"能够熟悉到那种程度吗?我怀疑。我们要问问是谁提出让他注意这名字的。我怎么会知道莱克特博士在佛罗伦萨?"

"佛罗伦萨警察局在电脑上对 VICAP 提出的有关莱克特的询问就是你看见的。"克伦德勒说,"那次询问比帕齐被杀还早几天。至于你是什么时候发现的我们就不知道了。要不然佛罗伦萨的警察局来问莱克特的事还会为什么呢?"

"我有什么理由需要警告莱克特?努南局长,为什么这事会成了督察长的事?我准备在任何时候接受测谎试验,把机器推进来吧。"

"意大利人对企图向他们国内的已知逃犯发出警告提出了外交抗议。"努南说。他指着他身边那位红头发的人说:"这位是意大利大使馆的蒙特内格罗先生。"

"早上好,先生,意大利人是怎么发现的?"史达琳说,"难道也是从兰利发现的?"

"是外交投诉把球踢到我们的法庭来的,"不等蒙特内格罗先生发言,克伦德勒已经开了口,"我们要求澄清问题让意大利当局满意,让我满意,也让督察长满意。我们要求尽快处理。考虑到全面情况,这样做对大家都有好处。你跟莱克特博士之间究竟是什么关系,史达琳女士?"

"我按照克劳福德处长的要求讯问过莱克特博士几次。莱克特博士逃走之后我七年中得到过他两封信,两封信都在你们手里。"史达琳说。

"实际上还有东西在我们手里。"克伦德勒说,"我们昨天就接到了这个东西。至于你是否还接到过别的什么我们就不得而知了。"他转身取出一个纸盒,上面盖了许多印,因为邮递显得破烂了。

克伦德勒装出欣赏盒子散发的香味的样子,用手指指着托运单,不屑于给史达琳看。"是寄到阿灵顿你的住址给你的,史达琳特工。蒙特内格罗先生,你能够告诉我们这是什么东西吗?"

意大利外交官戳破了棉纸包着的东西,他袖子上的链扣闪着光。

"好的。这些都是香膏,sapone di mandorle(杏仁香皂),是佛罗伦萨新圣马利亚有名的杏仁香皂,那里的药房制造的;还有几瓶香水。都是恋爱时赠送的东西。"

"这些东西都经过了毒性和刺激性检验,对不对,克林特?"努南问史达琳的前上司。

皮尔索尔好像感到难为情。"检查过,"他说,"都没有问题。"

"爱情礼物。"克伦德勒带着几分满意的口气说,"现在,我们还有张谈情说爱的条子。"他从盒子里取出一张羊皮纸举起,露出了小报上的史达琳的脸和长翅膀的母狮子的身子,然后把羊皮纸翻转,读起莱克特博士的印刷体字来:"克拉丽丝,你曾经想过吗?为什么非利士人不了解你?因为你是参孙的谜语的答案:你是狮里的蜜。"

"Il miele dentro la leonessa(母狮肚里的蜜),很妙。"蒙特内格罗先生说着把这话记在心里,准备以后自己使用。

"是什么?"克伦德勒说。

意大利人看出克伦德勒无论如何也听不出莱克特博士暗喻里的弦外之音,也无法从中得到微妙的启发,便挥挥手,没有理他。

"因为可能引起复杂的国际关系问题,督察长要求把案子从这里接过去。"克伦德勒说,"这事该怎么处理,究竟是行政过失还是刑事犯罪,得由我们今后深入调查的结果决定。如果是刑事问题,史达琳特工,你就要被交给司法部的公务廉正处,由廉正处追究查办。我们会通知你,让你有足够时间准备的。努南局长……"

努南深深地吸了一口气,挥起了斧头。"克拉丽丝·史达琳,我现在宣布给你行政停职处分,直到本案最终裁决为止。我宣布撤销你对公共设施以外的本局一切设施的使用权。你将被押送出本大楼。请把你随身佩带的武器和工作证交给皮尔索尔特工。交出来吧。"

史达琳向桌子面前走去时把四个人都当作射击比赛上的保龄球瓶望了一眼。在他们哪个人抽出枪之前,她就可能把他们全打死。时机过去了。她取下了她的.45枪,在子弹匣落到手里之前瞪了克伦德勒一眼,把子弹匣放到桌上,再把一发子弹退出了弹仓。克伦德勒抓住枪,捏紧了,捏得指关节发白。

然后是徽章和工作证。

"你还有备用武器没有?"克伦德勒说,"还有一支猎枪吧?"

"史达琳?"努南提醒。

"锁在我车里。"

"还有别的战术配备呢?"

"一顶头盔和一件防弹背心。"

"警官先生,你陪同史达琳女士回她的车子,把这两样东西取回来。"克伦德勒说,"你有没有密码手机?"

"有。"

克伦德勒对努南抬起眉毛。

"交出来。"努南说。

"我要说几句话,我认为我有权利说话。"

努南看了看表。"说吧。"

"这是陷害。我认为,梅森·韦尔热为了报私仇,自己想抓住莱克特博士。我认为,他刚在佛罗伦萨让他逃掉了。我认为克伦德勒先生可能跟韦尔热先生配合,打算让联邦调查局追捕莱克特博士的努力服务于韦尔热的需要。我认为司法部的保罗·克伦德勒在拿此案赚钱。我认为他在有意诋毁我,以达到个人的经济目的。克伦德勒先生以前对我有过不轨行为,他现在的行为是出于个人怨恨,也是为了谋求私利。就在这个礼拜他还叫我'吃棒子面长大的乡下臭×'。我在会议成员面前向克伦德勒先生挑战,要他跟我一起就这个问题接受测谎仪试验。我随时听候你们的命令,现在就可以做。"

"史达琳特工,今天你幸好没有宣誓,否则——"克伦德勒开始说话了。

"叫我宣誓好了,你也宣誓。"

"我要向你保证我们并没有偏见,如果缺乏证据,你有权利恢复职位。"克伦德勒以最温和的口气说道,"在这段时间里你工资照发,照样享受保险和医疗。行政停职不是惩罚,史达琳特工,好好利用它吧。"克伦德勒用一种说体己话的口气说,"实际上,如果你想利用这个空把你脸上这脏污去掉,我肯定医疗方面——"

"这不是脏污,"史达琳说,"是火药,难怪你认不出来。"

警官在等着,向她伸出了手。

"对不起,史达琳。"克林特·皮尔索尔说,手上满是她的武器装备。

她望了他一眼,又望到了别处。别人等候着外交官蒙特内格罗先退场,保罗·克伦德勒却向史达琳走了过来。他早准备好了,咬牙切齿地说:"史达琳,你老大不小了,还在丢你——"

"对不起。"说话的是蒙特内格罗。那高大的外交官又从门口回到了史达琳面前。

"对不起。"蒙特内格罗望着克伦德勒的脸,直望到他扭曲着脸走开。

"对你这事我很抱歉,"他说,"我希望你是清白的。我保证督促佛罗伦萨警察局追查 *La Nazione*(《国民报》)那条 *inserzione*(广告)是怎么付的账。你要是想出了有属于……我在意大利职权范围之内的事需要追究,请告诉我,我将全力以赴。"蒙特内格罗递给她一张小小的、硬挺的、有弹性的、有版画装饰的名片,好像没有看见克伦德勒伸出的手就离开了屋子。

从即将开始的庆祝大会门口被赶走的记者挤在院子里,其中几个似乎知道应该等谁。

"你非得抓住我的手肘不可吗?"史达琳问警官。

"不,女士,没必要。"警官说着给她开路,让她通过了嗡嗡叫的麦克风和大声叫喊出的问题。

这一回剃刀头似乎了解情况,他叫喊出的问题是:"你被从汉尼拔专案组停职了,是吗?你认为你会受到刑事指控吗?你对意大利方面的指控有什么看法?"

史达琳在车库交出了防弹背心、头盔、猎枪和备用左轮手枪。她从那小手枪里退出了子弹,用一块油污的布擦拭着,警官等着她。

"我在匡蒂科见过你打枪,史达琳特工。"他说,"我为争取警官工作打进了四分之一决赛。我会把你的.45枪擦好,收藏好的。"

"谢谢,警官。"

她上车之后,他还迟疑了一会,又在野马的嗡嗡声里说了句什么。她放下窗户,他又说了一次:

"我对你遇上的事看不惯。"

"谢谢,执法官,谢谢你告诉了我。"

一辆新闻追踪车等在车库出口处。史达琳给野马车加速想躲开,却在胡佛大厦外第三个街口挨了一张超速罚单。特区巡警开单子时,摄影师给她拍了张照。

会开完,局长助理努南坐在桌子前揉着眼镜在鼻子两侧留下的红印。

对史达琳的停职他倒不觉得什么——他相信女人难免有些跟局里工作不协调的感情因素,但是眼看杰克·克劳福德遭到白眼他却难过。在男警官里杰克一向是个了不起的角色。也许史达琳这姑娘是杰克的一个盲点,但那是人之常情——因为杰克的妻子确实已经死了。努南也曾有过一星期忍不住要看一个迷人的速记员,只好趁她还没有惹出麻烦时把她调走了。

努南戴上眼镜乘电梯下到了图书馆。他发现杰克·克劳福德坐在阅读区一张椅子上,头靠着墙。努南以为他睡着了。克劳福德脸色灰青,出着汗,睁着眼大口喘着气。

"杰克?"努南拍拍他肩头,又摸了摸他黏糊糊的脸,在图书馆大叫起来:"你们,管理员,快叫医生!"

克劳福德进了联邦调查局疗养院,然后又去了杰佛逊纪念医院心脏科特别护理病房。

73

对克伦德勒而言,这场报道是绝佳的。

联邦调查局九十周年纪念活动集合了新闻界人士参观新的危机处理中心。电视新闻充分利用了这次进入胡佛大厦的罕见机会。C-SPAN① 全面直播了前总统布什的多次意见发表和局长的讲话。CNN连续播出了谈话的摘要,各新闻网都做了晚间新闻报道。在大员们相继离开座位时,克伦德勒的机会来了。年轻的剃刀头站到靠近讲台的地方提出了问题:"克伦德勒先生,据说史达琳特工被停止了在汉尼拔·莱克特博士专案组的工作,有这回事吗?"

"我觉得目前评论这事对史达琳特工为时过早,也不公平。我只想说现在莱克特博士案件正由督察长处理,并没有对任何人提出指控。"

CNN也听见了风声。"克伦德勒先生,意大利的新闻来源说,莱克特博士可能得到了政府方面不应给予的警告,要他逃离。此事是不是史达琳特

---

① 美国一有线电视网。

工停职的原因?介入此案的是督察长办公室而非联邦调查局内部的职业责任调查部,原因是否在此?"

"对于国外的新闻报道我不能发表意见,杰夫。我只能说督察长办公室正在对迄今尚未证实的说法进行调查。我们对海外的朋友负责,也同样对自己的官员负责。"克伦德勒说话时像肯尼迪家族的人一样用指头戳着天空。"汉尼拔·莱克特案件在可靠的人手里,不光在保罗·克伦德勒手里。我们要抽调联邦调查局和司法部的各种专家研究。我们正着手一个计划,一俟有了结果就可以透露。"

莱克特博士的房东,德国血统的议会活动家,给他的房间装备了一部巨大的戈纶笛格电视机,把它跟他的小青铜雕塑之一《丽达与天鹅》①一起放在超级现代化的珍品橱上,与周围的设施相协调。

莱克特博士在看一部叫作《时间简史》的录像,是关于伟大的天文物理学家斯蒂芬·霍金和他的工作的。他以前已看过多次。这是他最喜欢看的部分:茶杯从桌上落下,在地板上摔碎了。

霍金从旋转椅上扭过身子,用电脑处理过的声音说:

"过去和未来是怎么区别的?科学的规律并不区别过去和未来。但是在日常生活里过去和未来却有着巨大的区别。

"你可能看见一只茶杯从桌上掉下,在地板上摔得粉碎,但是你绝不可能看见杯子的碎片重新聚合跳回桌子。"

影片又倒过来放映,杯子重新聚合,回到桌上。霍金继续说下去:

"无序或熵的增加就是过去和未来的区别,正是它把方向给予了时间。"

莱克特博士非常佩服霍金的著作,在数学杂志里尽可能地追踪着他的

---

① 希腊罗马神话故事。众神之王朱庇特化身为天鹅,趁斯巴达王后丽达在湖里沐浴时亲近她,后丽达生了两个蛋,其中一个孵化出了著名的美女海伦,而后海伦引起了特洛伊战争。

文章。他知道霍金以前曾相信宇宙会停止扩张，重新收缩，而熵将逆转。后来霍金说他自己错了。

莱克特在高等数学方面很有造诣，但是斯蒂芬·霍金跟我们其他的人处于完全不同的层次。莱克特博士多少年来都在梳理这个问题，很希望霍金第一次的说法是对的，就是说扩张着的宇宙将会停止，让熵去愈合自己，使被吃掉的米莎复活。

莱克特博士停下录像去看新闻的时候到了。

有关联邦调查局的电视新闻每天公布在联邦调查局的公共网站上。莱克特博士每天都访问这个网站，想要确认他们在通缉的十大罪犯里还用着他的老照片。因此他花了许多时间看联邦调查局纪念日的新闻。他穿着抽烟服，系着阔领带，坐在大扶手椅上看着克伦德勒撒谎。他眼睛半睁半闭，捧着装白兰地的小口杯放在鼻子面前轻轻地晃着，瞄着克伦德勒。自从七年前他在孟菲斯逃掉前不久克伦德勒站在他笼子边以后，他就再没见过他那苍白的脸了。

在看华盛顿当地新闻时他看见了史达琳接受交通罚款单的形象。麦克风就伸在她野马车的窗户上。现在电视新闻的说法已经是：史达琳在莱克特案件里"被指控泄露国家安全机密"。

一看见史达琳，莱克特博士那双茶褐色的眼睛便睁大了，瞳孔深处的火花围着史达琳的脸飞转。史达琳离开荧屏后很久，莱克特博士还把她的形象完整地保留在心里，而且让另一个形象，米莎的形象，向她靠近。他让她俩靠拢，直到从两人合并后的红色原形质中心迸出了火花，携带着她俩合一的形象飞向东方，进入夜空，跟天空里的星星运行到一起。

现在，如果宇宙收缩，时间倒流，茶杯聚合，米莎在世界上就会有自己的地方了，那是莱克特博士所知道的最高贵的地方：史达琳的地方。那时米莎就可以有史达琳在人世的地位了。如果这样，如果时间倒流，即使史达琳死去，也还会给米莎留下个像花园里那铜浴盆一样闪亮光洁的地方。

74

莱克特博士把运输车停放在距离马里兰州慈善医院一个街区远的地方,先擦了擦他的二十五美分硬币,然后才投进停车费投币口。他穿了一套工人穿的伞兵式防寒服,戴一顶防备保安录像的长帽舌遮阳软帽,从大门进了医院。

莱克特博士离开马里兰州慈善医院已经十五年,但这儿的基本格局还没有变。重返当年开始行医的地方并没引起他什么感触。楼上有安全措施的地区经过了一番装饰性的修缮,但是与建筑部的蓝图比较起来,跟他当年在这儿时仍然大体相同。

他在前台领了一张探视证,前往病房楼层。他沿走廊走着,读着每道门上的病人和医生的名字。这是术后疗养区。病人动了心脏或颅骨手术、经过特级护理之后,就到这里来。

看着莱克特博士沿大厅走去的样子,你会以为他阅读很慢,因为他的嘴唇不出声地动着,不时地像个乡巴佬一样抓挠着脑袋。然后他便在候诊室找了个可以望见大厅的座位坐下了。他在拉呱家庭不幸的老太婆之间坐了一个半小时,忍受着电视上放映的片子《价格合理》。他终于看见了他等待的东西。一个穿着绿色外科医生服的医生在单独巡视病房。他是……那医生正要进屋去看病人,是……西尔弗曼医生。莱克特博士站起身,抓挠着脑袋,从最后一张桌子上拿起一张乱糟糟的报纸,走出了候诊室。过去两道门就住着西尔弗曼医生的另一个病人。莱克特博士溜了进去。屋里很暗,病人头部和面部的一侧缠了很多绷带,睡着了,监视屏上是一条泛亮光的蠕虫,平稳地弓背蠕动着。这叫他满意。

莱克特博士迅速脱下隔热外衣,露出了外科手术衫,拉上鞋套,戴上帽子、口罩和手套,从口袋里取出一只白色垃圾袋打开。

西尔弗曼医生进来了,还掉过头对外面说着话。有护士跟他进来吗?没有。

莱克特博士背对着门,拿起垃圾篓往手上的垃圾袋里倒。

"对不起,医生,我马上让开。"莱克特博士说。

"没有问题,"西尔弗曼医生说着拿起了床尾的病历板,"要做什么都请便。"

"谢谢。"莱克特博士说着一挥皮棍,打在医生的颅骨底部。的确不过是转了转手腕,可医生双腿已经软了,莱克特博士抱住了他的胸口。莱克特博士举起人的样子永远令人惊讶。若要拿身材比例相比,他的力气简直就大得像蚂蚁。莱克特博士把西尔弗曼医生扛进了病人的卫生间,拉下了他的裤子,让他坐在马桶上。

那医生就在那儿坐着,脑袋搭在膝盖上。莱克特博士扶起他来,看了看瞳孔,从他那绿色外衣的前襟上取下了他挂着的几个身份证明,用自己的探视证换下了医生的证件,反面朝上。他把医生的听诊器挂在自己围着时髦的毛皮围巾的脖子上,把医生精美的外科放大镜戴到了自己头上,把皮棍子藏进了袖子。

现在他已经做好了向马里兰州慈善医院的核心部分挺进的准备。

医院麻醉药品是严格按照联邦政府的规定处理的。病房区护士站的麻醉药柜全都上了锁。两把锁分别由值班护士和第一助手保存，使用时两人都到，并要做严格的记录。

手术室是医院保安最严密的地方，每一间手术室的麻醉药都只在病人到来前几分钟送达。供麻醉师用的麻醉药放在手术桌旁的一个小橱里，小橱分为冷冻间和室温间两部分。

存库的麻醉药都存放在靠近洗涤间的一间外科手术专用药房里，其中有些是楼下普通药房所没有的药品，如强力镇静剂和奇特的镇定催眠剂——可以在病人清醒、能有反应时进行心脏或颅骨切开手术。

上班的日子药房里总有人，药剂师在屋里时药品柜不上锁——紧急心脏手术时可没有时间找钥匙。莱克特博士戴上口罩推开旋转门，进了外科手术室。

为了轻松愉快，手术室漆了几种明亮的色彩，就连快死的人也觉得惹眼。莱克特博士前面的几位医生都在桌子边签了字，进了洗涤间。莱克特博士抓起签到板用钢笔在上面画了画，其实没有写上字。

已公布的日程表明B区有一个脑瘤摘除手术，二十分钟后开始，是那天的第一个手术。莱克特博士在洗涤间扯掉了手套，塞进口袋，仔细洗了手，直洗到肘部，烘干，扑上粉，重新戴上手套。现在他又回到了大厅，药房应该在右边的第二道门，可是不对。那是一道涂成杏黄色的门，上面标明为紧急发电机室，再往前去已是B区的双扇门。一个护士在他身边站住了。

"早上好，医生。"

莱克特博士戴着口罩咳嗽着，含糊地应了声早上好，转身念叨着往洗涤间走去，好像忘了什么东西。护士望了他一会儿便向前走，进了手术区。莱克特博士扯掉手套投进废物箱。没有人注意，他又另取了一双。他的身子进了洗涤间，实际上却冲进了记忆之宫的前厅，过了普林尼的胸像，到了楼上的建筑大厅。在一个明亮的区域,医院的蓝图在一张制图桌上等着他——克里斯托弗·雷恩①的圣保罗大教堂模型占据着这一区域的主要地位。那是马里兰州慈善医院外科手术区的蓝图,每一根线条都来自巴尔的摩建筑部。他自己此刻在这儿,药房在那儿。不对,蓝图错了。一定是蓝图发下之后又做了修改。发电机画在了另一面——像在镜子里一样,到了走廊以外的A区。也许名字标反了,一定是的。他可是乱闯不得。

莱克特博士从洗涤间出来了,沿着走廊往A区走去。左边是一道门,门上标着个符号。继续走。隔壁就是药房了。蓝图上的地方已经被分隔成了一间磁共振造像室和一个独立的药品仓库。

沉重的药房门开着,有楔子搋住。莱克特博士迅速一猫腰,进了房间,在身后关紧了门。

一个矮胖的男药剂师正蹲在那里往低层药架上放东西。

"有什么事要我效劳吗,医生?"

"有,劳驾了。"

那年轻人想站起身子,可是还没有站起,皮棍子已经噗的一声敲到他身上,药剂师身子往地板上一蜷,放了个屁。

莱克特博士拉起自己手术衣的下摆,塞进穿在下面的园丁围裙里。

他在药架边迅速地跑着,以闪电般的速度读着标签:安比恩、异戊巴比妥、阿米妥、氯醛合水、盐酸氟胺安定、氟二乙氯乙基安定、哈西恩。他把几十个药瓶扒拉进了口袋。然后他又来到冰箱边读着,扒拉着:速眠安、诺可特、天仙子碱、喷妥撒、喹纪盘、索己丹。不到四十秒钟,莱克特博士已经回到大厅,关上了身后的门。

他穿过洗涤间,在镜子前检查了自己,看有没有鼓出的地方,然后不慌

---

① 雷恩(1632—1723),英国建筑师、天文学家和数学家,伦敦大火(1666年)后设计了圣保罗大教堂等五十多座伦敦教堂,还设计了许多宫廷建筑、图书馆和府邸等。

不忙从双开式弹簧门走了回来。他把身份牌有意翻了过来，戴上口罩，拉下外科放大镜，让镜头翘起。他心跳每分钟七十二次，跟医生们含糊地打着招呼，乘着电梯下楼，下楼，再下楼，还戴着口罩，看着他顺手抓来的一块病历板。

进医院探病的人也许会奇怪，这人怎么戴着外科手术口罩一直走到阶梯下面，避开了保安摄像机镜头。街面上的闲人也许会奇怪，一个医生怎么会开这么一辆破旧的卡车。

在外科手术区，一名麻醉师在药房不耐烦地敲了半天门，却发现药剂师还毫无知觉呢。等到发现药品失窃，那是又过了十五分钟以后的事。

西尔弗曼医生醒过来时已倒在了马桶边的地上，裤子被拉了下来。他想不起进门的情况，也不知道自己在什么地方，还以为是自己的脑子一时出了问题，也许是因为肠胃急剧活动引起了小中风吧。他行动非常小心，生怕血管阻塞转移。他在地板上爬着，直到用手摸到门外的大厅。检查结果是轻微脑震荡。

莱克特博士回家以前停了两次车。他在巴尔的摩郊外一所邮局待了很久，取到了一个他在因特网上从一家殡葬品商店订购的物品包裹。那是一套男用无尾晚礼服，套好了衬衫，系好了领带，背后开着口。

他现在所需要的就是酒，一种地地道道的节庆用的东西。为此他得去一趟安纳波利斯。要是有美洲豹车开了去才好呢。

75

克伦德勒准备到寒冷里去慢跑,怕太热,拉开了运动衫拉链。这时,埃里克·皮克福德给他在乔治敦的家里打来了电话。

"埃里克,到一个咖啡馆去给我打付费电话。"

"我不明白,克伦德勒先生。"

"照我的话办。"

克伦德勒扯掉束发带和手套,扔到起居间的钢琴上,用一根指头敲出了《法网》①的主题曲,直到通话继续:"史达琳是个技术特工,埃里克,我们不知道她在电话上搞了些什么花样。对于政府的工作我们需要好好保密。"

"是,长官。"皮克福德又继续说道:

"史达琳来了电话,克伦德勒先生。她要她那盆花和别的东西——那个从杯子里喝水的无聊的风信鸡。但她告诉了我一个有用的办法。她让我忽略可疑杂志订户邮政编码的最后一个数字,如果最后那个数的差异是

---

① 20世纪80年代上映的美国犯罪题材喜剧电影。

三或小于三。莱克特博士可能使用好几个距离近又相互间来往方便的收邮件的地址。"

"然后?"

"我用那办法找到了一个目标。《神经生理学杂志》是其中一个邮政编码,《物理文稿》和ICARUS是另一个,两者相距大约十英里,订阅人姓名不同,却都是汇款订阅的。"

"ICARUS是什么东西?"

"是研究太阳系的国际杂志,二十年前莱克特博士就是特许订阅人。递送地址在巴尔的摩。杂志通常在每月的10日左右投递。一分钟以前我还得到了一条消息。是卖出了一瓶叫什么堡的酒,叫作——优甘?"

"对,那字读依——甘。那东西怎么回事?"

"安纳波利斯上流地区的酒类商店。我输入了这笔交易,它跟史达琳列出的敏感年代相符,程序显示出史达琳的生年——是她出生那一年酿造的酒。买主付了325美元现金,而且——"

"那是在你跟史达琳通话以前还是以后?"

"刚跟她谈完话,一分钟以前才——"

"那么,她不知道?"

"不知道。我应该给——"

"你是说酒商通知你他卖出了那瓶酒?"

"对,先生。史达琳在这儿留有记录,东海岸只剩下了三瓶这种酒,她三个都通知了。可真叫人佩服。"

"是什么人买的? 那人什么样子?"

"白种男性,蓄胡子,中等身材,脸没有看清楚。"

"商店有保安录像吗?"

"有,我问的头一件事就是这个。我说我们要打发人去取录像带,但还没有打发人去。店里的职员没有读到公报,但是告诉了老板,因为那笔生意很特别。那老板跑出去,还来得及看见那人——他认为是那人——开了一辆小型货车走了。车子灰色,背后有一个梯子。如果那是莱克特,你认为他会试图给史达琳送去吗?我们最好提醒她警惕。"

"不,"克伦德勒说,"别告诉史达琳。"

"我能在VICAP公告栏上和莱克特档案里公布吗?"

"不。"克伦德勒迅速地思考起来,"你得到了意大利警察局关于莱克特电脑下落的回答了吗?"

"还没有,先生。"

"那,在我们没有把握莱克特读不到之前,你不能在VICAP公布。他可能有帕齐的电脑通行密码。而且史达琳也可能读到,然后给他通风报信,像上回在佛罗伦萨一样。"

"啊,我明白了。安纳波利斯的办事处可以去取录像带。"

"你就全部交给我办吧。"

皮克福德报了一遍酒类商店的地址。

"继续监视杂志订阅的情况,"克伦德勒指示道,"克劳福德如果回来办公,你可以告诉他杂志的事。本月10日以后对邮件投递的监视就由他组织了。"

克伦德勒给梅森打完电话,离开了他在乔治敦的家,轻松地向岩溪公园慢跑。

夜色渐浓,只有他白色的耐克束发带、白色的耐克跑鞋和他深色的耐克跑步衫两侧的白条子依稀可见,仿佛只有商标没有人。

那是半小时轻松的跑步,在他来到动物园附近的直升机起落场时,已经听见了直升机螺旋桨的声音。他一步没停就钻到了旋转的螺旋桨下的扶梯边。喷气式直升机的上升令他觉得很刺激。整个城市和亮着的纪念建筑猛烈下降,飞机带他上升到它应当到达的高度,去安纳波利斯取录像带,然后到梅森那儿去。

76

"你能够把那破玩意的焦距调好吗,科德尔?"梅森那深沉的广播嗓子,辅音里没有唇音,"把"、"破"和"吗"读得像"啊"、"哦"和"呃"。

为了更方便看高处的监视器,克伦德勒站在屋里梅森身边的暗处。他在梅森屋子的热气里把雅皮士跑步衫往下扯到了腰部,用袖子系住,露出了普林斯顿的T恤衫,束发带和鞋在鱼缸的光里泛出白色。

按照玛戈的说法,克伦德勒的肩膀像鸡。他们刚对这话一致表示同意,他就到了。

酒类商店的保安摄像机没有计时和计数装置,而圣诞节的业务又很繁忙。科德尔在大量的业务活动里匆匆搜寻着一个个的顾客。梅森等得很不耐烦。

"你穿一身运动衫走进酒类商店亮出警徽时是怎么说的,克伦德勒?说你在参加一种特别的奥运会吗?"自从克伦德勒拿了他的支票存入银行以后,梅森对他就简慢多了。

克伦德勒在利害攸关时是不可能生气的。"我说我是便衣。你现在对史达琳是怎么监控的?"

"玛戈,告诉他。"梅森似乎要留下自己不多的气息来侮辱人。

"我们从芝加哥的保安机构调来了十二个人,目前在华盛顿,分成了三组,每组有一个人代表伊利诺伊州。如果他们抓住莱克特时叫警察发现,就说是他们认出了莱克特,执行公民对现行犯的逮捕什么的。抓住莱克特的人只需把莱克特交给卡洛就回芝加哥,他们知道的就这一点。"

录像带继续放着。

"等一等,科德尔,倒回去三十秒,"梅森说,"看看这一段。"

酒类商店录像带的监视范围在大门到收银台之间。

录像带没有声音的模糊图像里有个人走了进来,戴着鸭舌帽,穿着破旧的夹克衫,一脸络腮胡,架着墨镜。那人对镜头背过身子,小心地关上了身后的门。

那顾客费了一会儿工夫向店员说明了自己的需要,便随着店员消失在酒架间。

好容易过了三分钟,两人终于回到摄像范围内。店员擦掉酒瓶上的灰尘,包上衬料,放进一个袋子里。顾客只取下了他右手的无指手套,付了现金。店员的嘴动了动,对那离开的人的背影说了声"谢谢"。

过了几秒钟,店员对镜头外的什么人叫了起来。一个健壮的人进入镜头,急忙赶出门去。

"那就是老板,看见卡车的就是他。"克伦德勒说。

"科德尔,你能够把这带子再放一次,把顾客的脸放大吗?"

"需要点时间,韦尔热先生,怕会有点模糊。"

"放放看。"

"他的左手总戴着无指手套,"梅森说,"我买那张X光片也可能上了当。"

"帕齐说他的手动了手术,把那多余的指头切除了,是吗?"克伦德勒说。

"关于指头的事帕齐也可能说了谎。我不知道该相信谁。你见过莱克特的,玛戈,你觉得怎么样?是莱克特吗?"

"十八年了,"玛戈说,"我跟他只见过三次面,我进去时他总是从桌子后面站起,并不过来。他的确很文静。我最记得的是他的声音。"

科德尔在内部通话系统上说话:"韦尔热先生,卡洛来了。"

卡洛发出猪的气味,而且更浓了。他手拿帽子放在胸前,进了房间。他头上那腐烂的野猪肉香肠味逼得克伦德勒从鼻子里直往外吹气。为了表示尊敬,这位撒丁岛的绑匪把嘴里嚼着的鹿牙全裹进了嘴里。

"卡洛,你看看这个。科德尔,倒回去,让他从门口再进来。"

"就是那 stronzo (狗娘养的),"那人进了荧屏还没有走上四步,卡洛就说了,"胡子是新的,走路就是那姿势。"

"你在 Firenze (佛罗伦萨) 见过他的手吗,卡洛?"

"Sì. (是。)"

"左手是五个指头还是六个指头?"

"……五个。"

"你怎么犹豫了?"

"是在想 cinque (五) 的英语怎么讲。是五个,我可以肯定。"

梅森那裸露的牙全张开了,他在笑。"这话可叫我喜欢。对他的描写说他是六个指头,他戴上手套是想掩饰这个。"他说。

也许卡洛的气味通过输气管进了鱼缸,海鳝出来观察了,也就留在外面转悠起来,转呀,转呀,转着它那无穷无尽的8字。它呼吸时露出了牙齿。

"卡洛,我看我们可以马上解决问题了。"梅森说,"你、皮耶罗和托马索是我的第一队。尽管你们在佛罗伦萨败在了他手下,我对你们还是有信心的。我要你在克拉丽丝·史达琳生日的前一天、当天和后一天监视她。她在屋里睡觉时你就不必监视了。我给你一辆货车和一个司机。"

"Padrone. (主人。)"卡洛说。

"说吧。"

"为了我的弟弟马泰奥,我要求有时间跟dottore(博士)单独见见面。你说过给我时间的。"卡洛提起死者的名字时画着十字。

"我完全理解你的感情,卡洛。我给你最深切的同情。我要分两次让莱克特博士被猪吃完。第一天晚上我要猪吃掉他的脚,还得让他自己从栏杆间看着。为了这个我要他完整。你把他交给我时得是个完好的人,头上没有挨揍,骨头没有断,眼睛没有瞎。然后,他就可以等一个晚上,等到他第二天被猪吃光。我要先跟他谈一谈,然后,在他最后上席之前你可以跟他一起待一个小时。我要求你给他留下一只眼睛,让他神志清醒,好看见猪群涌上来。我要他在看见猪群吃自己的脸时看见猪群的脸。如果你,比如,想骗了他,那也听便。但是我得让科德尔在场,控制住流血。我要拍片。"

"要是他第一次在猪圈里就流血而死怎么办呢?"

"不会的。而且过夜也不会死。他过夜时需要做的事就是脚给吃掉了还得等着。这事由科德尔管,他会给他输血的。我估计他会需要静脉滴注,甚至要两瓶同时滴注。"

"必要时四瓶同时滴注,"这是科德尔的声音,在话筒里显得有些缥缈,"我可以对他的脚进行截肢手术。"

"最后一次你可以往他那滴注里吐唾沫,尿尿,然后再把他推到猪栏里去。"梅森以最同情的语调对卡洛说,"你要是喜欢,还可以往里面射精。"

卡洛一想到这个,脸上就放出了光彩,可随即想起了那肌肉鼓突的signorina(小姐),便不好意思地斜瞥了一眼。"Grazie mille, Padrone(一千个感谢,主人),你能来看他死吗?"

"我不知道,卡洛。仓库里的灰尘叫我难受,我可以在录像上看。你能够带一只猪给我吗?我想摸一摸。"

"到这屋里来吗,Padrone?"

357

"不,他们可以用电力设备送我下去一会儿。"

"我得先让一头猪睡着,Padrone。"卡洛不大放心地说。

"挑一头母猪,让她睡着,把它带到电梯外面的草地上来。你可以让叉车从草地上开过。"

"你估计办这事需要用一辆货车呢,还是一辆货车加一辆救生车?"克伦德勒说。

"卡洛,你说呢?"

"一辆货车足够了。给我一个助手开车。"

"我还给你准备了另外一个东西。"克伦德勒说,"能够开灯吗?"

玛戈动了一下变阻器。克伦德勒把背包放到桌子上的水果钵旁边。他戴上了棉手套,拿出了一个有天线和安装架的、像监视器一样的东西,又拿出了一个外驱动器和一套充电电池。

"要监视史达琳很不方便,因为她住在一条死胡同里,我们没有地方潜伏。但是她喜欢锻炼,总会出来的。"克伦德勒说,"她既然不能够使用联邦调查局的健身房,就只好参加私人健身房活动了。我们在星期四见她把车停在了一家健身房,就在车下安装了一个信号发射器,是尼卡牌的,马达一转动就充电,因此史达琳不会因为电用尽而找到它。上面的软件适用于这附近的五个州。这东西谁来用?"

"科德尔,进来。"梅森说。

科德尔和玛戈跪在克伦德勒身边,卡洛站着,居高临下,手上的帽子刚好在他俩的鼻孔面前。

"看这儿,"克伦德勒打开监视器说,"像个汽车导航系统,但它只标明史达琳的车的所在地。"屏幕上出现了华盛顿城市鸟瞰图。"镜头往这里拉,用箭头在这个地区活动,明白吗? OK,镜头上什么东西都没有捕捉到。找到史达琳的车,车下的信号就会让这东西亮起来,发出哔哔的叫声。这时候就可以在鸟瞰图上找到声音来源,拉近镜头。越是靠近哔哔声就越快。这是史达琳住处的周围,是街道图的比例。你现在找不到从她车上发出的信号,因为现在我们在界外。只要进了华盛顿市区或是阿灵顿区就能够听见声音了。我从直升机上下来时还找到的。这儿是整流器,接你们货车上的交流电插头,注意一件事,你们要向我保证这东西绝不落到别人手里。否则我可吃不消,这东西连间谍用品店都还没有。要是不能够回到我手里,宁可把它沉到波托马克河底,明白吗?"

"你明白吗,玛戈?"梅森说,"你,科德尔呢?叫莫格里给他开车,也介绍一下情况。"

第五部

一磅肉

77

这支气步枪的美妙之处在于可以把枪口放在车里向外开枪,而不致震得周围的人耳聋——枪口不用伸出去被众人看见。

可以只打开镜面车窗几英寸,让小小的皮下注射投射物带着大剂量的亚噻扑罗玛嗪飞出,扎进莱克特博士的背部或屁股上的肉里。

这种次音速飞行体没有砰砰声,没有弹道啸声,不会引人注意,只有枪口作为消声器的标识音的一声"叭",只不过像折断了一根绿色的树枝。

按他们演习的情况,莱克特博士往下一倒,穿白衣的皮耶罗和托马索就"扶"他进货车,并向旁观的人保证送他进医院。托马索英语最好,因为他在神学院学过。但是有些字他要读好也费劲。

梅森给几个意大利人定下了最佳日期,做得很对。他们在佛罗伦萨尽管失败了,但靠体力抓人仍最拿手,想活捉莱克特博士还只有他们最有希望。

为了执行任务,除了麻醉枪,梅森只准他们带一支枪,就是驾驶员,副治安官约翰尼·莫格里的那支。莫格里是伊利诺伊州不当班的副治安官,长期受韦尔热家豢养,从小在家说意大利语长大,是个无论他要杀的人怎么说都可以答应,却随即就把他杀死的那种人。

卡洛跟皮耶罗和托马索弟兄有渔网、豆袋枪、梅司催泪毒气弹和几样绑架工具。够多的了。

天一亮他们就上了岗位,停在距离史达琳家五个街区的阿灵顿商业街残疾人停车处。

今天他们的货车贴了招牌:老人医疗接送。后视镜下挂着残疾人牌子,保险杠上有伪造的残疾人许可证。手套盒里有一张车身修理厂的发票,说明最近才换了保险杠——万一残疾牌号码受到追查,他们可以解释为在车库里弄混了,用错了证件。车辆证号码和登记证都是合法的。折在证里用来行贿的一卷百元大钞也是合法的。

用维可牢固定在仪表盘和打火机承接口上的监视器亮着,显示出史达琳住地邻近的街道图。现在,显示出这辆货车位置的同一个地球定位卫星也显示出了史达琳的车,是她屋前的一个光点。

九点,卡洛让皮耶罗吃了点东西,十点半再让托马索去吃了点东西。他怕要做长跑追捕,不愿让他俩同时饱着肚子。午后他也让他俩错开进食。下午过半时,托马索正在桶里找三明治,听见了哔哔声。

卡洛那臭烘烘的脑袋转向了监视器。

"史达琳活动了。"莫格里说着发动了货车。

托马索盖上冰桶盖了。

"我们出发了,出发了……她正沿着廷德尔街往大道开去。"莫格里一拐弯开进了车流。他很轻松,可以隔三个街区跟踪史达琳,不会被她看见。

但是有辆灰色的旧货车莫格里也没有看见。那车跟在史达琳车后一个街区拐进了车流,车的后挡板上搁着一棵圣诞树。

驾驶野马车是史达琳可能得到的少量消遣之一。在冬季的好些日子,不受行驶限制的大马力车在漂亮的街道上寥寥无几。路上车少时让Ⅴ型8缸车开到二挡，一路欢跑，听着风呼呼地吹是很快活的事。

马普是世界级的购物优惠券收集者，她打发史达琳拿了一大沓打折优惠券，跟购物单钉在一起。她要跟史达琳一起做一份火腿、一份清炖牛肉和两份焙盘菜①。其他人会带火鸡来。

史达琳对自己的生日宴会完全没有兴趣，但是她不得不合作，因为马普和一批人数多得惊人的女特工在她痛苦时出面支持她，其中有一些她只略为认识，有的她甚至并不太喜欢。

她心里挂念着杰克·克劳福德。克劳福德受着特级护理，她见不到，也不能打电话。她在护理站给他留了几次条子，在有滑稽狗图案的信笺上尽可能写些轻松的话。

史达琳变着法子拿开野马车来排遣心里的烦恼。她时而连踩两下离合器，时而减档；她用压缩引擎来减速转弯，开进了赛夫威超级市场的停车场。她也碰了碰刹车，但那只是为了给后面的车开刹车灯。

她转了四圈才找到泊车位。那地方分明空着，却叫一辆用过的购物手推车堵住了。她下车把手推车拉到了一边。等她停好车，手推车又叫人给推走了。

她在门口找到一辆购物手推车向超级市场推了过去。

莫格里在监视器上看见史达琳转弯停下了。他看见远处赛夫威大厦从右边迎了上来。

"她要进超市。"莫格里拐进了停车场，用几秒钟便找到了史达琳的车。他看见一个年轻妇女推了一辆手推车往大门走去。

卡洛用望远镜看着她。"是史达琳，跟照片上一样。"他把望远镜递给

---

① 用肉、干酪或蔬菜等与通心面、米或土豆加沙司烘焙而成。

了皮耶罗。

"我给她拍张照片,"他说,"我这儿有伸缩镜头。"

跟史达琳的车隔一条空道有一个残疾人停车的空当,莫格里把车开了过去,抢到一辆挂着残疾人牌子的大林肯车前面。那车的司机气冲冲地按着喇叭。

现在卡洛几个人从货车后窗望着史达琳的车尾。

也许是因为习惯看美国车,莫格里首先发现了那辆旧的小货车,那车泊在停车场边缘一个很远的车位上,他只能看见它灰色的后挡板。

他把那货车指给卡洛看。"他的后挡板上不是有架梯子吗?酒类商店的人就是这么说的。用望远镜望望。倒霉,我看不见,给树挡住了。卡洛,c'è una morsa sul camione（那车上有梯子吗）?"

"Si（有）,就在那儿,梯子。车里没人。"

"我们还监视店里的史达琳吗?"托马索不常向卡洛提问题。

"不,莱克特如果要干,就会在这儿干。"卡洛说。

先买奶制品。史达琳看了看优惠券,选了奶酪,准备做焙盘菜,又买了点速食肉卷。人多就胡乱做些卷子充数可真够呛。她已经来到了肉柜台,却又想起还没有买奶油,又扔下车回头去买。

等她回到肉类部时,她的手推车却不见了,她选好的东西给挪到了旁边的架子上,优惠券和购物单也被拿走了。

"倒霉!"她说,声音大到旁边的人都能听见。她四面看看,没见有人手上拿着大沓的优惠券。她狠狠地吸了两口气。她原可以躲在收款处查出那购物单的——如果它还跟优惠券钉在一起的话。但那又有什么意思,几块钱罢了,别让它败坏了我一天的兴致。

收款处已经没有了手推车,史达琳便到外面的停车场去另找一辆。

"Ecco（那儿）！"卡洛看见那人在汽车之间轻快地走着,是莱克特博士,穿一件驼毛大衣,戴一顶呢帽,异想天开地捧着一件礼物。"Madonna（圣母）！他往史达琳的车走去了。"卡洛的猎人情绪占了上风,屏住了气准备射击。嘴里咬着的鹿牙在唇间露了露。

货车的后窗关着。

"Metti in moto（行动）！倒车,拿侧面对着他。"卡洛说。

莱克特博士在野马车的客座边站住,却又改变主意,走到了驾驶座一边,也许是想嗅嗅驾驶盘吧。

他四面看了看,袖里露出了细长的拨刀。

现在货车的侧面已经正对着他。卡洛准备好枪,按了按电动窗钮,却打不开窗。

现在要行动了,卡洛的声音反倒平静,显得不大自然:"莫格里,il finestrino（窗户）！"

一定是儿童安全锁关上了,莫格里摸索着。

莱克特博士把拨刀插进窗户旁边,打开了史达琳的车门,准备上车。

卡洛咒骂了一声,把侧门推开一条缝,端起了枪。皮耶罗让开了,开枪时车还在颠簸。

飞镖在阳光里一闪,笃的一声穿透了莱克特博士浆过的衣领,进了他的脖子。大剂量麻醉剂射中了要害,药性很快发作。莱克特博士挣扎着想站起来,但是腿已经瘫软。他勉强从口袋里取出一把刀打开,却在车和车之间倒下了。麻醉剂把他的手脚变成了水。"米莎。"他说,心里的幻觉消失了。

皮耶罗和托马索像两只大猫扑到他身上,把他按倒在汽车之间,直到确信他已经瘫软。

史达琳推着她那天的第二辆手推车走过去时,听见了气枪声,立即判断出是消声器的标识音——她条件反射,弯下了身子,周围的人却还懵懵懵懵地拥挤着。她不知道枪声是从什么地方来的，往自己车的方向望了望，看见一个人的双腿消失在一辆货车里。她以为是杀人劫财。

她一拍身侧，枪没有了。她跑了起来，在车流里躲闪着向货车跑去。

老人开的那辆林肯车又回来了，按着喇叭想开进被货车挡住的残疾人停车处，喇叭声淹没了史达琳的叫喊。

"停车！别动！我是联邦调查局的！停车，否则我开枪了！"也许她可以看见车牌。

皮耶罗见她匆匆赶来，便用莱克特博士的刀割掉了史达琳车驾驶座一侧的前轮气门，然后钻进了货车。货车横跨停车场隔离带向出口冲去。她看到了车牌，用手指把车牌号码写在一辆脏车的引擎盖上。

史达琳取出了钥匙，上车时听见气门咝咝地漏着气。她能看见那往外开走的车的顶。

她敲敲林肯车的窗户，那车正对她按着喇叭。"你有手机吗？我是联邦调查局的，请问你有手机吗？"

"走，诺埃尔。"车里的女人说，一面戳着、揪着开车人的大腿，"要出事的，这是个花招，少管闲事。"林肯车开走了。

史达琳跑到一部投币电话旁边，拨了911。

莫格里副治安官以最高的限制速度开了十五个街区。

卡洛从莱克特的脖子上取下了飞镖，发现伤口没有喷血才放下心来。莱克特皮肤下有一个硬币大的血肿，估计麻药被一个肌肉块分散了。这个狗娘养的说不定会在被猪吃掉前死去的。

货车里没有人说话，只有沉重的呼吸和仪表板下警用监视器的咔嗒声。莱克特一身漂亮衣服躺在货车底板上，帽子离开了他那整洁的脑袋，领子上有一个鲜艳的血印。他像是屠夫箱子里的一只锦鸡。

莫格里开进一幢车库大楼，上了三楼，只停了一会儿工夫，从车身上揭掉了标识，换掉了车牌。

他其实用不着费事。警用监视器接到公报时他不禁暗暗好笑。911的话务员显然弄错了史达琳所描述的"灰色货车或面包车",全部通知了各点,让他们注意"一辆灰狗公共汽车"。还必须说明,911把假车牌的号码全弄错了,只有一个数字对。

"跟在伊利诺伊州一样。"莫格里说。

"我看见了刀子,担心他害怕马上要出的事会自杀,"卡洛告诉皮耶罗和托马索,"他会希望早就割断了自己的脖子的。"

史达琳检查其他的车胎时看见了车下面地上的包裹。

一瓶价值三百美元的滴金酒和一张条子,上面是她熟悉的笔迹:生日快乐,克拉丽丝。

这时她才明白了眼前的一切的意义。

78

史达琳记住了她所需要的车号。开上几个街区回家打自己的电话吗?不,回头去打投币电话。她道了个歉,从一个年轻女人手上夺过黏糊糊的话筒,放进了几个二十五美分的硬币。那女人叫来了这家超市的保安。

史达琳往华盛顿办事处鹰岬的快速反应部队打电话。

史达琳在那里工作过很久,他们都认识她,便把她的电话转给了克林特·皮尔索尔的办公室。她一面对付着超市的保安,一面在兜里掏出更多的硬币。那保安一再要她出示身份证。

皮尔索尔熟悉的声音终于在电话里响起。

"皮尔索尔先生,大约在五分钟以前我看见三个人,也许是四个人,在赛夫威停车场绑架了汉尼拔·莱克特。他们扎破了我的车胎,我无法追踪。"

"那是一辆公共汽车吧,你打警察局APB。"

"跟公共汽车没有关系。那是一辆灰色货车,挂残疾人牌子。"史达琳告诉了他车号。

"你怎么知道被绑架的是莱克特呢？"

"他……给我留下了一个礼物，在我的车下面。"

"我明白了……"皮尔索尔不说话了，史达琳突然落入寂静里。

"皮尔索尔先生，你知道，这事是梅森·韦尔热幕后操纵的。肯定是他。别的人不会这样干的。他是个迫害狂。他会把折磨死莱克特博士当作快乐的。我们必须对梅森·韦尔热所有的车辆进行监视，同时请求巴尔的摩联邦检察院发出命令，搜查他的住宅。"

"史达琳……天哪，史达琳。听着，我再问你一次，你可以肯定自己见到的一切吗？你再想想。再想想你在这儿做过的每一件好事。想想你发的誓。在这儿说过的话是收不回去的。你究竟看见什么了？"

*我怎么说呢——说我并不歇斯底里吗？每一个歇斯底里的人都会这么说的。*她在转瞬之间明白了自己在皮尔索尔眼里已落到了什么田地，也明白了他的信任究竟有多么廉价。

"我看见了三个人，也许是四个，在赛夫威停车场绑架了一个人。我在现场发现了汉尼拔·莱克特博士的一份礼物，是一瓶滴金酒，是在我出生那年酿造的，上面的条子是他的笔迹。我已经描述了那车的样子。我现在是在向你报告，鹰岬的克林特·皮尔索尔。"

"我立即当作绑架案办，史达琳。"

"我马上来。我可以被任命参加反击小组。"

"你别来，我不能准许你加入。"

阿灵顿警察来到停车场之前史达琳没有离开，这真是太失策了。她花了十五分钟才纠正了发给各点的公报上关于那辆车的错误。一个膀阔腰圆、穿高级皮靴的女警官记录了史达琳的证词。那女警察的罚单簿、手机、梅司弹和手铐以各种角度从她硕大的屁股上鼓了出来。她夹克衫的扣子之间大张着。这位警官不知道该把史达琳的工作单位定为联邦调查局还是"无"。这时史达琳预计到了女警官的问题,令她生了气,工作慢了下来。史达琳指着那货车经过的隔离带上的泥泞和雪上的车辙时,没有人说自己带了相机。史达琳只好教警官们怎样使用她那一架。

她在一再回答问题时,脑子里一再地对自己说,我该去追的,我该去追的,我该把林肯车上的人赶下来,自己去追的。

79

克伦德勒听见了有关绑架的第一声手机响。他跟他的情报来源通完话,便用安全电话找了梅森。

"抓人的事叫史达琳看见了。这可是没想到。她在向华盛顿办事处报告,建议弄张搜查证来搜查你的住宅。"

"克伦德勒……"克伦德勒说不准梅森是在等着送气,还是气急败坏。"我已经向地方当局、县治安官和联邦检察官办公室提出了控告,说史达琳在对我进行骚扰,半夜三更打电话,用些莫名其妙的话来威胁我。"

"她真威胁了?"

"当然没有,但她无法证明她没有。这样一来水就搅浑了。现在我可以在本县和本州弄到一份安全保护。但是我要你给联邦检察官打电话,提醒他这个歇斯底里的泼妇还在骚扰我。此地的事我可以负责,相信我。"

80

史达琳终于摆脱了警察,换了车胎,回到家里自己的电话和电脑前。她非常怀念联邦调查局配的手机,却还没有换新的。

马普在答录机上留了言:"史达琳,给罐子里的肉加好作料,放到微火炉上。现在别加菜,记住上次的教训。我要参加一次他妈的保密听证会,下午五点才能回来。"

史达琳打开便携式电脑,想接通VICAP的莱克特档案,却进不去了。不但是VICAP,就连整个联邦调查局的电脑联网都进不去了。她的入网能力连美国最基层的警察都不如。

电话铃响了。

是克林特·皮尔索尔。"史达琳,你在电话上骚扰过梅森·韦尔热没有?"

"从来没有,我发誓。"

"他却说你骚扰了他。他邀请治安官到他的庄园里去巡逻,实际上是要求他们去。他们现在已经看他去了。因此就弄不到什么搜查令,也不会有什么搜查令下来了。除了你之外,我们对绑架还没有发现其他任何见证人。"

"那儿有一辆白色的林肯车,里面是一对老年夫妇。皮尔索尔先生,检查一下事件发生前赛夫威商场的购物卡记录怎么样?那些售出的商品都盖有时间印戳。"

"我们会办的,但是……"

"……要费时间。"史达琳接下了他的话。

"史达琳?"

"在,长官?"

"就我们俩之间知道,我会向你提供重大的消息的,但是你别介入。你停职期间不是执法人员,从道理上讲你不能够得到情报。你是个平头百姓。"

"是,长官,我知道。"

你在下决心的时候望着什么?我们的文化不是内省的文化,并不把眼睛望着远处的青山。我们在下决心时大都低头盯着公共机构走廊的油地毡,或是在等候室望着电视上莫名其妙的东西口里嘀咕。

史达琳从厨房走进马普那屋子的宁静与秩序之中时,似乎有所寻求,任何东西都行。她望着照片上马普那面貌可怕的小个子奶奶,那会沏茶的老人。她望着马普的奶奶用镜框装好挂在墙上的保险单。马普这边的屋子就像马普还在屋里一样。

史达琳回到自己的这一边。她觉得这儿像没有人住。她的镜框里有什么?联邦调查局学院的毕业证。她的父母都没有照片留下。她已经失去了他们多年,他们只存在于她的心里。有时她在早餐的某种气味里,某种馨香里,一两句闲谈里,偶然听见的一句家常话里也会感觉到他们抚慰的手:而在是非感问题上她的感觉最强烈。

她算是什么样的人?谁承认过她?

你是个战士,克拉丽丝。你希望有多么坚强就能有多么坚强。

史达琳可以理解为什么梅森·韦尔热想杀死莱克特博士。如果梅森自己动手或是雇人杀死他,她都可以理解。因为他仇恨。

但是把莱克特博士折磨致死,她却受不了。她逃避这事,就像很久以前逃避杀死羔羊和马一样。

你是个战士,克拉丽丝。

几乎跟那残杀行为同样丑恶的是,默许梅森这样做的是发过誓要维护法律的人。这就是世道。

想到这儿她做了个简单的决定:

只要是在我的手能伸到的范围里,我就不容许世道如此。

她发现自己到了自己的壁橱里,站在凳子上,手伸了上去。

她取下了秋天约翰·布里格姆的律师交给她的盒子。那仿佛是很久以前的事了。

把自己的私人武器遗赠给战友的行为里有着丰富的传统和神秘。它关系着超越个体的死亡的价值的继续。

生活在别人为他们创造出的安全里的人可能觉得这问题难以理解。

约翰·布里格姆盛武器的盒子本身就是一个礼物。他一定是在海军陆战队时在东方买的。那是一只珠母镶嵌的桃花心木盒子。这枪就是纯洁的布里格姆。他使用了多年,收藏得妥帖,保存得一尘不染。一把M1911A1科尔特.45手枪;一把秘密携带的小型.45型瑟法里手枪;一把插在靴子里的锯齿背的匕首。史达琳自己有皮套。约翰·布里格姆的联邦调查局旧局徽固定在一块桃花心木板子上,药物管理局局徽散放在盒子里。

史达琳从板子上撬下了联邦调查局局徽,放进了口袋。那把长的.45手枪插进了她屁股后面的雅基人的滑动装置,用外衣遮住了。

那把短的.45手枪插到了脚踝处的靴子里,匕首进了另一只靴子。她把自己的毕业证从镜框里取了出来折好，放进了兜里。在黑暗里人家会把它认作拘捕证的。在她折着那硬纸时，她知道自己不太像自己了，她为此感到高兴。

她又在便携式电脑边坐了三分钟，从地图查询网站打印出了一张麝鼠农庄和它周围的国家森林的大地图。她盯着梅森的肉类王国望了一会儿，用手指画出了它的边界。

她把野马车开出了车道，车后的大排气管吹倒了路上的枯草。她拜访梅森·韦尔热去了。

81

麝鼠农庄一片寂静,有如古老的安息日。激动的梅森得意非凡,他终于可以了结此事了。他私下把自己的成就比作镭的发现。

梅森最记得的教科书是有插图的自然科学课本。那是唯一可以竖起来遮住他在课堂上手淫的大书。他常常望着居里夫人的插图手淫。现在他想起了居里夫人和她从中提炼出镭的那许多吨沥青。居里夫人所做的努力跟他的成就十分相像,梅森想。

梅森想象着莱克特博士在黑暗里发出荧光,有如居里夫人实验室里的小瓶子。那可是他全部的搜索和花费所得到的果实。他想象着猪群吃饱了莱克特博士的肉回到树林里去睡觉的样子,猪肚子里发着光,像装着电灯泡。

那是星期五的黄昏,天快黑了。农庄工人都已走掉,谁也没有见到货车到达,因为货车并不是从正门,而是从梅森当作入境道路的防火路进来的。县治安官和他的部下草草完成了他们的搜索,在货车到达仓库之前早已离开。现在大门有人守住,麝鼠农庄里只剩下了一支可靠的骨干队伍。

科德尔在游戏室的岗位上——接替他的人要半夜才开车来。玛戈和莫格里副治安官跟梅森在一起。为了哄骗县治安官,莫格里还戴着警徽。那帮职业绑匪在仓库里忙着。

到星期天晚上一切就会结束。所有的证据不是给烧掉了就是在十六头猪的肚子里蠕动。梅森相信他能够从莱克特博士身上取点美味给海鳝吃,也许是鼻子。然后梅森就可以一连多年看见那凶狠的彩带不停地画着8字,想象着那永远的8字意味着莱克特博士永远的死亡,永远的死亡。

与此同时,梅森也明白,心愿准确完成也有危险。杀了莱克特博士后又有什么事可干呢?他可以破坏一些领养孩子的家庭,可以折磨一些儿童,可以喝混合了眼泪的马提尼酒,但是那种残酷的消遣究竟又有多大趣味?

他怎么那么傻,要用对未来的恐惧冲淡眼前狂欢的时刻呢?他等待着对他的眼睛的小小喷射,等待着护目镜上的雾散开,然后向管子里的开关吹气:他任何时候只要高兴就可以打开录像监视器去看他已经到手的猎物……

82

梅森仓库的饲料室里满是炭火味和动物与人滞留未散的气味。赛马快影的长骷髅头骨上方亮着火光,戴眼罩的马头骨望着这一切,像上帝一样空虚。

卡洛在烧着一个铁片,已烧成了樱桃红色;随着风箱的咝咝声,红色的炭火在马掌匠的炉子里闪动着,发着光。

马头骨下的墙壁上吊着莱克特博士,像一幅恐怖的祭坛画。他的双臂从双肩平伸开,被绳索紧紧捆在一根横木上,粗大的橡木横轭是小马车挽具里的车辕。车辕横在莱克特博士背后,用卡洛做的钩环固定在墙上。莱克特博士的双腿没有踩着地,被连裤子捆紧了,一圈一圈分开捆好,每圈结一个结,像要烧烤的肉。没有使用脚镣和手铐——没有金属件,以免伤了猪的牙齿,挫折了它们的锐气。

炉火里的铁片烧得白热了,卡洛用铁钳把它钳到铁砧边,挥起锤子把那明亮的铁片锤成了钩环。鲜红的火花在昏暗里飞舞,跳到他的胸膛上落下,跳到莱克特博士吊着的身子上落下。

梅森那架在古老的工具之间显得奇特的摄像机,从它那蜘蛛腿一样的金属三脚架上窥视着莱克特博士。工作台上有一台监视器,现在暗着。

卡洛再一次烧好镣铐,匆匆跑去,趁它还发光柔软时把它固定到叉车上。他那锤子的声音在高敞巨大的仓库里回响着,锤音和它的回声,当——当,当——当。

草料楼上传来刺耳的吱吱声,是皮耶罗找到了短波上的足球转播。那是他所属的卡利亚里队在罗马跟他仇恨的尤文图斯队对垒。

托马索坐在藤椅上,麻醉枪倚着他身边的墙壁。他那神甫式的黑眼睛时刻不离莱克特博士的脸。

托马索从被捆住的莱克特博士的沉默中觉出了一点变化,微妙的变化,从昏迷到不自然的自我控制的变化,也许不过是呼吸声音的变化。

托马索从椅子上站了起来,对仓库叫喊。

"Sista svegliando.(他醒过来了。)"

卡洛回到了饲料室,鹿牙在他的嘴里露出又收回。他拿着两条塞满蔬菜和鸡的裤腿,把裤腿在莱克特博士的身上和腋窝里擦着。

他让自己的手小心地躲开了莱克特博士的嘴,一把抓住了他的头发,把他的头抬了起来。

"Buona sera, Dottore.(晚安,博士。)"

电视监视器上的扬声器咔嗒一声。监视器亮了,上面出现了梅森的面孔……

"打开摄像机上方的灯。"梅森说,"晚安,博士。"

博士第一次睁开了眼睛。

卡洛觉得那魔鬼的眼里闪出了火花,不过也可能是火光的反光。为了对抗那邪恶的眼睛,卡洛画了个十字。

"梅森。"博士对着镜头说。莱克特博士可以在梅森背后看见玛戈被鱼缸衬出的黑色轮廓。"晚上好,玛戈,"此刻他的口气彬彬有礼,"很高兴又见到你。"从他说话的清晰程度来看,莱克特博士可能已醒了好一会儿了。

"莱克特博士。"玛戈嘶哑的声音传来。

托马索发现了摄像机上的太阳枪,把它打开了。

强烈的光一时耀花了大家的眼睛。

梅森浑厚的广播嗓子说道:"博士,大约再过四十分钟我们就要给猪上第一道菜了,那就是你这两只脚。晚宴以后我们就开睡衣舞会,你跟我。那时候你可以穿短裤,科德尔会让你活很久的——"

梅森还在往下说,玛戈歪过身子来看仓库里的场面。

莱克特博士看着监视器,看清楚了玛戈在看他,便对卡洛低声说起话来,他那金属样的声音在绑匪耳朵里显得急迫:

"你的弟弟马泰奥现在一定比你还臭。我杀他时他拉了屎呢。"

卡洛将手伸进背后的口袋,取出了电畜生的电棍,在电视摄像机明亮的光里对着莱克特博士头部的一侧打去,又用一只手抓住了莱克特博士的头发,按下了电棍把手上的按钮,往莱克特博士的脸靠近,高压电在电棍顶端的两极间构成一道邪恶的弧光。

"我操你娘。"他说,把电弧对准莱克特博士的眼睛戳过去。

莱克特博士一声不响——扩音器里却有了声音。梅森在他呼吸所容许的范围内竭力大叫起来。托马索拼命把卡洛拉开。皮耶罗也从草料楼上跑下来帮忙。

他俩把卡洛拽到藤椅上坐下。

"你把他眼睛弄瞎了钱就泡汤了!"两人同时对他的两只耳朵尖叫。

莱克特博士调整了记忆之宫的明暗度以适应那可怕的亮光。啊——他把脸靠在了维纳斯清凉的大理石腰上。

莱克特博士把脸对正了镜头清楚地说:"我不吃巧克力,梅森。"

"这狗娘养的发疯了。不过,我们知道他本来就是疯子。"莫格里副治安官说,"可是卡洛也是疯子。"

"下去,到那儿去挡住他。"梅森说。

"你肯定他们没有枪吗?"莫格里说。

"请你来不就是要你有能耐吗? 他们没有枪,有的不过是麻醉枪。"

"我去。"玛戈说,"不能让他们好勇斗狠。意大利人有奶便是娘,卡洛知道钱是我在管。"

"把镜头挪开,让我看看猪。"梅森说,"八点开晚饭。"

"我用不着留下来开饭。"玛戈说。

"噢,不,你该留下。"梅森说。

83

玛戈在仓库前吸了一口长气。既然要杀死他,就得先见见他。卡洛还没有打开饲料室的门,玛戈已经闻到了他那臭味。皮耶罗和托马索分别站在莱克特博士两边,面对着椅子上的卡洛。

"Buona sera, signori.(晚安,先生们。)"玛戈说,"你的朋友们说得好,卡洛,你要是现在把他毁了,你们的钱就没有了。你们从那么老远跑了来,事情又已经办得这么出色。"

卡洛的眼睛一直不离开莱克特博士的脸。

玛戈从兜里取出手机,在发亮的机面上敲了个号码递给卡洛。"拿着,"她放到他的眼睛前,"读吧。"

自动拨号上是斯托本银行。

"这是你在卡利亚里的银行,德奥格拉西亚斯先生。明天早上,在你办完事,让他偿还了你勇敢的弟弟的命债之后,我就打这个号码,把我的密码告诉你的银行家,说,'你为德奥格拉西亚斯先生保管的钱的余额可以给他了'。你的银行家就会在电话上向你证实。明天晚上你就坐上飞机回家,就成了阔人,马泰奥一家也成了阔人。你可以把博士的睾丸装在密封塑料袋里给他们送去,作为安慰。但是如果莱克特博士不能看见他自己死去,不能看见猪向他跑来,吃他的脸,你就什么也得不到。还是做个男子汉吧,卡洛,去把你的猪叫来。我来看着这个狗娘养的。半小时以后猪吃他的脚时,你就会听见他拼命地惨叫了。"

卡洛的头往后一仰,深深地吸了一口气。"Piero, andiamo! Tu, Tommaso, rimani. (皮耶罗,我们去!托马索,你留下。)"

托马索在门边的藤椅上坐下了。

"我已经控制住了他们,梅森。"玛戈对着录像镜头说。

"我自己要把他的鼻子拿回屋来,告诉卡洛。"梅森说。荧屏暗了下去。梅森的出门对他自己和他周围的人来说都很费劲,要把许多管子重新接在他轮床的容器上,要把他的硬壳呼吸器连到交流电设备上。

玛戈望着莱克特博士的脸。

他受伤的眼睛已经肿得闭上了,那一道眉毛的两端被电极烙成了两个黑点。

莱克特博士睁开了没有受伤的眼睛,脸上还能保持贴在维纳斯冰冷的腰部的清凉。

"我喜欢药膏的香气,凉幽幽的,带柠檬味。"莱克特博士说,"谢谢你到这儿来,玛戈。"

"保姆第一天带我到你的办公室时,你说的也是这句话。那天他们第一次对梅森进行了预判。"

"我是这么说的吗?"他刚从自己的记忆之宫回来,在那里查阅了他约见玛戈时的材料,知道她这话是真的。

"是的,我那时在哭。我害怕告诉你梅森跟我的事情,我也害怕非坐下不可,但是你从不叫我坐下——你知道我那里缝了针。我们俩在花园里散步,你记得你对我说了什么吗?"

"你在你的遭遇上没有错——"

"'——不比被疯狗咬了的错更大。'这是你当时说的话,它立即让我轻松了下来。以后几次也都如此。我有一段时间是很欣赏你的。"

"我还告诉过你别的什么吗?"

"你说你很奇特,我以后哪怕再怪也还跟你相差很远。"她说,"你说奇特是正常的。"

"只要你努力,你是可以回忆起我们说过的一切的。记住——"

"你现在可别求我什么。"她这话来得突然,并没有思考。

莱克特博士挪了挪身子,绳子咯咯地响。

托马索起身看了看捆住他的绳子。"Attenzione alla bocca, Signorina.(小心他那嘴巴,小姐。)"

她不明白托马索指的是莱克特博士的嘴巴咬人,还是指他说的话。

"玛戈,从我为你治病到现在已经多年,但是我还想跟你单独谈谈你的病史,只一会儿工夫。"他用没有受伤的眼睛瞟了托马索一眼。

玛戈想了一想。"托马索,你能离开我们一会儿吗?"

"不行。对不起,Signorina(小姐),不过,我可以站在外面,让门开着。"托马索拿了枪到仓库里去了,远远地望着莱克特博士。

"我不会让你为难的,玛戈。我感兴趣的是你为什么会干这种事。你能告诉我吗?你已经跟他斗了这么多年,难道现在已像梅森喜欢说的那样,吃起他的巧克力来了吗?我们不用说假话,硬说什么你在为梅森的脸报仇。"

她果然告诉了他,是关于朱迪和她俩要孩子的事,一共用了不到三分钟。她很惊讶,她的痛苦怎么这么容易就概括完了。

远处出现了喧闹,先是一阵吱吱地叫,然后是半声惨叫。外面,卡洛靠在他修建在仓库敞开的那一头的栅栏上摆弄着录音机。他在准备已经录好的死去已久和贱走已久的人的惨叫,要用那叫声把猪群从森林牧场召唤出来。

莱克特博士即使是听见了,也没有形之于色。"玛戈,你认为梅森会按照他的诺言给你精子吗?你这是在向梅森乞求。他在撕扯你的时候,你的乞求起过作用吗?这不跟吃了他的巧克力,然后让他为所欲为一样吗?不过,他会让朱迪吃奶酪的,而朱迪却不习惯于这一套。"

她没有回答,却咬紧了牙。

"如果你不是匍匐在梅森面前乞求,而是用卡洛的电棍去刺激他的前列腺,那会怎么样?这你知道吗?电棍就在工作台边,看见了吗?"

玛戈开始站起身子。

"听着,"博士嗤嗤地说,"梅森不会给你的。你知道你非杀他不可,这一点你已经知道了二十年了。从他叫你咬住枕头别叫喊得那么厉害时起你就知道了。"

"你是说你愿意替我承担责任吗?我是不会相信你的。"

"对,你当然不会相信。但是你可以相信我决不会否认自己干过的事。你要是亲自杀了他,对你的病实际上会更有疗效。你应该记得早在你小时候我就建议过你杀死他。"

"你说的是:'等到你能够脱身时再杀。'我从你那话里得到过一些安慰。"

"那是我从职业的角度必须建议的净化方式。你现在年龄已经够大,而我呢,多加一条杀人罪又有什么差别?你知道你必须杀掉他,而你杀了他之后,法律就会服从于金钱——就是说,服从于你和你的新生儿。玛戈,我是你手上唯一的另一个嫌疑人。如果我在梅森之前死去,谁又来充当嫌疑人呢?你可以在恰当的时机干,我会给你写信,表示杀了他我有多么得意。"

"不行,莱克特博士,对不起。太晚了,我已经做好安排。"她用那双屠夫式的明亮的蓝眼睛盯着他的脸。"我能够办完这事照样睡觉,你知道我办得到的。"

"对,我知道你办得到。我一向就喜欢你这一点。你比你哥哥要有趣得多,也能干得多。"

她站起来要走。"很抱歉,莱克特博士,能干的价值也不过如此。"

她还没有走到门口,莱克特博士说:"玛戈,朱迪下次排卵在什么时候?"

"什么?两天以后,我看。"

"别的东西你都准备好了吗?扩阴器,速冻设备?"

"我有全套授精诊所的设备。"

"为我做一件事。"

"什么事?"

"咒骂我,扯掉我一撮头发。你要是不介意的话,从发际线后面扯,带点皮。回去时拿在手里。等梅森死去之后,记住把头发放到他手里。

"你回到屋子里就向梅森提出你的要求,看他怎么回答。你已经把我交给了他,完成了这笔交易里你所承诺的部分。把头发拿在手里,向他提出要求,看他怎么说。他如果对着你的脸哈哈大笑,就回这里来。你需要的只是拿起麻醉枪向你身后的那位射去。或者是用锤子对付他。他有一把折刀,你只要割掉我一只胳臂上的绳子,再把刀子给我,就可以离开。别的事全交给我处理。"

"不。"

"玛戈?"

她的手已经放到门上,做好了准备,不听他解释。

"你还能捏碎核桃吗?"

她伸手进口袋拿出了两个核桃,前臂肌肉一鼓,咔嚓一声,核桃破了。

博士咯咯地笑了。"了不起,那么大力气也不过捏个核桃。你还是向朱迪奉献核桃,帮助她忍受梅森的滋味吧。"

玛戈回到他的身边,绷紧了脸,对着他的脸吐了一口唾沫,把他头顶附近的一撮头发扯了下来。此刻她的用意如何,很难猜测。

玛戈离开屋子时听见莱克特博士在哼曲子。

玛戈向亮着灯的屋子走去,鲜血把那撮带皮的头发粘在她手心里,甚至不用并拢手指也不会掉落。

科德尔驾着一辆高尔夫球车从她身边驶过,车上是为病人准备的医药设备。

84

史达琳从30号出口驶下向北的高速公路立交桥,看见了半英里外亮着灯的门楼,那便是麝鼠农庄的前沿。史达琳在开向马里兰州的路上已决定从农庄后门进去。她既无工作证件又无政府文件,如果去大门,只会给警局递解出境,或是送进县监狱。等她被放出来一切都完了。

不管准许不准许,她开到了距离麝鼠农庄很远的29号出口,便掉回了头,上了沿街道路。驶出高速公路明亮的灯光之后,黑色的路面显得特别阴暗。在她右边,是与沿街道路平行的高速公路,左边便是黑沉沉的国家森林,被一道沟和连绵不断的栅栏隔开。史达琳的地图表明,往前再走一英里就有一条碎石防火路跟这条路交叉,在那儿从正门门楼还看不见,那就是她第一次来时停错车的地方。按照地图,防火路穿过国家森林后就直通麝鼠农庄。她用里程计计算着距离,以最低的速度在树木间呜呜地行进着。野马车的声音似乎比平时大了些。

大门在她的车灯光里出现了,是用金属管焊接成的,很结实,顶上是带刺的铁丝网。她第一次见过的入境通道的牌子已经撤掉。门前和沟渠涵洞顶上的路面杂草丛生。

她在车灯光里看出，那里的野草最近被碾倒过。路面被沙和砾石冲毁，形成了一道拦门沙，泥雪上有轮胎的辙印。那是否就是她在赛夫威停车场隔离带上看见的货车的辙印呢？她无法确定，但可能性是存在的。

大门被一把铬钢锁和铁链锁得牢牢实实，旁边没有人。史达琳两头看了看路，没有人来。就在这儿非法闯入吧。她觉得像犯罪。她检查了门柱，看有没有报警系统。没有。她用牙咬住小电筒，拿两根撬锁的细丝不到十五秒钟就打开了锁，把车开进了大门，进了树林。她又步行回来关了门，把锁挂在外面，再把链子挂在锁上，从远处看上去很正常。她把铁链松开的一头留在里面，万一必要时开车从里面闯出去比较容易。

她用拇指量了量地图，穿过森林到农庄大约有两英里。她开进了防火路两侧树木形成的隧道。头顶的夜空有时可以看到，有时却因头顶树木太密见不到。她只开了停车灯，用二挡悄悄开着，力求不出声音，速度仅仅高于停车。枯萎的野草擦着车底。到里程计表明走了1.8英里时，她便停了车。引擎声静止之后，她听见一只乌鸦在黑暗里啼叫。乌鸦是因为什么东西而害怕了吧。她祈祷上帝，但愿那是乌鸦叫。

85

科德尔像个刽子手一样矫健地来到了饲料室,腋窝里夹着滴注瓶,瓶上吊着管子。"这位莱克特博士!"他说,"我非常想给我们巴尔的摩的俱乐部弄到你那副面甲。我的女朋友跟我搞了个地牢样的东西。"

他把他的东西放到铁砧上,拿了一根拨火棍到炉子里烧了起来。

"好消息,也有坏消息。"科德尔以他那护士式的快活口气,带了点轻微的瑞士腔调说,"梅森告诉过你程序没有?那就是,再过一会儿我就把梅森弄到这儿来,猪就开始来吃你的脚。然后让你等一夜,明天卡洛和他的弟兄们就会把你脑袋向前塞进猪圈去,让猪啃你的脸,跟狗当年吃掉梅森的脸一样。我会给你滴注,给你止血,让你活着,直到最后。你的确是完蛋了,你知道。这就是坏消息。"

科德尔望了一眼摄像机,确认它关上了。"好消息是,那不一定会比看一趟牙科医生更难受。你看这个,医生。"科德尔把一根皮下注射用的长针拿到莱克特博士面前,"咱俩就以医务人员的身份谈一谈吧。我在你身后来一针脊椎注射,你到了那儿就什么感觉都没有了。你可以闭上眼睛竭力不听,只感到一点拉扯,抖动。梅森今天晚上消遣完回屋之后,我又可以给你一点东西,让你的心脏停止跳动。想看看吗?"科德尔拿出了一小瓶巴夫龙,放到莱克特博士睁开的眼睛前面,但是没有近到可能给他咬到的程度。

炉火的光在科德尔贪婪的面孔的一侧闪动。他的眼神渴望而快活。"你有很多钱,莱克特博士。谁都是这么讲的。我知道这种事该怎么办——我也是把钱到处存放。取出来,转移一下,再使劲花。我的钱是可以在电话上调动的,我敢打赌你的钱也行。"

科德尔从兜里掏出了一只手机。"我们来找你的银行家。你告诉他一个密码,他向我确认,我立即给你搞定。"他拿起脊椎注射器,"注射器,注射器,告诉我呀。"

莱克特博士低下头,含糊地说着什么。科德尔所能够听见的只有"箱子""小柜"。

"说呀,博士,然后你就可以一个劲睡大觉了,来呀。"

"好几百张,没有记号。"莱克特博士说,声音越来越小。

科德尔靠得更近了,莱克特博士使足劲一伸脖子,咬了过去。他那小小的锋利牙齿咬住了科德尔的眉毛。科德尔往后一跳,眉毛被咬掉了好大一片。莱克特博士把那眉毛像吐葡萄皮一样吐到了科德尔脸上。

科德尔擦掉血迹,贴上了一张蝴蝶形的止血贴,使他看上去滑稽可笑。

他收拾好针。"解除你痛苦的药物全浪费了,"他说,"等不到天亮你就会以不同的眼光望着它了。你知道我还有兴奋剂,可以让你一直清醒。我会让你求死不得。"

他从炉子里取出了拨火棍。

"我现在就把你挂起来,"科德尔说,"你要是不干我就烙你,让你尝尝滋味。"

他把拨火棍红彤彤的一头贴上了莱克特博士的胸膛,烧穿了衬衫。衬衫的火越烧越大,他只好去扑火。

莱克特博士一声没吭。

卡洛把叉车倒进了饲料室，皮耶罗和卡洛抬人，托马索持麻醉枪一直监视着。他们把莱克特博士弄上了叉车，把他那横木固定在叉车前面，让莱克特博士坐在叉车上，双手绑在横木上，两条腿伸直，分别绑在叉车的两条叉上。

科德尔在莱克特博士的双手手背上各插了一个滴注针头，用蝴蝶胶布固定好。为了在叉车两面挂上血浆瓶，他还爬上了草垛。科德尔后退了几步，欣赏着自己的作品。莱克特博士双手挂着滴注瓶，手脚叉开，伸直在车上，像一个东西的俏皮摹制品，但科德尔也记不清是什么东西了。科德尔在博士每个膝盖的上方拴了一条止血带，打成活结，连在绳子上，可以在栅栏背后拉紧，以免博士因流血过多而死去。活结现在不能拉紧，莱克特博士的腿如果麻木了梅森会大发雷霆的。

是把梅森抬下楼弄上车的时候了。停在仓库后的车很冷。几个撒丁岛人把午餐留在了车里。科德尔骂骂咧咧地把他们的冰桶扔到了地上。他得在房子里用吸尘器给那鬼东西做清洁，还得让它吹吹风，因为他虽然禁止过，几个撒丁岛人还是在车里抽过烟。他们扯出点烟器时把车上的监视器电源线也拉了出来，挂在仪表板下面。

86

史达琳关掉了野马车的内灯,下车前打开了行李箱盖。

如果莱克特博士在这儿,她就可以抓住他,也许可以给他戴上脚镣和手铐,塞进行李箱送到县监狱去。她有四副镣铐和足够的绳子,可以把他的手脚捆在一起,不让他挣扎。至于他有多大力气最好是不去考虑。

她伸出脚去,碎石上有薄霜。她的重量一离开车弹簧,那老车就呻吟起来。

"抱怨了吧你,你这个老坏蛋。"她屏住气对车子说。她突然想起自己跟汉娜说的也是同样的话——她离开对羔羊的屠杀往黑夜里走时骑的就是汉娜。她让车门大开着。她把钥匙塞进了一个紧衣兜,不让它响。

弦月映照下,夜色晴朗。只要走在敞开的夜空下,她就用不着电筒。她试了试砾石路边,发现它疏松不平,而在砾石路的车辙里走声音却很小。她行走时头略转向一方,往前望着,在目力所及的范围内判断着路的走向,很像是在柔和的黑暗中艰难前进,听得见脚步踩着砾石的嚓嚓声,却看不见脚。

她来到看不见野马车却还意识得到它的存在的地方时,难堪的时刻开始了。她不想离开野马车。

她突然变成了一个三十三岁的孤独女人，在政府里工作的前程已被毁掉，没有滑膛枪，晚上独自站在大森林边。她清楚地看见了自己，眼角已出现皱纹。她恨不得立即回到车上去。她的下一步放慢了，站住了。她能够听见自己的呼吸。

乌鸦叫了起来，微风吹得她头顶光秃秃的枝丫呜呜地响。一声尖叫划破夜空，那么恐怖，那么绝望。叫声时起时落，然后是乞求死亡的话语。声音破碎得厉害，说是谁的声音都有点像。"Uccidimi!（杀死我吧！）"然后又是惨叫。

第一声惨叫叫得史达琳毛骨悚然，第二声让她奔跑起来。她匆匆探进黑暗，.45还在套里，一只手拿着不太亮的手电，另一只手伸进面前的黑暗里。别杀他，梅森，别杀他，梅森。快，快。她听见自己的脚步声，感觉到脚两边疏松的砾石。她真想待在压出的车辙里不动。那路拐了一个弯，紧挨着一道栅栏。很好的金属管栅栏，六英尺高。

恐怖的抽泣和乞求声传来，惨叫声越来越大，就在她前面的栅栏里面。她听见了树丛里的行动声。骚动变成了奔跑，脚步声比马蹄声还轻，节奏也更快。她听见了吭吭的哼声，明白了是什么东西。

哀号的声音更近了，显然是人的声音，但是被扭曲了，其间短短地吱了一声，于是史达琳明白了她所听见的不是录音，就是一种被反馈到扩音器里的放大了的声音。树林和仓库里露出了亮光。史达琳把头贴在冰凉的金属栏杆上往里面看。有黑乎乎的形象在奔跑，长长的，齐腰高。四十码光秃秃的土地以外是一个仓库，巨大的库门大开着，前面有一道栏杆，开着一道荷兰式的高低两截门。门上有一面花哨的镜子，把仓库的亮光反射到地上，成为一片明亮。仓库外敞开的草地上站着一个矮壮的人，戴着帽子，手上拿着磁带录音机扩音器。那人在机器发出一系列号叫和抽泣时用一只手捂住了耳朵。

从树丛里跑来了面目狰狞的猪群，速度像狼，腿长胸厚，乱糟糟的灰色鬃毛耸立着。

卡洛从荷兰门边跳开，在猪群离他还有三十码时关上了门。猪群站成了半圆形，等候着，巨大的獠牙掀起了嘴唇，似乎永远在龇着牙，然后便冲向前来，站住，拥挤着，哼哼着，嗒嗒地敲着牙齿，有如一排候着抢球的橄榄球前锋。

史达琳曾见过不少牲口，但是没有见过这样的猪。群猪身上有一种恐怖的美、优雅和速度。它们望着门口，拥挤着，向前冲，然后又退却，一张张脸总是面对着敞开的仓库门前的栅栏。

卡洛回头说了几句什么，消失进仓库里去了。

仓库里那辆货车倒入了视线。史达琳立即认出它正是那辆灰色的货车。它在障碍前呈一个角度停下了。科德尔下了车，打开了侧面的滑动门。在他关掉大厅的大灯以前，史达琳认出了在呼吸器罩后面的梅森。梅森被枕头垫了起来，头发盘在胸前。那是个便于近看的地点。大门口的水银灯亮了。

卡洛从身边的地上拾起了一个东西，史达琳一时看不清楚，好像是什么人的腿，或是下半身。如果是半个人体的话，卡洛一定十分有力。史达琳一时还以为那是莱克特博士的残肢，但那腿弯曲的方向不对，是关节所办不到的。

她在很不愉快的瞬间以为那也可能是莱克特博士的尸体，不过被扯断了，绞在了一起。卡洛对身后的仓库里叫了一声。史达琳听见马达开动了。

叉车进入了史达琳的视线，皮耶罗开着车。莱克特博士双臂张开，被捆在车辕上，滴注瓶吊在手的上方，被叉车高高举起，随着车的运动而晃荡着。他被高高举起，是为了让他能够看见搜索着食物的猪群的到来。

叉车以一种可怕的庆典游行的速度开了过来，卡洛走在车边，另一面是拿枪的约翰·莫格里。

史达琳注视了一下莫格里的副治安官警徽。那是一颗星，跟当地的警徽不同。白头发,白衬衫,跟绑架车里的驾驶员一样。

梅森深沉的声音从货车里传来。他在哼着《大场面》,呵呵地笑。

猪群被噪声惊动了,却并不害怕机器,反而似乎欢迎它到来。

叉车在障碍前停住,梅森对莱克特博士说了句什么,但史达琳听不见。莱克特博士的头没有动,也没有表示出听见了。他比在驾驶室里的皮耶罗还高。他在往史达琳的方向看吗?她不知道,因为她正在沿着栅栏奔跑。她看见了货车从那里倒出来的双扇门。

卡洛把填满的裤子塞进了猪圈。猪群蹦跳着一拥而上,每条腿边只能够站两头猪,别的猪便被挤到了旁边。猪群撕扯着,龇着牙,咬断,戳破,裤腿里的死鸡被扯成了碎块。猪的脑袋晃动着,带得鸡肠鸡杂胡乱摆动着。鬃毛森森的背脊挤来挤去。

卡洛只给了最少的一点开胃佳肴,区区三只鸡和一点生菜。裤子转瞬间成了碎片,嘴角垂涎的猪群又把它们那贪婪的小眼睛转向了栅栏门。

皮耶罗放下了车叉,只到略高于地面的程度。荷兰门的上半部可以挡住猪,不让它们接触到莱克特博士的致命部分。卡洛脱掉了博士的鞋袜。

"我的猪娃们回来了,一路咿咿咿地叫呢。"梅森从车里大喊。

史达琳在人群身后出现了。人们全都面向着猪群,背对着她。她走过了饲料室门,一直来到仓库中心。

"现在,别让它们咬得他流血死去。"科德尔从车里叫道,"准备好,我一叫,你们就拽紧止血绷带。"他用一块布在擦拭着梅森的护目镜。

"有什么话要说吗,莱克特博士?"梅森深厚的声音说。

.45枪砰的一声在仓库里震响。史达琳的声音叫了起来:"举起手来,别动。关掉马达。"

皮耶罗似乎没有听懂。

"Fermate il motore.(关掉马达。)"莱克特博士帮她解释。

只有猪群在不耐烦地尖叫。

她只看见一支枪,那枪挂在带星徽的白发人的屁股上,皮套上有拇指开口。先让他趴下再说。

科德尔立即溜到了轮子后面,货车动了,梅森对他大叫着。史达琳随着车转,眼角留意着白发人的动作。白发人拔枪正要杀她,刚叫了一声:"警察!"她已对他的胸口连开了两枪,是闪电式的连击。

那人的.357枪对着地面两英尺处开了火,自己倒退了半步,跪了下去,低头看着自己。他的警徽已经被硕大的.45子弹洞穿,而子弹又从心脏边飞开,落到了一边。

莫格里往地上一倒,躺下不动了。

托马索在饲料室听见了枪声,一把抓起气枪爬上了干草堆,在松软的草捆上跪下,往草料堆边爬来。草料堆边上可以俯瞰全仓库。

"下一个。"史达琳用她自己都不了解的声音叫道。要趁热打铁,趁警察的死把他们震住的时候。"趴下,你,脸对着墙壁,你,趴下,头朝这边,这边。"

"Girati dall'altra parte.(头朝这边转。)"莱克特博士在叉车上翻译道。

卡洛抬头看见了史达琳,见她要开枪,急忙低下了头。她用一只手把他俩铐了个结实,让两人的头对着相反的方向,卡洛的手腕铐在皮耶罗的踝骨上,皮耶罗的手腕铐在卡洛的踝骨上。在这整个过程里击铁扳起的.45枪对着他俩的耳朵。

她从靴子里取出刀子,绕过叉车来到博士面前。

"晚上好,克拉丽丝。"莱克特博士看见了她,说道。

"你能走路吗?你的脚还管用吗?"

"管用。"

"眼睛看得见吗?"

"看得见。"

"我给你割断绳子。可你要自重,博士。你要是跟我胡闹我就毙了你,此刻,当场,明白吗?"

"完全明白。"

"老实点,你还可以活下去。"

"听上去就是新教徒的口吻。"

她一面说着话一面动作。靴子里的刀十分锋利,她发现带锯齿的刀背割起光滑的新绳子来最快。

莱克特博士的右臂自由了。

"你把刀子给我,剩下的事我自己来办。"

她犹豫了一下。她退到他胳臂的范围以外,把匕首给了他。"我的车在一百码以外的防火道上。"她得提防着他和地上的人。

他的一条腿自由了,正在割着另一条腿上的绳子。得一圈一圈地割。莱克特博士看不见后面卡洛和皮耶罗趴着的地方。

"获得自由以后你可别想溜。你是绝对跑不到门口的。我要给你两副手铐。"史达琳说,"你身后有两个人铐在那里的地面上。把他们弄到叉车边,铐在叉车上,不让他们打电话。然后你把自己铐起来。"

"两个吗?"他说,"小心,应该是三个。"

说话时,托马索的枪所射出的麻醉飞镖已经飞出,在水银灯下划出一道银光,射到了史达琳的背上,颤抖着。她转过身来,立即感到晕眩,眼前一黑,想找出敌人,看见了草料堆上的枪口,便开枪打去,一枪,一枪,一枪,又一枪。托马索从草料堆边上往后一滚,碎片草茎扎着他的背,蓝色的枪烟向灯光升去。她在视觉消失之前又开了一枪,还想在身后取弹仓,但双腿已经软了。

喧闹似乎进一步激动了猪群。猪群看见人躺在地上,垂涎起来,吱吱地叫着,吭吭地哼着,在栅栏门边挤来挤去。

史达琳身子往前倒了下去,枪膛大开、里面空空的枪掉到了地上。卡洛和皮耶罗抬头看了一眼,接着两人一起笨拙地爬着,往莫格里和他的手枪与手铐钥匙爬去,像一只大蝙蝠。托马索在草料堆上扳着气枪。他还有一支麻醉箭。这时他站起身子,往草堆边走,在枪管后寻找着叉车背后的莱克特博士。

托马索来了，沿着草堆边走着，无处可以躲藏。

莱克特博士抱起了史达琳，迅速往荷兰门退去，努力让叉车留在托马索和他俩之间。托马索还得注意脚下，小心翼翼地走在草料堆边。托马索开枪了，飞镖对着莱克特博士的胸膛射来，却射中了史达琳的小腿骨。莱克特博士拉开了荷兰式上下门的门闩。

皮耶罗狂乱地抓住了莫格里的钥匙链。卡洛急忙去抓枪，猪群却冲了上来。卡洛总算拿到.357枪，开了一枪，一只猪倒下了。别的猪从死猪身上跑过，向卡洛、皮耶罗和莫格里的尸体冲去。有的则继续往前跑出仓库，钻进了黑暗。

猪群冲过时，莱克特博士抱着史达琳站在门边。

草料堆上的托马索看见他的哥哥趴在地面，瞬息间便成了一摊血糊糊的猪食。他把枪扔在了草堆上。莱克特博士身体挺直，像个舞蹈家，抱着史达琳，从大门后走了出来。他赤着脚出了仓库，穿过猪群，在仓库里经过了攒动的猪背和摊摊血迹。两只大猪，其中一只是怀孕的母猪，在他面前站住了，低下头准备进攻。

莱克特博士面对着它们，两头猪嗅不到畏缩的气味，便朝地上容易到嘴的东西跑去。

莱克特博士发现屋里没有人增援，来到防火路的树下，立即站住，从史达琳身上拔出了飞镖，吮吸起伤口来。小腿骨上那根针在骨头上撞弯了。

猪在附近的树林里奔跑。

他脱掉史达琳的靴子，穿到自己的赤脚上。紧了一点。他让那支.45枪留在她的靴子里，这样他扛着她取用也方便。

十分钟后，大门的门卫听见遥远处有声音，从报纸上抬起头来一看，一阵空气被划破的噪声传来，像是活塞引擎战斗机在进行低空扫射。那是一辆5.0升的野马车，以每分钟5 800圈的转速拐上了州际立交桥。

87

梅森哭着叫着要回自己的屋子。当年在野营时,一些小男孩和小女孩跟他打架,他勉强占了点上风,用自己的体重压倒了对方时,也是这么又哭又叫的。

玛戈和科德尔把他弄上了侧翼建筑的电梯,在床上安顿好,给他接通了长用电源。

梅森的愤怒程度是玛戈平生所没有见过的。他只有骨头的脸上血管跳动着。

"我还是给他点东西的好。"两人出门进了游戏室,科德尔说。

"还不到时候,得让他想一会儿。把你本田车的钥匙给我。"

"干吗?"

"得有人到那儿去看看是不是还有人活着。你愿意去吗?"

"不,但是——"

"我可以开你的车到饲料室去——货车太大,进不去。把钥匙给我,他妈的。"

托马索此刻已经下了楼,走在车道上,正从树林那儿穿过空地,还在回头看。

思考思考，玛戈。她看看表，八点二十分。到半夜科德尔的人要来换班，还有时间用直升机从华盛顿弄人来处理善后。她过草地时在托马索旁边停了下来。

"我想赶上他俩，却叫猪撞开了。他——"托马索用手势表示莱克特博士抱起史达琳，"——女的，开车。车的声音很大，走掉了。她有 due（两把）——"他举起两个指头，"——freccette（枪）。"他指着自己的背和腿。Freccette, dardi（枪，飞镖）。举起，嘣！"Due freccette（两把枪）。"他做出打枪的手势。

"飞镖。"玛戈说。

"飞镖，大概 narcotico（麻醉药）太多。她死了，大概。"

"上车，"玛戈说，"我们得去看看。"

玛戈开进了史达琳进仓库时走的那道双扇门。到处是吱吱叫着、吭吭哼着、拱来拱去、鬃毛倒竖的背脊。玛戈按着喇叭把猪赶了回去，看见了三个人的残骸，一个也认不出来了。

他俩开车进了饲料室，在身后关上了门。

玛戈考虑道：除了科德尔以外，托马索是在仓库见过她的最后一个幸存者。

托马索也可能考虑到了这一点，跟她保持了一个谨慎的距离，一双聪明的黑眼睛盯住她的脸，脸上有泪痕。

想一想，玛戈。你不能够因为这些撒丁岛人惹出麻烦。他们只知道是你在管钱，转瞬之间就会出卖你的。

她的手伸到了背后，托马索的目光紧随着那手。

取出的是手机。她拨了撒丁岛，斯托本的银行家在家，那儿是早上两点半。她对他简单地说了几句，把电话递给了托马索。他点头，回答，又点头，把手机还给了她。钱已经是他的了。他匆匆跑上草料楼取了背包和莱克特博士的外衣和帽子。他收拾东西时玛戈拿起了赶畜生的电棍，试了试电流，装进了袖子。她还拿了马掌匠的锤子。

88

托马索开着科德尔的车,在屋子边让玛戈下了车。他打算把那辆本田长期存在杜勒斯国际机场。玛戈答应他把皮耶罗和卡洛的遗体尽可能地埋葬好。

他觉得有什么话要告诉她。他鼓起劲,调动好了他的英语。"Signorina(女士),猪,你得明白,猪帮助了Dottore(博士)。它们给他让路,围了一圈。猪杀了我哥哥,杀了卡洛,但是见了莱克特博士就让开。我觉得它们崇拜他。"托马索画了个十字,"你别再追莱克特博士了。"

以后他在撒丁岛活了许多年,一直就像那样说着莱克特博士。到托马索六十多岁的时候,他还在说,莱克特博士是扛着那女人,叫一群猪背出去的。

汽车沿着防火道开走了,玛戈停了几分钟望着梅森亮着灯光的窗户。她看见科德尔映在墙壁上的影子在梅森身边忙碌,在给她哥哥的呼吸和脉搏换监视器。

她把马掌匠锤子的柄塞进了屁股后面的裤兜里,用外衣下摆挡住。

玛戈下了电梯,科德尔正抱着枕头从梅森屋里出来。

"科德尔,给他弄一杯马提尼酒。"

"我不知道——"

"我知道。给他弄一杯马提尼酒。"

科德尔把枕头放在情人椅上,在吧台的冰箱前跪下了。

"里面有饮料吧?"玛戈说,走近了他身后,挥动锤子对准他后脑根狠狠砸去。只听见啵的一声,科德尔的头冲冰箱撞了过去,又碰了回来,身子倒到地上,眼睛大睁着,望着天花板,一个瞳孔放大了,另外一个却没有。她把他的头侧转放在地板上,又一锤砸下去,把太阳穴砸陷了一英寸。黏稠的血从他的耳朵眼流了出来。

她毫无感觉。

梅森听见房间的门开了,戴着护目镜的眼睛转动着。光线柔和,他睡着了一会儿。海鳝也在岩石下面睡着了。玛戈高大的身躯塞满了门口。她在身后关上了门。

"嗨,梅森。"

"下面怎么样了?你怎么去了那么久?"

"下面的人全死光了,梅森。"玛戈来到他的床边,从梅森的电话上摘掉了电线,扔到地上。

"皮耶罗、卡洛和约翰尼·莫格里都死了。莱克特博士跑掉了,把史达琳那女人也带走了。"

梅森诅咒时牙齿间冒着白沫。

"我给了托马索钱,打发他走掉了。"

"你怎么????你这个混蛋、白痴、狗娘养的。现在你听着,我们要收拾残局,重新再干。我们还有个周末,不用担心史达琳看见什么。她既然落在了莱克特手里,那也就跟死了一样。"

玛戈耸耸肩。"她在那里可没有见到我。"

"立即跟华盛顿联系,叫四个他娘的混蛋来,打发直升机去。让他们来收拾——让他们来收拾——科德尔!来呀!"梅森对着他的管子吹着。玛戈一把推开了管子,向他弯下身子,望着他的脸。

"科德尔不会来了,梅森,科德尔死了。"

"什么?"

"我在游戏室里把他杀死了。现在,梅森,你得把你欠我的东西给我。"她竖起了他床边的栏杆,抓起他那一大盘打成辫子的头发,扯掉了盖在他身上的东西。他那两条小小的腿并不比面卷粗。他的手,他能够移动的仅有的肢体,对着电话晃动着。那有硬壳的呼吸器发出有节奏的噗噗声。

玛戈从口袋里取出一个不会杀死精子的避孕套,拿到他面前让他看了,然后从袖子里取出了电棍。

梅森在他的呼吸容许时号叫起来,是驴子样的一串嗷叫。但是半分钟就完了,而且非常成功。

"你死定了,玛戈。"梅森这话在玛戈听来像是"阿二哥"。

"啊,梅森,我们都死定了,你难道还不知道?但是这东西却不会死。"她说,用她的夹克衫保护着她那温暖的容器,"它们在摇着尾巴,我现在就让你看看它们是怎么摇的——看一看,说一说。"

玛戈从鱼缸边抓起带刺的捉鱼手套。

"我可以接受朱迪,"梅森说,"让她做我的继承人,我们可以搞个财产托管文件。"

"我们肯定可以做到。"玛戈说着从养鱼池捉起一条鲤鱼。她从起坐区搬来了一把椅子,爬上去,揭开了巨大的鱼缸的盖子。"但是我们不干。"

她抓住鲤鱼的尾巴把巨大的胳臂伸到水里的洞穴边。海鳝出现时,她那巨大的手掌又一把揪住了它的后部,拉出了水面,举过了自己的脑袋。那遒劲的海鳝摆动着。它跟玛戈差不多一样长,很粗大,色彩斑斓的皮闪着光。她伸出另一只手抓紧了海鳝。海鳝挣扎时,她用带钩的手套扎进它的肉里,揪紧不放。

她小心地走下椅子,抓住海鳝来到梅森面前。海鳝的脑袋像把螺杆切刀,牙齿嗒嗒地响着,像在打电报。那牙有倒钩,什么鱼都逃不掉。

她把海鳝往梅森的胸口上一搁,让它搭在呼吸器上,然后一只手揪住海鳝,一只手拿梅森的辫子一圈又一圈地缠紧它。

"摇尾巴呀,摇尾巴呀,梅森。"她说。

她一手抓住海鳝头的后部,另一只手扳着梅森的下颌,要强迫其张开。她把全身重量都压到了他的下巴上。梅森使尽了全身力气咬紧了牙,却终于嘎嘎地、嗒嗒地张开了。

"你也应该吃点巧克力。"玛戈说着把海鳝的嘴塞进了梅森的嘴里。海鳝用剃刀一样锋利的牙咬住了他的舌头,像咬住一条鱼一样,死死不放,死死不放。它的身子叫梅森的辫子缠住了,拍打着。鲜血从梅森的鼻子里喷了出来,他快窒息了。

玛戈把他俩——梅森和海鳝一起扔下了。鲤鱼在鱼缸里独自转起圈来。她在科德尔的桌子边镇定了一下,望着监视器,直到梅森不再动弹。

她回到梅森的屋子时海鳝还在摆动,呼吸器还在起伏。在它把带血的泡沫从梅森的肺里吹出时,也灌胀了海鳝的气鳔。玛戈在鱼缸里涮了涮电棍,放进衣兜。

玛戈从衣兜的袋里取出莱克特博士那一撮带皮的头发。她用梅森的指甲从那头皮上刮下一点血。这是很不稳定的工作,因为海鳝还在拍打。然后她把那头发卷在他手指上。最后,她还把一根头发塞进了一只捉鱼手套里。

玛戈走了出去,对死去的科德尔看也没看一眼。她把那温暖的战利品塞在能够保暖的地方,回到朱迪身边去了。

第六部

长 勺

因此,你要想跟魔鬼吃饭,
就得要预备一把长勺。
——G.乔叟,《坎特伯雷故事集》

89

克拉丽丝·史达琳躺在大床上,昏迷不醒,身上盖着亚麻布被单和棉被。她穿着丝绸睡衣,双臂放在被窝面上,但是被丝围巾固定住,保护着手背上贴住静脉滴注针头的蝴蝶胶布,不让她去摸脸。

屋子里有三个光点,灯罩压得很低的灯光和莱克特博士望着她时瞳孔正中那两个针尖大的红光。

他坐在圈手椅上,几根指头顶着下巴。过了一会儿他站了起来,替她量了血压,又用一只小电筒检查了瞳孔。他伸手到被窝里摸到了她的脚,拉了出来,用钥匙尖刮了刮脚底,同时密切观察着她的反应。他轻轻地抓住她的脚,站了一会儿,好像抓住的是一只小动物,显然堕入了沉思。

他从麻醉剂的制造商那儿获悉了麻醉药的成分。由于击中史达琳的第二枚飞镖射在了胫骨上,他相信她没有中双倍麻醉剂的毒。他为她极其小心地使用着解毒药。

在给史达琳用药的间隙,他用一本大拍纸簿做着计算。那纸上写满了天文物理和粒子物理的符号。他在线性理论方面做了反复的努力,能跟得上他的少数几位数学家可能会说他的方程式开始得很精彩,其后却难以为继,注定了要失败,因为那是一厢情愿。莱克特博士想让时间倒流——不能让越来越增加的熵指明时间的流向,而要让越来越多的有序来指明流向。他那火热的计算背后是一种迫切的要求:在这个世界上给米莎寻求一席之地,也许那就是克拉丽丝·史达琳现在所处的地方。

90

麝鼠农庄游戏室的清晨，黄色的阳光。玩偶动物的纽扣眼睛望着此刻用布盖着的科德尔。

尽管已是仲冬，一只绿头苍蝇已发现了尸体，在尸布被血浸透的部分爬来爬去。

如果玛戈·韦尔热早知道让媒体蜂聚的杀人案会给主要有关人员带来心惊胆战的日子，她就不会把海鳝塞进梅森的喉咙里去了。

她的决定是对的：她一直躲起来没动，静候风暴吹过，并不去麝鼠农庄收拾残局。梅森等人被杀时没有一个活着的人在麝鼠农庄见过她。

她编的故事是，半夜换班的护士给她打电话惊醒她时，她还在跟朱迪合住的房间里；她来到现场时警局的第一批人员已经到了。

警局的侦探克拉伦斯·弗兰克斯侦探看上去还年轻，双眼长得太近，但是不像玛戈想象的那么糊涂。

"不是每个人都能够乘电梯上来的，得有钥匙，对吧？"弗兰克斯问她。侦探跟她同坐在情侣座上，两人都有点尴尬。

"我看是的,如果他们是乘电梯上来的话。"

"'他们',韦尔热女士?你认为不止一个人吗?"

"我不知道,弗兰克斯先生。"

她已见到她哥哥的尸体还跟海鳝连成一体,叫被单给盖住了。有人已拔掉呼吸器的插头。犯罪学专家们正在从鱼缸里取水样,从地面上取血样。她能看见梅森手上那块莱克特博士的头皮,可警察还没有注意到。在玛戈眼里,犯罪学家们都稀里糊涂的。

弗兰克斯侦探忙着往本子上记笔记。

"他们知道那些可怜的人是什么人吗?"玛戈说,"这些人有家吗?"

"我们正在查,"弗兰克斯说,"我们有三件武器可以追查。"

实际上警局并不确切知道仓库里死了多少人,因为猪群把残肢断体都拖到密林深处,准备以后享用去了。

"在调查过程中我们可能会要求你和你的——你的老朋友进行一次实验,一次测谎器实验。你会同意吗,韦尔热女士?"

"弗兰克斯先生,为了抓住凶手我是什么事都愿做的。你有问题就请提出来好了。我应该找家庭律师谈谈吗?"

"如果你没有隐瞒什么,就用不着了,韦尔热女士。"

"隐瞒?"玛戈设法挤出了眼泪。

"对不起,这类问题我不能不问,韦尔热女士。"弗兰克斯把手放到她硕大的肩头上,停止了追问。

91

史达琳在昏暗中清新的空气里醒了过来,以某种原始的感觉意识到自己是在海岸附近。她觉得全身上下从里到外都酸痛,然后又昏迷了过去。第二次醒来时有一个声音正在对她轻柔地说着话,并递给她一个温暖的杯子。她喝了,味道很像马普的奶奶寄来的药茶。

白天和晚上又过去了。屋里有鲜花的馨香,有一回她还隐约觉得针刺。恐惧和痛苦的残余像在远处爆炸的焰火一样砰砰啪啪地响,但是不在身边,从来不在身边。她在"龙卷风眼中的花园里"[①]。

"醒了,醒了,静静地醒过来了,在一间愉快的房里。"一个声音在说话。她依稀听见了室内音乐。

她觉得非常清爽,皮肤上有薄荷香,一种香膏散发着愉快、安慰、沁人心脾的温暖。

史达琳睁大了眼睛。

---

① 此句是约翰·查尔迪 (1916—1986) 的一首诗的标题。

莱克特博士平静地远离她站着,跟她第一次见到他站在牢房里时一样。我们现在已经习惯于看见他不戴手铐了,看见他自由自在地跟别人在一起也不觉得毛骨悚然了。

"晚上好,克拉丽丝。"

"晚上好,莱克特博士。"她跟着他说,并不知道是早上还是晚上。

"你现在如果还觉得不舒服的话,那是你摔倒时受的伤,会好起来的。不过我想确认一件事,你能够望着这个光吗?"他拿了一只手电筒向她走来。莱克特博士身上有一股上等黑呢衣料的香味。

他检查她的瞳孔时,她尽力睁着眼睛。然后,他走到了一旁。

"谢谢你。这儿有间很舒服的浴室,就在里面。你想不想试试脚力?你的床边就是拖鞋,恐怕我当时只好暂借你的靴子穿穿了。"

她已经醒了,却又迷糊。浴室确实很舒服,有着一切令人舒适的设备。在随后的日子里她在那里多次长久地浸泡。但她对自己在镜子里的形象却不感兴趣,它跟自己太不一样。

92

一连好几天的闲谈,有时听着自己说话,有时不明白是谁在说话。那人对她的思想怎么这么了解?一连多少天的睡眠,浓酽的肉汤和菜肉蛋卷。

莱克特博士有一天说:"克拉丽丝,你一定已经厌倦了睡衣和袍子了。小房间里有些东西你也许会喜欢穿。"他又用同一种声调说:"你要是想要的话,你个人的东西我都放在最上面一层的抽屉里了,手袋、枪和皮夹子都在。"

"谢谢你,莱克特博士。"

小房间里有各式各样的衣服:连衣裙,裤套装、领上有许多珠子闪着微光的长袍,还有令她高兴的开司米裤和套头衫。她选了一件褐色的开司米和鹿皮靴。

她的皮带和雅基人的滑动装置在抽屉里,.45枪已经丢失,但是皮包旁边她的踝部枪套还在,里面是她的短管.45自动手枪,弹匣里装满了硕大的子弹,枪膛却空着,她当初就是这么戴在腿上的。靴刀也在,在刀鞘里。手袋里还有车钥匙。

史达琳是她自己，又不是她自己了。她在为已经出现的事件感到迷惘时好像成了个旁观者，从远处观察着自己。

莱克特博士带她去看她的车。她看见车在车库里很高兴。她看了看雨刮器，决定把它换掉。

"克拉丽丝，你认为梅森是用什么方法跟踪我们到超市的？"

她对着车库天花板望了一会儿，想着。

她只用了两分钟就找到了那根在后座跟行李架之间横过的天线，再顺着天线找到了隐藏的发射器。

她把它扭了下来，抓住天线像抓住耗子尾巴一样拿进了屋里。

"很漂亮，"她说，"很新。安装得也不错。我肯定上面有克伦德勒先生的指纹。你能够给我一个塑料袋吗？"

"他们会不会用飞机来搜索这东西？"

"现在已经关掉了。除非克伦德勒先生承认自己使用了它，否则是不会用飞机来搜索的。而他并没有承认，你知道。但是梅森却可能用直升机来搜查。"

"梅森已经死了。"

"唔——"史达琳说，"你给我弹点音乐好吗？"

93

杀人事件后的几天，克伦德勒时而心烦意乱，时而心惊胆战。他安排了马里兰州联邦调查局当地办事处向他直接汇报。

他有理由相信自己是安全的。他不怕清查梅森的账目，因为那笔钱在开曼岛从梅森转到他账户上的手续可以说衔接得天衣无缝。但是梅森一死，他那雄心壮志却再也没有人赞助了。玛戈·韦尔热知道他那款子的事，也知道他泄露了联邦调查局有关莱克特博士案件的机密，但是玛戈没有说话。

那个信号发射器的监视器叫他惴惴不安。他是从匡蒂科的器械制造部门取来的，没有签字借出。但是器械部那天的进入人员登记册上有他的名字。

德姆林博士和那个大块头护士巴尼在麝鼠农庄见过他，但他是以合法的身份去的，是去跟梅森商谈追捕莱克特博士的事的。

杀人事件后的第四天下午，大家却都放下心来，因为玛戈·韦尔热为警局的侦破人员放了她家电话留言机上一段新录下的话。

警察们站在寝室里听着那魔鬼的声音,望着玛戈跟朱迪合睡的床欢欣若狂。莱克特博士因为梅森的死而兴高采烈,向玛戈保证说她哥哥死得极为缓慢,极为痛苦。玛戈捧着脸抽泣,朱迪抱着她。最后弗兰克斯把她领出了房间说:"你不用再听第二遍了。"

由于克伦德勒的提示,电话留言磁带被送到了华盛顿,声音检测确认了打电话的人就是莱克特博士。

但是最叫克伦德勒宽慰的却是第四天晚上的电话。

打电话的不是别人,而是伊利诺伊州的联邦众议员帕顿·费尔默。

克伦德勒只跟众议员说过几次话,却是在电视上熟悉他的声音的。他来电话一事本身就是一种保证。费尔默是国会司法小组委员会委员,是个引人注目的势利角色;如果克伦德勒出了问题他早就已经飞走了。

"克伦德勒先生,我知道你跟梅森·韦尔热很熟。"

"是的,先生。"

"哼,那事真他妈的丢脸,那个狗娘养的虐待狂割掉了梅森脸上的肉,毁了他的一生,又回来杀掉了他。我不知道你是否知道,我的一个选民也在那场悲剧里死掉了。约翰尼·莫格里,在伊利诺伊州为人民执法多年。"

"不,先生,我不知道,对不起。"

"问题在于,克伦德勒,我们得干下去。韦尔热家用于慈善事业的遗产和他们对公共政策的关心还要继续下去,这比一个人的死亡重要得多。我跟二十七选区的好些人和韦尔热家的人都谈过。玛戈·韦尔热向我谈了你为公众服务的兴趣。很不寻常的女人,极其务实,我们马上就要见面坦率平静地商谈我们明年十一月的计划。我们想让你参加到委员会里来。你认为你能来参加吗?"

"能,议员,肯定能。"

"玛戈会给你打电话告诉你细节的,就在几天之内。"

克伦德勒放下了电话,全身如释重负。

对联邦调查局来说,在仓库里发现的.45手枪是个颇大的疑团。那枪登记在死去的约翰·布里格姆的账上,现在又查明是克拉丽丝·史达琳的财产。

史达琳被列入了失踪人员名单,但没有被当作绑架处理,因为没有活着的人看见她被绑架。她甚至还不是个在值勤过程中失踪的特工。史达琳是个停职的特工,没有人知道她的下落。上面为她的车发了一个通报,通报了车牌号码和登记证号码,但是对车主的身份没有特别强调。

绑架案对于执法力度的要求要比失踪案大得多。这种分类法使阿黛莉亚·马普大为光火。她给局里写了一封辞职信,后来一想,又觉得还是在内部等待和做工作好些。马普发现自己一再到史达琳那半边的房子里去找她。

马普发现VICAP和全国犯罪资料中心有关莱克特博士的资料滞后得叫人发疯,只做了一些琐碎的增补:意大利警局终于找到了莱克特博士的便携式电脑——警察拿它到娱乐室去玩"超级玛丽"去了。调查人员按下第一个键时,电脑的全部资料都自动洗干净了。

自从史达琳失踪以后,马普把她所能找到的有影响的人全都找过了许多遍。

她反复给杰克·克劳福德家打电话,却没有回音。

她给行为科学处打电话,人家说克劳福德因为胸痛还在杰佛逊纪念医院。

她没有给医院打电话。克劳福德是史达琳在局里的最后一个守护天使。

94

史达琳没有时间意识,许多个日日夜夜里都是闲谈。她听见自己连续多少分钟说个不停,也听见别人说话。

有时她听见自己那些朴素的吐露也会嘲笑自己,那些话在正常情况下是会叫她震惊的。她告诉莱克特博士的东西常常令她自己意外,但那都是真心话。莱克特博士也说话,声音低而平淡,表示出兴趣和鼓励,却从不惊讶,也不责备。

他告诉她他的童年和米莎。

有时他俩同时望着一个明亮的光点开始谈话,屋子里几乎总是只有一个光源。只是那光亮的东西每天不同。

今天他们从一把茶壶一侧的高光开始,但是随着谈话继续,莱克特博士似乎意识到他们已经来到了她心里一个没有开发过的走廊。他也许听见了墙壁那边有巨人在战斗。他用一个银质皮带扣代替了茶壶。

"那是我爸爸的皮带扣。"史达琳像小姑娘一样拍着手说。

"是的。"莱克特博士说,"克拉丽丝,你愿意跟你爸爸谈一谈吗?你爸爸来了。你跟他谈一谈吧?"

"我爸爸来了!嗨!好的!"

莱克特博士把双手放到史达琳头部两侧的太阳穴上,以便在需要时为她提供她父亲的一切。他深深地、深深地望进了她的眼睛。

"我知道你需要独自谈谈,我现在就离开。你望着皮带扣,过几分钟就会听见他敲门的,好吗?"

"好!太好了!"

"好的,只要等几分钟就行。"

最细的针的轻微刺痛——史达琳不曾低头看一眼——莱克特博士离开了屋子。

她望着皮带扣,有人敲门了。坚定的敲击,两声。她的父亲进了屋子,跟她记忆里的父亲一个样:高高的,站在门口,拿着帽子,头发上有水,光溜溜地下垂,就像平时回来吃晚饭时一样。

"嗨,乖乖!你们这儿什么时候吃晚饭?"

他死去以后已经二十五年没有抱过她了,但是在他把她揽过去时,他那衬衫前胸的西部按扣还是那么簌簌地响。他身上有粗肥皂和烟草的气味,她感到他那强大的心脏贴着她的身子在跳动。

"嗨,乖乖,嗨,乖乖,你摔倒了吗?"有一次在院子里,爸爸鼓励她骑一只大山羊,她却被摔了下来,爸爸抱起她时说的就是这话。"你骑得很好,只是那羊掉头太快。来,到厨房里来,看看我们能找到什么东西不。"

她幼年的家里那简陋的厨房桌子上有两样东西,一包玻璃纸包着的雪球糖和一包橙子。

史达琳的父亲打开了那把刀刃断成平头的小刀,剥了两个橙子。橙子皮在油布地板上转着圈。父女俩坐在楼梯后的厨房里的椅子上,爸爸把橙子分成了四份,两人你一瓣我一瓣地吃着。她把橙子籽吐在手里,放在膝盖上。他坐在椅子上显得很长,很像约翰·布里格姆。

她爸爸用一边的牙嚼的时候多些,他侧面的一颗臼齿上镶有白色的金属,四十年代的军队里镶的牙就是那个样。他一笑那金属就闪光。他们吃了两个橙子,又各吃了一个雪球糖,还说了些亲昵的笑话。史达琳已忘了橙子味后那凉丝丝、绵软扯动的美妙感觉。

厨房消融了,两人以成人的身份谈着话。

"你现在干得怎么样,孩子?"问的是个严肃的问题。

"他们在工作中和我过不去。"

"这我知道,是法院那批人,宝贝。他们最坏不过,一声不吭。你从来没有杀过不是非杀不可的人。"

"我相信是的。还有别的事。"

"你在这事上没有撒谎。"

"没有,爸爸。"

"你救了那个婴儿。"

"你说得对。"

"我的确为此感到骄傲。"

"谢谢你,爸爸。"

"宝贝,我得走了。我们以后再谈吧。"

"你不能停留?"

他爸爸把手放到她头上。"我们决不能停留,宝贝。谁也不能想停留就停留。"

他亲了亲她的额头,出了屋子。他高高地站在门口向她招手时,她能看见他帽子上的弹孔。

95

　　史达琳很爱她的父亲,就像我们爱任何人一样,谁若是轻视了她对父亲的怀念,她立即会跟他打起来。但是她在受到重剂量催眠药和催眠术的影响、跟莱克特博士谈话时,却说出了下面的话:

　　"我的确对他非常生气。他怎么非在半夜三更到那药房后面去不可,这就遇见了那两个混蛋,叫他们给杀死了。他那老枪上起子弹来很慢,于是被人杀掉了。那是两个无名小卒,可他败在了他们手上。他不知道自己在干什么,从来不吸取教训。"

　　这话若是出自别人嘴里,她准会打那人耳光。

　　魔鬼在椅子里向后挪了一微米。啊——我们终于说到点子上了。刚才这些女学生式的回忆越来越沉闷了。

　　史达琳想像孩子那样晃荡双腿,但是腿已经太长。"你看,他得到了那份工作就去了,照别人的要求做了,拿了那倒霉的巡夜钟走来走去,然后就死掉了。妈妈洗着他帽子上的血,好给他戴上下葬。谁还会回到我们身边来呢?没有谁。那以后雪球糖就非常少了,我可以说。妈妈和我打扫起汽车旅馆的房间来。人们把湿漉漉的保险套留在床头的小柜上。他因为自己的愚蠢被人杀了,离开了我们。他应该告诉镇上那些笨蛋推掉这工作的。"

这些都是禁止进入她高级神经的东西,是她决不会说出口的话。

从他俩互相认识开始,莱克特博士就奚落她的父亲,把他叫作巡夜的,而现在,他倒成了对她父亲记忆的保护人了。

"克拉丽丝,他一心想的就是你的幸福和快乐。"

"左手是希望,右手是胡闹,就看哪只手先做到。"史达琳说。这句孤儿院里的格言从那张迷人嘴里说出特别叫人倒胃口,但是莱克特博士好像觉得很高兴,甚至受到了激励。

"克拉丽丝,我打算请你和我一起去另一个房间。"莱克特博士说,"你父亲来看过你,你尽力做到了这一点。你看见了,尽管你那么迫切地希望他留下,他还是无法留下。他已经来看过你了,现在该是你去看他的时候了。"

大厅后面是一间客房,门关着。

"等一等,史达琳。"他进去了。

她站在大厅里,手扶着门把手。她听见了擦火柴的声音。

莱克特博士开了门。

"克拉丽丝,你知道你的父亲已经死了。这一点你比任何人都明白。"

"是的。"

"进来看看他吧。"

她父亲的骨殖在一张单人床上整齐地排列着,长骨和肋骨架被一张床单盖住。残骸在雪白的床单下像是一幅浅浮雕,像孩子用雪塑造的一个天使。

她父亲的头骨被莱克特博士海滩上的小海洋动物清理干净了,晒干漂白过,放在枕头上。

"他的星形徽章到哪里去了,克拉丽丝?"

"村里收回去了。他们说要值七美元呢。"

"这就是他。现在整个的他就在这儿,是时光消磨的残余。"

史达琳望了望骨头,转身离开了房间。这不是撤退,莱克特博士没有跟着她去,只在昏暗里等着。他不担心,他用他那和被捆在桩上的山羊一样灵敏的耳朵听见她抽泣着回来了。她手上有个金属的东西在发亮,是个徽章,约翰·布里格姆的盾形徽章。她把徽章放在床单上。

"一个徽章对你能有什么意义,克拉丽丝?你在仓库里就射穿过一个。"

"徽章对他意味着一切。他就知道这东西。"她的嘴角一耷拉,最后的字变了音。她拿起她父亲的头骨坐到了另一张床上,眼里热泪涌起,顺着面颊直淌。

她像个小娃娃一样捞起衣襟擦着脸哭了起来,痛苦的泪珠滴到膝盖上父亲的颅骨顶上,嗒嗒地空响着。头骨上那颗镶过的牙闪着光。"我爱我爸爸,他对我能有多好就有多好。跟他在一起的日子是我一辈子最快活的时光。"这话是真的,发泄出愤怒后还同样地真。

莱克特博士递给她一张纸巾,她只抓在手里,莱克特博士只好自己给她擦了脸。

"克拉丽丝,我要把你留在这里,跟遗骨在一起。是遗骨,克拉丽丝,哪怕你把你的苦痛嘶叫迸进了他的眼眶里,也是得不到回答的。"他把双手放到她的脑袋两侧,"你应该从你父亲那儿学会的东西在这儿,在你的脑袋里,它要受你的判断支配,而不是受他的支配。我现在要离开你了。你需要蜡烛吗?"

"要,谢谢。"

"你出来时只拿你需要的东西。"

他在休息室的壁炉火光前等着,弹着他的泰勒明电子琴打发时光,在电子场上运动着他的空手,创造出音乐。他挥动着曾经放在史达琳头上的双手,好像现在在指挥着音乐。他还没有弹完,便意识到史达琳已在他的身后站了好一会儿。

他对她转过身去时,她温和而凄凉地微笑着,手上没有拿东西。

莱克特博士一直在寻找模式。

他明白,史达琳跟一切有知觉的生物一样,从幼时的经验建立起模式,凭借它的框架来理解以后的见闻。

多年前他跟她隔着疯人院的栅栏谈话时,就已经为她找到了一个重要的模式。她寄养家庭的牧场上对羔羊和马的宰杀,羊和马的苦难给她打上了印记。

她对詹姆·伽姆偏执的、成功的追捕,其动力就是解救伽姆的俘虏脱离苦难。

而她之所以要把他莱克特博士从酷刑下解救出来,也是出于同一个理由。

好的,模式化的行为。

莱克特博士永远在寻求着不同环境下的模式。他相信史达琳在约翰·布里格姆身上看见了她父亲的优秀品质——而不幸的布里格姆不仅具有了她爸爸的道德,而且被赋予了乱伦的禁忌。布里格姆,也许还有克劳福德,都具有她父亲的优秀品质。那么恶劣品质在谁身上呢?

莱克特博士搜查着这分裂模式的其他部分。他使用催眠药和催眠技术在克拉丽丝·史达琳的个性里发现了结实顽梗的疙瘩,像树木的节子,还凝结着松香一样易燃的旧恨。

他遇见了那些明亮的无情的画面,多少年了,但还精心保存着,连细节都还清楚,把积郁的愤怒送进史达琳的脑子,有如圆团积云里的闪电。

那画面大部分围绕着克伦德勒。在克伦德勒手下切身体会到、感受到的冤屈而产生的怨恨上都带着对父亲的愤怒,尽管那是她永远永远也不会承认的。她不能原谅她父亲的死。他离开了一家人；他再也不在厨房削橙子皮了；是他把妈妈赶去跟厕所里的刷子和水桶为伍。他再也不拥抱史达琳了——那时他强大的心怦怦地跳，就像她跟汉娜逃进黑暗里时，汉娜的心跳一样。

克伦德勒是失败与挫折的邪神，可以指责，但是可以公开反抗吗？难道克伦德勒、上司和禁忌就有权打击史达琳，让她过在莱克特博士看来是低声下气的日子吗？

莱克特博士还从一个迹象看出了希望：史达琳身上虽然有警徽的印记，却仍然打穿了警徽，打死了佩戴警徽的人。为什么？因为她已确认那佩戴警徽的人是罪犯，对他进行了超前审判，驳斥了警徽上铭刻的星的标志，决心行动了。这是一种潜在的弹性。大脑皮层的判断。那是否意味着在史达琳的身上可以存在米莎呢？或者那是否仅是史达琳必须让出的地方的另一个优良品质呢？

96

巴尼已经回到慈善医院去值班,住回了巴尔的摩的公寓。他上的是下午三点到晚上十一点的那一班。在回家路上,他到咖啡馆喝了一碗热汤,回到公寓打开灯时已经差不多半夜了。

阿黛莉亚·马普坐在他厨房的桌子边,拿一支黑色的半自动手枪对准他的面孔。巴尼从枪口的洞孔判断那是一支.40口径的枪。

"坐下,护士。"马普说。她的声音嘶哑,黑暗的瞳孔周围的眼球是橘红色的。"把你的椅子拉到那边去,往后斜靠在墙上。"

比那吓人的大口径玩意叫他更加害怕的是她面前餐具垫下的另外一支枪。那是一支科尔特乌兹满型.22枪,枪口上有一个用胶带固定的塑料饮料瓶,作为消声器。

巴尼的重量压得椅子嘎嘎地响。"万一椅子腿断了可别开枪,那不能怪我。"

"你知道克拉丽丝·史达琳的什么情况吗?"

"不知道。"

马普抓起小口径枪。"我可不是在跟你闹着玩,巴尼,只要我一看出你是在撒谎,护士,我就打断你的腿,你信不信?"

"我信。"巴尼明白这是真话。

"我再问你一次,你是否知道有什么办法,可以帮助我找到史达琳的下落?邮局说有一个月的时间你让他们把你的邮件转到梅森·韦尔热那里。那是什么花头,巴尼?"

"我在那里工作,照顾梅森·韦尔热。他问了我有关莱克特博士的一切问题。我不喜欢那工作就辞职了。梅森这人非常混蛋。"

"史达琳不见了。"

"我知道。"

"说不定是莱克特博士抓走了她,说不定是给猪吃掉了。他如果抓住了她会拿她怎么办?"

"我跟你说实话——我不知道。但只要可能,我都是会帮助史达琳的。为什么不呢?我有点喜欢她,她还帮我摆脱过干系。你看看她的报告、笔记,或是——"

"我看过了。我要你明白一件事,巴尼,这种机会我只给一次。你要是知道什么情况最好是现在就告诉我。只要我查出来你有所保留,不管在多久以后,我都会回来找你,这支枪就会是你最后看见的东西了。我会毙了你这个丑八怪,你信不信?"

"信。"

"你知道什么吗?"

"不知道。"那是他所记得的最长的沉默。

"坐在那儿,等我走了再动。"

巴尼费了一个半小时的时间才睡着。他躺在床上望着天花板,他那宽得像海豚的额头一时流汗一时干。他想着会来找他的人。在关灯以前他去了浴室,从他的军用箱里取出了一面不锈钢剃须镜,是海军陆战队发的。

他进了厨房,打开了墙壁上的一个配电箱,用胶带把镜子贴在配电箱的门里面。

他所能够做的也就如此了。他睡着后像狗一样抽搐着。

下一次下班时,他从医院带回了一个小塑料箱。

97

莱克特博士既然要保留德国人房里的设施不动,所能做到的也不过如此了。花朵和屏风很有用。在厚重的家具和高峻的阴暗之中色彩总引人注意。那是一种古老而醒目的对比,有如一只蝴蝶停在了套着铁甲的拳头上。

他那不在家的房主显然偏爱丽达和天鹅的故事,有不少于四种质地的不同的青铜器描述着故事的几个环节。其中最好的一个是多那太罗雕塑的复制品。还有八幅画。其中一幅莱克特博士最为欣赏,是安妮·欣格顿的作品,有着天才的解剖学的表达以及一些炽烈的真情。别的画他都用帷幕遮住了。房主收藏的那批惊人的青铜狩猎用具也用帷幕遮住了。

莱克特博士一大早就仔细摆好了三个人的餐具,再把手指尖放在鼻子旁边从不同的角度端详。他两次换了烛台,又把锦缎垫子改成了打折的桌布,让那椭圆形的餐桌显得更加妥帖。

暗淡严峻的餐具橱上摆了高高的瓶罐和明亮的铜火炉,不再那么像航空母舰了。实际上莱克特博士还拉出几个抽屉,在里面放上了鲜花,造成了花园里花枝低垂的效果。

他明白屋子里花朵已经太多,却还得增加些花让它恢复正常。太多是太多,但是再加上一些反而恰到好处了。他为餐桌安排了两处鲜花:银盘里是一座牡丹的小山,白得像雪球糖。还有高高的一大蓬爱尔兰铃兰、荷兰鸢尾和鹦鹉郁金香,遮去了餐桌的很大一部分,造成了一种温馨的环境。

餐盘前摆满晶质玻璃杯碟,仿佛小小的冰雪风暴。但是浅银盘还在加热器里,准备到最后时刻使用。

第一道菜要在桌上准备,因此他安排好了酒精炉、长柄炖锅、调味酱盘和煎炸盘、香料和尸体解剖锯。

他出去时还可以弄到更多的鲜花。他告诉克拉丽丝·史达琳他要出去,史达琳并没有不安。他建议她睡一觉。

98

杀人事件后的第五天。巴尼刮完胡子,差不多已到了上班的时候。他正往面颊上拍酒精,听见有脚步声上楼来了。

坚定的敲门声。玛戈·韦尔热站在门口,手上有一个大手袋和一个小背包。

"嗨,巴尼。"玛戈一副疲惫的样子。

"嗨,玛戈,请进。"

他把她请到厨房里的一把椅子上坐下。"来杯可乐吗?"建议一出口他就想起科德尔是头撞在冰箱上死的,很觉后悔。

"不用了,谢谢。"她说。

他跟玛戈隔着桌子坐下。她像个健美锻炼对手一样望了望他的胳臂,然后看了看他的脸。

"你好吗,玛戈?"

"我觉得不错。"她回答。

"看来你倒是可以无忧无虑,我是说,从我读到的情况看。"

"有时我会想我们谈过的话,巴尼。我觉得也许什么时候会得到你的什么消息。"

他猜测着她那锤子是在手袋里还是在背包里。

"你能得到我的消息的唯一可能是,也许有时我想知道你的情况如何,如果没有问题的话。玛戈,你在我这儿没事。"

"需要考虑的不过是些遗留问题,你知道。我倒没有什么要隐瞒的。"

于是他明白她的精子已经到手。她们要是怀了孕需要宣布,就得担心巴尼捅娄子了。

"我认为韦尔热的死是上帝的礼物,对此我并不讳言。"

她说话的速度告诉巴尼她在积聚着力量。

"也许我想喝杯可乐。"她说。

"我在给你取可乐之前先让你看个东西。相信我,我能让你放心,而且不用你破费。只一会儿工夫,等一等。"

他从柜台上的工具箱里取了一把螺丝刀,取时身子可以侧对玛戈。

厨房墙壁上有两个装有断路器的配电箱。实际上,在这旧楼里,一个已经替代了另一个,现在只有右边的一个还在使用。

巴尼来到了配电箱边,这时他只好背对着玛戈了,可他立即打开了左边的配电箱,那箱子门里贴有镜子。玛戈的手伸进了大手袋,伸进去却没有拿出来。

巴尼取下了四颗螺丝钉,把断了电源的断路器板子捧了出来。板子后面的墙壁里是一个空当。

巴尼小心翼翼伸进手去,取出了一个塑料袋。

他取出塑料袋里的东西时,听见玛戈长出了一口气。那是一个有名的残忍的面甲——是在州立巴尔的摩犯罪精神病人医院里为了不让莱克特博士咬人给他戴上的。这是他所收藏的莱克特博士纪念品宝藏里最有价值,也是最后的一个。

"哇!"玛戈说。

巴尼在灯光下把面甲倒扣在桌面的一张蜡纸上。他知道莱克特博士从不曾被允许清洁自己的面甲,面甲口部内侧的干唾液结成了片;皮带连接面甲的地方有三根头发也被卡住连根拔了下来。

他瞟了玛戈一眼,玛戈暂时没问题。

巴尼从厨房架子上取下了一只小塑料箱,里面装着棉签、消毒水、纱布和干净瓶子。

他用根蘸湿的棉签非常仔细地擦下了唾液片,放到一个丸药瓶里,又把那几根头发从面具上扯下来,放进了第二个瓶子。

他用拇指在两张胶纸的黏着面上摁了摁,每次留下一个清晰的指纹,再用这两张胶纸把两个瓶盖贴紧在瓶子上,把瓶子装在塑料袋里,递给了玛戈。

"假定我遇见了麻烦而且又昏了头,想把问题往你身上推——假定我为了否定对我的什么指控,对警察捏造了你的什么故事,这儿就是你的物证。它说明我至少参与了谋杀梅森·韦尔热,或者他就是我一手杀的。至少我为你提供了DNA。"

"在你告密之前你可能会得到豁免。"

"同谋罪可能豁免,但参与一桩大肆炒作的谋杀却豁免不了。他们可能会答应让我在同谋上得到豁免,但到确认我参与了杀人之后就不会客气了,我这辈子就完了。这东西现在就捏在你手里。"

巴尼对证物没有把握,但认为能起作用。

任何时候有了必要,玛戈都可以把莱克特博士的DNA栽到巴尼的身上去。这一点他俩都知道。

她用她那屠夫式的明亮蓝眼睛望着他,好像望了很久。

她把背包放到桌上。"里面是一大笔钱,"她说,"足够让你看到世界上每一幅弗美尔的画,周游一圈。"她快活得似乎有点晕眩,不大正常。"富兰克林的猫还留在车上,我得走了。富兰克林出院的时候,他跟他养母、姐姐雪莉、一个叫瘦高个儿的人,还有天知道什么人要到麝鼠农庄来。为了弄回那只倒霉的猫我花了五十美元。其实它就在富兰克林老住处隔壁的一家住着,换了个名字。"

她并没有把塑料袋放进手袋,却用空手提着。巴尼估计她是不愿让他看见她在手袋里准备的另一手。

到了门口巴尼说:"你觉得还可以吻我一下吗?"

她踮起脚尖飞快地吻了一下他的嘴。

"这就可以了。"她一本正经地说。她下楼时楼梯在她的重压下吱吱地响。

巴尼锁上门,用头顶住凉悠悠的冰箱,靠了好几分钟。

99

史达琳醒来便听见了远处的音乐声,嗅到了烹饪的香味。她觉得通体舒畅美妙,也很饿。有敲门声,莱克特博士进来了。他穿着深色裤子、白色衬衫,打了一条领巾式领带,给她拿进来一只长长的服装袋和一杯热腾腾的奶酪咖啡。

"睡得好不好?"

"好极了,谢谢。"

"厨师告诉我一个半小时以后开饭,一小时以后上鸡尾酒,行吗?我估计你会喜欢这个的——你看看合不合身?"他把服装袋挂在衣橱里,没有再说话便走掉了。

她用了很长的时间洗完澡,然后才看衣橱,看后非常欢喜。她发现了一件奶油色的细腰晚宴丝袍,胸部和肩头极为裸露,外面套着珠光宝气的短衫。

梳妆台上有一副耳环,带凸圆形翡翠坠子。凸圆的翡翠没有晶面,却熠熠生光。

她头发一向很容易弄,穿上晚礼服觉得身上非常舒服。即使不习惯于这种风格的服饰,她也不曾在镜子里长久地观察自己,只是看了看一切是否到位。

德国房主把壁炉建得特别大。史达琳在大厅里看见一块很大的木头在燃烧,便衣裙窸窣地往壁炉走去。

屋角传来拨弦古钢琴的音乐。莱克特博士打着白领带坐在琴前。

他抬头一眼望见她,便突然屏住了呼吸,双手也停止了演奏,虽然手指还悬在键盘上。拨弦古钢琴没有尾音,大厅里突然鸦雀无声,两人都听见了莱克特博士的下一次呼吸。

壁炉前有两只杯子等着,他忙着准备起那饮料来。利莱酒加一片橙子。莱克特博士递了一杯给史达琳。

"如果我能每天见到你,我将永远记住这个时刻。"他的黑眼睛盯住她的全身。

"你见过我多少回?我指的是我不知道的时候?"

"只见过三回。"

"但是在这儿——"

"这儿就不能够算时间了。照顾你的病时看见你不能够算是影响了你的隐私。那些都记在了病历上。我得承认看见睡着的你是很愉快的。你非常美丽,克拉丽丝。"

"外形不是本质的,莱克特博士。"

"如果美是挣来的,你就永远美丽。"

"谢谢。"

"不要说'谢谢'。"他的头最轻微地一摆已足以把他的不快摆脱,像把一只杯子扔进了壁炉。

"我这是真心话。"史达琳说,"如果我说'你有这样的看法我很高兴',你会觉得更好吗?那话漂亮些,虽然也同样发自内心。"

她举起杯子，没有收回自己的话。

这时莱克特博士忽然明白过来，尽管他了解她，也洞悉了她，却仍然无法完全预见她。他可以喂青虫，可以对蛹密语，但是孵化出来的东西还得随它的本性，他无法改变。他不知道她长袍下的踝部是否还带着那把.45手枪。

克拉丽丝·史达琳对他微笑了。耳环坠子映着火光，魔鬼陶醉于自己优雅的品位和狡黠。

"克拉丽丝，晚宴诉诸味觉和嗅觉这两种最古老的感官，它们最接近心灵的中心，在心灵里占有的地位高于怜悯，而怜悯在我的桌上却没有地位。同时，大脑丘皮层上却出现了礼仪、胜景和宴会的交流，就像灯光照射的教堂天花板上的宗教奇迹画一样，它可能比剧院的演出还诱人得多。"他的脸逼近了她的脸，想读出她眼里的意思。"我要你懂得你给它带来了什么样的财富，也懂得你有些什么权利。克拉丽丝，你最近对着镜子研究过自己没有？我看你没有。我怀疑你从来就没有研究过。到大厅里来吧，到窗户间的镜子前照照。"

莱克特博士从壁炉架上取来了一支烛台。

那高大的镜子是十八世纪的精美古董，略有些模糊，也有些裂纹，是从沃勒维孔特城堡①来的，它见过的景象只有上帝才知道！

"看吧，史达琳，这美丽的幻影就是你的形象。今天晚上你要在一定的距离之外看一看你自己。你会看见什么叫正义，而且你要说真话。你从不缺乏发表自己看法的勇气，但是你却受到了种种制约。我要对你再说一遍，在这桌上没有怜悯的地位。

"如果说出了暂时不愉快的话，你会见到语言的环境可以让它处于枯燥无味与荒唐可笑之间。如果说出了痛苦的真理，那也只是暂时的，它会

---

① 法国巴洛克式居住建筑的杰作之一。

变化。"他喝了一口饮料,"如果你觉得痛苦在你心里开出花来,那花不久也就会开得你宽下心来。你明白我的意思吗?"

"不明白,莱克特博士,但是我记住了你的话。自我改进见鬼去吧,我想美美地吃一顿。"

"美美地吃一顿,我可以给你保证。"他微笑了,那笑会令有些人害怕的。

两人此刻都没有再看那模糊的镜子里的影像,却通过烛台上的烛光彼此望着,而镜子则望着他俩。

"看,克拉丽丝。"

她望着他瞳孔深处那红色的火花,产生了一种儿童快要到达远处市场时的兴奋。

莱克特博士从夹克衫口袋里取出了一支注射器,针头细得像发丝,然后只凭感觉,不用眼睛,把针插进了她的手臂。针头抽出时,一滴血都没有。

"我进屋时你弹的是什么曲子?"她问。

"《若由真爱统治》。"

"很古老吧?"

"亨利八世写的,大约在1510年。"

"给我弹弹怎么样?"她说,"现在把它弹完吧。"

100

两人走进餐厅门时的风吹动了蜡烛和暖锅的火焰。史达琳只在路过时见过餐厅,现在见它变了样,觉得十分美妙、亮堂、诱人。照耀着座位上奶油色餐巾的烛光,在高高的晶质玻璃器皿上反射出光点。鲜花垒成的屏风切割了空间,遮住了桌子的其余部分,使人感到亲切。

莱克特博士在最后时刻才从暖锅里取出银餐具,史达琳试用时,刀把几乎还烫手。

莱克特博士斟好酒,只给了史达琳一点餐前的开胃点心:一个贝隆牡蛎、一点香肠,因为他必须对着半杯酒来欣赏餐桌景色前的史达琳。

他的烛台高低适度,光线照到她礼服裸露的深处,他不必警惕她袖子里藏着什么了。

"我们吃什么呢?"

他举起一个指头放在唇前。"别问,一问就破坏了惊喜。"

两人谈起了乌鸦翎的修剪和它在拨弦古钢琴上的音响效果。她偶然回忆起了那只掠夺她妈妈手推车的乌鸦,那是很久以前在汽车旅馆阳台上的事了。确是很久以前的事了,她认为那段回忆与目前的快乐无关,便有意忘却了它。

"饿了吗?"

"饿了!"

"那我们就上第一道菜。"

莱克特博士从餐具柜边把一个盘子挪到身旁的座位边,再把餐车推到桌前。这儿有他的盘子、炉子和盛着作料的小晶质玻璃碗。

他点燃了炉子。长柄炖锅的作料盘里放了一大块夏朗子奶油。他搅和起来,把油脂熬成了榛色奶油,等它变成榛子色时,便放到桌旁的三脚架上。

他对史达琳笑了笑,他的牙非常白。

"克拉丽丝,你还记得我们谈过的愉快和不愉快的话题,因环境不同而显得滑稽的话题吗?"

"这奶油很香。是的,我记得。"

"你还记得在镜子里看见了什么人吗?那人多么光彩照人!"

"莱克特博士,你如果不介意的话,我要说你这可有点花里胡哨的了。我完全记得。"

"好的,在吃第一道菜时克伦德勒先生会来拜访我们的。"

莱克特博士把那一大蓬花推到了餐具柜边。

副督察长助理保罗·克伦德勒本人就在桌边。他坐在一张结实的橡木椅上,睁大了眼睛四面望着。他头上缠着跑步用的头带,穿一件笔挺的无尾礼服,衬衫领带齐全。礼服从后面开口,莱克特博士可以从他身后把衣服大体披好,遮住把他固定在椅子上的数码长的胶带。

史达琳大约略微耷拉了一下眼皮,抿了抿嘴。有时在射击场上她就这样。

现在莱克特博士从餐具柜里取出了一把银钳子,扯掉了克伦德勒嘴上的胶布。

"再跟你说一声晚上好,克伦德勒先生。"

"晚上好。"克伦德勒不太像他自己了。他面前放了一个大汤碗。

"你愿意问候一下史达琳小姐吗?"

"你好,史达琳,"他似乎明白过来,"我一直想看你进餐呢。"

史达琳保持了距离看着他,好像自己是窗间壁上那面古老睿智的镜子。

"你好,克伦德勒先生。"她抬头对正忙着杯盘的莱克特博士说:"你是怎么把他弄来的?"

"克伦德勒先生要去参加一次跟他政治前途攸关的会晤,"莱克特博士说,"是玛戈·韦尔热要他去的,算是她报答我,帮我的忙吧。克伦德勒慢跑来到岩溪公园的小道,想上韦尔热家的直升机,却上了我的车子。你能够为我们做个饭前祷告吗,克伦德勒先生?克伦德勒先生?"

"祷告?好的。"克伦德勒闭上了眼睛。"天上的父,我们为即将受到的恩惠感谢你,我们向你奉献这恩惠。史达琳这个大姑娘就算是南方人,也已丢了她爸爸的脸。请原谅她的过错,并让她为我办事。以耶稣的名义,阿门。"

史达琳注意到莱克特博士在整个祷告过程里闭着眼,显得虔诚。

她觉得受了伤害,却也平静。"保罗,我必须告诉你,就连使徒保罗[①]的祷告也不会比你的更好。他也仇恨妇女。他应该叫作暴佬。"

"你这回可真搞砸了,史达琳,再也别想复职了。"

"你是在借祈祷向我提供工作机会吗?这样的手法我倒没见识过。"

"我要进入议会。"克伦德勒并不快活地笑着,"你到竞选指挥部来,我可以给你安排个工作做。你可以去当办公室小姐,你会打字和整理文件吗?"

[①] 《圣经》人物。保罗原是个虔诚的犹太教徒,在去大马士革搜捕基督徒的路上看见了耶稣在强光里对他说话,要他停止迫害基督徒。他从此改变了信仰,成了耶稣的十二门徒之一。

"当然会。"

"会听写吗?"

"我使用识音软件。"史达琳回答,然后继续敏锐地说,"请原谅我在餐桌上谈业务。你要想到议会去偷东西还嫌不够麻利。光靠使坏不足以弥补智力的不足。要想多混几天最好是给大老板跑腿。"

"克伦德勒先生,你不必等我们了,"莱克特催他,"趁热喝点汤吧。"他把带盖的汤和吸管放到克伦德勒嘴边。

克伦德勒做了个鬼脸。"这汤不大好喝。"

"实际上这更像是荷兰芹和百里香腌渍酱,"博士说,"主要是为我们而不是为你做的,再喝几口,让它循环一下。"

史达琳显然在考虑怎么发表意见。她摊开手掌,像捧着正义的天平。"你知道,克伦德勒先生,你每一次对我眉来眼去我都感到别扭,好像我做过什么事值得你那么做似的。"她的手掌时上时下,像在把个风骚女人推来推去,"可我并不值得你那么做。你每一回在我的个人档案上写上反话时,我都一肚子气,可我总检查自己。我曾经怀疑过自己,而且以为我那认为爸爸更聪明的毛病该改改了。

"你并不是最了解情况的,克伦德勒先生,实际上你什么情况也不知道。"史达琳啜了一口香醇的勃艮第白葡萄酒,掉头对莱克特博士说,"我喜欢这酒。不过我觉得冰镇得太过了。"然后她又变成了殷勤的主妇对客人说道:"你永远是个……白痴,不值一顾。"她用快活的语调说:"在这样美妙的餐桌上对你讲这么几句就已经够了。你既然是莱克特博士的客人,我也希望你吃得开心。"

"可你是什么人?"克伦德勒说,"你不是史达琳。你脸上倒是有个黑点,可你不是史达琳。"

莱克特博士在熬黄的奶油里加上冬葱,香味立即升了起来,他又加上了切碎的刺山果,然后把调味酱锅从火上取下,换上了煎锅。他从餐具柜取了一大晶质玻璃碗冰水、一个银盘,放到保罗·克伦德勒身边。

"我对那张利嘴原有个计划,"克伦德勒说,"现在我决不会用你了。不过,你究竟是谁任命的?"

"我并不期望你会像另外那个保罗一样幡然悔悟,克伦德勒先生。"莱克特博士说,"你并不是在去大马士革的路上,甚至也不是在去韦尔热家的直升机的途中。"

莱克特博士取下了克伦德勒的慢跑头带,就像从鱼子酱罐头上取下橡皮圈一样。

"我们只不过要求你头脑开放一点。"莱克特博士用双手极其仔细地端下了克伦德勒的头盖骨,放在盘子里,再把盘子放到餐具柜上。头盖骨手术的切口平整,几乎没有流血,主血管被扎住了,其他血管被局部麻醉封闭了。头盖骨是餐前半小时才在厨房里锯开的。

莱克特博士对克伦德勒施行的颅骨手术可以远溯到古埃及医学,只是多了些优越条件:他有带颅骨刃口的尸体解剖锯,有开颅钥匙,还有更好的麻醉剂。脑子本身是没有痛感的。

锯开的头颅里泛红的灰白色脑髓圆顶清晰可见。

莱克特博士拿起一把像桃形勺一样的器械站到克伦德勒面前,从脑袋里舀出了一片前额叶,然后又舀,一共舀了四勺。克伦德勒的眼睛向上望着,仿佛在瞧热闹。莱克特博士把几片脑髓放进那碗冰水里。冰水里有柠檬汁,可以酸化,让脑片变硬。

"上星星,打秋千,你可喜欢?"克伦德勒突然唱了起来,"带一瓶月光回家转。"

根据古典烹饪学,脑髓得先浸泡,沥干,再冻个通宵,让它变硬。处理绝对新鲜的脑髓最棘手的问题就是别让它化成一团胶冻。

莱克特博士把冻硬的脑髓娴熟地放进盘里,用加了作料的面粉略微吸干,再用新鲜烤面包片吸了一次。

他把一个鲜黑松露弄碎,放到调味酱里,再挤进一些柠檬汁。

嫩炸脑片很快就做好了,炸到两面金黄为止。

"香味扑鼻!"克伦德勒说。

暖好的盘子里放了烤面包片,莱克特博士把黄酥酥的脑片放在面包上,加了调味酱和松露片,然后加上了荷兰芹、水田芥和带梗子白的刺山果,再加了一撮水田芥叶。一份敬客的菜完成。

"味道如何?"克伦德勒问。他回到了花丛后面,说话时,喉咙大得粗鲁了。动过前额脑叶摘除手术的人大都如此。

"的的确非常美味,"史达琳说,"我从来没吃过刺山果。"

莱克特博士发现她唇上奶油酱的油光特别动人。

克伦德勒在绿叶后面唱着,大部分是幼儿园歌曲,还怂恿别人歌唱。

莱克特博士和史达琳不理会他,只顾谈着米莎。

史达琳在和莱克特博士谈起损失时,曾听他说过他妹妹米莎的命运,但是现在博士却怀着希望谈着米莎回来的可能性;史达琳今晚也觉得米莎并非没有回来的道理。

她表示希望能够看见米莎。

"你可不能够在我的办公室接电话。你那声音就像个棒子面喂大的乡下臭×。"克伦德勒在花丛里大吼。

"我要是像奥利弗一样还要吃点①你的脑子的话,你看我像不像他。"史达琳回答。莱克特博士忍俊不禁,哈哈大笑。

第二次两人就差不多吃光了前额叶,吃到了前运动神经皮层附近。克伦德勒衰竭了,只会在花丛里对眼前的东西说些不相干的话,然后便不成腔调地背起一首淫荡的长诗《威士忌》来。

---

① 指狄更斯的著名小说《雾都孤儿》里的情节。孤儿奥利弗在孤儿院进餐时没有吃饱,伸出碗要求再加一点,因此挨了一顿打。

史达琳和莱克特博士谈得很专心，受到他的干扰不比在餐馆里听见邻桌的人唱《祝你生日快乐》更大。但是到克伦德勒干扰得太厉害时，莱克特博士就从一个角落里取出了弩箭。

"克拉丽丝，我要你听听这种弦乐器的音乐。"

克伦德勒声音稍停，他便对桌子那面一箭射去，射进了高高的花丛。

"如果你在任何环境里再次听见这弩弦的特殊频率，那就意味着你获得了完全的自由、和平和自我满足。"莱克特博士说。

露在花丛外的弩箭羽毛和箭杆晃动着——有些像指挥心跳的指挥棒。克伦德勒的声音突然停止，指挥棒摇了几摇，静止了。

"弩箭大体是中央C下的一个D音，对不对？"

"准确。"

不久以后克伦德勒就在花丛后发出了一种咯咯的声音，那只是血液酸性加重所引起的共鸣腔痉挛。他刚刚死去。

"咱们吃下一道菜吧。"博士说，"先来一点冰冻果汁，清爽清爽喉咙，再吃鹌鹑。用不着，用不着，你用不着站起来。克伦德勒先生会帮我收拾的，如果你同意他离开的话。"

收拾进行得很快。莱克特博士来到鲜花屏风后面，把东西一股脑儿往克伦德勒的颅腔和衣兜里放，然后把头盖骨盖上，牵起一根拴在克伦德勒椅子下小车上的绳子，把他拉到厨房里去了。

莱克特博士在那里重新收拾好了弩。方便的是弩箭跟尸体解剖锯用的是同一套电池。

鹌鹑肚里塞满肥鹅肝酱，皮很脆嫩。莱克特博士谈起作为作曲家的亨利八世，史达琳则告诉他电脑辅助设计的引擎声音，悦耳的音频的复制。

莱克特博士宣布甜食在客厅进行。

101

客厅的壁炉前是一份蛋奶酥和一杯滴金酒。史达琳手肘边桌上的咖啡早准备好了。

金色的酒里映着火光。柴火香夹着酒香。

两人谈着茶杯和时间,谈着混乱的法则。

"因此我相信,"莱克特博士说,"世界上应该为米莎留出一个最好的地方,而且我想,克拉丽丝,世界上最好的地方就是你的地方。"

炉火的光照射她的胸衣远不如烛光那么深入、令人满意,但闪耀在她面部轮廓上的火光却很美妙。

她想了一会儿。"我想问问你,莱克特博士,如果世界上需要给米莎留下一片最好的地方(我并不否定这一点),那么把你的地方给她怎么样?你很好地占领着你的地方,而我知道你是绝不会拒绝她的。她可能跟我像姐妹。如果如你所说,在我身上可以有我父亲的地方,那么你身上又为什么不可以有米莎的地方呢?"

莱克特博士似乎感到高兴,是因为她那想法或是因为她的机智,很难说清。也许他感到的只是一种他建立起来却还不很明白的关注。

她把咖啡杯放回身边的桌子上时,往外一推,让它在壁炉上砸碎了。她没有低头去看。

莱克特博士看了看碎片,碎片躺着没动。

"我认为你用不着此时就下定决心。"史达琳说。她的眼睛和耳坠在火光里闪耀。火光边有一声叹息,炉火的温暖透进了她的晚礼服。史达琳心里闪过一个瞬息即逝的回忆——很久以前莱克特博士问过马丁参议员,她是否给她的女儿哺乳。一个闪着珠宝光芒的动作在史达琳不自然的平静里翻腾:瞬息之间她心灵的窗户开启了好几扇,让她远远望到了自己的经历以外。她说:"汉尼拔·莱克特,你妈妈喂你奶吗?"

"喂的。"

"你有过非把乳房放弃给米莎不可的感觉吗?你曾经觉得非放弃给她不可吗?"

好一会儿。"我想不起来,克拉丽丝。如果我放弃了的话,也是高高兴兴地放弃了的。"

克拉丽丝·史达琳将手拢成杯状伸进她长袍领口的深处,把乳房解放了出来。"这个乳房你就不用放弃了。"她说。她一直望着他的眼睛,用扣扳机的指头从唇边拿开了温暖的依甘堡酒。一滴香而浓的酒挂到她乳头上,像一枚金色的耳坠,在随着她的呼吸颤动。

他飞速离开椅子向她跑去,在她的椅前跪下一条腿,向那珊瑚红与奶油白俯过身去;他那帅气黑亮的头映着火光。

102

阿根廷的布宜诺斯艾利斯。三年后。

巴尼和莉莲·荷希在渐近黄昏时来到七月九日大道的方尖碑旁。荷希女士是伦敦大学的讲师，度着七年一度的年假。她跟巴尼是在墨西哥城的人类学博物馆遇见的，彼此很投契，已经一起旅游了两个礼拜，每天见一次面，越来越觉得有趣，从不厌倦。

那天下午他们到达布宜诺斯艾利斯已经太晚，不能去国家博物馆了。弗美尔的作品正在博物馆借展。巴尼要看完全世界的弗美尔的作品的任务叫荷希很感兴趣，也不影响他俩的快活。弗美尔的作品他已经看了四分之一，还有很多要看。

他俩想找一处逍遥的咖啡馆，在外面用餐。

布宜诺斯艾利斯壮观的科隆大剧院前有些豪华车倒进来，两人便驻脚看歌剧爱好者们进入剧院。

演出的是《铁穆尔》，演员阵容强大，而在布宜诺斯艾利斯的首场演出之夜的人群是值得一看的。

"巴尼,你喜欢看歌剧吗?我想你会喜欢的,腰包我掏。"

她用起美国俚语来,这叫他觉得好玩。"你要是能让我混进去,腰包我掏。"巴尼说,"你认为他们会让我们进去吗?"

正在此时,一辆深蓝加银色的梅塞德斯迈巴赫悄声开到了马路牙边。一个接待员急忙去开门。

一位打白色领带、清癯高雅的人下了车,接出了一个女人。大门口的人群一见那女人不禁倾倒,窃窃私语起来。那女人淡金色的头发绾成匀称的盔形,珊瑚色软外套上披一片薄雾样的轻绡,喉头上闪耀着绿宝石。巴尼只在众人头上瞥见她一眼,她和那绅士便被卷进了剧院。

那位绅士巴尼看得更清楚,光溜的头发,像水獭,鼻子是高傲的鹰钩形,像庇隆总统。他步态岸然,使他显得比实际颀长。

"巴尼?嗨,巴尼,"莉莲说,"你要是还能回过神来,请告诉我,如果他们能让我们穿mufti①入场,你想不想看看歌剧?我说过了,即使不能算是很合适——我一向爱说我穿的是mufti。"

巴尼正想问什么叫mufti,她瞥了他一眼。他总是什么东西都要问。

"行了,"巴尼心不在焉地说,"我掏腰包。"巴尼有很多钱。他不乱花,但绝不吝啬。但是买得到的票只有顶楼票,跟学生们在一起。

考虑到座位太高太远,他在前厅租了一架望远镜。

宏伟的大剧院融合了意大利文艺复兴、希腊和法兰西的建筑风格,铜饰、镀金和猩红长毛绒满眼都是。看客群里珠光宝气,有如球赛场的镁光灯。

序曲开始之前莉莲解释着剧情,对着他的耳朵说着悄悄话。

趁剧场灯还没有转暗,巴尼用望远镜从廉价座扫视着大厅,找到了他俩:那淡金头发的女士和她的男伴。两人刚穿过金色帷幕来到舞台边华美

---

① 便服,尤指通常穿制服的官员、军官等所穿的便服。

的座位。她就座时喉头的绿宝石在明亮的剧场灯光里熠熠闪耀。

进歌剧院时巴尼只看见她的右侧面,现在他看见了她的左侧面。

他们身边的学生是高排座位的老看客,带来了种种助看器械。有一个学生有一架高倍望远镜,很长,看时能碰到前排人的头发。巴尼跟他交换了望远镜去看远处的包厢。长镜头的视野受到限制,不好找,但是到他终于找到了他们时,那两位可真亲密得惊人。

女士的脸上在法国人叫"胆气"的地方有一颗美人痣。女士的眼睛扫视着全场,扫过他的地方,又继续扫视下去。她看上去生气勃勃,熟练地控制着她珊瑚样的嘴唇。她向男伴倚过身子,说了句什么,两人一起笑了。她把手放到他手上,抓住了他的拇指。

"史达琳。"巴尼屏住气说。

"什么?"莉莲低声问。

巴尼要看懂歌剧的第一幕有许多困难。第一场休息,灯光刚亮,他又把望远镜对着那包厢。那绅士从侍者的盘子里取了一杯香槟递给女士,自己也取了一杯。巴尼拉近镜头,看他的侧面,看他耳朵的形状。

他顺着女士裸露的手臂看过去,那胳臂光滑,没有斑点,在他有经验的眼光里带着肌肉的力度。

巴尼正望着,那绅士却转过了头,好像在寻找着远处的声音,往巴尼的方向转了过来。那绅士举起了歌剧望远镜,放到眼前。巴尼可以发誓那望远镜是对着他来的,急忙拿节目单遮住了脸,弯下身子,竭力降到一般的高度。

"莉莲,"他说,"我希望你帮我一个大忙。"

"唔,"她说,"要是跟别的忙一样的话,我倒想先听听。"

"灯光一暗我们就离开。今天晚上就跟我飞里约热内卢。别问为什么。"

巴尼唯一没有看过的弗美尔画展就是布宜诺斯艾利斯的那个。

103

跟着这对漂亮的人离开歌剧院吗?好的,但是要非常小心……

太平盛世的布宜诺斯艾利斯迷上了探戈,就连在夜里也律动不已。为了听舞蹈俱乐部的音乐,梅塞德斯车打开了车窗,轻轻嗡嗡着穿过了雷科莱塔区,开进了阿尔韦阿尔林荫道,然后消失在法国大使馆旁一幢精美艺术建筑的庭院里。

日暖风和,迟晚餐已在顶楼的大阳台上摆好,仆人都已退下。

屋里的仆人很讲究规矩,有一条铁的纪律:上午不许进入大厦顶楼;晚餐第一道菜后也如此。

进餐时莱克特博士和克拉丽丝·史达琳交谈并不用史达琳的母语英语,而是用其他语言。史达琳的大学法语和西班牙语都有基础,可以提高。她还发现自己耳朵很灵。用餐时他们主要说意大利语;她在意大利语精妙的视觉含义方面发现了一种奇怪的自由感。

这一对情人晚餐时也偶尔跳跳舞,有时晚餐没吃完就跳。

两人的关系跟克拉丽丝·史达琳的突破密切有关,对这一点她非常乐于接受并加强；也和汉尼拔·莱克特的封闭密切相关，远远超出了他已有的经验。克拉丽丝·史达琳也可能叫他害怕了。性是一种美妙的联系，他俩的感觉与日俱增。

克拉丽丝·史达琳的记忆之宫也在扩大。它的有些密室跟莱克特博士的记忆之宫相同——他在那儿好几次遇见她——她的宫殿确实在自行扩大，其中充满了新鲜事物。她可以到那里去探视她父亲；汉娜就在里面吃草；她思念坐在桌前的杰克·克劳福德时克劳福德就在那里。克劳福德从医院回家一个月后的一天夜里胸痛发作了。他没有叫救护车，而是选择了滚到他去世妻子的那一侧床上去获得安慰。

史达琳是在莱克特博士定期进入联邦调查局的公众网站时得到克劳福德的死讯的。他去网站是为了欣赏他在十个特大要犯里的形象。联邦调查局使用的照片令人放心，它已经落后了两张脸。

史达琳读到克劳福德的讣告之后到外面转悠了大半天，到了晚上因为能够回家感到欣慰。

一年以前她把她的一粒绿宝石镶嵌在一枚戒指上，在指环内侧镌刻了AM-CS（阿黛莉亚·马普和克拉丽丝·史达琳姓名首字母的连写）的字样。阿黛莉亚·马普从一个无法追踪的包裹里得到了它，包裹里还有一张条子：亲爱的阿黛莉亚，我很好，比好还好。别找我。我爱你。抱歉叫你受了惊。看完烧掉。史达琳。

马普拿了这戒指来到史达琳常去跑步的谢南多厄河边。她攥住戒指走了很长一段路，眼眶发热，生着气，随时准备把戒指扔进水里去。她想象着戒指闪着光落到水里，轻轻地发出一声"噗"。最后她又把它戴上手指，再把拳头塞进了衣兜。马普是不大哭的。她走了很远的路才平静下来，回到汽车里时天已黑了。

很难知道史达琳对过去的生活还记得些什么，还想记住些什么。开头几天维系了她生命的药物长期以来跟他俩的生活并无关系；在屋里唯一的光源前的长谈也没有关系。

有时候莱克特博士故意把一个茶杯摔碎在地上,碎片并没有复合,这时他感到满意。他已有好几个月没有梦见米莎了。

也许有一天茶杯会复合回去,也许史达琳在什么地方会听见一声弩弦响而不情愿地醒悟过来,如果她还真的能睡着。

现在,趁着他们在大阳台上跳舞,我们赶快走吧——聪明的巴尼已离开了城市,我们必须学他的样。他俩无论谁发现了,我们都会有致命的危险。

我们只能知道那么多而活着。

图书在版编目（CIP）数据

汉尼拔 /（美）托马斯·哈里斯（Thomas Harris）著；
孙法理译.—南京：译林出版社，2021.3（2024.12重印）
（沉默的羔羊系列）
书名原文：Hannibal
ISBN 978-7-5447-8466-5

I.①汉… Ⅱ.①托…②孙… Ⅲ.①侦探小说－美
国－现代 Ⅳ.①I712.45

中国版本图书馆CIP数据核字（2020）第230501号

Hannibal by Thomas Harris
Copyright © 1999 by Yazoo Fabrications, Inc.
Simplified Chinese translation copyright © 2021 by Yilin Press, Ltd.
This edition published by arrangement with Morton L. Janklow Associates, Inc.
through Bardon-Chinese Media Agency
All rights reserved including the rights of reproduction in whole or in part in any form.

著作权合同登记号 图字：10-2016-637号

汉尼拔〔美国〕托马斯·哈里斯／著 孙法理／译

责任编辑	竺文治
装帧设计	韦 枫
校　　对	蒋 燕
责任印制	闻媛媛

原文出版	Delacorte Press, 1999
出版发行	译林出版社
地　　址	南京市湖南路1号A楼
邮　　箱	yilin@yilin.com
网　　址	www.yilin.com
市场热线	025-86633278
排　　版	南京展望文化发展有限公司
印　　刷	南京新世纪联盟印务有限公司
开　　本	880毫米×1230毫米 1/32
印　　张	14.625
插　　页	2
版　　次	2021年3月第1版
印　　次	2024年12月第8次印刷
书　　号	ISBN 978-7-5447-8466-5
定　　价	56.00元

版权所有·侵权必究

译林版图书若有印装错误可向出版社调换。质量热线：025-83658316